미치지
않고서는

미치지 않고서는

초판 1쇄 인쇄일 2017년 05월 25일
초판 1쇄 발행일 2017년 05월 30일

지은이 | 더듀
펴낸이 | 김기선

편집장 | 김은지
편집부 | 임종성, 박지은, 김지현, 정미정

펴낸곳 | 와이엠북스(YMBOOKS)
출판등록 | 2012년 7월 17일 (제382-2012-000021호)
주소 | 서울시 도봉구 노해로 379, 802호(창동, 대성빌딩)
전화 | 02)906-7768 / **팩스 |** 02)906-7769
E-mail | ymbooks@nate.com

ISBN 979-11-322-4180-5 03810

값 9,000원

미치지 않고서는

더듀
장편소설

YMBOOKS
ROMANCE
STORY

차 례

희욱은 차 안에 기대어 앉아 있었다. 느긋한 자세였지만, 집요하게 한곳을 바라보는 시선에는 언뜻 초조함이 묻어났다.

가만히 있다가도 헛웃음이 터져 나왔다. 스스로가 우스워서 견딜 수가 없었다. 언제 끝나는지도 모르는 그 녀석을 만나겠다고, 이 새벽에 차를 몰고 나와 강아지처럼 기다리는 꼴이라니.

등신.

문득 차오르는 답답함에 희욱은 목까지 잠겨 있던 셔츠의 단추를 두어 개 풀어 놓았다. 그러는 동안에도 시선은 여전히 허름한 분식집 입구에 고정되어 있었다.

얼마쯤 시간이 더 흐르고 나서, 드디어 분식집의 불이 꺼지고 문이 열렸다. 축 처진 어깨를 한 채, 지친 표정의 그 녀석이 튀어나왔다. 지난 며칠 동안 제 머릿속을 엉망으로 흐트러뜨렸던 그 녀석, 정윤이.

빵!

클랙슨을 울렸다.

작은 어깨를 움찔거리며 녀석이 고개를 돌렸다. 눈이 마주치자 재수 없는 거라도 본 사람처럼, 급격하게 얼굴이 일그러진다. 희욱의 이마에 파랗게 핏대가 일어섰다.

희욱은 어금니를 꽉 다물며 차 문을 박차고 나갔다. 녀석을 향해 달려들 듯 걸어갔다. 그걸 보고 정윤은 도망치듯 뒤로 물러났다.

"오, 오지 마요!"

하, 희욱의 입가에서 비죽 실소가 터져 나왔다. 종일 일부러 자신을 피해 다니는 녀석 때문에 안 그래도 속이 뒤집어져 있었는데, 이젠 대놓고 오지 말란 소리나 해댄다.

하지만 얌전히 물러날 희욱이 아니었다. 자신을 피할수록 붙잡아 손에 쥐고 싶은 욕구만 커졌다.

"오지 말라니깐요."

"그럼 네가 오든가."

자꾸만 뒷걸음질 치는 정윤 때문에 꽤 걸었는데도 거리가 좁혀지지 않았다. 희욱은 다시 한 번 어금니를 질끈 물면서 점점 보폭을 넓혔다.

"왜 이래, 대체."

"나도 몰라요. 그냥, 시간이 좀 필요해요. 그러니까 좀······."

"시간? 제기랄, 도대체 무슨 시간?"

"그냥, 시간요!"

"왜 네가 시간이 필요해? 미칠 것 같은 건 난데!"

그래, 미칠 것 같은 건 자신이었다. 시간이 필요하다면 그것도 자신에게나 해당될 얘기였다. 정윤은 자신을 물불 안 가리고 달려드는 미친놈 그 이상도 이하도 아니라고 생각하고 있을 테니.

주춤대던 정윤은 어느덧 뒤돌아서서 걷고 있었다. 희욱이 따라붙을수록, 점점 속도가 빨라지더니, 어느새 녀석은 거의 뛰다시피였다.

"왜 도망가는 건데!"

"그러는 아저씬 왜 쫓아오는 건데요!"

뛰면서 도리질까지 치는 정윤을 보며 희욱의 이가 부드득 갈렸다.

"서! 안 서?"

"안 서요!"

희욱은 정윤이 곧 멈출 거라 생각했다. 이 새벽에 자신을 상대로 뜀박질을 하지는 않을 거라고, 안일하게 생각해 버렸다. 그러나 희욱의 예상을 비웃기라도 하듯, 정윤은 정말로 열심히 달리기 시작했다. 육상 선수 출신의 달리기 실력을 마음껏 뽐내며.

"나 좀 내버려 둘 수 없어요?"

"잠깐 얘기만 하자는데, 넌 뭐가 그렇게 어려워!"

사람을 말려 죽이려고 작정했다. 그렇지 않고서야 이렇게 대놓고 도망갈 수는 없었다. 저 순진한 얼굴을 하고서 이렇게까지 자신을 쥐고 흔들어대다니. 여자를 못 떼 내서 안달일망정 못 잡아서 안달한 적은 없던 자신이었다. 그러던 자신이 지금 저 쪼그만 녀석을 잡으려고 온 동네를 뛰어다니고 있는 걸 믿을 수가 없었다.

이대로는 도저히 정윤을 잡을 수가 없을 것 같아서 희욱은 속도를 내기 시작했다. 어느새 둘은 각자가 낼 수 있는 최고 속력으로 뛰고 있었다.

"얘기 좀 해!"

희욱이 소리쳤다.

"시간 좀 달라니까!"

정윤이 뒤도 돌아보지 않고 되받아쳤다.

이런 미친 짓을, 도대체 왜!

희욱의 관자놀이에 분노의 핏발이 섰다.

"제발, 헉헉, 그만 좀, 따라와요, 헉헉."

정윤은 숨이 차서 말도 제대로 못 이었다.

"네가, 멈춰, 젠장. 헉헉."

희욱도 숨이 턱까지 찼다.

달리면 달릴수록 머리에서 복잡한 생각이 날아갔다. 사냥감을 쫓는 맹수의 원초적 독점욕만 남아 부글거렸다. 그냥 눈앞의 저 녀석을 잡아서 주저앉히고 싶은 생각뿐이었다.

결국, 정윤이 먼저 눈앞에 보이는 벤치를 부여잡고 주저앉았다. 그걸 보고 희욱도 멈춰 섰다. 인적 드문 도로에는 두 사람의 헉헉대는 숨소리만이 가득 찼다.

"너……."

희욱이 잠시 숨을 고르다 다가왔다. 정윤은 더는 꼼짝할 힘도 없는지 한 손으로는 바닥을 짚고 다른 한 손으로는 옆구리를 붙잡고 바닥에 엎드려 있었다.

희욱이 조금 더 다가서자, 정윤이 힘겹게 고개를 들었다.

"내가 무서워? 징그러워?"

정윤의 동공이 거세게 흔들리는 것이 보였다. 그게 긍정의 표시로 느껴져 희욱은 마음 한구석이 무너져 내리는 것만 같았다.

붙잡으면 그대로 밀어붙여 키스라도 해 버릴 작정이었다. 그런데 겁먹은 사람처럼 흔들리는 저 눈빛을 보자마자 그런 마음은 씻은 듯 사라졌다. 차라리 애원하고 싶었다. 밀어내지만 말아달라고, 내게 한 번만 기회를 달라고, 그렇게라도 붙잡아 두고 싶었다.

희욱은 주저앉아 정윤에게로 시선을 맞췄다.

"그래도 나, 밀어내지 마. 네가 싫다고 하면, 다신 먼저 손 안 대. 약속할게."

"……."

"응? 윤아."

네가 피하니까, 미칠 것 같아. 정말 머리가 어떻게 되어 버릴 것 같아. 희욱은 정윤이 더 겁먹을까 봐 차마 그 말들은 내뱉지 못했다.

"나도 지금 이 상황이 수습이 잘 안 돼. 뭐가 뭔지 하나도 모르겠다고. 내가 이쪽 취향이라고, 살면서 한 번도 생각해 본 적 없어."

자신이 남자를 좋아하게 되다니. 지나가던 개가 웃을 일이었다. 자신은 차라리 어떤 쪽도 좋아하지 못하는 무성애자인 게 어울렸다. 자신이 여자를 만날 때란 본능에 따라 이따금씩 찾아오는 욕구를 느낄 때뿐이었으니까.

"그리고 난 지금도 여자가 좋다고 생각해. 정확히는, 여자랑 섹스하는 게 좋아. 나랑 똑같은 거 달린 사내놈을 물고 빠는 건, 나도 무섭고, 나도 징그러워."

그 직설적인 말에 정윤의 눈빛에 다시 불안이 스며들었다. 그래도 희욱은 피하고 싶지 않았다. 감추고 싶지도 않았다. 녀석을 당장 제 손에 쥘 수 없다면, 차라리 다 꺼내 보이고, 녀석 손에 자신을 쥐여 주고 싶었다.

"그러니까 정확히는 나는 이쪽 취향인 게 아니라."

희욱이 천천히 정윤의 뺨 위에 손가락을 갖다 댔다. 부드러운 살의 감촉이 손가락에 감겨들었다. 그것만으로도 온몸에 전율이 일었다. 그런 스스로가 다시금 우습다는 생각이 들었지만, 그마저도 이젠 상관이 없었다.

"나는 그냥 너한테 끌리는 거야, 정윤."

희욱이 흔들림 없이 말했다.

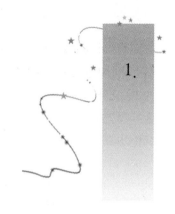

1

"네에? 한 송이 이천 원이요?"

윤이 두 눈을 끔뻑이며 붉게 만개한 장미 다발을 내려다보았다.

뭐, 이딴 게 한 송이에 이천 원이나 해.

"아휴. 옆 가게에선 삼천 원이야."

구슬리는 주인아주머니를 한 번, 장미 다발을 한 번 번갈아 쳐다보고는 윤이 침을 꼴깍 삼켰다. 장미 백 송이, 도합 이십만 원.

"백 송이 살 테니까 좀 깎아줘요, 네?"

"알았어. 십오만 원에 해 줄게."

"만 원만 더 깎……."

"여자 친구 주려고?"

아주머니는 더 깎아달라는 윤의 말을 부러 잘라먹은 채 재빨리 장미를 포장하기 시작했다.

"저 남자 아닌데요, 아줌마."

겹겹이 장미를 쌓던 아주머니가 놀란 얼굴로 윤을 쳐다봤다.

"어머, 내가 실수했네."

윤이 멋쩍게 웃었다.

"괜찮아요. 그런 말 많이 들어요."

"아니, 어쩐지 남자치곤 예쁘장하다 했어. 머린 왜 그렇게 짧게 쳤어? 길면 훨씬 예쁘고 안 헷갈리고 좋잖아."

"그냥, 편해서요."

윤이 대수롭지 않게 대답했다.

편하다.

여자로 사는 건 너무 피곤하고 불편하니까.

"아줌마. 저 전화 좀 받을게요. 예쁘게 포장해 주셔야 해요!"

주머니에서 진동을 느낀 윤이 뒤돌아서서 휴대폰을 확인했다.

발신자, 집아줌마.

불길한 예감이 엄습했다. 윤이 받을까 말까 살짝 고민하다가 통화 버튼을 눌렀다.

"여보세요."

-윤이 학생?

"네, 아주머니. 안녕하셨어요?"

-응. 요즘 통 안 보이네. 민이가 병원에 있나 봐?

"네에. 지금 보러 가는 길이에요."

-으응. 동생 보러 간다는데 이런 말, 하기 정말 그러네.

"무슨 일이신데요?"

-아니, 뭐 알다시피 요즘 시세가 하도 올라서. 내가 윤이네 사정

알아서 많이 봐주고 그랬잖아.

"아……."

아니다 다를까, 전세금 얘기.

"네, 알죠. 아주머니. 그동안 사정 많이 봐주신 거. 얼마나 올려 드리면 돼요?"

-한 천만 원 생각하고 있는데, 일단은 오백이라도…….

"오백이요?"

오백. 윤은 갑자기 우울해졌다.

"네, 아주머니. 구해봐야죠, 일단은. 다시 연락드릴게요. 네네."

답이 나오질 않았다. 이번 달 월급에 아르바이트한 것까지 다 쳐도 삼백 안 될 텐데. 민이 병원비에 생활비 빼고 나면 그것도 얼마 안 남는다. 갑자기 오백을 어디서 구하란 말이냐.

"아줌마! 죄송해요. 꽃은 다음에 살게요!"

발등에 불이 떨어지니 십만 원도 아까웠다. 붙잡을세라 윤은 재빨리 꽃집을 나와 버렸다.

민이가 장미를 정말 좋아했다.

빨리 퇴원하라고 사다 주고 싶었는데…….

윤은 자꾸만 더 우울해졌다.

흐드러지게 피어나 정원을 온통 물들여 놓는 장미꽃 향기.

"아버님이 어찌나 세심하신지. 이맘때면 꽃이 저렇게 만개하네."

나갈 채비를 하던 김 여사가 정원 쪽으로 얼굴만 쏙 내밀고 한 마디 했다. 희욱은 정원을 가득 채운 장미 향에 현기증이 날 것만 같았다.

"할아버지 곧 들어오신다."

"……."

"대들지 말고."

흥.

희욱은 듣는 척도 안 하고 대(大)자로 마루에 누웠다. 장미 향은 정말 싫지만, 바람은 시원하고 좋았다. 춥지도 덥지도 않은, 선선한 봄바람. 따뜻하고 환하게 내리쬐는 햇볕. 누운 지 얼마 지나지 않아서 눈꺼풀이 무거워지고 몸이 나긋하게 풀리기 시작했다.

그러니까, 저 장미 향만 아니면 모든 것이 완벽했을 텐데.

윤은 낑낑대며 담을 넘었다. 풀썩 착지를 한 뒤 최대한 몸을 낮추고 주위를 휙휙 둘러봤다. 가슴이 물고기처럼 세차게 퍼덕거렸다. 예전에 시골에서 살았을 땐 친구들과 종종 이웃집 담을 넘어 수박이나 참외 서리를 했었다. 주인아저씨가 알고도 모르는 척 눈 감아주기도 하고 때로는 고함을 치며 쫓아 나오기도 했지만 다들 어린애들 장난쯤으로 여기는 게 다반사였다.

그런데 스무 살을 훌쩍 넘고 나서도 남의 집 담장을 넘는 일이 생길 줄이야.

아무도 없는 걸 확인하고 허리를 펴던 윤은 눈앞에 펼쳐진 장관에 저도 모르게 탄성을 지르다 냅다 입을 틀어막았다. 수백 그루의 장미나무가 촘촘히 서로를 얽은 채 온몸에 만개한 꽃을 수놓고 있었는데 그 모습이 어찌나 아름다운지, 윤은 자신이 뭘 하러 들어왔는지도 잊어버린 채 넋 놓고 구경을 했다.

강남에 몇 채 남지 않은 한옥 중 가장 큰 규모를 자랑하는 이 집은 봄이 되면 주위를 온통 장미 향기로 물들이기로 유명했다. 야식 배달을 하며 곳곳을 누비다 보니 몇 번 지나다니기는 했어도 이렇게 실제로 담장을 넘어 들어와 본 것은 처음이었다. 담장 밖까지 퍼지던 장미 향은 전체 정원의 크기에 비하면 아무것도 아니었다. 눈앞에 펼쳐진 장미 정원은 마치 노을을 끼얹은 붉은 해변처럼 아름답고 드넓었다.

이렇게나 많은데, 몇 송이 꺾어간다고 그게 큰 죄가 될까. 알아차리지도 못하겠다.

윤이 다시 몸을 숙이고 조심스럽게 장미를 향해 손을 뻗었다.

따악!

"아야야야야!"

별안간 머리가 핑핑 돌고 눈물이 찔끔 나왔다. 장미 한 송이 꺾어보지 못하고 머리를 가격당한 윤이 비명을 지르며 풀밭을 굴렀다. 어찌나 세게 맞았는지 머리에 번쩍 불이 나는 것 같았다.

"아씨, 뭐야?"

윤이 겨우 정신을 차리고 고개를 번쩍 들었을 때였다.

따악!

"아야야!"

다시 머리에 불이 번쩍했다.

"이노오오오옴!"

호랑이 같은 노성도 함께였다.

"아씨! 그만 때려요!"

"뭐 이놈아? 도둑질하러 기어들어 와선 어디서 큰소리야?"

"아씨……."

머리가 새하얀데, 허리는 정정한 할아버지가 지팡이를 거꾸로 든 채 서 있었다.

무슨 노인이 이렇게 힘이 세?

지팡이를 거꾸로 들고도 멀쩡히 서 있는 걸 보니 저것은 보행을 위해서가 아니라 무기로 쓰이는 것이 분명했다. 방금처럼 머리를 내려친다든지 할 때 쓰이는.

"꽃이 천진데 몇 송이만 좀 꺾어 가면 안 돼요?"

도둑질을 들키고도 뻔뻔하게 구는 윤을 위아래로 훑어보던 강씨가 기가 막힌 듯 콧구멍에서 콧바람을 내뱉었다.

"이놈이 그래도오……."

윤은 꼬장꼬장하게 구는 할아버지들이 은근히 속정이 깊다는 걸 알고 있었다. 윤이 살던 시골 마을의 할아버지들이 모두 그랬으니까. 그래서 오히려 이 정원의 주인이 다른 사람이 아니라 이 할아버지라서 다행이라는 생각이 들었다.

"너 이놈, 오늘 내가 아주 버릇을……."

"할아버지."

"이놈이 어디서 어른 말을 잘라먹어?"

"냉면 좋아하세요?"

"뭐, 이놈아?"

"자꾸 이놈 저놈 하지 마시고, 저 놈 아니니까. 아무튼 냉면 좋아하시냐구요."

강 씨는 뭐 이런 놈이 다 있냐는 듯한 얼굴로 윤을 쳐다보았다. 윤은 그러거나 말거나 생글거리며 웃기만 했다.

이놈 보게. 사내놈이 곱상하게 생겨서는, 웃으니 꼭 여자아이처럼 어여뻤다.

"제가 저녁에 야식 배달하거든요. 근데 저희 가게 냉면이 진짜 끝내주거든요?"

"……."

"드셔보실래요?"

"이놈이……."

"대신 냉면 드시고 맛있으면 저 장미 백 송이만…… 아야야얏!"

다시 강 씨의 지팡이가 윤의 머리를 후려쳤다. 봐주는 법 없이 세 번의 가격이 다 똑같이 아팠다. 윤은 맞은 머리를 문지르며 입술을 삐죽였다. 단 몇 초 사이에도 금방 표정이 바뀌는 윤이 강 씨는 신기했다. 같은 사내 녀석인데 희욱이 녀석하고는 어찌 저리 다르누. 강 씨는 자신의 하나뿐인 손주가 윤만큼 귀염성도 좀 있고 뻔뻔함도 좀 있는 녀석이었으면 하는 생각에 괜히 씁쓸해졌다.

"너 이놈."

강 씨가 지팡이를 까딱거리며 이리 오라는 손짓을 했다. 그러나 윤은 또 맞을까 봐 바닥에 엉덩이를 댄 채로 주춤거리기만 했다. 그런 윤이 못마땅한 듯 다시 콧바람을 내뿜은 강 씨가 아예 땅바닥에 주저앉은 채 윤에게 눈을 맞췄다.

"십 년 넘게 가꿔왔지만, 이걸 꺾으려고 담을 넘은 놈은 네가 처음이다."

강 씨가 장미나무들을 향해 시선을 돌리며 말했다.

윤은 멋쩍어졌다. 몇 송이 꺾는 게 뭐 어떠랴 싶었는데, 장미들을 바라보는 할아버지의 시선에서 깊은 애정이 느껴지는 바람에 죄책감이 들었던 것이다.

"죄송해요, 할아버지."

강 씨가 다시 윤에게로 휙 고개를 돌렸다.

"여자 친구 주려고 하느냐?"

"아, 아니요!"

무슨 소리냐며 손사래를 치는 윤을 강 씨가 의심의 눈초리로 훑어봤다. 윤은 자신이 남자가 아니라고 설명하려다가, 그러면 자신을 지팡이로 세 대나 내려친 할아버지가 미안해하실지도 모르니 포기하기로 했다.

"동생 주려고요."

강 씨의 눈이 커졌다.

"동생?"

"예에."

"희한하구만."

"뭐가요?"

"애인도 아니고 동생 주려고 장미를 훔쳐?"

"아, 그게, 할아버지. 훔친다는 표현이 좀……."

"그럼 아니야? 엄연한 도둑질이지, 이놈아."

"그렇긴 한데, 그러니까……."

강 씨의 눈썹이 다시 치솟는 걸 보며 윤은 얼른 입을 다물었다.

"몇 살이나 처먹고 도둑질을 하누?"

"할아버지, 입이 참 거치시네요."

"어허, 이놈이! 대답이나 하지 못할까."

"스물둘이요."

생각보다 어린 나이였다. 강 씨는 어리바리한 표정에 아담한 체구를 가지고도 겁을 먹기는커녕 천연덕스레 구는 윤이 어쩐지 마음에 들었다. 도둑놈치곤 꽤 귀엽지 않은가. 게다가 동생을 위하는 마음이 갸륵하기도 했다. 강 씨는 자신의 손주인 희욱이 정말이지 이렇게 귀여운 아이로 자랐으면 좋겠다는 생각을 수없이 했었다.

"할아버지, 장미를 많이 아끼시나 봐요."

"……."

"그게 막 느껴져요. 장미를 바라보는데 할아버지 눈에서 하트가 나오는 것 같아요. 아까 나 때릴 땐 불꽃이 나오는 것 같……."

강 씨의 눈이 다시 매서워지자 윤은 아차 하고 얼른 입을 닫았다.

살며시 강 씨의 눈치를 살피던 윤이 바닥에서 엉덩이를 뗀 뒤 손에 묻은 흙을 탈탈 털어냈다. 주저앉아 그 모습을 물끄러미 바라보던 강 씨와 눈이 마주치자, 윤이 한쪽 손을 내밀었다. 자기도 모르게 얼떨결에 윤의 손을 잡고 일어난 강 씨는 다시 한 번 뭐 이런 녀석이 다 있을까 하는 생각을 했다.

"냉면 드실래요, 할아버지?"

이게 도둑놈이 집주인한테 할 말이란 말인가.

뭐 이런 놈이 다 있어. 강 씨는 또다시 생각했다.

따악!

이번에는 자신의 머리를 내려치는 소리가 아니었음에도 윤은 담장을 넘다 말고 가슴이 철렁했다. 이 할아버지가 또 누굴 잡나?

윤은 낑낑대며 마저 담을 넘고 담 위에 올려두었던 철가방까지 손에 든 채 씩씩하게 정원을 가로질렀다.

"일하기 싫으면 공부를 하든지, 공부가 싫으면 결혼을 하든지!"

"……."

"서른이나 처먹어서 허구한 날 대청에서 잠이나 자는 네놈 때문에 내가 제 명에 못 산다! 알긴 아누?"

아이구, 할아버지 목청도 좋으셔라.

지팡이를 가장한 무기를 앞뒤로 흔들며 목청을 높이시는 할아버지의 모습에 윤은 괜히 웃음이 났다.

일곱 살 땐가. 마을에서 유명한 호랑이 할아버지를 만났는데 무서워서 인사도 못 하고 도망쳤다. 다시 만난 할아버지에게 예절도 모른다며 혼쭐이 났다가 땅거미 질 때까지 마을 어귀에서 펑펑 울었다. 그래 놓고선 농사일로 바쁜 할머니 대신에 그 할아버지 손을 붙잡고 첫 등교를 했었지. 강 씨의 모습은 겉은 호랑이였지만 속은 따뜻했던 그 할아버지의 모습을 떠올리게 했다.

"할아버지이이이!"

윤이 힘차게 강 씨를 부르며 뛰어갔다. 강 씨가 윤을 향해 몸을 틀었다.

"저건 또 뭐야."

마루에 앉아 있던 희욱도 윤 쪽으로 고개를 돌렸다.

"할아버지. 냉면 드세요!"

윤이 한쪽 손에는 철가방을 들고 다른 한쪽 손은 강 씨를 향해 흔들며 뛰어오고 있었다. 강 씨는 조금 전에 자신이 손수 한 송이씩 꺾어 만든 장미 한 다발을 윤에게 주었다. 고맙다며 연거푸 머리를 숙이던 윤이 보답으로 냉면을 사겠다고 했지만, 삼십 분도 안 돼서 저렇게 철가방을 가지고 등장할 줄은, 꿈에도 생각하지 못했다.

"제가 분식 배달한다고 말했었나요? 저희 가게가 다른 건 몰라도 냉면 하나는 끝내주게 하는데, 할아버지 드실 거라고 특별히 더 맛있게…… 어?"

철가방을 내려놓고 마루 위로 그릇을 올리던 윤의 손이 멈칫했다.

"누구세요?"

뒤늦게 마루 위의 희욱을 발견한 것이었다.

"그러는 넌 뭔데. 무슨 배달원이 담장을 넘어와."

까칠한 말투에 매서운 눈빛을 가진 남자였다. 그러나 생긴 것만큼은 끝내주게 잘생기지 않았는가. 할아버지를 닮은 것 같기도 하고. 윤은 잠시 할 말을 잃고 그를 뚫어져라 쳐다보았다. 원래 윤은 무슨 생각을 할 때 동시에 행동을 하지 못했다. 희욱은 대답도 없이 자신을 빤히 바라보기만 하는 윤이 거슬리기만 했다.

"야. 내 말 안 들……."

"내 손님이다."

대답을 한 건 윤이 아니라 강 씨였다. 희욱이 황당한 표정으로 강 씨를 쳐다봤다. 그러거나 말거나 강 씨는 태연하게 마루 위로 올라왔고, 윤에게도 올라오라는 손짓을 했다. 윤은 잠시 희욱의 눈치를 보다가 쭈뼛거리며 마루 위로 올라섰다.

"아오. 별게 다."

희욱은 들으라는 듯 짜증을 내고는 방으로 들어가 버렸다. 강 씨는 희욱이 들어간 방문을 잠시 쳐다보다가 혀를 차며 고개를 내저었다.

"할아버지 손자예요?"

"오냐. 저놈이 내 손자다. 인정머리 없는 놈. 신경 쓰지 말아라. 아무한테나 저러는 놈이니."

"진짜 잘생겼네요."

"쓸데없이 반반하기만 하지, 저놈이."

"저렇게 잘생긴 일반인은 처음 봤어요."

희욱이 사라진 방문에서 윤은 눈을 떼지 못했다.

"할아버지도 젊었을 때 저렇게 잘생겼어요?"

갑자기 강 씨를 향해 몸을 튼 윤이 진지하게 물어 왔다. 정말이지 엉뚱한 질문이라고 생각했지만 강 씨는 사뭇 진지한 표정으로 대답했다.

"암. 소싯적엔 희욱이 놈보다 더하면 더했지, 덜하진 않았다."

강 씨의 과장 섞인 대답에 윤이 키득거렸다.

참 희한한 아이다. 귀여운 구석이 있어서 장미를 꺾어 주긴 했지만, 정말로 철가방을 들고 다시 나타날 줄은 몰랐다. 동생을 생각하는 마음도 기특하고, 어린 나이에 열심히 사는 모습도 예쁘다. 순수하게 생각하고 사심 없이 말하는 모습도 어여뻤다.

"할아버지, 냉면 처음 드셔 보세요?"

강 씨가 냉면을 휘젓는 게 영 마음에 안 들었는지, 윤은 강 씨 앞에 있던 냉면을 자기 앞으로 가져가 숙련된 솜씨로 맛깔나게 비비기 시작했다. 사실 강 씨는 냉면을 먹어 본 일이 없었다. 오래전 직접 회사를 경영하던 시절에는 식당에서 식사를 해결했고, 집에서 먹을 땐 가정부와 며느리가 정성 들여 차린 요리를 먹었으니 배달 음식을 먹어 볼 기회가 있었을 리 만무했다.

윤이 냉면 그릇을 다시 강 씨 쪽으로 내밀었다. 알싸하지만 입맛을 돋우는 새콤한 식초 냄새가 강 씨의 후각을 자극했다.

"생각보다 맛있죠?"

말 그대로, 생각보다 맛있었다.

강 씨가 젓가락을 든 채로 고개를 끄덕거리자 윤이 흡족한 듯 활짝 웃어 보였다.

그날 이후 윤은 주말마다 강 씨를 찾았다. 강 씨가 윤이 일하는 곳에서 매주 다른 음식을 시켜 먹었기 때문이었다. 강 씨는 바쁜 시간을 피해서 일부러 늦은 점심을 주문했고, 그러면 윤은 제 점심 시간을 빼서 강 씨와 함께 저택에서 시간을 보내곤 했다.

둘은 얘기가 잘 통했다. 또래 아이가 별로 없는 시골구석에서 자란 윤은 어른들과 이야기하는 데 익숙했다. 그래서인지 요즘 젊은 세대가 좋아하는 것들에는 별로 관심이 없었다. 눈코 뜰 새 없이 바쁘게 일만 해대느라 그런 것들에 관심을 둘 여유가 없기도 했지만.

윤은 뜨고 있다는 예능 프로그램보다 차라리 강 씨가 들려주는 이야기들이 더 재미있었다. 강 씨가 살던 시골 마을에서 일어났던 시시콜콜한 이야기들이나 그가 서울로 상경해 얼마나 고생하며 자수성가했는지에 대한 무용담을 들으면 시간 가는 줄 모를 정도였다. 뿐만 아니라 자라면서 농사일을 거들었던 윤은, 강 씨가 정원에 장미뿐만 아니라 꽤 여러 종류의 작물들을 손수 키우고 있다는 것을 알게 된 뒤로, 가끔씩 강 씨를 도와 작물을 돌봐주기도 했다.

강 씨는 어느덧 주말이 오기를 기다리게 되었다. 윤이 자신의 이야길 재미있게 들어주는 덕분에 적적했던 삶에 생기가 돌기 시작했고, 윤이 알려 주는 소소한 생활 지식이 실제로 정말로 유용하기도 했기 때문이었다. 지난번에도 윤이 물을 주는 시기를 알려 주지 않았더라면, 애써 옮겨 심어놓은 콩 모종을 모조리 말려 죽일 뻔하지 않았던가.

"할아버지!"

윤은 오늘도 역시 씩씩하게 손을 흔들며 달려왔다. 정문을 통해 정원 안으로 들어오려면 한참이나 돌아와야 하는데, 시간이 아깝다며 윤은 꼭 저렇게 담장을 넘어왔다. 그런 털털함이, 강 씨의 눈엔 그저 귀여웠다.

"오늘은 제가 좀 늦었죠? 죄송해요. 배달이 밀려서."

윤은 철가방을 마루 위에 올려두면서, 혀를 쏙 빼곤 웃었다. 강 씨가 부러 툴툴거리며 대꾸했다.

"매번 뭐가 그리 바쁜 게야. 아무리 혈기가 좋아도 젊어서 몸이 축나면 늙어서 고생이야. 한 번씩 숨 돌릴 틈은 두고 일해야지."

"예, 예. 그럴게요. 걱정해 주셔서 감사해요."

대답만 싹싹하게 잘하지 강 씨는 윤이 결국 일을 줄이지 않을 것을 알았다. 강 씨는 지난번에 장미꽃을 꺾어 주면서 윤의 동생에 대해 이것저것 물었었다. 그때 동생이 오래전부터 투병 생활을 해왔다는 것을 알게 됐다. 동생을 돌봐 줄 다른 가족이 없다는 것도. 이 어린 나이에 쉬는 날도 없이 일을 하고 있는 이유가 어렴풋이나마 짐작이 갔다.

불현듯 제 손주인 희욱이 떠올랐다. '한진가의 망나니'로 불리기를 자처하며 유아독존으로 살고 있는 희욱의 모습이, 저토록 열심히 살면서도 구김살 한 점 없이 밝고 씩씩한 윤의 모습과 극명하게 대비를 이루고 있었다.

"어? 할아버지! 콩이 많이 자랐네요?"

마루에 앉아 있던 윤이 쪼르르, 콩이 자란 곳으로 달려갔다. 윤은 무릎을 접고 앉아 파릇하게 자라난 잎사귀들을 손가락으로 톡톡 건드려보았다. 그 모습이 마치 어린아이의 뺨을 두드리는 것처럼 다정해서, 보고 있던 강 씨가 미소를 지었다.

"곁순을 좀 따줘야 할 때가 된 것 같아요. 밥 먹고 같이 할까요?"

윤이 강 씨를 향해 물었다.

"그러자꾸나. 마침 날도 좋으니."

뒤를 돌아보자, 어느덧 다가온 강 씨가 제 바로 뒤에 서 있었다. 강 씨는 흐뭇한 얼굴로 제가 직접 기른 콩 모종들을 바라보았다.

식물은 잎이 너무 많으면 제대로 성장하지 못한다. 그래서 어느 정도 자라면 적당히 잎을 따줘야 한다. 사람도 마찬가지. 가진 게 너무 많으면 시간을 들여 배우는 법을 잊어버리게 된다. 그래서 모자라도 한참 모자란 사람이 되는 법. 어쩌면 제 손주 녀석도 가진 게 많아 그토록 삐뚤어졌는지 모르겠다.

제 눈앞의 이 작은 아이는, 가진 것 하나 없이 인생의 수많은 질곡을 꿋꿋이 견뎌내면서 이토록 강하게 자라나지 않았는가.

더 이상 두고 보기만 해서는 안 되겠다는 생각이 들었다. 기다리는 게 소용없다면, 제 손으로 직접 잎을 따줄 수밖에.

"오늘 메뉴는 무엇이더냐?"

"돈가스하고 짜장볶음밥이요!"

천진하게 대답하며 마루로 향하는 윤의 뒷모습을 강 씨는 가만히 바라보았다.

희욱을 위한 곁순 따기에는, 어쩌면 저 아이의 도움이 필요할지도 모른다.

띵동, 띵동, 띵동, 띵동.

초인종 소리가 연달아 울렸다. 몇 번이나 무시했지만 멈출 줄을 몰랐다.

"자기야, 나가 봐야 하는 거 아니야?"

"젠장, 누구야!"

침대에서 뒤척이기만 하던 희욱이 결국 참지 못하고 욕설을 내뱉었다. 잠에서 덜 깬 상태로 좀비처럼 몸을 일으킨 그가 거실로 향하는 걸 보며 침대에 그와 함께 있던 여자도 자리에서 일어났다. 침대보로 대충 상체만 가린 나신의 여자는 천천히 희욱이 빠져나간 방을 둘러보다가 곧 그의 뒤를 따라 나갔다.

"아침부터, 할애비한테 좋은 꼴 보인다."

"할아버지……."

현관 앞에서 강 씨를 발견한 희욱의 눈이 화등잔처럼 커졌다. 강 씨는 한심하단 눈빛으로 희욱의 전신을 훑어보았다.

"자기야, 누구야?"

뒤에서 들려오는 여자의 목소리에 희욱이 재빨리 현관 앞을 막아섰다. 하지만 소용없었다.

"꺄아아악!"

강 씨는 희욱을 밀치며 집 안으로 들어왔고, 강 씨를 발견한 여자는 소리를 지르며 방 안으로 튀어 들어갔다.

"이 되먹지 못한……!"

지팡이를 짚은 강 씨의 손이 덜덜 떨렸다. 그의 목소리엔 희욱을 향한 혐오와 분노가 뒤섞여 있었다. 희욱은 두통을 느끼며 한 손으로 이마를 감싸야 했다.

"네놈이 하는 짓이란 여자나 끌어들여 뒹구는 것뿐이지! 도대체 나이는 어디로 먹었길래 이렇게 한심하게 산단 말이냐?"

"그러게 왜 오셨어요?"

"뭐어?"

"이렇게 사는 거 아시면서 뭐하러 오셔서 확인하시냐고요."

"이놈이 어디서 말대꾸를!"

강 씨가 희욱의 머리를 가격하기 위해 지팡이를 높이 쳐들었다.

"그만하시죠. 제가 어린애도 아니고."

그러나 내리칠 순 없었다. 희욱이 내려치려던 강 씨의 지팡이를 허공에서 붙잡아버린 탓이었다. 희욱은 자신보다 한참이나 작은 강 씨를 무표정한 얼굴로 내려다봤다.

힘을 줘 봐도 지팡이가 꼼짝도 하지 않자 결국 강 씨는 지팡이에서 손을 뗐다.

"아악!"

그 대신 이번에는 과감하게 희욱의 정강이를 걷어찼다. 강 씨의 눈에 정강이를 붙잡고 소리를 지르는 희욱의 모습은 이 이상 한심할 수가 없을 정도였다.

"괘씸한 자식. 벌써 할애빌 이겨 먹으려고."

"도대체가! 늙어서 노망이 났나?"

"뭐 이놈아?"

"아악!"

다시 정강이를 차인 희욱이 마침내 소파에 주저앉자, 강 씨는 승리의 미소를 지으며 희욱 옆에 자리를 잡고 앉았다.

"뼈에 금 간 거 아냐? 친손자를 이렇게 막 대해도 되냐고, 진짜."

"그래도 핏줄이라고, 그동안 많이 봐주었지."

"봐주긴 뭘 봐줘요? 그놈의 지팡이 필요도 없으면서. 그게 지팡이냐고, 사람 패는 무기지."

희욱이 구시렁대는 건 강 씨의 귀에 조금도 들려오지 않았다. 양손을 지팡이 손잡이에 얹은 강 씨는 잠시 생각에 잠긴 듯하더니 이윽고 희욱의 이름을 사뭇 진지한 목소리로 불렀다.

"강희욱."

희욱이 강 씨를 쳐다봤다. 강 씨도 희욱을 쳐다봤다.

"이제부터 봐주는 거 없다. 네놈도 다 컸으니 이제 네 힘으로 살아."

강 씨의 선전 포고였다.

그게 정확히 어떤 의미인지를 희욱이 알게 된 건, 그로부터 사흘 후였다.

"그래서, 이 카드도 안 된다고?"

"네. 손님. 전에 주신 카드도 다시 한 번 확인해 봤는데, 모두 정지 상태였습니다."

"그럴 리가. 내가 이 카드 주인이라니까? 정지시킨 적 없다고!"

"그런 건 카드사에 문의해 보셔야 할 것 같은데요."

"아오!"

말이 안 된다. 가지고 있는 카드가 모두 정지 상태란다. 함께 있었던 이들은 이미 모두 가 버린 상태였다. 언제나처럼 자신이 계산하겠다며 남은 것이었으니 도움을 청할 누군가도 없었다.

희욱은 하는 수 없이 가장 친한 친구인 민재에게 전화를 걸었다.

-지금 거신 전화는 발신이 정지되었사오니…….

"뭐?"

불과 몇 시간 전만 해도 멀쩡하게 터지던 휴대폰이 정지 상태였다. 카드도 없고, 휴대폰도 안 되고, 수중엔 현금도 없다. 희욱은 이제 자신이 오늘 끌고 나온 차마저 없어졌을까 두려워졌다. 태어나 처음으로 점원에게 외상이라는 것을 부탁한 다음, 번호를 남기고 서둘러 가게에서 빠져나왔다.

"제기랄!"

우려했던 대로 원래 있어야 할 자리에 차마저 보이지 않았다.

"도대체 어쩌라는 거야?"

희욱은 그야말로 강 씨에게 제대로 뒤통수를 맞은 것이었다. 자동차가 없으니 집으로 돌아갈 길이 막막했다. 현금이 없으니 대중교통을 이용할 수도 없었다. 그러나 더 걱정인 건, 돌아갈 집이 있느냐 하는 거였다. 돌아가는 모양새를 볼 때 강 씨는 자신의 오피스텔도 처분했을 게 분명했다. 강 씨가 때때로 불도저처럼 밀어붙인다는 건 알았지만, 그야 회사에서 건재할 때의 이야기고. 일찌감치 은퇴를 선언하고 정원에서 장미나 가꾸던 노인네가 이제 와서 이렇게까지 할 줄은 희욱으로서도 예상하지 못한 바였다.

"돌겠네, 정말!"

희욱이 화를 참지 못하고 급기야 들고 있던 휴대폰을 던져 버렸다.

와장창!

그런데 희욱에게 화답하듯 무언가 깨지는 소리가 들려왔다. 분에 못 이겨 마구 제 머리를 헝클던 희욱이 우뚝 멈춘 채 뒤를 돌아보았다.

"……."

완전히 박살 난 제 휴대폰 파편 위로 오토바이 타이어가 보였다.

오늘은 정말이지, 일진이 더러운 날이다.

내쳐진 휴대폰이 하필이면 지나가던 오토바이 위에 깔린 것이었다. 차도도 아니었는데, 기가 막힐 일이다. 희욱이 거칠게 두 손으로 자신의 메마른 얼굴을 쓸어내렸다.

"진짜 죄송합니다!"

오토바이 주인이 헬멧을 벗으며 자신에게로 달려오는 것이 보였다.

"죄송합니다! 진짜 죄송해요! 떨어뜨리신 걸 몰랐어요. 어떡하죠?"

작은 체구의 남자였다. 평소 같았으면 신경 쓸 일도 아니었겠지만, 사내 녀석이 호들갑을 떨며 몇 번이나 머리를 조아리는 모습이 가뜩이나 신경이 곤두서 있는 희욱의 짜증을 돋웠다.

"여기가 차도인 줄 알아? 오토바이라고 아무 데서나 몰아도 된다고 생각해?"

"죄송해요. 배달이 늦어서 그랬어요. 어떡하죠? 배상해드려야 하나요?"

녀석은 눈도 마주치지 못하고 어쩔 줄 몰라 했다. 그런데 그 모습이 어쩐지 낯이 익다. 남자치고는 아담한 키에 귀염성 있는 얼굴, 쟤를 어디서 봤더라…….

"우리 어디서 만났던 것 같은데?"

녀석은 그제야 고개를 똑바로 들고 자신을 쳐다봤다. 작은 얼굴에 박힌 커다란 눈이 잠깐 멀뚱히 자신을 쳐다보더니 이내 커다래진다.

"어? 강 씨 할아버지 손자 아녜요?"

아아, 생각났다. 몇 달 전 담장을 넘어 배달을 왔던 그 또라이.

윤을 알아본 희욱은 더욱 짜증이 났다. 자신을 지금 이 지경으로 만든 장본인이 그렇게 싸고돌던 아이가 아닌가. 휴대폰 하나쯤이야 별것도 아니니 그냥 넘길 수도 있는 일이었지만, 희욱은 윤을 고이 놓아주고 싶은 생각이 들지 않았다. 그러잖아도 일진도 더러운데 아주 그냥 딱 걸렸다 싶었다. 마침 수중에 현금도 없지 않은가.

"어떻게 보상할 거야?"

"죄송한데 제가 별로 돈이 없어서…….""

윤의 말꼬리가 흐려졌다. 안 그래도 주소를 헷갈려서 배달이 늦어질 판이었는데 하필이면 이런 일이 벌어질 게 뭐람. 게다가, 처음 볼 때도 그랬지만 희욱은 어쩐지 무서운 구석이 있었다. 윤은 희한하게도 나이가 지긋한 어른을 대할 때보다 이처럼 젊은 사람을 대할 때 긴장을 많이 했다. 어른들이 많은 시골 마을에서 자란 탓이리라. 자신을 잡아먹을 듯 내려다보는 희욱 때문에 윤의 꼭 쥔 두 손에는 저절로 땀이 찼다.

"그래도 보상할 건 해야지. 저게 백만 원짜린데, 지금 당장 현금 으로 주면 경찰에 신고는 안 하겠어."

"네에? 경찰에 신고라뇨?"

"너 인도에서 오토바이 몰았잖아. 얼마나 위험한 짓인지 알아? 네 바퀴 밑에 깔린 게 휴대폰이 아니라 나일 수도 있었어."

그, 그런 억지가 어딨어.

윤의 얼굴이 하얘졌다. 희욱은 상관하지 않고 윤의 앞으로 뻔뻔 하게 손을 내밀었다.

"내놔. 휴대폰값."

"당장은 없어요. 백만 원을 누가 현금으로 들고 다녀요?"

희욱으로서는 알 리가 없었다. 그 정도 푼돈쯤 현금으로 들고 다니는 거 아니었어?

"아저씨 부자 아니에요?"

윤은 있는 놈들이 더하는구나 싶었다. 강 씨 할아버지의 손자라 면 재벌 3세쯤 되는 거 아닌가? 그 집은 세상 물정 모르는 윤조차 도 알 정도로 유명한 곳인데.

"내가 부자가 아니고, 그 노인이 부자인 거지. 나는 지금 아주 가난하거든. 너한테서 꼭 보상을 받아야겠어. 지금 있는 거라도 내 놔."

거의 협박에 가까웠다. 윤은 희욱의 차가운 말투, 오만한 눈빛, 독 선적 태도, 모든 것이 다 두렵기만 했다. 거의 울먹이고 있는 윤을 내려다보는 희욱의 눈이 가늘어졌다. 사내 녀석이 계집애처럼 구는 모습이 퍽이나 우스웠는데, 이상하게 그럴수록 더욱 괴롭히고 싶어졌다.

"지, 지금은 현금이 하나도 없어요."

"뭐?"

"아저씨 연락처를 알려 주시면 제가 다시 연락드릴게요."

"내가 널 어떻게 믿어?"

"저 할아버지네 집에 매주 가잖아요. 할아버지를 봐서라도 아저씨 돈 안 떼먹어요."

이건 또 무슨 소리인가 싶다.

"네가 노친네 집엘 매주 간다고? 네가 거길 왜?"

"할아버지가 부르니까 가죠. 주말에는 매일 저 일하는 곳에서 시켜 드세요."

희욱의 짜증은 결국 정점을 찍었다. 오피스텔에 여자 들인다며 그렇게 노발대발하던 작자가 자기 집엔 근본도 모르는 사내놈을 끌어들인다고? 정작 자기 손자는 찬밥 취급도 안 하면서?

"진짜로 안 도망가요. 할아버지가 제가 일하는 곳이 어딘지도 다 아니까 의심되면 물어보셔도 돼요. 한꺼번에 다 갚을 수는 없고 다달이 조금씩 낼게요. 제 전화번호도 드려요?"

희욱은 대답하지 않았다. 정말 뭐라도 하나 때려 부수고 싶은 심정이었다.

"아저씨, 근데 저 배달 늦어서 가봐야 해요. 주말에 할아버지 뵈러 갈 때 돈 가지고 갈게요."

윤이 다시 오토바이로 돌아가려 했다.

"야."

희욱이 낮게 깔린 음성으로 다시 윤을 불러 세웠다. 윤은 긴장한 채로 천천히 희욱을 향해 돌아섰다.

"네?"

희욱이 약간의 침묵 후 던지듯 말했다.

"나 오토바이 좀 태워줘."

꽃병에 담긴 붉은색 장미가 이제 막 피어난 것처럼 화사했다. 민이는 장미를 보고만 있어도 기분이 좋았다. 자신은 이름도 모르는 할아버지가 이렇게 매일 자신의 병실로 장미 한 다발씩을 보내 주는 게 신기하고도 고마울 따름이었다.

"다시 퇴원하려면 한 달은 있어야 하지?"

"응."

"병원 냄새 지겨운데. 빨리 너랑 집에 가고 싶어."

"그래도 장미꽃이 있으니까 좀 견딜 만하지 않아?"

"응. 그런 것 같아."

장미에서 눈을 떼지 못하는 자신의 쌍둥이 동생을, 윤이 예뻐 죽겠다는 듯이 쳐다봤다.

지이이잉.

그때, 진동으로 해둔 윤의 휴대폰이 울렸다. 슬쩍 발신자를 확인해 보니, 아니나 다를까 주인집 아주머니였다.

"누군데? 받아봐."

"아, 분식집 사장님. 나 화장실 급해서, 화장실 가면서 받아야겠다."

전세금 얘기를 민이가 듣는 게 싫어서, 윤은 얼른 병실을 빠져 나왔다.

"예, 아주머니."

-그래, 윤이 학생. 보증금은 알아봤어?

"그게, 오백은 저한테 정말 큰돈이라서요. 한꺼번에 드리진 못 하고, 조금씩 내면 안 될까요? 우선은 백만 원씩이라도……."

-윤이 학생. 이렇게 나오면 어떡해. 내가 윤이네 사정 다 아니까 천에서 반으로 낮춘 거 몰라? 요즘 전세 시세 다 알잖아. 다른 덴 이천도 올리고 그래.

"알죠, 그럼. 신경 많이 써 주시고 있는 거. 그러니까 조금만 시 간을 주세요. 아주머니가 쫓아내시면 저희 갈 데 없어요."

-다음 주까지야.

"아주머니……."

-다음 주까지 못 구하겠으면, 방 뺄 준비해.

집주인은 확고하게 시한을 못 박은 뒤 전화를 끊어 버렸다.

큰일 났다.

윤의 어깨가 축 늘어졌다.

다음 주까지 오백을 구할 수 있을 리가 없었다. 이러다가 이사 를 하게 되면 안 그래도 빠듯한 살림에 월세까지 감당해야 할지도 모른다.

운명의 장난인지 윤은 어제 백만 원의 빚까지 얻었다. 배달 일 을 하다가 희욱의 휴대폰을 박살 냈기 때문이었다. 인정 많은 할아 버지와 달리 피도 눈물도 없는 그 손자는 무려 백만 원을 현금으 로 달랬다.

"무슨 고민을 하길래 얼굴에 근심이 가득하누?"

그때, 끙끙 앓던 윤의 머리 위로 익숙한 목소리가 들려왔다.

"어? 할아버지! 정말 오셨네요."

"오냐."

강 씨였다.

강 씨를 보자마자 윤의 얼굴이 환해졌다. 매일 동생에게 꽃을 보내 주는 것만으로도 감사한데, 강 씨는 직접 윤의 동생을 보러 오고 싶다고 했다. 그리고 정말로 이렇게 민이를 찾아주었다. 윤은 진심으로 민이를 챙겨 주는 강 씨가 너무 고맙고 또 좋았다.

"빨리 들어가요, 할아버지."

윤이 아이처럼 좋아하며 강 씨를 재촉했다.

"민아. 내가 지난번에 말했던 강 씨 할아버지야. 인사드려."

"안녕하세요. 정민이라고 합니다."

강 씨가 들어서자, 민이가 공손하게 인사했다.

"그래, 반갑다."

자신을 보고 낯가림도 없이 예쁘게 웃으며 인사하는 민이는, 윤과 닮은 구석이 많았다. 이란성 쌍둥이라 닮지 않았다고 하더니. 웃으면 눈이 반달처럼 휘는 거 하며 하얗고 오목조목한 이목구비 하며, 누가 봐도 가족이었다.

"윤이 꽃을 보내 주시는 게 할아버지라고 말해 줬어요. 제가 장미꽃을 정말 좋아하거든요. 꽃 때문에 병도 벌써 싹 나은 것 같아요. 정말 고맙습니다."

말도 윤처럼 어찌나 예쁘게 하는지. 강 씨가 민이를 보며 흐뭇하게 웃었다.

"정원에서 보면 더 예쁜단다. 퇴원할 때 윤이 녀석과 함께 놀러 오려무나."

"정말이요? 그래도 돼요?"

"되고말고."

"꼭 갈래요."

"할아버지네 정원, 진짜 예뻐. 안 그래도 너한테 꼭 보여 주고 싶었는데. 치료 잘 받아서 꽃 지기 전에 퇴원하면 좋겠다."

좋아하는 민이 옆에서 민이보다 더 좋아하는 윤을 보며, 강 씨의 얼굴엔 다시 절로 웃음이 피었다.

"아, 참. 할아버지, 고스톱 칠 줄 아세요?"

기분이 좋아진 윤이 손뼉을 치면서 물어 왔다.

"응? 고스톱?"

뜬금없는 윤의 질문에 강 씨가 두 눈을 껌뻑였다.

죽은 아내가 좋아하던 것이었다. 따뜻한 아랫목에 앉아 아내와 화투를 치던 그 시절이 비록 대한민국 굴지의 재벌이라는 명성은 없었을지라도 강 씨 인생에서 가장 행복한 시간이었다. 강 씨는 저절로 떠오르는 따뜻한 기억을 잠시 더듬어보았다.

"민이랑 저는 병실 안에서 심심할 때마다 가끔 하거든요. 하실 래요?"

"녀석, 내가 이래 봬도 소싯적에 타짜라고 불렸어. 알고 덤비느냐."

"치, 저번에는 소싯적에 손자보다 더 잘생겼다고 하시더니. 계속 뻥치시는…… 아야야야!"

강 씨의 지팡이가 윤의 정수리를 콩 때렸다. 아프지도 않으면서 윤이 우는소리를 하자 옆에서 민이가 까르르 웃었다.

"오늘 지는 사람이, 주말에 냉면 사는 거예요."

"오냐. 냉면 잘 먹으마."

윤이 침대에 앉아 재빨리 판을 깔고 패를 돌리자, 강 씨도 투지에 불타는 모습으로 장렬하게 착석했다.

뭐 대단한 일이라고 저런담, 그런 둘의 모습이 귀여워서 가운데 앉은 민이가 킥킥거렸다.

"그게 무슨 소리세요, 할아버지?"

"말 그대로다."

윤은 강 씨의 말을 제대로 들은 게 맞는지 자신의 귀를 의심했다. 이 할아버지가 지금 뭐라고 하는 건가.

"저보고 이사를 하라고요?"

"그래. 강남에 오피스텔이 하나 있다. 어차피 비워두고 있는 집이니, 누가 들어와서 사는 게 관리하는 데도 좋겠지."

"하지만, 강남에 있는 오피스텔이라면……."

"세상이 흉흉해서 월세를 주면 제집처럼 안 쓰고 엉망으로 만들어놓기 일쑤야. 네가 들어가서 깨끗하게 관리만 해 주면 누이 좋고 매부 좋은 게지."

요컨대, 남는 집이 하나 있으니 들어와 살라는 말이었다. 아무리 강 씨가 돈이 넘치는 사람이라도 뜬금없이 이런 제안을 할 리는 없었다. 윤의 마음이 무거워졌다.

"아까, 들으셨어요?"

"뭘 말이냐?"

"집주인 아주머니랑 통화하는 거요."

"……."

그랬다. 강 씨는 좀 전에 병실 앞에서 우연히, 집주인과 통화하는 윤의 목소리를 듣게 되었다. 딱 봐도 전세금을 올려달라는 얘기였다. 오백만 원 정도야 당장이라도 보내줄 수 있었지만 윤의 성정에 그렇게 큰돈을 덥석 받을 리 없었다. 비워둔 집이 있다는 것은 어떻게 도와줄 수 있을까, 머리를 굴린 끝에 내놓은 묘책이었다.

게다가, 마침 적절한 타이밍에 빈집이 있기도 했다. 며칠 전 자신의 망나니 손자를 쫓아낸 뒤 비어버린 그 집이.

"할아버지, 말씀만으로도 감사해요, 정말로요. 그래도 이렇게 큰 도움, 그냥 받을 순 없어요. 우선은 제 힘으로 해결해볼게요. 정 안 되면 그때 다시……."

"누가 그냥이라고 했느냐?"

"네?"

"사람 얘기는 끝까지 들어봐야지."

강 씨가 회심의 미소를 짓자, 윤은 어쩐지 오싹한 느낌이 들었다.

"민이 다음 퇴원이 언제지?"

"음. 예정대로라면, 한 달 뒤요."

"그래, 한 달."

윤은 이때까지 강 씨가 무슨 말을 꺼낼지 몰랐다. 그리고 그것이 자신의 인생을 송두리째 뒤바꿀 모든 일의 출발점이라는 것도, 절대로 몰랐다.

"한 달 동안 그 집에서 내 손주랑 같이 사는 게 조건이다."

뭐어어어? 윤은 자신이 뭘 잘못 들은 건 아닌가 하고 한 손으로 제 볼을 살짝 꼬집어보았다. 물론, 따끔하게 아팠다. 자신은 제정신이 맞았다.

"한 달 뒤에 그 집은 완전히 네 거다. 민이가 퇴원하면 둘이서만 같이 살아도 좋아. 대신 한 달 동안 희욱이랑 같이 살면서, 녀석에게 가르쳐줄 것이 있다."

"할아버지, 저 고등학교 때 공부 진짜 못했어요. 심지어 대학도 안 갔다고요. 제가 가르쳐 줄 게 있을 리가……."

"그러니까 더, 너만 가르쳐줄 수 있는 것들이야."

"그, 그게 뭔데요?"

"공부해서 얻은 머릿속 지식이 아니라 직접 체득해서 얻은 것."

강 씨의 눈빛이 확고하게 빛났다.

"녀석에게 혼자서 살아남는 법을 가르쳐다오. 살면서 한 번도 제 손으로 뭔가를 이뤄 본 적이 없는 놈이야. 금수저를 물고 태어난 덕이지. 그래서 감사할 줄 모르고, 기뻐할 줄도 모르고, 노력할 줄도 모르는, 망나니가 되어 버렸어. 하나밖에 없는 손주가 그렇게 자란 건, 내 부덕함이 큰 탓이다. 이제라도 고쳐보려고 해. 좀 도와주지 않으련?"

윤은 금방 울상이 되었다. 강 씨가 부탁하는 거라면 뭐든지 들어주고 싶었다. 언제나 씩씩하던 강 씨가 저리 절절한 목소리로 부탁을 하는데, 윤이라고 안 들어주고 싶으랴. 그러나 지금 강 씨가 부탁하는 것은 윤의 능력 밖에 있는 것이었다.

"같이 산다고 해서 할아버지 손자가 바뀔까요……."

윤이 기어들어 가는 목소리로 말했다. 그녀의 말은 일리가 있었다. 그냥 일리가 있는 게 아니라, 매우 일리가 있었다. 강 씨가 봐도, 희욱이 바뀔 가능성은 제로에 가까웠다. 그러나 어차피 많은 걸 바라는 것이 아니다. 자신의 얼음 같은 마음도 녹인 이 녀석이라면, 희욱에게 조금이나마 인간미를 심어 줄 수 있지 않을까 하는 작은 기대만 있었다.

그리고, 어차피 실패여도 상관없었다. 한 달 뒤엔 윤과 민이가 같이 살 수 있는 집이 생기는 것이었으니, 그것만으로도 의미가 있는 일이었다.

"네가 부담 가질 필요는 없다. 앞으로 한 달 동안 녀석에게 한 푼도 주지 않을 생각이야. 너는 그냥 네가 어떻게 사는지 보여 주기만 하면 돼. 녀석이 스스로 먹고사는 게 어떤 의미인지 느끼도록, 그리고 사람들끼리 부딪치면서 살아볼 수 있도록. 녀석이 바뀔지 안 바뀔지는 지켜보자꾸나."

농담이 아니었다. 강 씨는 진심이었다.

안 지 얼마 되지도 않은 자신을 어떻게 이렇게 믿어 주시는 걸까? 망나니라고 부르긴 했어도, 할아버지가 손자인 희욱을 아끼는 건 당연했다. 윤은 하나뿐인 손자를 덜컥 맡길 만큼 자신을 믿어 주는 강 씨가 고마웠다.

"할아버지……."

하지만, 그래도, 이 제안은 받아들일 수가 없었다. 당장 살 곳이 필요하긴 했어도, 안 되는 건 안 되는 거였다. 강 씨가 이 모든 제안을 하기까지 한 가지 모르는 것이 있었기 때문이었다.

그건 바로, 자신이 여자라는 사실.

자신의 손자가 잘 알지도 못하는 여인과 한 달이나 살기를 원하는 할아버지는 이 세상에 없을 거였다.

"할아버지."

윤이 다시 거절할 걸 알아차렸는지, 강 씨가 윤의 말문을 막으며 그녀의 두 손을 강하게 붙잡아 쥐었다.

"정말, 이러기냐? 이게 무슨 어려운 부탁이라고 이것도 못 들어줘?"

방금 붙잡은 손을 홱 놓은 강 씨가, 이번에는 고개를 절레절레 흔들며 뒤돌아섰다.

"내 살날도 얼마 안 남았는데, 이 정도 부탁 들어줄 의인 하나 못 만나고, 에구구, 죽어야지."

'에구구, 죽어야지'라는 대사를 할 때는 쉰 목소리로 기침까지 했다. 여린 윤의 마음이 철렁했다.

"할아버지! 왜 그런 말씀을 하세요!"

"인생 헛살았……"

"살게요! 산다구요! 할아버지 손자랑 살게요, 한 달 동안!"

"……정말 살 거야?"

언제 앓았냐는 듯, 강 씨의 얼굴에 화색이 돌았다.

"……네."

망했다. 윤이 절망적인 얼굴로 대답하자, 강 씨가 다시 윤 쪽으로 뒤돌아섰다.

"잘 생각했다."

회사에서 손을 뗀 지 꽤 시간이 흐르긴 했어도, 강 씨는 여전히 뼛속까지 사업가였다. 그는 원하는 것을 얻기 위해서 어떤 전략을 취해야 할지를 본능적으로 알았다. 이번에도 마찬가지. 인정

많고 순수한 윤에겐 동정심을 유발하는 게 가장 잘 먹힐 거라 생각했고, 그런 예측은 역시 정확하게 들어맞았다. 과장된 연기가 어설프긴 했지만, 그 정도만으로도 윤을 흔들기엔 충분했던 것이다.

흡족한 얼굴의 강 씨를 바라보며, 윤은 정말이지 울고 싶어졌다.

"고스톱 칠 줄 아누?"

"네?"

김 여사가 어리둥절한 얼굴로 되물었다. 십 년 넘게 모셔온 자신의 시아버지 입에서 들어 본 말 중에 가장 해괴한 말이었다.

강 씨 자신도 자신이 이런 말을 하게 될 줄은 몰랐다. 그러나 참을 수가 없었다. 병원에서 윤과 친 고스톱이 그렇게 재미있을 수가 없었기 때문이었다. 다시 고스톱을 치려면 윤이 찾아오는 주말까지 기다려야 하는데, 그러자니 안달이 나서 못 참을 것 같았다.

"고스톱. 칠 줄 아느냐고."

"모, 모릅니다."

"에잇. 쯧. 어떻게 고스톱도 칠 줄 몰라?"

강 씨가 혀까지 차면서 구박을 했다. 평생을 살면서 고스톱을 못 친다고 타박을 들을 줄이야. 재벌가의 안주인으로 살아남으려고 온갖 지식과 재주를 쌓아 왔어도, 고스톱을 배울 기회는 없었다. 그런 건, 자신들의 세계에는 없는 것이었다.

아버님이 왜 저러시지, 평생 안 먹는 냉면을 해달라고 하시질 않나. 김 여사가 요즘 들어 안 하던 행동을 하는 강 씨를 걱정하고 있는데, 도우미 아주머니가 부엌으로 들어왔다.

"회장님, 사모님. 도련님 오셨어요."

"어머. 희욱이가 이 시간에 집엘 다 오고."

반색하는 김 여사와 달리, 강 씨는 무표정한 얼굴로 묵묵히 식사만 했다. 김 여사는 지금이 태풍이 들이닥치기 바로 직전의 전야(前夜)라는 사실을 몰랐다.

"정말로 노망이라도 나셨습니까?"

긴 다리로 성큼성큼 부엌으로 들어온 희욱은 인사도 없이 대뜸 강 씨 앞에서 언성을 높였다. 김 여사의 얼굴이 새파래졌다.

"강희욱, 너 뭐 하는 거야. 할아버지께 인사부터 드리지 못하고!"

김 여사가 그러거나 말거나, 희욱은 폭발하기 직전이라 제 할 말만 했다.

"제 집, 제 차, 제 카드, 다 돌려놓으십시오. 뭐 하는 짓입니까, 이게!"

"그, 그게 무슨……. 아버님. 희욱이 집하고 차 뺏으셨어요?"

강 씨는 김 여사에게 대답하지 않고, 들고 있던 숟가락만 조용히 내려놓았다. 평소 같았으면 무례한 희욱의 행동에 불같이 성을 내며 지팡이로 희욱의 머리를 내려쳤을 것인데, 강 씨는 오히려 덤덤하게 반응했다. 그게 무엇을 의미하는지 아는지라, 김 여사의 심장은 한없이 오그라들었다. 강 씨는 정말로 화가 났을 때, 펄쩍 뛰는 게 아니라 매우 차분해졌다.

"아가야."

"네, 아버님……."

"내가 저 녀석의 집하고 차를 뺏었다고 했누?"

"아, 아니, 그게 아니고……."

"강희욱."

희욱을 바라보는 강 씨의 눈빛이 서늘했다.

"네가 가졌던 것들이 정말 네 것이라고 생각하느냐. 하나라도 네 힘으로 얻은 게 있다고 생각하느냔 말이다. 그것들은 내가 준 것이지. 네가 내 핏줄이라는 이유 하나만으로. 하지만 더 이상은 안 된다. 고삐 풀린 망아지 같은 널, 그래도 많이 봐주고 기다려줬지, 암."

"그게 무슨 의미입니까? 그래서 절, 내쫓기라도 하겠단 말씀이십니까?"

한진그룹의 '하나 남은' 후계자인, 절요? 하마터면 희욱은 이 말을 붙일 뻔했다. 겨우 삼켜 낸 희욱이 이를 악물고 말을 이었다.

"그렇죠. 저에게 많은 걸 주셨죠. 하지만, 주기만 하셨습니까?"

희욱의 눈빛에 차가운 독기가 어렸다.

"그 모든 걸 준 대가로, 가장 소중한 걸 빼앗아 가셨죠."

강 씨가 두 눈을 질끈 감았다.

희욱은 여전히 '그 일'을 품고 있었다. 오 년이면 충분하진 않았어도 조금쯤은 괜찮아졌으리라 생각했다. 그래서 기다려 준 것이었는데.

"희욱아. 너 도대체 무슨 소리를……."

김 여사의 목소리가 떨리고 있었다.

"저에게 뭘 바라십니까? 저는 죽어도, 한진그룹에서는 일 안 합니다."

"……."

"제가 있을 자리가 아니니까요."

"……."

"그럼 가 보겠습니다."

"잠깐만."

차갑게 뒤돌아선 희욱을, 강 씨의 가라앉은 목소리가 붙잡았다.

"누가 너보고 회사로 들어가라고 하더냐?"

그게 무슨 소리냐는 듯, 희욱이 다시 돌아섰다.

"너에게 뭘 바라냐고? 나는 네게 바라는 게 아무것도 없다. 네가 한진을 원하지 않으면, 강요하지 않을 생각이야. 그따위 회사는 이제 죽어서도 미련이 없다."

강 씨는 지금 자신이 평생을 일궈 대한민국 최고의 그룹으로 키워 온 한진을 '그따위' 회사라고 표현하고 있었다. 희욱이 눈빛이 흔들렸다. 지금, 뭐라는 겁니까, 할아버지?

"내가 죽어서도 눈을 못 감겠다 싶은 건, 한진을 이을 후계자가 없기 때문이 아니다."

"……."

"내 하나 남은 손자가."

"……."

"스스로 인생을 망치려고 하고 있기 때문이다."

"대체, 무슨 소리를……."

"내가 신경 쓰고 있는 건 한진이 아니라, 단지 내 손자의 인생이다. 그뿐이야."

강 씨의 목소리는 소름 끼칠 정도로 진중했다. 한 대 맞은 것 같은 충격이 희욱의 몸을 관통했다. 집과 차를 뺏은 건, 당연히 자신을 회사로 끌어들이기 위한 계략이라고 생각했다. 그런데, 그게 아니라고? 한진 '따위' 신경 쓰지 않는다고? 희욱은 말문이 막혀 버렸다.

"지난번에 정원에서 마주쳤던 아이를 기억하느냐?"

정원에서 마주쳤던 아이라면, 그 어리바리한 또라이? 얼마 전 자신의 휴대폰을 부숴 버린 전적도 있기에 또렷이 기억하고 있었다. 희욱은 이 상황에서 뜬금없이 녀석의 얘기가 나온 것이 이상하고 불쾌했다.

"올곧은 아이야. 참으로 열심히 살지."

"무슨 말을 하고 싶으신 겁니까?"

강 씨가 잠시 숨을 고르다가, 역시 진중한 목소리로 말을 이었다.

"녀석과 한 달간 살아봐라. 배울 게 많을 거다."

"아버님!"

김 여사는 놀라서 소리를 질렀고, 희욱의 얼굴은 하얗게 굳었다.

"방금 뭐라고 하셨습니까?"

"녀석과 같이 살아보라고 했다."

희욱은 잠시, 정말로 강 씨가 미쳐 버린 건 아닐까 생각했다.

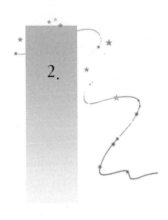

2.

강 씨는 미치지 않았다. 그러나 차라리 그편이 더 나았을 것이다. 강 씨가 멀쩡한 정신으로도 이런 일을 벌일 수 있다는 사실이 희욱에게는 더 끔찍했다.

'녀석과 함께 살면서 한 달 동안 삼백만 원을 벌면, 집과 차, 카드까지 모두 돌려줄 것이다.'

생판 모르는 남과, 그것도 남자와! 한 달을 한 집에 살면서 삼백만 원을 벌어 오란다.

'삼백만 원은 절대 누군가에게 빌려서는 안 되며, 반드시 네 손으로 번 것이어야 한다. 급여명세서 확인하고 윤이 녀석에게도 물어볼 것이니, 허튼 생각 하지 말거라.'

게다가 아주 디테일하게, 꼼수를 쓰지 못하도록 막아 버렸다.

하아…….

아무리 강 씨 앞에서 큰소리를 쳤어도, 강 씨 말은 틀린 게 아니었다. 자신은 강 씨라는 물주가 없으면, 하루도 살아남지 못할 게 분명했다. 희욱은 강 씨가 자신을 내쫓지 못할 거란 확신은 있었지만, 마음만 먹으면 충분히 괴롭힐 수 있다는 사실도 인지하고 있었다.

강 씨의 '한 달 강제 동거' 요구는 아무리 어이가 없고 짜증이 나도 받아들일 수밖에 없는 카드였다. 자신이 물러나지 않는 선이 있는 것만큼 강 씨에게도 물러나지 않는 선이 있었고, 강 씨가 '한진그룹'만 포기한다면, 희욱으로서도 한 달 정도의 동거는 해 줄 수 있었다.

그러나 하필이면, 왜, 그 녀석이냐고.

'저 할아버지네 집에 매주 가잖아요. 할아버지를 봐서라도 아저씨 돈 안 떼먹어요.'

순진한 얼굴을 해서 뱀처럼 강 씨를 쥐고 흔드는 녀석. 자신에게는 세상에서 가장 엄격한 할아버지인 것처럼 굴던 강 씨가 녀석을 예뻐하고 싸고도는 모습이, 그렇게 눈꼴 시릴 수가 없었다.

희욱은 혼자 살기엔 지나치게 넓었던 자신의 공간을 천천히 둘러봤다. 이곳에 그 녀석이 발을 들인다는 사실만으로도 머리가 어떻게 될 것 같았다. 희욱은 꿈이라면 어서 깨라는 듯, 두 손으로 거칠게 제 얼굴을 쓸어내렸다.

딩동, 딩동, 딩동.

그때, 현관 벨이 울렸다.

이 시간에 누가…… 아. 습관적으로 혼자 살던 때처럼 생각하던 희욱의 머릿속에, 윤의 얼굴이 떠올랐다. 이 시간에 올 사람이라곤 녀석밖에 없었다. 강 씨가 아침에 전화로 오늘 녀석이 들어올 테니 짐 옮기는 걸 도우라고 말했던 게 생각이 났다.

물론, 도와줄 생각 따윈 추호도 없었다.

딩동, 딩동, 딩동.

희욱이 생각에 잠긴 사이, 현관 벨이 다시 울렸다. 희욱이 팍 얼굴을 구기며, 현관으로 성큼성큼 걸어갔다.

"벨 자꾸 누르지 마. 시끄러우니까."

덜컥 문을 열며, 희욱이 짜증을 섞어 말했다.

"안녕하세요."

그리고 거의 동시에, 마치 멘트를 준비한 사람처럼, 윤이 꾸벅 고개를 숙여 인사를 했다.

"정윤이라고 합니다."

윤이 천천히 고개를 들어 올렸다. 떨리는 걸 진정시키려고 자신의 양손을 꼭 맞물려 잡았다. 그리고 어색하게나마 웃음도 지어 보였다.

희욱은 당연히 화답하지 않았다. 대신 길쭉한 장신으로 160이 간신히 넘는 윤을 싸늘하게 내려다보았다. 왜 이렇게 키가 작아, 사내놈이.

"들어와."

그 한마디를 던지듯 뱉고선, 희욱은 문을 쾅 닫고 들어가 버렸다.

들어오라는 걸까, 말라는 걸까. 보통은 들어오라는 말을 하고 나면 문을 열어 주지 않나? 윤은 진심으로 헷갈렸다.

희욱은 윤의 이사를 도울 생각이 없었으나, 애초에 그럴 필요조

차 존재하지 않았다. 윤은 달랑 백팩 하나와 크로스백 하나를 메고
왔을 뿐이었다.

그래도 한 달을 살 건데 무슨 짐이 저리 간소해?

희욱은 윤의 모든 것이 의뭉스러웠으나 딱히 묻진 않았다. 어떻
게 자신의 할아버지를 구워삶았는지는 몰라도, 자신까지 녀석과
가까워지는 건 딱 싫었다. 짜증이 만연한 얼굴로 다람쥐처럼 뽈뽈
집 안을 둘러보는 윤의 뒷모습을 눈으로 좇았다.

윤은 새로운 공간을 발견할 때마다 연신 '와아!' 하고 감탄을 터
트렸다. 희욱의 오피스텔은 그녀가 여태까지 본 집 중에서 가장 크
고 화려했다. 입이 쩍 벌어질 크기의 방이 세 개나 있는가 하면, 거
실에는 호화로운 샹들리에와 최신식 벽걸이형 TV, 고급스러워 보
이는 가죽 소파가 놓여 있었다. 커다란 아일랜드 식탁이 놓인 화이
트톤의 부엌은 어느 잡지에나 나올 것 같은 모습이었다.

"정신 사나워. 이리로 와서 앉아."

희욱이 명령조로 말했다.

윤의 작은 어깨가 움찔했다. 윤은 역시 희욱이 무서웠다.

이곳에 들어오기로 마음먹은 순간부터 절대 기죽지 않으리라
몇 번이나 다짐했건만 용기 내 준비한 자신의 첫인사가 말끔하게
씹힌 이후, 그런 다짐은 금방 무색해지고 말았다.

정윤. 기죽지 마. 넌 할아버지의 미션을 수행하러 온 거라고. 네
가 똑바로 안 하면, 할아버지에게 폐 끼치는 게 돼. 윤은 다시 한
번 스스로를 다독이며 희욱이 앉은 소파 끄트머리에 조심스럽게
엉덩이를 붙였다.

"음......"

"……."

와서 앉으라더니, 정작 말이 없다. 윤은 다시 용기를 내 먼저 말을 꺼냈다.

"뭐라고 부르면 돼요?"

"……."

"이름은, 강희욱 맞죠? 아저씨라고 부를게요."

"뭐?"

희욱은 기가 막혀 저도 모르게 반문했다.

"야, 너 몇 살인데 내가 너한테 아저씨야?"

"저 스물두 살인데, 그럼 형이라고 불러요?"

형.

희욱은 그 호칭을 매우 싫어했다.

"됐어. 그냥 처음대로 불러."

"네, 아저씨."

아오, 거슬려.

희욱은 아무것도 모른다는 듯 맑은 눈으로 자신을 바라보고 있는 윤의 연기력이, 오스카상 감이라고 생각했다.

"노친네가 도대체 왜 이런 짓을 벌인 거야? 알고 있는 대로 말해봐."

"아저씨에게 혼자서도 사는 법을 보여 주라고 했어요. 그것 외엔 저도 잘……."

혼자서도 사는 법? 내가 유치원생도 아니고. 희욱은 정말 머리가 어떻게 될 것만 같았다.

"하아, 이 노친네가 정말……."

"아, 그리고 아저씨한테 일자리 소개도 해 주라고 하셨어요."

희욱의 미간에 죽죽 글이 그어졌다. 확인 사살이나 다름없었다. 제 할아버지란 작자는 정말로 자신이 이 말도 안 되는 동거를 통해 뭔가를 배울 수 있다고 생각하고 있었다.

짜증이 치밀어 숨이 턱턱 막혔다. 하지만 뭐 어떡하겠는가. 지금으로서는 노친네의 장단에 대충 맞춰주는 척이라도 해야 했다.

"그래서 네가 하는 일이 뭔데?"

희욱은 삼백만 원을 벌기 위해서는 반드시 윤이 하는 일을 '함께' 해야 한다는 조건이 있었다는 것을 상기하며, 짜증 섞인 어조로 물었다.

"일단 오전에는 커피 전문점에서 일하고, 오후에는 분식집에서 주방 일 도와주고, 밤에는 주로 야식 배달을 해요. 친구가 일하는 술집이 하나 있는데 주말에 바쁘면 가끔 가서 도와주기도 하고요. 금, 토만요. 음, 그리고 시간이 맞으면 종종 단기 알바도 뛰어요. 요즘은 드라마나 영화 엑스트라 알바가 꽤 쏠쏠하고, 전단지 돌리는 것도 가끔 해요. 아, 맞다. 공휴일에 다른 알바 하는 데가 쉬면, 인형탈 알바 같은 것도 하고요."

미친 거 아냐? 그걸 다 한다고?

"……그래서 얼마나 버는데, 한 달에?"

"단기 알바를 많이 하는 달에는, 한 삼백만 원 정도?"

"뭐? 그렇게 무식하게 일하는데 삼백을 번다고?"

삼백만 원이라면 희욱이 친구들을 모아 클럽에서 술 한 번 마시면 나오는 금액이었다. 그런 푼돈을 벌기 위해 한 달씩이나 일해야 한다는 게 짜증스러웠다.

희욱은 열심히 머리를 굴렸다.

자신이 필요한 건, 삼백만 원. 저 또라이도 일하면 삼백을 버는데, 자신도 그 비슷하게는 벌 수 있을 것이다. 게다가 녀석은 자신에게 빚도 있었다. 백만 원은 틈틈이 윤에게서 뜯어내고, 자신은 대충 이백만 원만 채우면 될 것 같았다. 아무리 노친네가 노망이 났어도, 평생 만 원도 벌어 본 적이 없는 자신이 목표치에 근사한 정도로만 벌어오면, 조금쯤은 마음이 풀릴 것이다. 물론, 윤에게 삥 뜯는 돈까지 합쳐서.

"일단 제가 분식집 사장님께 말해둘게요. 지난번에 주방 보조가 필요하다고 하셨던 거 같아요. 그리고 제가 일하는 카페는 지금 당장 사람을 안 구하니까 제가 금, 토에 종종 나가는 식당에 자리가 있는지 알아볼게요."

윤의 단순한 머릿속엔 할아버지의 미션을 성실히 수행해야 한다는 생각뿐이었다. 주방 보조든 단기 알바든 가능한 한 많은 일자리를 소개해 주고 스스로 돈을 벌도록 도와주면 되겠지, 했다.

반면에 희욱은 별로 성실히 임하고 싶은 생각이 없었다. 강 씨의 분이 풀어질 때까지 적당히 장단 맞춰주면 될 거라고 모든 것을 가벼이 여겼다.

불행히도 두 사람 다 한 달간의 동거가 자신들의 인생을 송두리째 흔들어 놓을 거라고는, 전혀 예상하지 못했다.

"일자리 관련된 것 외에, 사생활 터치는 금지. 내 방엔 절대 들어오지 마."

"네……."

희욱은 서릿발 같은 경고를 남기곤, 자신의 방으로 들어가 버렸다.

쾅, 부서질 듯 문이 닫히자 윤은 어깨를 잔뜩 옹송그렸다.

성질머리하고는.

뒤늦게 닫힌 문을 흘겨보다가 윤은 누가 보고 있기라도 한 것처럼 금세 머리를 뒤흔들었다. 아니지, 아니야. 이게 누구 부탁인데. 저 아저씨도 알고 보면 따뜻한 구석이 있을 것이다. 겉은 호랑이 같아도 속은 누구보다 따뜻한 강 씨 할아버지처럼 말이다.

윤은 자신을 아껴주는 강 씨 할아버지의 인정 넘치는 미소를 떠올리면서, 다시금 스스로를 위로했다.

희욱은 아침에 일어나자마자 습관대로 조깅을 다녀왔다. 그동안 본가에 들어가 있었던지라 못했던 뜀박질을 마음껏 했더니 답답한 마음이 조금 풀리는 것도 같았다.

상쾌한 마음으로 집 안에 들어선 희욱은, 코를 찌르는 음식 냄새에 확 얼굴을 구겼다.

"무슨……."

이 오피스텔에 살면서 단 한 번도 집 안에서 음식 냄새가 풍긴 적이 없었다. 희욱은 절대 요리를 하지 않기 때문이었다. 그는 집 안에 음식 냄새가 풍기는 걸 질색했다.

이런 짓을 벌일 사람은, 딱 한 명, 어제부로 같이 살게 된 자신의 불편한 동거인뿐이었다. 내 부엌에서 감히 요리를 해? 잔뜩 짜증이 난 희욱이 쿵쾅거리며 부엌으로 들어섰다.

그런데, 녀석의 모습이 보이지 않았다. 대신 식탁 위에는 상보 하나가 놓여 있었다. 희욱이 상보를 들어 올리자 음식 냄새가 더 강해졌다. 미역국과 고봉밥, 그리고 계란찜과 몇 가지 밑반찬들. 소박하지만 먹음직스러워 보이는 상차림이었다.

그리고 식탁 위에는 네모난 쪽지도 하나 붙어 있었다.

<외식하면 돈 들어요. 밥은 집에서!>

엄청난 악필. 그 녀석다운 글씨였다.

아침 일찍부터 일한다더니 자기나 챙겨 먹고 나갈 것이지 다른 사람 아침상까지 차려주고 나간단 말인가? 오지랖이 넓었다, 그것도 너무. 상관하기 좋아하는 게, 꼭 제 할아버지를 떠오르게 하는 성격이었다.

희욱이 딱 싫어하는 스타일.

"구질구질하게."

희욱은 들고 있던 상보를 던져버리곤, 밥상은 쳐다보지도 않은 채 방으로 들어가 버렸다.

지이이이잉. 지이이이잉.

희욱이 낮잠을 자고 있는 동안 휴대폰이 울렸다. 받지 않으려고 했지만, 끈질기게 울렸다. 희욱은 잠에서 덜 깬 채로 통화 버튼을 눌렀다. 발신자가 누구인지 확인도 하지 않은 채였다.

"뭐야."

-아저씨. 윤인데요.

"윤? 그게 누군……."

아, 생각났다. 내 동거인.

-윤이요. 어제 이사 온 정윤.

그러고 보니 어제 일자리 얘길 하면서 번호 교환도 했었지. 쓸데없는 전화 같은 건 하지 말라고 못 박아두었을 텐데. 희욱이 미간을 구기며 대답했다.

"왜."

-단기 알바 자리가 생겨서요. 내일 오후부터 밤 열 시까지 하는 드라마 보조 출연 알바인데, 하실 거죠?

"보조 출연? 그게 뭔데?"

-드라마 보면 주인공들 뒤에서 막 사람들 걸어 다니고 그러잖……

"얼굴 팔려?"

-네?

"그래서 내 얼굴이 드라마에도 나오는 거냐고."

-아뇨. 거의 안 나오죠. 나와도 아마 몇 초 정도?

"얼마 주는데."

-교통비 포함 십만 원이요.

"……한다."

-네, 그럼 내일…….

희욱은 제 할 말만 하고 전화를 끊어 버렸다. 그러곤 능숙하게 배터리를 분리한 뒤 다시 베개에 얼굴을 파묻어 버렸다.

뚜뚜뚜-

전화가 끊긴 휴대폰 액정을 바라보며, 윤이 입술을 삐죽거렸다. 참, 사람이 처음 봤을 때부터 한결같이 제 말만 한다.

"정윤! 나와서 주문 좀 받아 주라."

뒤에서 박 사장이 부르는 소리가 들려오자, 윤은 얼른 휴대폰을 주머니에 집어넣고 후다닥 카운터로 뛰어나갔다.

"네, 갑니다!"

야식 배달이 끝나고 새벽 3시가 넘어서 귀가한 윤은, 신발을 벗자마자 거실 바닥으로 널브러졌다. 언제나 이 시간이면 온몸에 힘이 한 방울도 남아 있지 않았다. 특히 야식 배달이 있는 평일에는 더 그랬다.

바닥에 붙어서 팔로 느릿느릿 방으로 기어가던 윤은, 눈앞에서 두 다리를 발견하고 소스라치게 놀라 자리에서 벌떡 일어났다.

"끄아아아악!"

"진화가 덜 됐어? 직립보행 할 줄 몰라?"

"이, 이 시간에 안 자고 뭐 해요?"

팔짱을 낀 채 세상에서 제일 한심한 것을 바라보듯 자신을 내려다보는 희욱 때문에, 윤은 심장이 벌렁벌렁했다. 당연히 이 시간이면 자고 있을 거라 생각했다. 그래서 습관처럼 바닥을 기었다. 현관부터 방까지 기어 들어가는 것은, 새벽이면 녹초가 되어 버리는 윤이 늘 집에서 하는 짓이었다.

"내가 이 시간에 안 자는 것보다, 네가 그 자세로 방까지 기어가고 있었다는 게 더 놀랍다고 생각 안 해?"

"너, 너무 피곤해서."

창피해서 쥐구멍에라도 숨고 싶었다.

"업어 주기라도 해야겠군."

희욱이 비꼬는 것인지도 모르고, 윤은 진짜로 그럴까 봐 완강하게 고개를 흔들어댔다. 허, 희욱은 헛웃음을 터트렸다. 하는 짓마다 기가 막히니, 정말 순진해 빠진 건지 아니면 단순히 멍청한 건지 분간도 안 됐다.

낮잠을 하도 자서 밤이 되니 도리어 정신이 맑아진 희욱은, 한참을 뒤척이다 물을 마시기 위해 거실로 나온 참이었다. 그러다가 바닥에 엎어져 있는 윤을 발견했다. 저대로 잠든 건가 싶었는데, 엎어진 윤의 작은 몸이 조금씩 앞으로 움직이고 있는 게 보였다.

그러니까 윤은, 그 상태로 바닥을 기고 있었던 것이다. 꼬물꼬물, 애벌레라도 되는 것처럼.

"내 집 바닥에서 기어 다니지 마."

"……네."

"내 집에서 음식도 하지 마. 음식 냄새 질색이야."

고분고분하던 윤이 고개를 팍 들었다.

"그건 안 돼요!"

"뭐?"

희욱의 두 눈썹이 휙 올라가자 윤이 얼른 다시 고개를 떨구었다.

"음식을 안 하고 살 순 없어요. 밥은 자고로 집에서 먹어야 한단 말이에요……."

기죽은 모습을 하고서도, 제 할 말은 다 한다 이 말이지.

희욱이 긴 다리로 성큼 하고 다가섰다. 반대로 윤은 저절로 주춤거리며 물러났다. 요것 봐라? 하는 표정으로 희욱이 다시 간격을 좁혔고, 윤은 반대로 간격을 벌렸다. 결국 희욱이 한 번 더 움직이자, 윤의 등이 벽에 닿았다. 더 이상 움직이지 못하고 벽과 자신 사이에 갇힌 윤을, 희욱이 빤히 내려다봤다.

"저, 왜……."

왜 이러세요. 윤은 말을 다 마칠 수 없었다. 희욱이 윤의 말을 잘라먹었기 때문이었다.

"너, 사내새끼 맞아?"

윤의 눈동자가 흔들렸다. 이 정도의 질문은 보통의 남자들끼리 할 수 있는 것인데, 도둑이 제 발 저리다고, 윤의 심장은 뭐라도 들킨 것처럼 세차게 요동쳤다.

희욱이 삐딱하게 고개를 틀어 윤에게로 천천히 상체를 내렸다.

도, 도망가!

머릿속에서 울리는 생각과 달리 윤은 꼼짝할 수도 없었다. 윤은 한 번도 낯선 남자와 단둘이 이렇게 가까워 본 적이 없었다. 닿을 듯한 희욱의 상체에서 흐릿한 섬유유연제 향이 섞인, 남자 특유의 체취가 흘러나와 윤의 머리를 어지럽혔다.

윤이 어떤 심정인 줄도 모르고, 희욱은 천천히 윤의 하얀 뺨에 손가락을 가져다 댔다.

"아야야!"

……그리고 쭉 잡아당겼다.

순식간에 둘 사이의 긴장감이 풀리고, 윤이 아파서 소리를 질렀다.

"사내새끼 피부가 하도 뽀얘서, 화장이라도 하고 다니는 줄 알았다."

"뭔 소리예요! 나 화장 안 해요! 씨이, 아파…….."

윤이 희욱의 만행으로 빨개진 한쪽 뺨을 감싼 채, 희욱을 쏘아 보았다. 그러거나 말거나 희욱은 윤의 뺨에 갖다 댔던 자신의 손가락이 깨끗한 것을 확인하더니, 아무렇지도 않게 어깨를 으쓱했다.

"아니면 말고."

뭐어? 희욱이 휙 뒤돌아서 자신의 방으로 향했다. 그 뒷모습을 멀거니 바라보던 윤이 잔뜩 얼굴을 찌푸렸다. 아직도 꼬집힌 뺨이 얼얼했다.

진짜, 강 씨 할아버지 하나뿐인 손자라 참는다, 내가!

윤이 작은 두 손을 동그랗게 말아 쥐곤 부들부들 떨었다.

쾅, 문을 닫고 자기 방으로 들어온 희욱은 아직도 윤의 체온이 조금 남아 있는 자신의 손을 내려다보았다.

가까이서 본 윤의 얼굴은, 티 하나 없이 맑았다. 사내새끼 피부가 뭐 이래, 하는 짓궂은 마음으로 잡아당겼다가, 피부의 감촉이 부드러워서 깜짝 놀라고 말았다. 남자 피부가 그럴 수 있나? 희욱은 자기 볼을 살짝 잡아당겨 보았다. 나쁜 감촉은 아니지만, 윤의 것처럼 보드랍지는 않았다.

게다가, 그 풍성한 속눈썹에 작고 귀여운 코, 뭐라도 바른 것처럼 핑크빛이 돌던 도톰한 입술까지. 멀리서 봤을 땐 머리도 짧고 옷도 소년처럼 입고 다녀서 몰랐는데, 가까이서 보고 나니 여자 옷이라도 입혀 놓으면 누구나 다 여자라고 오해라도 할 것 같은 얼굴이었다.

"저거, 진짜 사내새끼 아닌 거 아냐?"

부드럽고 말캉한 피부의 감촉이 아직도 손끝에 남아 있어 희욱이 눈살을 찌푸렸다.

"젠장."

다음 날, 아침 조깅을 마치고 돌아오는 길이었다. 집 안에 맛있는 냄새가 가득했다.

음식, 하지 말라고 했을 텐데.

확, 얼굴을 구긴 희욱이 부엌으로 걸음을 옮겼다. 식탁에는 어제처럼 정갈하게 아침상이 차려져 있었고, 녀석의 악필이 적힌 쪽지도 다시 보였다.

<어제 아침 왜 안 먹고 나갔어요? 한국 사람은 밥 힘!>

놀고 있네.

희욱이 비소하며, 들고 있던 쪽지를 구겨 버렸다.

이 버릇없는 꼬맹이 녀석의 버릇을 어떻게 고쳐 줄까, 희욱의 머리가 빠르게 돌아갔다.

"어, 아저씨! 여기예요!"

보조출연 알바를 위해 약속한 장소에 도착하자, 멀리서 자신을 향해 손을 흔드는 윤의 모습이 보였다.

시도 때도 없이 발랄하군. 주목받는 걸 극도로 싫어하는 희욱은 일부러 윤이 지쳐서 손을 내릴 때까지 기다리다가, 느릿느릿 다가갔다.

"시간 맞춰 오셨네요. 참, 대기 시간이 길어질 때도 있어서 도시락 싸왔는데, 드실래요? 아침에 제가 차린 밥은 드셨어요?"

"내가 내 집에서 음식 하지 말랬지. 음식 냄새 딱 질색이야."

인사도 없이 희욱은 제 할 말부터 했다. 발랄하던 윤이 금방 풀이 죽었다.

"집밥은 꼭 먹어야 한다니까요. 게다가 외식값은 어떻게 감당해요."

"그놈의 집밥 타령."

풀이 죽어서도 은근히 제 할 말은 다 하는 성격이었다. 희욱이 뭐라고 한마디 더 해 주려던 찰나.

"어? 유지호?"

누군가가 불쑥 희욱의 시야를 가리며 나타났다.

유지호가 누구야?

한눈에 봐도 화려한 스타일의 낯선 남자가 다른 사람의 이름을 대며 자신을 알은체하고 있었다.

"그런 사람 모릅니다."

"아, 유지호가 아니네. 멀리서 보니 닮아서."

희욱은 감흥 없는 눈길로 갈 길이나 가라는 무언의 메시지를 보냈지만, 눈치 없는 남자는 흥분에 찬 목소리로 계속 말을 이었다.

"신인 배우인가? 소속사 어디예요?"

희욱은 윤과 자신 사이에 있는 이 남자를 빨리 치우고 싶었다.

"그런 거 없습니다. 제가 지금 바쁜데, 그냥 좀 가시죠?"

"어머, 까칠한 성격까지 유지호랑 똑 닮았네."

"난 그런 사람 모르니까 좀⋯⋯."

"대한민국에서 가장 유명한 배우인데, 유지호를 몰라?"

"관심 없습니다."

"소속사 없으면 우리 회사에서 일해 볼래요? 일반인이 이렇게 잘생긴 건 범죄야. 자기 잡으면 정말 대박이겠다."

누구 보고 자기래 지금? 희욱의 눈썹이 씰룩였다.

"실장님. 뭐 하세요?"

희욱이 한 번만 더 자신을 그런 끔찍한 호칭으로 부르면 때릴까 진지하게 생각하고 있는데, 다행히도 누군가 나타나 남자의 적극 공세를 저지했다. 희욱은 그게 누군지 관심도 없었다. 귀찮게 구는 남자를 빨리 떼어 내고 싶을 뿐이었다.

"야, 따라와."

희욱이 멀뚱히 서 있는 윤을 바라보며 말했다.

"강희욱……?"

그런데, 새로이 등장한 그 누군가가 정확히 희욱의 이름을 불렀다. 익숙한 음성이었다. 희욱이 돌아봤다.

"신예리?"

"네가 왜 여기 있어?"

희욱의 미간이 좁아졌다. 아아, 귀찮은 일들만 생기는군. 자신을 알아본 희욱이 대놓고 얼굴을 구겨도, 예리는 잘 손질된 하얀 손을 입에 얹고 호호호 간드러지게 웃을 뿐이었다.

"여기서 다 만나네? 내 전화는 다 씹더니?"

휴대폰이 망가지는 바람에 번호를 바꾸긴 했지만, 그걸 구구절절 설명하고 싶지도 않았다. 희욱이 별 대답도 없이 뒤돌아서려고 하는데 이번엔 남자가 끼어들었다.

"예리가 저 남자를 어떻게 알아? 역시, 지금 활동하고 있는 애지?"

"하하. 실장님. 무슨 소리세요. 쟤는 얼어 죽어도 연예인은 안 할 애예요. 얼굴 팔리는 거 싫어해서."

"뭐야, 그럼? 정말 일반인이라는 소리야? 자기는 그럼 저 남자를 어떻게 알아? 소개 좀 해줘, 설득 좀 해 보게."

"설득 절대 못 하실 걸요. 아쉬울 게 없는 사람이라. 돈이라면 제 집에 차고도 남을 테니."

예리는 자신에게 눈길도 주지 않는 희욱을 오래전부터 끈질기게 따라다녔다. 희욱은 한진의 유일한 상속자였다. 모두들 그를 망나니라 칭하지만 예리에게 그는 어쨌거나 한진의 거대한 유산을 모두 상속받을 꿈에 그리던 왕자님이었다.

희욱은 예리와 남자가 얘길 하는 틈을 타 뒤돌아서서 성큼성큼 그들로부터 멀어졌다. 어리둥절한 눈빛으로 예리와 남자를 번갈아 보던 윤도 얼른 희욱을 따라나섰다.

"아저씨, 어떻게 신예리를 알아요?"

"신경 꺼."

도대체 사람들은 누가 누구를 어떻게 아는지 왜 궁금해한단 말인가. 자기 일이나 신경 쓰기에도 모자란 시간에. 희욱은 이해할 수 없었다.

"어떻게 신경을 안 써요? 다른 사람도 아니고 신예리인데. 얼마 전에 찍은 영화도 천만 찍었잖아요."

윤은 아직도 자신이 코앞에서 신예리를 봤다는 사실이 믿기지 않았다. 종종 보조 출연 알바를 하긴 했지만 메인급 배우들과 이렇게 가까이 할 수 있는 기회는 거의 없었기 때문이었다. 화면 속에서보다 실물이 훨씬 더 예쁜 신예리는, 걷거나 말을 하는 게 신기할 정도로 인형 같았다.

그런 신예리와 아무렇지 않게 대화를 하는 사람이, 바로 자신의 동거인이라니. 윤은 신기할 따름이었다. 게다가 두 사람은 한 폭의 그림처럼 잘 어울렸다. 잘생겨도 너무 잘생긴 자신의 동거인을 힐끔 훔쳐보며, 윤이 씁쓸하게 입맛을 다셨다.

같은 집에 살면서도, 희욱이 너무나 다른 세계에 살고 있는 것처럼만 느껴졌다.

"저 사람 엑스트라 맞아?"

"새로운 배우 아니야?"

남자 주인공과 여자 주인공이 카페에서 만나는 신을 찍기 위해, 윤을 비롯한 알바생들은 카페로 꾸며진 세트장 안에서 대기하고 있었다. 그런데 조용해야 할 세트장이, 주인공들이 나타나기도 전부터 술렁였다.

바로 강희욱의 쓸데없이 화려한 존재감 때문이었다. 사람들의 힐끔대는 시선 때문에 옆에 앉은 윤이 다 민망해질 정도였는데, 정작 강희욱 본인은 아무렇지도 않다는 듯이 팔짱을 낀 채 먼 곳만 바라보고 있었다. 지루해 죽겠다는 표정으로.

"조용히 좀 해 주시죠?"

관리 반장이 촬영에 지장이라도 생길까 봐 신경질적으로 소리쳤지만, 들뜬 분위기는 좀처럼 가라앉지 않았다.

그때, 세트장 뒤편에서 오늘의 주인공 유지호와 신예리가 나타났다. 비로소 찬물이라도 끼얹은 것처럼 세트장이 조용해졌다.

유지호와 신예리 쪽으로 시선이 돌아가지 않은 사람은 딱 한 명, 강희욱뿐이었다. 그는 만사에 관심이 없는 듯 지루해 죽을 것 같은 표정을 유지했고, 반면에 옆에 앉은 윤은 신기한 것을 바라보는 어린아이처럼 두 눈을 반짝이며 두 배우를 주시했다.

세트장 안으로 완전히 들어온 신예리의 시선이 희욱을 향했다. 그 눈길이 하도 노골적이라, 희욱도 드디어 눈을 들어 예리를 쳐다봤다. 희욱의 건조한 눈동자가 '뭘 봐'라고 말하고 있었지만, 예리는 눈을 돌리지 않았다.

세트장 안의 모든 사람이 느낄 수 있을 정도로 희욱을 향한 예리의 시선은 강렬했다. 그리고 그 순간만큼은 가장 화려해야 할 남자 주인공 유지호의 존재가 세트장 안에서 완전히 사라져 버린 듯했다.

둘 사이에서 눈치를 살피던 윤은, 얼떨결에 예리 옆에 서 있던 유지호와 눈이 마주쳤다. 희욱만큼이나 잘생겼지만 그를 압도할 만큼의 카리스마가 부족했던 유지호는, 불쾌함과 호기심이 뒤섞인 표정으로 희욱을 바라보다가 역시 얼떨결에 그 옆에 있던 윤을 보게 된 것이었다.

"촬영 들어갑니다."

감독의 말이 떨어지자 비로소 예리가 시선을 거뒀다. 윤을 향한 지호의 시선도 사라졌다. 희욱이 재수 없는 걸 봤다는 듯이 살짝 고개를 흔드는 것을, 오직 바로 옆에 있던 윤만이 알아차릴 수 있었다.

"대기 시간 길어서, 굶으면 힘들어요. 같이 먹어요, 응?"

윤이 도시락을 흔들어 보이며 발랄하게 말했지만, 희욱은 코웃음을 치며 대기실에서 나가 버렸다.

"멀리 있지 말고, 휴대폰 꼭 확인해요! 촬영 시작되면 연락할 테니까!"

분명 문밖으로도 들렸을 텐데, 희욱의 대답은 돌아오지 않았다.

도대체 뭘 먹고 살길래 사람이 저렇게 무뚝뚝하단 말인가.

윤이 고개를 절레절레 흔들고 있는데, 다시 문이 활짝 열렸다. 윤은 희욱이 되돌아온 것인 줄 알고 무심코 시선을 들어 올렸다가, 하마터면 놀라서 들고 있던 도시락을 떨어뜨릴 뻔했다. 문을 통해 들어온 이는 희욱이 아니었다.

"안녕, 꼬맹이."

자신을 바라보며 활짝 웃고 있는 남자의 모습에 현실감이라곤 없었다. 유지호였다. 그 그림처럼 잘생긴 얼굴을 멍하니 바라보던 윤이, 어색하게 자기 자신을 가리키며 물었다.

"저, 저요?"

"응, 너."

지호가 능글맞게 웃으며 대답했다.

"저 아세요?"

"이제부터 알아 가면 되지."

"저를요? 왜요?"

윤이 두 눈을 끔뻑였다. 이 상황이 이해가 가지 않는다는 듯이.

지호는 대답 없이 웃기만 했다. 촬영이 끝나자마자 지호의 시선은 윤의 동선을 좇았다. 분위기만으로도 사람들의 시선을 모조리 당기는 그 남자. 처음에는 그 남자가 궁금했다. 한데, 이상하게도 지호는 촬영 내내 그 남자 옆에 붙어 있는 이 녀석에게서 시선을 뗄 수가 없었다.

하얗고 작은 얼굴에 오목조목하게 들어선 이목구비 때문에, 윤의 얼굴은 누가 봐도 귀여웠다. 머리를 기르고 조금만 꾸미면 어디서도 예쁘다는 소릴 들을 얼굴이었다. 그런데 지호는 짧게 친 머리와 화장기 하나 없이 말끔한 얼굴 때문에 오히려 윤에게 시선이 갔다.

남자아이와 여자아이의 경계에 서 있는, 아슬아슬하고 묘한 분위기, 자신과 눈이 마주치자마자 얼른 시선을 돌려버리던 순진한 눈망울…… 예쁜 것보다 특이한 것을, 노골적인 것보다 은밀한 것을 더 좋아하는 지호의 호기심을, 정윤이란 존재가 확실하게 자극했던 것이다.

"도시락, 같이 먹어도 되지?"

지호가 아무렇지도 않게 윤의 옆자리에 털썩 앉았다.

"예, 예……."

윤은 얼떨결에 희욱의 몫으로 가져왔던 나무젓가락을 지호에게 건네주었다.

"이름이 뭐야?"

"정윤이요."

"이름 예쁘……."

자신이 만든 계란말이를 한입 베어 문 지호가 갑자기 말을 멈추자, 윤은 불안해졌다.

"왜 그러세요? 맛이 없어요?"

젓가락에 들려 있던 나머지 반까지 마저 먹어치운 지호가, 윤을 똑바로 쳐다보곤 진지하게 말했다.

"끝내주게 맛있어."

"예에?"

윤이 너털웃음을 터뜨렸다. 겨우 계란말이 하나 가지고. 윤은 지호의 반응이 신기했다. 대한민국 최고 스타도, 계란말이를 먹고 좋아할 수 있구나.

"다른 것도 먹어 볼래요? 이건 버섯무침, 그리고 이건 장조림."

기분이 좋아진 윤이 지호에게 이것저것 다른 반찬들도 밀어주었다. 지호는 자신을 보고도 스스럼없이 구는 윤이 신기해서 잠깐 바라보다가, 윤이 주는 것들을 차례로 맛보았다.

빈말이 아니었다. 윤의 도시락은 정말로 맛있었다. 평소 입맛이 까다로워 벌써 몇 번이나 헬퍼를 갈아치운 지호였는데, 윤의 계란말이는 지호의 입맛에 놀라울 정도로 들어맞았다.

아, 이걸 어떡하지…….

지호의 눈빛이 위험한 호기심으로 짙어진 것도 모르고, 윤은 그 옆에서 흐뭇한 얼굴로 맛있게 도시락을 까먹었다.

곧 다시 촬영이 시작한다는 반장의 공지가 떨어지자, 윤은 초조해졌다. 아까 나간 희욱이 아직도 돌아오지 않았던 것이었다. 하는 수 없이 윤은 대기실을 빠져나왔다.

도대체 어디길래, 전화도 안 받고!

혹시 지루함을 못 참고 집에 가 버린 건 아닐까, 걱정이 됐다. 만약 그렇다면 희욱은 오늘치 일당을 받을 수 없게 된다. 희욱은 돈을 벌기 위해서 좀 지루하고 힘들어도 기다리는 법을 배워야 했다. 그게 바로 강 씨가 희욱에게 원하는 거였으니까.

초조해진 윤은 버릇처럼 입술을 씹으며, 세트장 구석구석을 누볐다. 하나 아무리 찾아봐도 희욱은 없었다. 심지어 남자 화장실까지 뒤졌다. 정말로 집으로 가 버린 걸까…… 실망감에 어깨를 축 늘어뜨린 윤은, 마지막으로 소품실을 확인해 보기로 했다. 이 넓은 곳에서 뒤지지 않은 곳이란 딱 거기뿐이었다.

희욱이 소품실에 들어가 있을 아무런 이유가 없긴 했지만, 그래도 밑져야 본전이니 여기까지 나온 김에 들러보기로 한 것이었다.

"간지러워, 강희욱."

놀랍게도, 문을 열자마자 희미하게 희욱의 이름이 들려왔다. 설마, 여기 있나? 어쩐지 으슥한 소품실의 분위기에 눌려, 까치발을 하고선 조용히 안으로 걸음을 옮겼다.

"갑자기 연락 끊을 때는 언제고."

간드러진 여자의 목소리가 이제는 조금 더 또렷하게 들려왔다. 어쩐지 익숙한 목소리였다. 윤은 목소리의 정체를 확인하기 위해 비품대가 세워진 코너를 돌았다.

'⋯⋯!'

그러곤 그 자리에서 얼음장처럼 굳어지고 말았다.

신예리. 그리고, 강희욱⋯⋯.

딱 봐도 뭘 하고 있는지 알 수 있을 정도로 얽혀 있는 두 남녀의 모습이 윤의 시야에 또렷이 들어왔다.

내, 내가 지금 뭘 보고 있는 거야?

윤의 머리가 새하얘졌다. 비품 더미 위에 앉은 희욱과 그런 희욱 위에 앉은 예리는 금방이라도 입술을 부딪칠 듯 서로에게 더 가까워지고 있었다. 자연스럽게 희욱의 목에 두르고 있는 예리의 팔과 그보다 더 자연스럽게 그녀의 허리에 놓여 있는 희욱의 팔이, 둘이 어떤 사인지를 확실하게 보여 주고 있었다.

이런 은밀한 남녀의 행각을 처음 마주한 윤은 당황한 나머지 자리를 뜰 생각도 못 하고 굳어져 있었다. 예리의 입술이 희욱의 입술에 거의 닿았을 때, 비로소 윤이 정신을 번쩍 차렸다.

이러다가 보면 어떡해!

윤은 황급히 뒤돌아섰다. 아니, 뒤돌아서려고 했다.

쿵!

그러나 뒤돌던 윤의 어깨에 걸려 비품대 위의 물건 하나가 바닥으로 떨어지고 말았다.

아. 망했다.

윤이 절망적으로 희욱이 있는 쪽으로 다시 고개를 돌렸다. 희욱이 정확히 자신을 바라보고 있었다.

"왜 그래?"

예리가 희욱의 시선을 따라 고개를 돌리려던 찰나였다.

"읍!"

희욱이 그대로 예리의 턱을 붙잡아 키스해 버렸다.

덕분에 예리는 윤을 보지 못했지만, 윤은 보고야 말았다. 눈앞에서 키스하는 둘의 모습을.

난생처음 보는 남녀의 농도 짙은 스킨십은 사춘기 소년처럼 미숙한 윤에게 감전과 같은 충격을 선사했다. 저건 그야말로 어른들의 키스였다. 자신이 교복을 입고 첫사랑과 나눴던 풋풋한 입맞춤과는 차원이 다른.

그때, 희욱의 감긴 눈이 스르륵 열렸다. 희욱이 키스하고 있는 건 예리인데, 그가 바라보고 있는 건 자신이라서, 윤은 마치 자신이 키스를 당하는 기분이었다. 척추 뼈가 곤두서며 야릇한 감각들이 피부 밑에서 저릿하게 일어섰다. 생경한 느낌에 덜컥 겁이 났다. 윤은 생생하게 반응하는 제 몸과 눈치 없이 뛰어대는 제 심장이 야속하기만 할 따름이었다.

희욱이 이윽고 예리에게서 입술을 떼어 내더니, 그녀의 머리카락 속으로 거침없이 손을 집어넣었다. 예리가 살짝 신음을 흘리자 희욱은 움켜쥔 머리카락을 당겨 제 목덜미에 그녀의 얼굴을 내려놓았다. 예리는 참을 수 없다는 듯이 숨을 들썩이며 희욱의 목덜미에 진한 키스를 퍼부었다.

그 모든 일이 벌어지는 동안 희욱은 오롯이 윤만을 바라보고 있었다. 희욱이 이번에는 보란 듯이 능숙하게 예리의 셔츠 안으로 손을 집어넣었다. 희욱의 손이 쓸어 올린 건 예리의 허리였는데, 어쩐지 그걸 보고 있는 윤의 허리에 까끌까끌한 소름이 돋았다. 윤의 얼굴이 잘 익은 사과처럼 빨갛게 달아올랐다.

미쳤어, 정윤!

윤의 경험은 키스까지였다. 그 이상은 상상해 본 적도 없었다. 희욱에 의해서 억지로 금기의 영역에 발을 들인 윤은, 온몸에서 피어나는 낯선 느낌에 경악했다.

그때, 희욱의 입가에 옅은 미소가 걸렸다. 웃어? 희욱이 여전히 눈을 맞춘 채로, 즐겁다는 듯이 조소하고 있었다. 그 모습을 본 윤의 머리로 다시 차가운 이성이 돌아왔다.

허, 헛웃음이 튀어나왔다. 아랫입술을 꾹 사리물었다. 저 사람은, 이 상황을 즐기고 있었다. 그리고 명백히 자신을 놀리고 있었다. 겨우 시선만으로, 완벽하게 자신을 농락하고 있었다.

그걸 깨닫고 나니 거짓말처럼 몸을 묶고 있던 마법이 풀렸다. 지금 이 자리에 서 있는 자신이 부끄럽고 한심하기만 했다.

악취미도 이런 악취미가 없지.

윤이 떨리는 두 손을 꽉 쥔 채, 희욱에게서 돌아섰다.

윤이 사라지자마자 희욱은 예리를 밀쳐냈다.

"뭐야, 강희욱. 미쳤어?"

바닥에 내동댕이쳐진 예리가, 표독스럽게 소리를 질렀다.

자신이 아무리 따라다녀도 늘 차갑기만 한 희욱이었다. 그런 그가 오늘 처음으로 먼저 키스를 해왔다. 예리는 마치 꿈을 꾸는 것만 같았는데, 하지만 설렘도 잠시, 희욱은 금방 싸늘한 눈빛으로 자신을 밀쳐 냈다. 도대체 왜?

희욱은 처음 만났을 때부터 예리가 마음에 들지 않았다. 예쁘긴 했지만, 지나치게 인위적이었다. 그녀의 진한 향수 냄새, 노골적인 시선도 싫었다. 구질구질하게 찾아와서 끈덕지게 달라붙는 것도 정말이지 싫었다. 오늘 예리를 따라 이곳까지 들어온 건, 순전히 이 보조 출연인지 뭔지 하는 우스꽝스러운 일이 지루하기 짝이 없기 때문이었다.

그런데 자신을 찾으러 온 그 녀석을 보고 나니, 예리랑 같이 있는 것이 더 거북해졌다. 녀석의 순진한 얼굴은 가면처럼 인위적인 예리의 얼굴과 극명하게 대비를 이루며 자신의 신경을 건드리고 있었다.

처음에는 별생각이 없었다. 찾으러 다니다가 우연히 들렀겠지 생각했다. 하지만 어쩔 줄 모르고 빨갛게 달아오른 그 얼굴을 보고 있자니, 자꾸만 더 놀려주고 싶다는 생각이 드는 게 아닌가. 겨우 키스 따위에 그렇게나 예민하게 반응하는 게 우스워서 자신도 모르게 짓궂게 굴고 말았다.

노친네를 쥐락펴락하는 그 순진함이 가짜인 줄로만 알았는데, 그때 녀석의 얼굴에 떠오른 당황함 그리고 붉어진 두 뺨은 거짓이 아니었다.

그걸 보니, 더 심술이 피우고 싶어졌다.

희욱이 피식 웃었다.

웃어, 지금? 예리는 어이가 없었다. 강희욱은 지금 완전히 딴 세상에 있었다. 자신은 안중에도 없다는 듯 혼자서 딴생각을 하는 희욱 때문에 예리의 속이 부글부글 끓었다.

"내일 아침, 내 오피스텔로 와."

"뭐?"

희욱은 그 말을 툭 던지고는 뒤돌아서 나가 버렸다.

"저 미친놈!"

오만하고 독선적인 희욱에게 화가 나 발을 동동 구르면서도, 예리는 자신의 오피스텔로 오라는 희욱의 말에 어느새 눈 녹듯 화가 풀리고 있는 스스로가 그보다도 더 싫었다.

희욱이 돌아왔다. 신예리는 어쩌고? 윤은 당황했다. 희욱이 돌아오자마자 때마침 촬영은 재개되었다. 윤은 촬영 내내 한마디도 하질 않았다. 희욱 역시 한마디도 하지 않았다. 마치 아무 일 없었던 것처럼 뻔뻔하게 구는 희욱 때문에 괜히 윤만 더 속이 탔다.

촬영이 끝나자 상황은 더 어색해졌다. 생각보다 늦어진 촬영 때문에 막차가 없는 시간이었고, 사람들은 택시를 타고 하나둘 자리를 떴다. 택시비를 아끼려면 행선지가 똑같은 둘은 함께 택시를 타야 했는데, 희욱은 말도 없이 긴 다리로 휘적휘적 먼저 나가 버렸다.

결국, 윤이 따라가서 희욱을 붙잡았다.

택시비 삼만 원을 그냥 낭비할 순 없었다. 돈을 우습게 아는 부잣집 도련님 희욱이 그런 걸 생각할 리 없었으니 자신이 나서는 수밖에 없었다.

"같이 가요. 어차피 가는 곳도 똑같은데."

희욱을 따라 나온 윤이, 두 손을 주머니에 넣고 뾰로퉁하게 말했다.

"너, 키스해 본 적 있어?"

"뭐라고요?"

무방비한 상태에서 직격타로 날아온 희욱의 질문에, 윤은 소리를 빽 질렀다.

"당연히 해 본 적 있죠. 내 나이가 몇인데!"

"그럼 섹…… 읍."

'그럼 섹스는?'이라고 물으려던 희욱의 입을, 윤이 틀어막아 버렸다.

"미, 미쳤어요?"

윤의 얼굴이 아까처럼 빨개졌다. 희욱이 자신의 입술을 막고 있는 윤의 손을 가볍게 떼어 냈다.

"안 해 봤네."

"나, 남이사!"

그러니까, 스무 살이 훌쩍 넘고도 아직 동정이란 말이지.

희욱의 눈이 가늘어졌다.

"요즘엔 너처럼 예쁘장하고 키 작은 남자애들이 인기 아냐?"

"누가 그래요?"

"친구 녀석이 그러던데. 요즘 뜨는 아이돌인가 뭔가 하는 애들

보면 여잔지 남잔지 구분이 안 간다고. 뭐가 좋아서 여자들이 그 난리인지 모르겠다고. 네가 못생긴 얼굴은 아닌데 왜 이 나이 먹도록 동정인지……. 아, 그건가? 성 기능 장애?"

윤이 희욱의 발을 콱 밟아 버렸다.

"야! 너!"

예상치 못한 기습에 희욱의 얼굴이 확 구겨졌다.

"야! 안 서?"

희욱이 한쪽 발을 절룩이며 소리쳤지만, 윤은 말끔히 무시한 채 달려가서 택시를 잡았다. 내가 미쳤지, 저 인간과 집에 같이 갈 생각을 하다니. 윤은 희욱과 같은 택시를 타느니 차라리 택시비를 길바닥에 버리는 게 낫다는 생각을 했다.

눈을 굴리며 시선을 피할 땐 언제고, 어디서 저런 발칙한 짓을 하고 튈 생각을 한단 말인가. 벌써 저만치 가 버린 택시를 바라보며, 희욱이 어이없어했다.

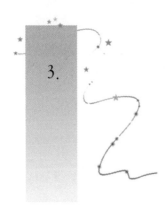

3.

오전 알바가 없는 날이었다. 희욱은 이 시간이면 조깅을 나가고 없었다. 윤은 기회를 틈타 부엌에서 요리를 시작했다. 맛있는 냄새가 온 집 안을 가득 채웠다. 윤을 일부러 환풍기도 안 켰다. 음식 냄새를 질색한다는 희욱을 위해, 윤이 준비한 깜찍한 복수였다.

윤이 찌개에 넣을 호박을 썰고 있는데, 드디어 현관문이 열렸다. 부엌으로 다가오는 발소리도 들렸다. 발소리가 부엌 입구에서 잦아들자, 윤은 의기양양하게 뒤를 돌아보았다.

"엄마야!"

윤이 놀라서 들고 있던 칼을 떨어뜨렸다. 다행히 칼은 윤의 발등이 아니라 저만치 멀리 떨어졌지만, 윤은 안도할 정신이 아니었다.

"신예리?"

당연히 희욱일 줄 알았건만, 자신의 눈앞에 서 있는 건, 신예리였다.

"너 누구야?"

신예리는 문을 열어 주지도 않았는데, 마치 제집인 것처럼 도어록을 풀고 들어온 것이었다.

"강희욱 남동생? 하나도 안 닮았는데."

예리는 어제 촬영장에 있던 자신을 전혀 기억하지 못하는 듯했다. 희욱의 집에 있는 게 여자만 아니면 아무래도 상관이 없었던 예리는 윤 앞에서 흐드러지게 하품을 한 번 했다.

"나도 밥 먹을래. 내 것도 차려줘."

그러곤 뻔뻔한 말만 남긴 채 거실로 가 버렸다.

아침부터 신예리의 실물을 보게 된 윤은 어안이 벙벙했다. 신예리는 어제와는 달리 촬영용 메이크업이 깨끗이 씻긴 민얼굴이었는데, 그마저도 사랑스럽기 그지없었다. 게다가 대충 걸쳐 입은 것 같은 헐렁한 셔츠도 그녀의 육감적인 몸매를 감추지는 못했다. 저 얼굴에 저 몸매라니 남자들이 난리가 날 만도 하지. 아무리 만사가 무관심한 강희욱이라도, 마음이 동할 만했다.

어제 예리의 턱을 붙잡아 저돌적으로 키스하던 희욱의 모습이 떠올라서, 윤은 거세게 머리를 흔들었다. 할 수만 있다면 그때의 기억을 가위로 오려내고 싶었다.

드르륵-

그때, 도어록이 열리는 소리가 났다.

아침 조깅을 마친 희욱이 집 안으로 들어오는 소리였다. 이번에는 남자의 것이 분명한 묵직한 발소리가 들렸다.

이윽고, 트레이닝 차림의 강희욱이 모습을 드러냈다.

"내 말을 개무시하고……."

"……."

"끝까지 음식을 하시겠다?"

윤을 쳐다보는 희욱이 눈빛이 위험하게 번뜩였다. 그러나 윤은 꿋꿋하게 맞섰다.

"내가 우습죠?"

"뭐?"

"어제 소품실에서, 일부러 그런 거 맞잖아요."

"어제 소품실에서? 왜? 무슨 일이 있었는데?"

희욱의 능글맞은 대응에, 윤이 경악했다. 저 아저씨가, 정말!

"신예리, 봤어?"

윤이 고개를 끄덕이자, 희욱이 성큼성큼 다가섰다. 다리가 길어서 그런지 보폭도 컸다. 몇 걸음 걷지도 않았는데 희욱은 어느새 윤의 코앞에 와 있었다. 윤은 저절로 뒷걸음이 쳐지려는 걸, 꾹 참고 버텨냈다.

"집밥이 그렇게 먹고 싶으면, 해 먹어."

희욱이 순순히 허락해 주자 윤의 동그란 눈이 가늘어졌다.

"정말이에요?"

"어."

묘하게 웃음기가 걸려 있는 희욱의 얼굴이 윤을 불안하게 만들었다. 꿍꿍이가 있는 게 분명한데.

"너도 너 먹고 싶은 거 먹어."

"그게 무슨 소리예요?"

"나도 내가 '먹고 싶은 거' 먹을 테니까."

윤이 그 말이 무슨 뜻인지 깨달은 건, 희욱이 '부연 설명'을 덧붙인 뒤였다.

"어제 봤지? 내가 장소 안 가리고 '편식'도 안 하는 거. 네가 이 집에서 그렇게 음식이 먹고 싶다면, 나도 이 집에서, 내 방, 부엌, 화장실, 가리지 않고, 할 거야."

하다니, 뭘?

희욱이 위험하게 웃었다.

"섹스."

맙소사.

윤의 동공이 크게 흔들렸다.

어떻게 그럴 수 있지! 어떻게 음식과 여자를 비교할 수 있단 말인가? 자기도 먹고 싶은 거 먹을 테니 나도 먹고 싶은 거 먹으라고? 기가 막혀서. 윤의 얼굴이 붉으락푸르락 변했다. 생각할수록 어이가 없었다.

'어떡할 거야? 이래도 계속 집에서 밥할 거야?'

그건 질문이 아니라 '협박'에 가까웠다. 당연히 윤은 항복했다. 두 손을 들 수밖에 없었다. 집 안에서 실물로 걸어 다니는 신예리를 보는 것은 한 번만으로 충분했다. 뭐? 이 집에서, 방, 부엌, 화장실, 가리지 않고 하겠다고? 그 꼴을 한 달 동안 보고 살 수는 없었다.

아침부터 내내 혼자서 희욱을 씹어댄 것만으로는 분이 안 풀렸는지, 윤은 저돌적으로 엘리베이터 버튼을 눌렀다. 출근길 내내 씹어줄 것이다! 색마! 변태!

"말도 안 돼. 너 여기 살아?"

그때, 익숙한 음성이 들려왔다. 윤은 자신이 너무 전투적으로 버튼을 누른 것 같아서 민망함을 느끼며 살짝 고개를 돌렸다.

"어?"

윤의 입이 쩍 벌어졌다.

"어어?"

피식. 지호가 옅게 웃었다.

"내 이름이 '어어'야?"

생각지도 못한 사람이 눈앞에 서 있었다. 유지호였다. 이틀 연속 신예리를 본 것도 모자라, 이번엔 유지호. 윤은 자신이 꿈이라도 꾸는 건가 싶어 차라리 어제 강희욱의 만행을 비롯한 모든 게 꿈이었으면 좋겠다는 생각을 했다.

"안녕하세요."

윤이 직각으로 인사를 했다. 예의 바르기도 하지. 그 모습이 귀여워 지호가 다시 미소를 지었다.

"나 여기 25층 사는데. 너도 여기 살아?"

"아, 네. 저는 26층 살아요."

희한했다. 보조 출연 알바까지 하는 애가, 강남에서 전셋값이 가장 비싼 이 빌딩에 산다고? 윤은 지호가 무슨 생각을 하고 있는지 알 것 같아서 얼른 말을 덧붙였다.

"아, 저희 집은 아니고요. 친, 친구 집에, 그냥 얹혀사는 거예요. 잠, 잠깐 동안만요."

왜 이렇게 말을 더듬어?

완전히 거짓말은 아니었지만, 희욱이 '친구'라고 부를 만한 위인도 아니었기에, 윤은 마치 거짓말이라도 하고 있는 것처럼 진땀이 났다. 자신이 왜 이런 걸 겨우 한 번 본 이 사람에게 구구절절 설명하고 있는지도 알 수 없었다.

엘리베이터가 로비에 멈추자 윤은 재빨리 내렸다. 얼른 대화를 갈무리하고 떠나고 싶었다. 그런데 지호는 그럴 마음이 전혀 없었다. 윤을 처음 본 이후로 다시 만날 구실을 찾고 있었다. 관리 반장을 닦달해 연락처까지 알아놓은 상태였다. 그런데 우연인지 인연인지 윤은 자신과 한 빌딩에 살고 있지 않은가. 지호에겐 놓칠 수 없는 기회였다.

"잠깐 시간 돼?"

"죄송한데, 제가 일하러 가는 중이어서요."

"버스 타지?"

"네."

"태워다줄게."

"네? 아뇨. 괜찮아요. 버스 타면 금방……."

"태워다준다니까."

지호가 도망이라도 칠세라 윤의 팔목을 붙잡았다.

가느다란 팔목. 부드러운 촉감.

그 순간, 지호는 윤이 여자라고 확신했다.

자신에게 붙잡힌 팔목을 내려다보며 윤은 매우 곤란해했다. 지호는 씩 웃으며 제 쪽으로 윤의 팔목을 조금 당겼다. 딱 보니 거절할 줄 모르고, 다른 사람 배려하느라 자기 밥그릇 못 챙기는 스타일. 지호는 그런 윤의 성격을 조금, 이용하기로 했다.

결국 지호에게 끌려가다시피 해서 주차장으로 들어선 윤은 지호의 고급 외제차를 보고 눈이 휘둥그레졌다.

"엄청나네요."

"차에 관심 있어?"

"아뇨. 그런 건 아닌데, 딱 봐도 좋은 차 같아요. 생긴 것도 근사하고."

"승차감은 더 좋아. 타."

윤이 조심스럽게 그 안에 몸을 실었다. 이런 좋은 차를 언제 타 보나, 약간 설레기까지 했다. 그때 갑자기 지호가 윤 쪽으로 몸을 깊숙이 숙여왔다. 깜짝 놀란 윤이 숨도 쉬지 않고 얼어붙었다. 지호는 아무렇지도 않게 윤의 안전벨트를 채워 주곤 제자리로 돌아갔다. 눈에 띄게 얼어 버린 윤을 본 지호가 쿡, 하고 웃었다.

"긴장하지 마. 안 잡아먹어."

윤의 얼굴이 홍시처럼 빨개졌다. 아까 엘리베이터 버튼을 누를 때부터 계속해서 민망한 상황만 생기고 있었다.

"지난번에 도시락을 너무 맛있게 먹어서 어떻게 보답해 줄까 고민했어."

"보답이라뇨. 혼자 먹기 싫었는데, 같이 먹어 주셔서 감사했죠."

"그거, 네가 직접 만든 거지?"

"네."

"요리 솜씨가 보통이 아니야. 원래 그렇게 간단한 밑반찬을 맛있게 만들기가 더 어려운 법이거든."

"고맙습니다."

윤은 어린아이처럼 웃으며 꾸벅 고개까지 숙여 인사했다. 강희욱은 차려준 밥상도 마다하는데 밑반찬 몇 점에 저리 칭찬을 해 주니, 금세 기분이 좋아졌다.

차가 신호에 걸려 멈추자 지호는 옆에 앉은 윤의 얼굴을 물끄러미 들여다봤다. 지난번엔 왜 그렇게 남자애인지 여자애인지 헷갈렸을까. 찬찬히 뜯어 볼수록 소년 같은 귀여움이 있긴 했어도, 분명히 여자의 얼굴이었다. 이마부터 코를 지나 인중까지 떨어지는 선이 참 고왔다. 눈동자는 맑고, 두 뺨은 붉었다. 운전대를 잡고 있는 지호의 손가락 끝이 조금, 간지러워졌다.

"그래서 말인데……."

지호가 다시 입을 떼자, 윤이 멀거니 그를 쳐다봤다.

"예?"

"내 요리사 해 볼 생각 없어?"

윤이 눈이 토끼처럼 동그래졌다. 무슨 소릴 하냐는 듯.

"요리사요?"

"내가 식이장애가 있어서 아무 음식이나 못 먹어. 근데 지난번에 네가 만든 음식은 입에 잘 맞았거든. 마침 사는 곳도 가까우니 얼마나 좋아?"

식이장애라니, 물론 뻥이었다. 지호는 입맛이 좀 까다로울 뿐이었다.

윤이 곤란한 듯 입술을 깨물었다.

"죄송한데, 제가 지금 하고 있는 일이 있어서요. 어차피 이 집에서 계속 살 것도 아니고……."

"하고 있는 일이라는 거, 네가 아니면 안 되는 일이야?"

"예? 그건 아니지만……."

"난 너 아니면 안 되는데."

지호가 완전히 고개를 돌려 윤을 쳐다봤다. 윤은 어쩐지 조금 심장이 뛰었다. 쓸데없이 잘생겨서 괜히 아무 말이나 하면서 사람

설레게 한다. 윤은 조금 불공평하다는 생각을 했다.

"와서 오래 있으라는 거 아니야."

"……."

"아침밥만 해 주고 가. 한국 사람한테 제일 중요한 게 아침밥이 잖아."

아, 어쩌지. 윤이 다시 입술을 깨물었다. 식이장애라니. 먹는 걸 낙이라고 생각하며 사는 윤은, 그런 몹쓸 병 때문에 먹고 싶어도 마음대로 못 먹을 지호가 안쓰럽긴 했다.

"요즘 촬영이 바빠져서 거의 밥을 못 먹고 지내. 지난번엔 촬영장에서 쓰러졌었는데, 영양실조라지 뭐야. 아침이라도 든든하게 먹고 다녔으면 그 정도까진 아니었을 텐데……."

망설이는 윤을 보며, 지호가 쐐기를 박았다. 베테랑 배우다운 연기력까지 곁들여가며.

"그럼, 정말 밥만 차려주고 갈 거예요."

지호가 가장 약한 곳을 덥석 건드린 덕에, 윤은 결국 수락하고 말았다. 지금 하고 있는 일만으로도 체력이 남아나질 않았지만, 쓰러지기까지 했다는 얘기를 듣고 나니 어쩔 도리가 없었다.

"오케이. 그럼 너, 오늘부로 나한테 고용된 거다?"

윤이 어떤 심정인지도 모르고 지호는 활짝 웃어 보였다. 그 미소가 아이스크림을 녹이는 햇살처럼 눈부셨다. 그래서 윤의 마음마저 살살 녹였다. 윤은 지호를 향해 홀린 듯 고개를 끄덕였다.

윤이 출근을 하자마자, 희욱은 예리를 집에서 내보냈다. 등까지 떠밀려 쫓겨난 예리는 엘리베이터를 타는 순간까지 별의별 욕을 다 쏟아 냈지만 희욱은 조금도 신경 쓰지 않았다.

예리를 집으로 불러들인 건 오직 한 가지 목적 때문이었다. 희욱은 끝까지 집밥 타령을 해대는 윤의 고집을 꺾고 싶었다. 자신을 올려다보는 윤의 눈동자에서 두려움을 발견했을 때, 몇 번 으름장을 놓으면 밥하는 걸 포기할 거라 생각했다. 겁에 질린 토끼 같은 눈망울이었으니까. 그런데 녀석은 자신을 무서워하면서도, 꿋꿋이 음식을 했다. 아니, 오히려 '보란 듯이' 음식을 했다.

녀석은 은근히 고집도 있고 강단도 있었다. 그런 녀석을 어떻게 꺾어줄까 고민하고 있던 차였다. 자신의 수중엔 가장 이제 강력한 무기 중 하나였던 돈도 없었다. 그런데, 우연히도 아주 좋은 약점을 잡아 버렸다. 자신과 예리의 키스 장면을 보고 질겁하던 녀석의 반응을 보고, 녀석이 남녀상열지사에 민감하다는 것을 알아낸 것이다. 그리고 희욱은 거리낌 없이 그 약점을 이용해 자신의 목적을 달성했다.

정윤, 이라고 했나.

며칠 동안 어떻게 녀석의 고집을 꺾을까 머리를 굴려댔으니, 녀석의 이름이 머릿속에 차 있는 건 당연했다. 그런데 참으로 이상하게도 목적을 이루고 난 지금도, 녀석의 이름이 머릿속을 떠나지 않았다. 정윤, 그 이름이 자꾸만 입가에 맴돌았다. 자신의 입에서 야한 말이라도 나올까 봐 급하게 입을 틀어막으며 소릴 지르던 모습, 빨갛게 익어버린 얼굴로 도리질 치던 모습, 눈가에 살짝 맺힌 눈물까지도, 눈에 선했다.

어쩐지 자꾸만 더 괴롭히고 싶었다. 아예, 울려버리고 싶었다…….

'그 일'이 있고 난 뒤 오 년 동안 희욱의 세상은 멈춰 있었다. 희욱은 어떤 것에도 관심이 동하질 않았다. 아무것도 하고 싶지 않았고, 누구도 만나고 싶지 않았다. 그런데, 얼어 있던 희욱의 세상이 조금씩 움직이기 시작했다. 균열이 일기 시작했다.

정윤, 그 녀석이 묘하게 거슬렸다.

"이상한 짓 하지 말고, 잘하세요."

이상한 짓? 희욱의 눈썹이 씰룩였다.

"제가 소개한 자리니까, 아저씨가 잘못하면 제가 욕먹어요."

윤은 희욱과 함께 오피스텔을 나서면서 거듭 신신당부를 했다. 물론 희욱은 귓등으로 흘려들었지만.

윤의 소개로, 희욱은 앞으로 한 달간 분식집에서 주방 보조 일을 하기로 했다. 비록 파트타임이긴 했으나 주방 보조는 만만한 일이 아니었다. 괜히 이모들에게 폐만 끼치는 게 아닌가 싶어 걱정이 앞섰다.

게다가 주방에 앉아서 채소를 다듬는 희욱의 모습이라니. 도저히 상상이 안 됐다. 그나마 위로가 되는 건, 대기 시간이 없으니 보조 출연 알바 때처럼 그가 갑자기 사라지지는 않으리라는 거였다.

윤은 긴 한숨을 내쉬고, 이내 마음을 다잡았다. 뭐, 어쩌겠어. 이왕 이렇게 된 거, 강희욱을 믿어보는 수밖에. 강 씨 할아버지를 생각해서라도, 자신은 희욱을 믿어야 했다.

윤은 그러나 심란함을 떨치지 못하고 앞서가는 희욱의 뒷모습을 쳐다봤다. 그때, 희욱이 아무렇지도 않게 택시를 붙잡았다.

"누가 알바하러 가면서 택시를 타요? 택시비가 더 나오겠네."

윤이 얼른 달려가 죄송하다는 말과 함께 택시기사를 보내 버렸다. 희욱이 눈썹을 찌푸리며, 그럼 뭘 타냐는 눈빛을 보냈다.

버스나 지하철 같은 건 아예 머릿속에 없는 건가? 윤이 속으로 다시 한숨을 푹 쉬었다. 그러곤 희욱의 등을 버스정류장 쪽으로 떠밀었다.

버스 안에는 사람이 가득했다. 희욱의 표정은 가관이었다. 그는 어떻게 이 작은 공간에 이 많은 사람이 함께 탈 수 있는지 이해가 안 된다는 얼굴로, 혹시 누가 자기 옷깃에라도 닿을까 봐 조심스러워하고 있었다.

좀 닿는다고 죽나, 흥.

한마디 해 주고 싶었지만 애써 참았다. 새벽까지 배달을 해야 하는데, 벌써부터 희욱과의 신경전으로 에너지를 낭비하고 싶지 않았다. 그 때문에 기가 쭉쭉 빨린 게 어디 한두 번이었던가.

중간쯤 가다가 윤과 희욱 앞에 앉아 있던 남자가 일어섰다. 희욱이 사람들 사이에 끼여 불편해하고 있다는 걸 잘 아는 윤이 싫다는 그를 억지로 자리에 앉혔다. 희욱은 서 있는 것도 싫었지만 이 좁은 의자에 누군가와 나란히 앉는 것도 싫었다. 희욱의 얼굴에 짜증이 가득 차올랐다.

풉. 윤은 몰래 웃음을 터뜨렸다.

어쩌면 저렇게까지 안 어울릴까. 서로 얽혀 있는 사람들 속에서, 혼자만 둥둥 떠다니는 것 같은 모습이었다.

그때였다.

"악!"

버스가 급정거한 나머지, 윤의 몸이 옆으로 기우뚱하더니, 결국 중심을 잃고 말았다.

"헉!"

정신을 차리고 보니, 자신은 희욱의 다리 위에 다소곳이 앉아 있었다. 고개를 들자, 험악하게 구겨진 희욱의 얼굴이 보였다.

"죄, 죄송해요!"

윤이 민망함에 벌게진 얼굴로 후다닥 자리에서 일어났다.

"아악!"

그러나 버스는 다시 한 번 멈춰 섰고, 윤의 몸은 붕 날아서, 다시 희욱 위로 안착했다.

"아……."

진짜, 왜 또! 윤의 얼굴이 화르르 달아올랐다.

"계속 이러고 갈 거야?"

민망한 나머지 고개도 못 드는 윤이, 그 말을 듣고 겨우 자리에서 일어섰다.

"덜렁댐이 하늘을 찌르네."

들으란 듯이 희욱이 중얼거렸다. 윤이 아무 말도 못 하고 발끝만 바라보고 있는데, 갑자기 누군가 윤의 손목을 붙잡았다. 윤이 얼굴을 들어 보니, 희욱이었다.

"무슨……."

어느새 자리에서 일어난 희욱이 말도 없이 윤의 손목을 끌어당겨 자리에 앉혔다. 윤이 당황한 얼굴로 일어서려고 하자, 희욱이 손바닥으로 윤의 머리를 꾹 하고 눌렀다.

"앉아 있어."

"저 괜찮……."

"내 위에 또 너 앉히기 싫어."

윤의 얼굴이 더 달아올랐다. 구, 굳이 저렇게 말해야 하나? 이 상황에 틀린 말은 아닌데, 왠지 이상하게 들렸다. 윤의 머릿속에 희욱의 위에 앉아 있던 예리의 하얀 다리가 떠올랐다.

하, 그냥 있자.

자신이 무슨 생각을 했는지 들킬까 봐 윤은 그저 고개를 푹 숙이고만 있었다.

희욱은 수그러진 윤의 정수리를 가만히 내려다보며 생각에 잠겼다.

무슨 남자애가 이렇게 가벼워? 몸매 유지를 하느라 하루 한 끼밖에 안 먹는다는 신예리보다도 더 가벼운 듯했다.

게다가 제 위에 주저앉았을 때 우연히 시선이 닿은 하얀 목덜미는, 무척이나 부드러워 보였다. 하마터면 저도 모르게 손을 댈 뻔했다. 희욱은 제 손가락을 쥐었다 펴 보았다. 며칠 전에 쥐었던 그 부드러운 뺨의 감촉이 여전히 거기에 달라붙어 있었다.

녀석의 목덜미도, 한 번쯤 그러쥐어 보고 싶었다.

녀석의 순진함이 누구나 괴롭혀보고 싶게끔 사람을 자극한단 건 알았다. 귀여운 우는 모습이 보고 싶어 아이를 울리는 것처럼 말이다. 그래도 이건 아니지. 희욱은 순간적으로 제 허리를 훑고 지나간 야릇한 감각에 미간을 찌푸리며, 헛웃음을 흘렸다.

"잉? 이 총각이야? 윤이 네가 부탁한 사람이?"

"예, 사장님."

눈앞에 서 있는 희욱을 아래위로 훑은 박 사장의 얼굴에 당황한 기색이 역력했다.

"자네 정말로 이런 데서 일할 수 있겠어? 입고 있는 옷도 비싸

미치지
않고서는   93

보이는데."

희욱이 대답하지 않자, 윤이 그의 등을 찰싹 때렸다.

이게 미쳤나. 희욱이 미간을 구겼지만, 윤은 아랑곳하지 않고 씩씩하게 말했다.

"예. 잘할 수 있습니다. 생긴 건 곱상해도, 허우대는 멀쩡해요. 어차피 단기로 일할 사람 구하시는 거였잖아요. 기회를 주세요."

"뭐, 윤이 네가 데려온 사람이니 믿어도 되겠지."

박 사장은 윤을 절대적으로 신뢰했다. 십 년 넘게 이곳을 운영하면서 윤이만큼 성실한 사람을 본 적이 없었다. 눈이 오나 비가 오나, 윤은 한 번도 빼먹지 않고 출근했다. 농땡이를 피우는 법도 없었다. 배달이 없을 땐 부탁하지 않아도 주방에 들어가서 일을 도왔다. 곰살맞고 애교 있는 성격 때문에 주방 이모들의 귀여움도 독차지했다.

번듯한 데서 일하면 크게 인정받았을 것이 분명한데 아픈 동생 뒷바라지하느라 대학도 못 가고 이런 데서 일하고 있는 걸 생각하면, 기특하기도 하고 마음이 아프기도 했다. 그런 윤의 부탁이라면, 박 사장은 뭐든지 들어주고 싶었다.

"그럼 오늘부터 시작하는 걸로 해."

"고맙습니다, 사장님! 배달 시작할 때까지 제가 같이 들어가서 도울게요."

윤이 떨떠름한 표정으로 서 있기만 하는 희욱을 이끌고, 씩씩하게 주방으로 들어갔다.

주방에 희욱이 등장하자마자, 이모들이 난리가 났다.

"이 친구 영화배우 아닌감?"

"아니, 이렇게 잘생긴 총각이 왜 주방에 있어, TV에 나오질 않구선?"

"진짜 잘생겼네. 여자 친구는 있어, 없어? 내가 우리 셋째 딸 소개해줘?"

희욱은 난생처음, 난감함이라는 것을 느꼈다. 자신을 동물원 원숭이 보듯이 하는 세 명의 아줌마에게 둘러싸여서 제 성질대로 버럭 하지도 못하고 서 있기만 하는 희욱을 보며, 윤은 웃음이 터질 것 같았다. 할아버지가 진짜 이 모습을 보셔야 하는데. 윤은 이번 주말에 강 씨에게 꼭 이 얘기를 해줘야겠다고 생각했다.

"이모들! 신입도 들어왔는데, 오랜만에 제가 한 곡 뽑을까요?"

윤이 주방에 걸려 있던 주걱을 집어 들며 큰 소리로 말했다.

"아이고! 좋지!"

희욱을 둘러싸고 있던 이모들은 뿔뿔이 흩어져, 어느새 대야 하나씩을 바닥에 깔고 객석을 만들었다.

희욱을 향해 있던 관심은 거짓말처럼 사라졌다. 윤이 난감해하던 희욱을 구해준 것이었다. 도대체 자신이 왜 이런 수모를 당해야 하는지, 강 씨의 능구렁이 같은 얼굴을 생각하며 희욱이 우두둑 이를 갈던 참이었다.

"짜라짜라 짜짜짜~ 짜라짜라 짜짜자~ 무조건 무조건이야~"

그때, 별안간 윤이 노래를 시작했다. 희욱이 어이가 없는 표정으로 그쪽으로 고개를 쳐들었다. 정말로 녀석이 이 주방에서 노래를 부를 줄은 몰랐다. 그러나 떨떠름하게 보고 있기만 한 희욱과 달리, 이모들은 손뼉을 치며 열광적으로 반응했다.

이모들은 '좋아'라는 가사에 합창까지 해 주었다.

미치겠군. 저렇게 넉살이 좋았나?

자신 앞에선 늘 겁먹은 토끼 같던 윤이, 어깨를 들썩이고 호응까지 유도하면서, 정말 맛깔나게 트로트를 부르고 있었다. 게다가, 꽤 잘 부르기까지 했다. 노래를 부르니 평소에도 곱상하다고 생각했던 음색이 더 살아났다. 도대체 변성기를 거치긴 한 건지 사내놈 목에서 저런 미성이 나오는 게 믿기지 않을 정도였다.

노래가 끝나자 이모들이 감동한 얼굴로 연신 박수를 쳤다. 윤은 언제 그렇게 자신감에 찬 얼굴로 노래를 불렀냐는 듯, 머리를 긁적이며 쑥스러운 듯 웃어 보였다. 뭐 저런 게 다 있지, 희욱이 헛웃음을 쳤다.

윤의 트로트 무대는 자연스럽게 이모들과의 오가는 얘기들로 이어졌다. 윤은 그녀들이 풀어내는 소소한 얘기들을 모두 들어주며, 때로는 얄미운 옆집 새댁을 같이 욕해 주기도 하고, 때로는 재롱떠는 손주 얘기에 박수치며 좋아해 주기도 했다.

이 조그만 주방이, 온통 윤을 중심으로 돌아가고 있었다. 희욱은 어느새 싱크대에 걸터앉아, 물끄러미 그 모습을 지켜보았다. 재잘대는 윤의 모습을 담은 희욱의 눈동자가, 짙게 가라앉았다. 마음속 깊은 바닥에서 무언가 꿀렁대는 느낌이 들었다.

"아저씨, 이제 식재료 다듬는 거 시작한대요. 앉아 있지만 말고 와 봐요."

윤이 드디어 자신을 바라봤다. 희욱은 윤이 손짓하는 대로 군말 없이 몸을 움직였다.

주방에서 희욱의 첫 미션은 마늘 까기였다.

"이거 껴요."

윤이 일회용 비닐장갑을 건넸다. 그걸 빤히 내려다보던 희욱이 실소했다.

"나보고 지금 이걸 끼라고?"

"안 끼면, 후회할 텐데."

희욱이 잠시 주위를 둘러봤다. 이모들 중 누구도 장갑을 끼고 있는 사람은 없었다.

"됐어. 그냥 할래."

윤이 혀를 끌끌 찼다. 섣부른 판단이었다. 이모들이야 수십 년간 식당에서 일했으니 열 손가락에 굳은살이 안 생긴 데가 없었다. 그런 이모들에게 맨손으로 마늘 까기 정도야 아무것도 아니었다. 하지만 희욱이 저 물 한 번 안 묻혀 본 비싼 손으로 마늘을 깠다간, 온 손가락이 짓무를 터였다.

뭐, 어디 한번 직접 경험해 보라지. 할아버지가 원하는 것도 '체득'이지 않았던가. 윤은 더 이상 신경 쓰지 않기로 했다.

산처럼 쌓여있는 마늘 포대를 중앙에 두고 빙 둘러앉은 이모들은 다시 수다를 이어갔다. 희욱은 듣고 싶지 않아도 그 옆에 앉아서 윤과 함께 모든 수다를 듣고 있어야만 했다.

"그러고 보니, 민이는 좀 어때?"

어느새 수다는 돌고 돌아 다시 윤에게로 향했다. 처음 나온 이름, 민. 희욱이 저도 모르게 귀를 기울였다.

"잘 지내고 있어요. 한 달 뒤에 퇴원이에요."

"잘됐네. 한번 데리고 와. 이모가 맛나게 저녁 차려줄게."

"예, 감사해요, 이모."

퇴원? 민이라는 사람이 아픈 모양이었다. 절대 관심 갖지 말자, 필요 이상 알지 말자, 생각했는데, 희욱은 민이라는 존재를 어느덧 궁금해하고 있었다.

"정말이지 아무리 생각해도 기특해 죽겠어. 아픈 동생 뒷바라지 하는 게 어디 쉬운 일이야?"

"에이, 이모. 아녜요. 뒷바라지할 게 뭐 있어요. 전 아무것도 안 해요. 민이가 고생하지."

"우리 딸이 딱 윤이 반만큼만 착했으면 좋겠네, 정말."

푸념 섞인 이모의 말에, 윤은 멋쩍게 웃기만 했다.

동생 뒷바라지라…….

희욱이 웃고 있는 윤을 바라봤다.

왜 그렇게 무식하게 일을 하나 싶었다. 새벽에 파김치가 되어 네발로 기어 다니는 모습이 우습다고만 생각했다. 젊어서 고생은 사서 하겠다는 건가, 싶었다. 하지만, 아픈 동생이 있을 거란 생각 은 못 했다.

희욱의 눈이 더 짙게 가라앉았다.

자고 일어나면 나을 줄 알았다. 그런데, 조금도 낫질 않았다.

하얗게 껍질이 벗겨지고 새살이 돋아나고 있는 손가락은 건드 리기만 해도 따가웠다.

'안 끼면, 후회할 텐데.'

윤의 목소리가 귓가에 메아리쳤다.

그깟 마늘 까는 게 뭐라고. 대수롭지 않게 생각했다. 그러나 이렇 게 생살이 떨어져 나가는 고통이 있을 줄 알았더라면, 녀석의 말을 들을 걸 그랬다. 희욱은 결국 아침 조깅을 포기하고, 천천히 침대에서 몸을 일으켰다. 고작 반나절 주방 일을 했다고, 온몸이 찌뿌둥했다.

두고 보자, 노친네.

희욱이 다시 이를 갈며 무거운 몸을 이끌고 욕실로 향했다.

<손 튼 데는 이게 짱이에요.>

찬물에 세수를 하려고 세면대 앞에 선 희욱의 눈에, 거울 위에
붙여진 포스트잇이 들어왔다. 익숙한 악필로 보아, 정윤, 그 녀석
이 쓴 게 틀림없었다.

메모 아래 그려진 화살표대로 시선을 내리니, 세면대 위에 놓여
있는 작은 통 하나가 보였다. '튼튼 크림'이라는 우스꽝스러운 이
름의 크림이었다.

희욱이 결국, 피식 웃고 말았다.

희욱은 오지랖이 넓은 사람을 무척 싫어했다. 지나친 관심은 질색
이었으니까. 그런데 윤이 바로 딱 그런 사람이었다. 알바를 몇 개씩
이나 뛰면서도 자기 아침상을 차려 놓질 않나, 주방 아주머니들 집
안 경조사를 다 꿰뚫고 있질 않나, 하다못해 이렇게 쓸데없이 저를
위해 약까지 찾아 놓았다. 자신이 그렇게 괴롭혀 댔는데도 말이다.

역시, 싫었다. 너무 싫어서 자꾸만 더 괴롭히고 싶었다.

희욱이 뚜껑을 열고 아직도 얼얼한 열 손가락 위에 꼼꼼히 크림
을 펴 발랐다. 입가에 미소가 걸려 있단 사실은 전혀 의식하지 못
한 채로.

윤은 거의 쉬는 날이 없었다. 민이를 보러 병원에 가는 날만 억
지로 시간을 냈는데, 그마저도 길어야 반나절이었다. 그런데 오늘

은 민이가 암 병동의 다른 환자들과 함께 시간을 보낸다고 하는 바람에, 정말로 오래간만에 일 없이 혼자 있을 시간이 생겼다.

시간이 생기면 하고 싶은 것들이 많았다. 노래방에 가서 실컷 노래도 불러 보고 싶었고, 영화관에도 가 보고 싶었고, 친구들과 맛집에 가 보고 싶기도 했다.

하지만 막상 시간이 생기니, 뭘 해야 할지 감이 안 잡혔다. 며칠 전에 약속을 잡으면 모를까, 툭 전화해서 나오라고 하기엔, 윤의 친구들은 대개 너무 바빴다. 노래방이든 영화관이든 맛집이든, 혼자 갈 만한 곳들은 아니라서, 윤은 어쩐지 쓸쓸해졌다.

그러다가 문득, 거실에 설치되어 있던 홈시어터 시스템이 생각났다. 영화관에 못 가면 뭐 어떠한가, 집에 영화관 못지않은 대형 스크린에, 최고급 스피커까지 있는데. 거기까지 생각이 미친 윤은 더 지체하지 않고 거실로 튀어나갔다. 오랜만에 가진 휴식 시간을 조금이라도 그냥 낭비하고 싶지 않았다.

때마침, 거실에서 희욱이 나오고 있었다. 방금 일어난 건지, 반쯤 감긴 눈에 머리는 부스스했다. 지금이 몇 신데 이제 일어난단 말인가. 윤은 천하태평하게 늦잠을 자는 희욱이 어쩐지 얄미웠다.

그래놓고선 밤엔 잠도 안 자고, 새벽까지 일하고 들어온 자기를 괴롭히는 데에만 열을 올리지.

"네가 왜 이 시간에 집에 있어?"

희욱이 잠긴 목소리로 물었다.

"쉬는 날이에요. 영화 볼 거예요."

윤이 퉁명스럽게 대답했다.

"무슨 영화를 집에서 봐."

희욱은 그렇게 말하면서 부엌으로 향했다. 냉장고 문이 여닫히는 소리, 벌컥벌컥 물을 들이켜는 소리가 연이어 들려왔다.

"집에 홈시어터가 있는 건 알고 있어요? 이런 좋은 걸 두고 굳이 영화관까지 갈 필요 없잖아요."

희욱이 다시 거실로 나오는 틈에 맞춰, 윤이 반박하듯 말했다. 희욱은 여전히 잠이 덜 깬 듯 느릿한 걸음걸이로 윤 쪽으로 다가왔다.

"영화는 영화관에서 봐야지. 집에 처박혀서 궁상맞게 그게 뭐 하는 짓이야?"

정말, 사람 속 뒤집는 데 일가견이 있었다. 누군 혼자 집에 처박혀서 보고 싶은 줄 아나? 하고 싶은 말이 많았지만 윤은 애써 참았다. 지난번 집밥 사건 이후로 그를 긁어봤자 자신만 손해라는 교훈을 깨우친 참이었다.

"같이 볼래요?"

윤은 어서 빨리 희욱을 방으로 들여보내고 싶어서 마음에도 없는 소리를 했다. 같이 보자고 하면 희욱이 질색하면서 방으로 들어가 버릴 거라 생각했으니까.

"내가? 너랑? 영화를?"

역시나 예상은 적중했다. 희욱은 기가 막힌 듯 손으로 자기 자신과 윤을 번갈아 가리키며 딱, 딱, 끊어 말했다. 내가? 너랑? 영화를? 윤이 생각했던 것보다 과한 반응이었다. 마치 너 같은 하찮은 사람이랑 영화라니, 상상도 하기 힘든 일이라고 말하는 것 같았다.

윤은 결국 울컥해서 대꾸했다.

"왜요? 나랑은 영화도 못 봐요? 버스에서 사람들한테 닿기라도 할까 봐 그렇게 기겁을 하더니, 그렇게 고귀하신 몸으로 영화관에서 영화는 어떻게 본대요?"

"통째로 빌리면 돼."

"……."

"설마 내가, 인터넷으로 티켓이라도 예매해서 볼 줄 알았어?"

으아아아! 재수 없어! 윤은 속으로 절규를 내질렀다. 정말이지 저 얄미운 얼굴을 시원하게 한 대 때려주고 싶었다.

일그러지는 윤의 얼굴을 보며 희욱은 비죽, 입가를 말아 올렸다. 표정에 감정이 다 드러나는 녀석이었다. 시시각각 변하는 표정을 보고 있는 것만으로도 재밌었다. 이러니 안 괴롭히고 배겨?

희욱이 실소를 머금은 채 뒤돌아서려는데, 금방 정신을 가다듬은 윤이 다시 입을 열었다.

"아저씨, 영화관 안 빌리고 영화 보면 한 편에 얼마인 줄 알아요?"

"모르는데."

"만 원. 조조로 보면 칠천 원. 그리고 식당에서 아저씨 시급은 얼마인 줄 알아요?"

"……."

"육천팔백 원. 아저씨가 한 시간 일해도 영화 한 편 못 봐요."

희욱이 결국 멈추어 섰다. 잠시 잊고 있었다. 저 녀석, 순진하긴 해도 걸어오는 싸움을 피하는 편은 아니라는 거.

"영화관 통째로 빌리려면, 영화는 한 십 년에 한 번쯤 보시면 되겠네요."

"……."

쪼그만 게, 은근히 사람 신경 긁을 줄 안다. 자신이 생각해 봐도 현재 자신의 처지가 엄청 우습긴 했다. 그걸 건드리다니.

"야, 너 내가 계속 이렇게 살 거라고 생각해? 이 거지 같은 짓도 한 달만 지나면……."

"마음대로 해요, 그럼. 나 혼자 볼 테니깐."

아니, 이게 사람 말을 끊고!

희욱의 눈을 희번덕였다. 그러나 윤은 신경 쓰지 않고 리모컨만 꾹꾹 눌러댔다. 대놓고 무시하겠다는 표시였다. 역시, 녀석은 겁이 없었다. 희욱은 다시금 실소했다.

"영화 제목이 뭔데."

깜짝이야. 윤이 놀라서 두 눈을 크게 치켜떴다. 영화를 고르고 돌아섰더니, 소파에 희욱이 앉아 있었다. 벌써 방으로 들어가 버린 줄 알았는데, 왜…….

"볼 거예요?"

윤이 떨떠름한 목소리로 물었다.

"야해?"

"네?"

"그 영화 야하냐고."

"그게 중요해요?"

"어."

하아, 기가 차서. 윤이 고개를 절레절레 흔들었다. 그 모습을 보니, 희욱의 눈빛에 다시 장난기가 스몄다.

"너 때문에 집에 여자도 못 들이고. 만지질 못하니까 눈으로라도 봐야지."

"뭐라고요? 그, 그런 말을 잘도!"

윤이 기겁하며 비명을 터트리자 희욱이 킥킥거렸다. 그러고는 윤의 손에 들린 리모컨을 확 낚아채 갔다.

아아, 상대를 말자, 상대를!

잠시 방에 들어가 버릴까 고민이 됐지만 그러기엔 모처럼 주어진 이 시간이 아까웠다. 윤은 씩씩거리다가 하는 수 없이 희욱 옆에 자리를 잡고 앉았다.

"첫 키스만 50번째? 뭐야, 정말 키스만 50번 하고 끝나는 건 아니겠지?"

스크린에 뜬 제목을 보고 희욱이 빈정대듯 말했다. 윤은 희욱이 앞만 보는 틈을 타 슬쩍 눈을 흘겼다. 그러곤 속으로 열렬하게 기도를 시작했다. 제발 키스만 50번 하고 끝나게 해 주세요!

이윽고 영화가 시작됐다. 사실 희욱은 영화에는 관심이 없었다. 녀석을 놀려먹는 게 재밌어서 거실에 남았을 뿐이었다. 심드렁한 낯빛으로 화면에 시선을 두고 있는데, 불현듯 어깨 위로 뭔가가 톡 떨어졌다.

고개를 돌리자 윤의 정수리가 내려다보였다.

윤은 영화가 시작된 지 십 분도 안 돼서 꾸벅꾸벅 졸기 시작했다. 잠을 줄여 일을 하는 터라 늘 수면 부족에 시달리던 윤이었다. 영화가 시작되고 긴장이 풀어지자 저절로 졸음이 쏟아진 것이었다.

어깨 위에 내려앉은 윤의 머리는, 천천히 조금씩 더 아래로 내려가더니, 결국 희욱의 다리 위에 닿았다. 희욱이 어처구니가 없어서 소리 없이 웃음을 터트렸다.

지난번에 다리 위에 주저앉더니, 이번엔 얼굴을 갖다 댄다. 도대체가 대책이 없는 녀석이었다. 남자로 태어나길 다행이지 여자였으면 어쩔 뻔했나.

평소 성질대로였으면 당장에라도 일어나 녀석을 떼어 냈을 텐데, 희욱은 움직이지 않고 가만히 있었다.

녀석의 반듯한 옆얼굴이 적나라하게 들어왔다. 손을 내리면 곧 닿을 만큼 가까운 거리였다.

사실은 얼마 전부터 녀석의 얼굴을 가까이 보고 싶단 생각을 하곤 했다. 그러니까, 새벽녘에 녀석의 뺨에 손을 덴 그때부터였을 거다. 아니면 스치듯 녀석의 하얀 목덜미에 시선이 갔을 때부터인가. 희욱은 저 자신도 헷갈렸다.

그러나 분명한 건, 지나치리만큼 시선이 간다는 거였다. 희욱은 물론 이 호기심이 단순하게, 녀석의 모호한 생김새에 대한 것이라고 치부했지만.

희욱이 느릿하게 윤의 얼굴로 손을 뻗었다. 기다란 속눈썹이 손가락 끝에 닿았다. 간지러운 느낌이 들었다. 손가락을 옮겨서 코끝도 쓸어 보았다. 코끝에 걸리는 느낌이 몹시 부드러웠다. 그리고 뺨으로, 턱 끝으로, 마침내 입술로……

입술은 말캉하고 촉촉했다.

으음, 작은 신음을 흘리며 윤이 몸을 뒤척였다. 희욱이 화들짝 놀라 손을 거둬들였다.

"야! 일어나! 안 일어나?"

당황한 나머지 윤의 뺨을 찰싹 때리며 깨우고 말았다. 윤이 번쩍 눈을 뜨더니, 허겁지겁 몸을 일으켜 세웠다.

"죄, 죄송해요! 깜빡 잠이 들었나 봐요!"

윤이 벌게진 얼굴을 수습하지 못하고 두 손으로 제 뺨을 감싼 채 사과를 했다.

"네가 고른 영화 최악이야. 심지어 키스 장면도 별로 없다고."

"아……."

윤이 뒤늦게 스크린으로 시선을 돌렸다. 때마침 남녀 주인공이 진득하게 키스를 나누고 있었다. 다시 황급히 시선을 돌리던 윤은 결국 희욱과 눈이 마주쳤다.

"연애도 안 하는데, 넌 저런 걸로 만족이 되냐? 차라리 포르노를……."

"아, 진짜, 좀!"

"진짜 좀 뭐?"

왜 꼭 얘기가 거기로 흐르나! 버럭 소리라도 지르고 싶었지만 지은 죄가 있어서 결국 윤은 고개만 푹 수그렸다. 얼굴이 터질 것처럼 홧홧했다. 하필이면 왜 거기서 잠이 드냐고, 게다가 하필이면 왜! 왜 그쪽으로 쓰러진 거냐고!

윤이 자괴감에 빠져 허우적대는 사이, 희욱은 뻔뻔한 얼굴로 그런 그녀를 바라보고 있었다.

뜯어보고 만져 보면 괜찮아지겠지 했는데, 어쩐지 해소되지 않은 뭔가가 더 쌓이는 것만 같은 기분이 들어서, 희욱이 얼굴을 구겼다.

"할아버지, 뼈해장국에 든 고기는, 손으로 찢어먹어야 해요."

강 씨가 젓가락으로 대충 살점들을 헤집기만 하자, 윤이 강 씨의 그릇을 제 앞으로 끌어다가 두 손으로 능숙하게 고기를 발랐다. 윤이 뼈 사이를 툭툭 끊어내자 사이에 붙어 있던 부드러운 살점들이 떨어져 나왔다. 윤은 뼈에 붙어 있던 살들까지 꼼꼼히 발라내 강 씨 앞에 놓아 주었다.

"원래 뼈에 붙어 있는 고기가 더 맛있어요."

보기 좋은 음식이 맛도 좋은 법이라는 옛말을 의심해 본 적 없었던 강 씨는, 눈앞에 아무렇게나 발라져 있는 살코기들을 미심쩍게 바라보았다.

"에이, 믿고 드셔 보세요."

냉면으로 시작된 강 씨의 분식 메뉴 도전기는 김밥과 칼국수, 각종 덮밥들을 거쳐서, 오늘의 뼈해장국까지 이어졌다. 늘 모양새에 얼굴을 찌푸리곤 했지만 결국 바닥이 보일 때까지 말끔히 먹어치운 강 씨가 아니었던가. 윤은 강 씨가 얼큰한 국물 맛이 깊게 배어든 뼈해장국의 고기도 맛있게 먹을 거라고 확신했다.

"음. 괜찮구만."

잠시 후 강 씨가 고개를 끄덕이며 엄지를 척 들어 보였다. 그 모습을 보고 윤이 배시시 웃었다. 강 씨가 자신이 가져온 음식들을 맛있게 먹어 줄 때마다 윤은 행복해졌다.

"그건, 그렇고."

강 씨가 드디어 슬쩍 본론을 꺼냈다. 오늘 윤을 부른 데는, 음식보다도 더 큰 목적이 있었기에.

"희욱이 녀석하고는 어떠누?"

희욱의 이름이 나오자마자 윤의 얼굴이 어두워졌다. 강 씨가 뜨끔했다. 희욱의 성질머리를 누구보다 잘 아는 강 씨였기에 윤이 고생할 게 훤히 보였다. 그러나 윤을 그 호랑이굴로 몰아넣은 건 자신이었다. 자신의 손자를 위해 이기적인 선택을 해 버린 것이 아닌가 해서 강 씨는 하루도 마음 편한 날이 없었다.

"솔직하게 말씀드려도 돼요?"

윤이 제법 진지하게 말하자, 강 씨가 고개를 끄덕였다.

"성질 고약하고, 사람 무시하고, 협박이 취미예요."

윤은, 기다렸다는 듯이 일러바쳤다.

"할아버지는 겉으로는 무서워도 속으로는 따뜻하잖아요. 그래서 저도 처음에는 아저씨도 그럴 거라 생각했어요. 아무리 무섭게 굴어도, 속은 따뜻하겠거니."

윤이 쌓인 게 많았던지 꽉 쥔 손을 부들부들 떨더니 단호하게 말을 이었다.

"그런데 아니었어요. 아저씨는 겉도, 속도, 시꺼메요. 무슨 숯검 댕이처럼, 아주 시꺼멓다고요."

"풉."

가만히 듣고 있던 강 씨가 갑자기 웃음을 터뜨리자, 윤이 다급하게 덧붙였다.

"저, 농담 아녜요!"

농담이 아니란 건 알았다. 그러나 윤의 반응은 지나치리만치 솔직했다. 그래도 제 손자이니 입에 발린 말을 조금은 할 줄 알았다. 그런데 웬걸, 작심을 하고 일러바치고 있길 않은가. 게다가 저 꽉 쥔 손이, 안쓰러우면서도, 몹시 귀여웠다.

"그걸 당하고만 있었누? 그 구렁이 담 넘듯 넘어가는 뻔뻔함은 어디다 버려 두고? 어찌 희욱이 놈한테는 당하고만 있는 게야?"

강 씨가 짐짓 엄하게 물어오자, 윤이 머리를 긁적이며 대답했다.

"제가 원래, 어르신들하고 더 잘 지내요. 어려서 시골 마을에서 할머니 손에 자랐거든요. 이상하게 아저씨처럼 젊은 사람들 대하는 게 더 어려워요."

"고향엔 종종 들르누?"

"아뇨. 할머니가 돌아가신 뒤론 한 번도 안 가 봤어요. 나중에 민이가 나으면 같이 가 보려고요."

별 뜻 없이 물어봤다가 강 씨는 자신이 무심코 상처를 건드린 것 같다는 생각이 들었다. 조모가 돌아가신 뒤로 다시 고향을 찾지 않았다는 말에는 어쩐지 정윤답지 않은 쓸쓸함이 묻어났다.

말 못 할 사정이 있을 게 분명했다. 저 여리고 작은 것이 도대체 어떤 삶을 살아온 걸까. 윤을 바라보는 강 씨의 눈에 연민과 애정이 담겼다.

희욱이 녀석도 상처가 많은 아이였다. 한진가에서 태어나지 않았으면 저렇게 모난 성격으로 자라지는 않았을 거라 늘 안타까워했지만, 같은 상처를 입고도 누구보다 따뜻하게 자란 윤을 보니 상처 입는다고 모두가 자신의 손자처럼 삐뚤어지는 건 아니라는 생각이 불현듯 들었다.

"내가 참 면목이 없구나. 내 손자라 하는 말이 아니라, 희욱이 녀석이 그래 봬도 여린 구석이 있긴 하단다. 차차 나아질 게다. 조금만 고생해다오."

강 씨가 진심으로 미안하단 얼굴을 해 보이자, 도리어 윤이 미안해졌다. 살 곳도 마련해 주고 언제나 자신과 민이를 살뜰하게 챙겨 주는 강 씨를 위해서 이 정도쯤이야 아무것도 아니라고 생각했는데 강 씨가 친할아버지처럼 편해진 바람에 자기도 모르게 속마음을 털어놓고 말았다. 윤이 얼른 도리질을 치며 큰 소리로 말했다.

"고생이라뇨! 제 걱정은 마세요. 이러다가 정들면 친해지겠죠."

윤이 서투른 거짓말을 숨기려고 어색하게 웃어 보이자, 강 씨도

미치지
않고서는 109

알면서도 모르는 척, 씁쓸하게 웃어넘겼다.

윤을 보내자마자 강 씨는 휴대폰을 열고 단축번호 일 번을 눌렀다. 약간의 신호음이 간 뒤, 익숙한 목소리가 흘러나왔다.

-왜요.

"할애비 전화를 그따위로 받을 테냐? 버르장머리 없는 녀석."

-그거 따지러 전화하셨어요?

지팡이를 붙잡은 강 씨의 손이 미세하게 떨렸다. 눈앞에 있으면 벌써 후려쳤을 것인데. 강 씨가 짐짓 안타까워 쯧, 하고 혀를 찼다.

"네 차."

-제 차가 왜요.

"돌려줄까?"

-…….

"왜 대답이 없어?"

희욱은 당장에라도 대답하고 싶었지만, 뭔가가 미심쩍었다. 강 씨는 이유도 없이 차를 돌려줄 위인이 아니었다.

-진심이십니까?

"오냐. 대신 조건이 있다."

그럼, 그렇지. 희욱이 금방 심드렁한 얼굴이 되었다.

"윤이 녀석, 함부로 대하지 말거라."

뭐어? 잠시 굳어 있던 희욱이, 기가 막힌 듯 실소를 터뜨렸다. 도대체 그 녀석이 뭔데 이렇게까지 하는 거지? 짜증이 치밀어 올랐다.

-그런 말씀 하시려고 전화하신 거면…….

"차."

-…….

"······돌려받고 싶다고 한 거 아니었누?"

희욱의 표정이 썩어 갔다.

-알겠습니다.

희욱이 씹어뱉듯 대답한 뒤, 전화를 끊어 버렸다. 평소 같았으면 먼저 전화를 끊어 버린 녀석을 향해 욕이라도 한바탕 시원하게 퍼부었을 강 씨지만 이번만큼은 너그러이 봐주기로 했다. 이만하면 녀석도 정윤에게 대놓고 함부로 하지는 않겠지. 강 씨는 그답지 않게 퍽 순진하게 믿어버리곤, 흡족한 미소를 띠며 방으로 들어갔다.

희욱은 강씨와의 통화가 끊어진 직후, 들고 있던 휴대폰을 침대로 던져버렸다.

짜증이 파도처럼 넘실거렸다.

요 며칠 녀석이 지나치게 신경을 긁고 있었다. 괜히 강 씨의 두둔하는 태도에 평소보다 더 화가 났다. 제 손자를 손바닥 위에 올려놓고 장난감처럼 뒤흔들면서까지, 정윤 그 녀석을 싸고도는 강 씨가 미웠다. 녀석을 인정하고 싶지 않았는데, 그냥 성에 찰 때까지 괴롭히고 나면 이 관심도 사그라지겠지 했는데, 오래 옆에 둘 사람처럼 녀석을 싸고도는 강 씨의 태도가 마치 녀석에 대한 자신의 관심 역시 진심이라는 걸 반증하고 있는 것 같아서, 화가 났다.

희욱이 다시 머리를 굴렸다.

위험해지기 전에, 끊어내야 해.

희욱의 본능이 소리치고 있었다.

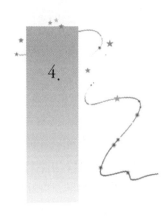

4.

[7시. 저녁 같이 먹지. W호텔로 와.]

희욱에게서 처음으로 문자가 왔다. 오랜만에 알바 대타도 없는 토요일이라 여유가 생긴 윤은, 희욱에게 저녁을 같이 먹자고 했었다. 물론, 가차 없이 까였지만.

윤이라고 희욱과 나란히 앉아 저녁을 먹고 싶었던 것은 아니다. 하지만 어제 본 강 씨의 미안해하던 얼굴이 눈에 밟혀서 노력이라도 해 보려고 했던 것이었다. 시원하게 까인 게, 오히려 마음 편했달까.

그런데 갑자기 희욱에게서 문자가 왔다. 희욱도 이제 조금 노력을 해 보려고 하는 걸까? 근거도 없는 긍정적인 생각으로 머리를 채운 윤은, 어느덧 W호텔 앞에 서 있었다.

"여기가, W호텔 맞아요?"

윤이 앞에서 발레파킹을 하는 남자를 붙잡고 물었다. 남자가 윤의 행색을 훑더니 성의 없이 고개만 끄덕였다.

대충 휴대폰으로 검색을 해서 찾아오긴 했는데, 눈앞에 펼쳐진 웅장한 호텔의 전경을 보고 윤은 당황할 수밖에 없었다. 할아버지가 한 푼도 주지 않는다고 들었는데, 도대체 희욱은 어떻게 이 고급 호텔에서 저녁을 먹겠다는 것일까? 설마 나보고 내라고 하는 건 아니겠지. 수중에 현금은 물론이고 통장에 잔액도 별로 없는 윤은 얼른 휴대폰을 열고 문자를 전송했다.

[저 돈 없어요. 아저씨.]

답장이 금방 날아왔다.

[내가 사.]

여전히 찝찝하긴 했지만, 일단 희욱이 사기만 한다면, 못 들어갈 이유는 없었다. 윤이 심호흡을 한 번 하고, 호텔 입구로 들어갔다. 레스토랑은 건물 60층에 있었다. 하도 층이 높아서 엘리베이터를 타고 올라가는 데도 한참이 걸렸다. 내리자마자 화려하게 장식된 레스토랑 입구가 보였다. 엘리베이터부터 입구까지 깔린 레드카펫을 지나자, 입구에 서 있던 호스트가 윤에게 예쁘게 미소 지으며 인사했다.

"예약하셨습니까?"

기계적으로 흘리는 예쁜 미소와 달리, 어쩐지 차가운 말투였다.

"아, 예약이 되어 있는지는 모르는데요. 강희욱 씨하고 일행이에요."

리스트 안에서 희욱의 이름을 발견한 여자가, 조금 전 이 이름으로 들어갔던 화려한 외모의 남자를 기억해 내곤 악의적으로 윤의 전신을 훑었다.

아무리 세상 물정 모르는 윤이라도, 그녀의 시선에 담긴 경멸을

미치지
않고서는   113

모를 리가 없었다. 윤은 자신이 입고 온 허름한 남색 박스티와 구제 청바지가 갑자기 신경 쓰이기 시작했다. 한 번도 이런 고급 레스토랑에 와 본 적이 없었으니 이런 곳에 어울릴 만한 복장이 어떤 건지 의식해 본 적도 없었다.

"강희욱 씨 이름으로, 예약 없나요?"

여자가 일부러 약간 뜸을 들인 후 대답했다.

"있네요. 여기. 들어가시죠."

여자의 뒤를 따라 레스토랑으로 들어선 윤에게로, 사람들의 시선이 쏠렸다. 그만큼 윤의 행색은 너무나 튀었다. 저 혼자서 딴 세계에서 떨어진 사람이 된 것 같아서 얼굴이 화끈해질 정도였다.

도대체 하필이면 강희욱은 왜 가장 구석에 있는 테이블을 예약한 건가! 사람들의 시선을 한 몸에 받으면서 걷고 또 걷는 윤은 마치 시간이 멈추기라도 한 것 같아 답답했다.

"그럼, 좋은 시간 되십시오."

여자가 드디어 걸음을 멈추고는, 인사를 한 뒤 사라졌다. 이윽고 긴 다리를 꼬고 앉아 도도하게 자신을 바라보고 있는 강희욱이 보였다. 그는 마치 처음부터 한 폭의 그림인 것처럼 이곳과 어우러지고 있었다.

윤은 그와는 정반대로 민망할 정도로 튀고 있는 스스로의 모습에 조금 우울해졌지만, 그래도 마음을 다잡으며 씩씩하게 희욱 앞으로 걸어갔다. 음식 나고 사람 난 게 아니라 사람 나고 음식 났다. 맛있게 먹고 기분 좋게 걸어 나가면 그뿐.

"앉아."

희욱이 예의 그 명령조의 어투로 말했다. 윤이 꾸벅 고개 숙여 인사하곤 자리에 앉았다.

"예쁘네요."

테이블 옆에 세워진 유리 벽을 통해 서울 시내가 다 들여다보였다.

윤은 두 손을 유리에 붙이곤 바짝 얼굴을 댔다. 빠르게 지나가는 수만 대의 자동차들. 찌를 것처럼 솟아 있는 고층 빌딩들. 모두가 빛으로 둘러싸여 물결처럼 출렁이고 있었다.

"이런 곳에 와 본 적 있어?"

"없는데요."

윤은 야경에서 눈을 떼지 못한 채, 별생각 없이 대꾸했다. 그런 윤을 주시하던 희욱이, 테이블 위로 깊숙이 몸을 숙였다. 가까워지는 희욱의 기척을 느낀 윤이, 눈을 돌려 희욱을 바라봤다.

"느껴져? 네가 사는 세계랑 내가 사는 세계가 얼마나 다른지."

윤의 동공이 커졌다. 희욱이 비릿하게 웃으며 말을 이었다.

"그리고 내가 사는 세계에는 우리 노친네도 포함되어 있어. 네가 아무리 노친네한테 살랑거려도, 결국 네가 사는 곳은 여기가 아닐 거란 말이지. 결국 다시 돌아가겠지."

"……."

"바닥으로."

잠시 정적이 흘렀다.

윤은 대꾸하지 않았다. 아니, 할 수가 없었다. 아무것도 모르고, 희욱이 어떤 생각으로 자신을 이곳으로 불렀는지 바보같이 하나도 모르고, 여기까지 와 버린 스스로가 한심할 뿐이었다.

"그러니까 처음부터 꾸지 마. 쓸데없는 꿈."

희욱이 확고하게 못 박았다. 눈빛에는 조소가 스며 있었다. 윤이 아랫입술을 꾹 깨물었다. 긴장하거나 화가 나면 나오는 버릇이었다.

"잘 알겠어요. 쓸데없는 꿈, 안 꿀게요."

윤이 질끈 눈을 감았다 떴다. 두 손을 꾹 말아 쥐었다. 손끝이 떨리고 있었지만, 목소리는 떨리지 않아 다행이라고 생각했다.

"나 저녁 사 주는 거 맞죠?"

희욱이 대답할 틈도 주지 않고 갑자기 윤이 번쩍 손을 들고 웨이터를 불렀다. 보통은 가만히 손을 들고 기다리는 게 매너였다. 사람들의 시선이 이쪽으로 쏠렸다. 희욱은 당황했다.

희욱은 찰나에 분명, 상처 입은 윤의 표정을 읽었다. 당연히 화를 낼 거라고 생각했는데, 예상과 다른 윤의 반응에, 희욱이 잠시 할 말을 잃었다.

웨이터가 다가오자, 윤이 아무렇게나 메뉴들을 짚었다.

"이거, 이거, 이거하고, 이거. 그리고 이것도 주세요."

"아, 예. 근데 이건 디저트 메뉴인데, 식사랑 함께 준비해드릴까요?"

"네에, 그냥 주세요. 술은 뭐 있어요? 소주 같은 건 없죠?"

"아, 저희는 와인하고……."

"와인으로 주세요, 그럼."

"와인은 어떤 걸로……."

"제일 비싼 걸로요."

여기서 가장 비싼 와인은 이백만 원이 넘었다. 웨이터는 정말 이렇게 덥석 주문을 받아도 되는 건지 슬쩍 건너편 희욱의 눈치를 살폈다. 이 레스토랑은 희욱의 친구인 민재가 운영하는 곳으로 희욱은 민재에게 한 달 뒤에 계산을 하겠다고 미리 말을 해 둔 터였다. 카드만 돌려받으면 금액은 얼마가 나오든지 상관이 없었다. 그러나 주문한 음식들이 너무나 뒤죽박죽인 터라 희욱이 얼굴을 구겼다.

"그걸 지금 다 먹을 수 있다고 생각하는 거야?"

그러거나 말거나 윤은 손가락 두 개를 꼿꼿이 펴 보이며 덧붙였다.

"아, 두 병 주세요."

비싸기만 하지 맛있으면 얼마나 맛있으랴 했는데, 맛있어도 너무 맛있었다. 윤은 숨도 안 쉬고 먹고, 또 먹었다. 레어로 구워진 스테이크는 입에 들어가자마자 눈꽃처럼 녹아 버렸다. 버터와 함께 구워진 랍스터는 식감도 풍미도 일품이었다. 소고기 안심 구이와 함께 만든 버섯 요리도 기가 막혔다.

인간이 저렇게까지 먹을 수 있단 말인가. 희욱은 경악으로 일그러진 얼굴로 윤을 쳐다봤다. 그리고 자신 앞의 음식들은 먹는 둥 마는 둥 했다. 입맛이 뚝 떨어져 버렸다. 녀석이 풀이 죽기는커녕 저렇게 쌩쌩한 모습으로 먹어대는 꼴을 보니, 단단히 마음먹고 녀석을 상처 주려던 자신만 볼썽사나운 꼴이 된 것 같았다.

"무슨 술이 이래요? 음료수 같아."

라는 말을 해대며 윤은 정말로 음료수 마시는 것처럼 빠르게 와인잔을 비웠다. 어느새 윤의 접시 옆에 놓인 와인병 하나가 뚝딱 비워졌다. 희욱이 질린 얼굴을 했다.

"와인, 마셔 본 적 없어?"

"없어요. 제가 일하는 곳에서도 술은 파는데, 와인은 안 팔거든요."

"와인이 몇 도인 줄은 아나?"

"몰라요. 한 5도쯤 하나?"

하. 미치겠군. 희욱이 두 손으로 메마른 얼굴을 쓸어내렸다.

"내가 사기로 했으니까, 먹고 싶은 만큼 먹어도 되는데……."

"알아요. 먹고 죽을 때까지 먹을 거예요."

"……인사불성으로 취하진 마. 뒤도 안 돌아보고 버리고 갈 거니까."

치. 윤이 보란 듯이 입술을 삐죽였다.

이것 봐라? 어쩐지, 윤의 분위기가 조금 달라진 것 같았다. 그리고 희욱이 그 생각을 정리하기도 전에, 윤이 난데없이 휴대폰을 들고 통화 버튼을 눌렀다.

"갑자기 어디다 전화를 해?"

"몰라도 돼. 당신이 무슨 상관이야."

뭐? 희욱은 잠시 자신의 귀를 의심했다. 윤의 입에서 '당신'이라는 반말이 튀어나올 리가 없었다. 당연히, 그럴 리가 없었다. 그래선 안 되는 거였다.

"할아버지!"

그러나 믿기지 않은 일은, 거짓말처럼 연이어 터졌다. 윤이 휴대폰을 붙잡고 쩌렁쩌렁, 할아버지를 찾았던 것이다. 설마. 희욱의 얼굴이 하얘졌다.

"절 도대체 왜 그 집에 보내신 거예요? 그것도 저 재수 없는 손자 놈이랑? 제가 정말 이런 말은 안 하려고 했는데, 할아버지 손자! 왕재수, 밥맛이에요!"

"야, 너 안 끊어?"

희욱은 윤에게서 휴대폰을 뺏으려 했다. 그러나 윤은 요리조리 희욱의 손을 피해 가며 통화를 계속했다. 평소에는 어리바리한 게, 오히려 취하니 더 반응이 빨랐다.

"할아버지이이이! 할아버지 손자 왕재수 밥맛이라고요. 저렇게 싸가지 없는 놈은 살다 살다 처음 본다고요!"

윤이 절규하자 아까까지 힐끗거리던 사람들이 이제는 대놓고 이쪽을 구경하기 시작했다. 희욱은 피가 거꾸로 솟는 기분이었다.

희욱이 결국 벌떡 일어나 윤이 앉은 곳으로 걸어갔다. 중간에 놓여 있던 테이블이 사라지자 윤에게서 휴대폰을 빼앗는 건 일도 아니었다. 희욱은 급히 휴대폰 화면부터 확인했다.

[03:55]

젠장. 화면 위에 통화 시간을 알리는 숫자가 떠 있었다. 윤은, 정말로 강 씨와 통화를 하고 있었던 것이다.

-강희욱…….

휴대폰에서, 무섭도록 낮게 깔린 강 씨의 음성이 흘러나왔다. 희욱이 가까스로 분노를 가라앉히고, 휴대폰을 귀에 가져다 댔다.

"할아버지……."

-정윤, 책임지고 집에 데려다 놔. 어디다 버려 놓고 가면, 다신 안 볼 줄 알아.

그 말을 끝으로 전화가 끊겼다. 빌어먹을! 희욱이 입 모양으로 욕을 해댔다.

"성격 진짜 이상해. 왜 이렇게 사람이 꼬였어요? 내가 뭐, 할아버지한테 살랑댄다고? 나도 피해자야! 내가 당신이랑 같이 살고 싶어서 살고 있는 줄 알아?"

윤은 이제, 목 놓아 울었다.

희욱이 망연자실한 얼굴로 윤을 바라봤다.

저따위 거지 같은 주사가 있는 줄 알았으면, 당연히 와인은 입에도 못 대게 했을 거다. 어떻게 사람이 취하는 기색도 없이 저렇게 갑자기 취한단 말인가?

"제발 울음 좀 그쳐."

"나아아아아쁜 자식. 천하의 몹쓸 자식."

처음에는 호기심으로 차 있던 사람들의 시선이 점점 적대적으로 변해갔다. 아무리 좋게 생각해줘도, 이 상황은 희욱이 윤에게 대죄를 범한 것으로밖에 해석이 안 됐다.

"넌, 정말, 술 깨면……."

지금 뭐라고 해 봤자 소용이 없을 것 같았다. 희욱은 울고 있는 윤의 손목을 거칠게 붙잡고 레스토랑을 빠져나왔다.

희욱은 이대로는 일 초도 더 걷고 싶지 않았다. 눈앞에 보이는 택시를 아무렇게나 붙잡은 희욱이, 팽개치듯 윤을 밀어 넣었다. 그러나 윤은 좌석에 엉덩이가 닿자마자 보란 듯이 반대편 문을 열고 택시를 빠져나갔다.

미친 건가.

희욱은 이제 정말 어이가 없어서 웃음이 나오려고 했다. 책임지고 집에 데려다 놓으라는 강 씨의 말이 없었으면, 희욱은 진즉에 녀석을 길바닥에 버려 두고 가 버렸을 것이다. 택시에서 빠져나온 윤은 인도 위에서 도망치다가, 자기보다 다리가 긴 희욱에게 금방 팔을 붙들렸다.

"놔! 내 발로 갈 거야!"

"도대체 어떻게 갈 건데?"

"걸어서, 아니 날아서!"

윤이 정말로 날겠다는 듯이, 두 팔을 우스꽝스럽게 푸드덕댔다. 이미 제정신이 아니었다. 희욱이 또 어이를 상실하고 있는 사이, 윤은 다시 붙들린 팔을 빼내고 저만치 도망가 버렸다. 희욱은 어금니를 꽉 깨물었다. 잡히면 죽는다, 진짜. 아까처럼 쉽게 붙잡을 수 있을 거라 생각하고 휘적휘적 걸었다. 그러다가 문득, 희욱은 어느새 자신이 달리고 있다는 걸 깨달았다.

윤은 중학생 때 육상 전국 대표였다. 키가 더 크지 않으면서 중간에 포기하긴 했지만, 단거리 달리기는 윤의 주 종목이었다. 취한 와중에도 윤은 숨겨져 있던 질주 본능을 마음껏 발휘해 미친 듯이 달리고 있었고, 희욱은 그 긴 다리로 뛰어도 좀처럼 좁혀지지 않는 간격을 뒤늦게 깨닫고 점차 속도를 올렸다.

희욱은 태어나서 이런 경험은 처음 해 봤다. 이 밤에 온 거리를 휘저으며 뜀박질을 하다니, 그것도 저 또라이 녀석을 쫓으려고. 믿을 수 없어 하면서도, 희욱은 어느새 전속력으로 달리고 있었다. 윤이 여자치고 아무리 빠른 편이라고 해도, 오랜 시간 조깅으로 단련된 남자의 속도와 지구력을 이길 수는 없었다.

간격이 거의 없어졌을 때쯤, 희욱의 손이 거의 윤의 어깨에 닿으려고 할 때쯤, 윤이 눈앞에 놓여 있던 계단을 향해 다다다 뛰어 올라갔다.

이런, 미친!

희욱이 우뚝 멈춰 섰다. 정신없이 달리느라 어디로 오고 있는지도 몰랐는데, 웬 놀이터에 와 있었다. 윤이 달려 올라간 계단은, 미끄럼

틀로 이어지는 것이었다. 고개를 쳐들자, 저만치 위에서 자신을 내려다보고 있는 윤이 보였다. 희욱이 분노에 휩싸인 채 소리쳤다.

"미쳤어?! 이런 식의 체력 낭비를 도대체 왜 하는 거지?"

윤이 지지 않고 되받아쳤다.

"왜긴! 싫으니까!"

"뭐?"

"당신이랑 같이 있는 거, 일 초도 싫어. 그러니까 제발 좀 가!"

일 초도 싫단다. 자신과 같이 있는 게 싫어서, 이런 미친 짓을 했다고? 그 일 초도 싫어서, 이 밤에 온몸이 젖을 때까지 뛰었다고?

태어나서, 이렇게 완벽한 거부는 처음이었다. 희욱의 분노가 정점을 찍었다.

"너, 잡히면……."

희욱이 계단으로 발을 디디며, 씹어뱉듯 말했다.

"숨 쉬는 일 초 일 초를 지옥으로 만들어 주지."

윤이 히익! 소리를 내며, 뒤돌아서서 사라졌다. 미끄럼틀을 타고 내려간 게 분명했다. 금방 정상에 다다른 희욱도, 지체 없이 미끄럼틀을 타고 따라 내려갔다.

쿵, 소리와 함께 희욱의 엉덩이가 바닥에 닿자 모래 먼지가 일었다.

"내려왔네."

"……!"

윤이었다. 또 저만치 도망가고 있을 줄 알았던 윤이, 희욱의 코앞에 와 있었다. 그것도 두 눈을 예쁘게 휘고서는, 아이처럼 배시시 웃으면서. 예상치 못한 전개에 희욱은 당황하고 말았다.

취한 건가, 지금. 그 웃음이 마치 자신을 홀리는 여자의 것처럼 보여, 희욱은 눈앞에 두고도 윤을 붙잡지 못했다. 희욱이 와인 한 잔 안 마셨으면서 자신이 취한 건 아닌지 애써 의심하고 있을 때, 윤이 다시 입술을 뗐다.

"아저씨가 지금 어디에 와 있는 줄 알아요?"

어느새, 다시 존댓말. 희욱이 눈살을 찌푸렸다.

"무슨 소리야."

"바닥."

"뭐?"

윤이 방금 희욱이 내려온 미끄럼틀을 손가락으로 가리키며 장난스럽게 말했다.

"내가 올라간 게 아니라, 아저씨가 바닥으로 내려온 거예요."

'네가 아무리 노친네한테 살랑거려도, 결국 네가 사는 곳은 여기가 아닐 거란 말이지. 결국 다시 돌아가겠지.'

'……'

'바닥으로.'

희욱의 머릿속에 조금 전 레스토랑에서 자신이 퍼부었던 말들이 떠올랐다.

"나는 처음부터, 아저씨가 있는 곳으로 올라간 적이 없었는데. 늘, 계속 여기 있었는데. 아저씨가 내가 있는 바닥으로 내려온 거라고요."

"……."

희욱은 대꾸하지 않았다. 기분이 이상해졌다.

미치지
않고서는   123

윤의 목소리는 너무나 맑아서 술이 깬 건지 아닌지 분간도 잘
안 갔다.

"너······."

희욱이 뭐라고 말하려 하는데, 윤이 벌떡 일어나 뒤돌아섰다.

"거기 서. 또 달리면 가만 안 둬."

윤은 달리지 않았다. 대신 여전히 취한 건지 비틀거리며 몇 걸
음 걷더니, 돌부리에 걸려 넘어지고 말았다. 아얏, 소리가 나자마
자 희욱이 반사적으로 앞으로 튀어나갔다.

"도대체가!"

왜 시도 때도 없이 덜렁댄단 말인가. 좀 전엔 잘만 뛰더니. 하나
만 하라고, 하나만! 희욱의 얼굴이 다시 구겨졌다.

엎어진 윤의 무릎에선 피가 흘렀다. 희욱이 품에서 손수건을 꺼
내 피를 닦아냈다. 험악한 얼굴과 다르게 무릎 위의 손길은 사뭇
조심스러웠다.

"만지지 마!"

그때, 윤이 앙칼지게 소릴 질렀다.

"너, 진짜······!"

"만지지 말라고, 내 다리! 변태야!"

희욱의 손이 움찔 굳었다. 어째서, 자신이 지금 변태 소릴 듣고
있는 건가. 피가 철철 흐르길래 닦아줬을 뿐인데, 똑같은 사내새끼
로부터 변태 취급을 당했다. 하.

"저리 가!"

"닥쳐."

"씨이······."

"한마디만 더 하면, 더한 짓도 해 버릴 거야."

희욱은 자기가 뱉어내고도 무슨 말인지 이해가 안 갔다. 더한 짓이라니? 그게 도대체 뭔데? 다른 곳이라도 만지겠다는 거야? 이건 마치, 남자와 여자 사이의 대화 같았다. 희욱은 이제 머리가 아파졌다.

갖은 위협에도 꿋꿋하기만 했던 윤은, 이상하게도 '더한 짓' 위협에 드디어 입을 다물었다. 그 틈을 타 다시 슥슥 피를 닦아 냈더니 강아지처럼 끙 앓는 소리가 흘렀다.

다시, 속이 꿀렁이는 느낌. 희욱은 정말 취한 사람처럼 머릿속이 흐트러지고 있었다. 천천히 시선을 들자, 윤이 아픔에 아랫입술을 저릿하게 깨무는 게 보였다. 취해서 강약 조절이 안 되는지 깨문 입술에서도 피가 흘렀다.

"돌겠네, 정말."

희욱이 저도 모르게 윤의 입술에 손가락을 갖다 댔다. 윤이 어깨를 움찔하는 게 보였지만, 신경 쓰지 않았다. 윤의 입술을 쓸어 낸 손가락에 피가 흥건했다.

"입술, 깨물지 마. 피나잖아."

"남이사."

윤은 입술을 삐죽 내밀고 퉁명스럽게 중얼거렸지만 희욱이 자신을 일으키는 걸 거부하지는 못했다.

"넌, 정말, 술 깨고 보자."

윤의 팔을 제 어깨에 두르면서, 희욱이 으르렁거렸다. 윤은 여전히 취한 듯, 희욱에게 기대어 서 있으면서도 자꾸만 흐트러져 주저앉으려고 했다. 그래서 희욱은 팔로 윤의 허리를 감아 단단히 고정해 두어야 했다. 살이 맞닿은 곳에서 적나라에게 녀석의 체온이 느껴져서, 희욱은 다시 눈살을 찌푸렸다.

죽고 싶어.

눈 뜨자마자 윤이 제일 처음 한 생각이었다.

진짜…… 그냥 죽고 싶구나.

차라리 필름이라도 끊겼으면 좋으련만, 쓸데없이 생생하게 간밤에 있었던 모든 일이 윤의 머릿속에서 재생됐다.

'절 도대체 왜 그 집에 보내신 거예요? 그것도 저 재수 없는 손자 놈이랑? 제가 정말 이런 말은 안 하려고 했는데, 할아버지 손자! 왕재수, 밥맛이에요!'

'할아버지이이이! 할아버지 손자 왕재수 밥맛이라고요. 저렇게 싸가지 없는 놈은 살다 살다 처음 본다고요!'

또 뭐라고 했지. 일 초도 같이 있기 싫댔나.

방 문을 열고 나가면 희욱이 도끼눈을 하고 서 있을 것 같아서, 윤은 쉽사리 침대에서 일어나질 못했다. 하지만, 일어나지 않을 수도 없었다. 일요일은 민이를 보러 병원에 가는 날이었다. 일어나야만 했다.

물먹은 솜처럼 무거워진 몸을 질질 끌던 윤이 조심스레 방 문을 열고 고개를 내밀었다. 다행히 거실에 희욱은 없었다. 윤이 까치발을 하고는 후다닥 욕실로 뛰어 들어갔다.

철컥, 욕실 문을 잠그자마자, 철컥, 반대로 바깥에서 방문이 열리는 소리가 들렸다. 하, 어디 나가지도 않고 자신이 일어나길 기다렸겠지, 아무렴.

내가 살아서 이 집을 빠져나갈 수 있을까? 우리 민이를 봐야 하는데.

"나와."

엄마야. 윤은 심장이 멎을 뻔했다. 희욱의 목소리가 바로 문밖에서 들렸다.

"싫, 싫어요……."

"싫어? 술 덜 깼나 보군. 그런 말을 할 용기가 아직도 있고."

"어제는, 진, 진짜 죄송했어요. 너무 취해서 그만. 그래서 술은 취할 때까지 잘 안 먹는데, 와인은 처음 마셔 봐서 그렇게 훅 갈 줄 몰랐어요."

"네 몸값보다 비싼 와인 탓하지 말고, 나와."

"나가면 때리기라도 할 거예요?"

"내가 너 때린 적 있어?"

때려 보기라도 하고 당했으면 억울하지나 않지. 문밖에 선 희욱이 입술을 씰룩였다.

"빨리 나와. 안 때려. 안 건드려. 안 잡아먹어."

"……약속할 수 있어요?"

"……방금 한 말 다 뒤집어엎기 전에, 나오는 게 좋을 거야."

철컥. 윤은 재빨리 문을 열었다.

"희!"

윤은 놀라서 자빠질 뻔했다. 희욱이 코앞에 서 있었다. 문을 열고 한 발이라도 뗐으면 희욱의 가슴팍에 얼굴이 닿을 뻔했다.

윤이 쭈뼛거리며 문턱에 서 있기만 있는데, 희욱이 뒤돌아서서 소파로 향했다. 그리고 턱짓을 했다. 따라와서 앉으라는 듯이.

윤이 천천히 소파로 걸어가서 앉자, 희욱도 그 옆에 털썩 주저앉
았다. 슬금슬금 옆으로 조금씩 엉덩이를 움직이던 윤의 시야로, 하
얀 상자 하나가 들어왔다.

"저게 뭐예요?"

"보면 몰라?"

희욱이 무심하게 상자를 열자, 응급처치 도구들과 몇 가지 약품
이 보였다. 자신이 희욱에게 줬던 '튼튼 크림'도 그 안에 들어 있었
다. 상자는 구급상자였다.

"이걸 왜……."

"기억 안 나? 너 어제 엎어진 거?"

그제야 저절로 무릎으로 시선이 갔다. 아침에 일어나자마자 너
무 긴장한 탓에 다친 무릎도 잊고 있었다.

"집에 오자마자 발라 주려고 했는데, 아주 기를 쓰고 도망 다니
더군."

"제가요?"

그런 건 기억에 없었다. 희욱은 대답하지 않고, 묵묵히 상자 안
에서 소독약과 거즈를 꺼냈다.

"제가 왜 도망 다녔어요?"

설마, 정말 때리려고 했나. 윤이 무슨 생각을 하는지 간파한 희
욱이 싸늘하게 대답했다.

"다리 만지지 말라고, 기가 막혀서. 네 다리가 뭔데 그렇게 소중해?"

정말로, 이 장면은 하나도 기억이 안 났다.

그러나 희욱은 윤이 '척' 하는 거라고 생각했다.

어제 집에 돌아온 후, 생각보다 윤의 상처가 꽤 심해서 간단한

처치를 한 다음에 재우려고 했다. 그러나 윤은 희욱이 제 다리를 건드리려고 할 때마다 기겁하며 도망을 쳤다. 아무리 잡아서 다시 앉혀도 소용이 없었다. 게다가 자꾸만 변태라는 소릴 해댔다. 너처럼 어리바리한 사내놈한텐 취미가 없다고 소리까지 질러보았으나 막무가내였다.

그런 짓을 했으니 기억이 남아있다는 말을 할 엄두가 안 났던 거겠지.

"아얏."

소독약이 닿자, 따가움에 윤이 움찔했다. 희욱은 조금도 신경 쓰지 않고, 척척 소독을 하고 그 위에 거즈를 덮고, 밴드도 붙여 주었다.

무심한 손길이었지만, 어쨌거나 희욱은 자신을 치료해 주고 있었다.

왜? 어제 자신이 그렇게 심한 짓을 해 버렸는데, 왜 자신을 치료해 주는 걸까. 다 나으면, 멀쩡할 때 때리려는 걸까? 약 주고 또 병 주려고? 윤이 심각하게 고민하고 있는데, 처치를 마친 희욱이 고개를 들었다. 희욱과 눈이 마주쳤다. 그 눈빛이 하도 직설적이라, 윤은 시선을 피할 엄두도 못 냈다.

"없던 걸로 해. 어제 일."

"네?"

"네가 술 먹고 벌인 일, 없던 걸로 하자고."

윤의 심장이 펄떡댔다. 왠지 더 무시무시한 말이 나올 거 같아서, 윤이 제 두 손을 가슴팍에 모으고선 희욱을 뚫어져라 쳐다봤다. 그러나 희욱은 가타부타 더 말이 없었다. 결국, 기다리던 윤이 먼저 입을 뗐다.

"……왜요?"

희욱이 잠시 뜸을 들이다 대답했다.

"……어제, 내가 말이 심했어."

뭐? 내가 잘못 들은 건가. 이 아저씨가, 방금, 뭘 한 거지? '사과' 비슷한 걸 한 건 아니겠지. 윤이 거의 얼이 빠진 얼굴로 자신을 쳐다보기만 하자, 희욱이 예의 그 구겨진 얼굴을 했다.

"바닥 어쩌고 한 건."

"……."

"잊어버려."

"……."

"그러면 나도, 네가 한 짓, 잊어 줄 테니까."

희욱이 태연하게 구급상자를 닫고, 자리에서 일어났다.

"근데, 너 두 번 다시 술 먹지 마. 추태도 그런 추태가 없어."

희욱이 그 말을 남기곤, 제 방으로 사라졌다.

윤이 아직도 믿기지가 않아서 두 눈을 깜빡이며, 희욱이 밴드를 얹어 놓은 자신의 무릎을 쳐다보았다.

와아, 지금 저 아저씨 진짜로 나한테 '사과' 한 거 맞지? 게다가 이렇게, 직접 약도 발라 주고.

아이러니하게도 서로를 가장 긁어 댄 바로 다음 날, 이 불편하고 어이없는 동거 생활에 처음으로 '발전'이란 게 느껴졌다. 윤은 콩닥대는 심장을 추스르느라 애써야 했다. 희욱의 손이 닿았던 무릎 위의 상처가, 자꾸만 간지럽게 느껴졌다.

"국 하나랑, 몇 가지 밑반찬만 했어요. 혹시 부족한 것 같으면,

애기해요. 다음엔 몇 가지 더 할게요. 특별히 좋아하는 게 있으면 미리 말해 주셔도 되고요."

눈앞에 놓인 소박하지만 정갈한 상차림을 보고, 지호가 두 눈을 반짝였다.

"아니, 딱 좋아. 더 할 필요 없어. 잘 먹겠습니다."

참, 누구랑 비교되게 말도 예쁘게 한다. 윤이 저도 모르게 미소를 그렸다. 먹는 모습에도 복이 흘러넘쳤다. 지호는 며칠 굶은 사람처럼, 국이며 반찬들을 흡입하고 있었다.

"모자라면, 더 먹어요. 밥통에 밥 있어요. 그럼 전 이만 가 볼게요."

"가지 마."

윤이 뒤돌아서려는 걸, 지호의 단호한 목소리가 붙잡아 세웠다.

"같이 먹고 가."

"저는 집에 가서 먹을게요."

윤의 말을 깨끗이 무시한 지호가 식탁에서 일어섰다. 그러곤 밥을 하나 더 퍼 식탁 위에 올려놓았다.

"먹고 가. 뭐하러 번거롭게 요릴 또 해."

윤이 망설이자, 지호가 쐐기를 박았다.

"혼자 밥 먹는 거, 싫단 말이야."

"……알았어요."

그 말에 마음이 약해진 윤이 결국 맞은편 식탁에 앉았다. 어차피 희욱은 집에서 밥을 못하게 하고, 여기서 밥을 먹고 가는 것이 나쁠 것도 없다는 생각이 들었다.

"얹혀산다는 친구는 어떤 친구야?"

지호가 속내에 감춰진 관심을 애써 숨긴 채, 담담하게 물었다. 윤은 희욱의 얘기를 해도 되나, 고민이 됐다.

　"……남자야?"

　"네."

　뭐지? 지호가 당연히 자신을 남자로 생각할 거라 믿는 윤은 거리낌 없이 대답을 했다. 그런데 지호의 눈빛이 한순간 싸해졌다 돌아온 것 같다는 생각이 들었다. 착각인가?

　그 뒤로 지호는 별말이 없었다. 밥 한 그릇을 뚝딱 비우고 한 그릇을 더 먹는 데도 별로 시간이 걸리질 않았다. 한 그릇만 먹은 윤은 지호랑 비슷하게 식사를 마쳤다. 지호가 먼저 일어나 빈 그릇과 접시들을 싱크대 안에 넣었다.

　"이왕 밥도 먹은 거, 설거지까지 하고 갈게요."

　윤이 뒤에서 말했다.

　"그럼 고맙지."

　지호는 흔쾌히 대꾸했다. 사실은, 도우미 아줌마가 매일 들르니 설거지를 해 둘 필요가 없었다. 그러나 지호는 설거지 핑계를 이용해서라도 윤을 조금이라도 더 붙잡아 두고 싶었다.

　윤이 달그락 소리를 내며 설거지를 시작했다. 지호는 부엌을 나가지 않고 그 모습을 뒤에서 지켜봤다. 처음엔 물이라도 마시려고 하는 줄 알았다. 그러나 지호가 미동도 하지 않고 가만히 서 있기만 하자, 윤은 신경이 쓰였다.

　"왜 안 나가고 그러고 있어요?"

　"그냥, 같이 있고 싶어서."

　엄마야. 저만치서 들려야 할 지호의 목소리가 바로 옆에서 들려왔다. 지호가 생각지도 못한 타이밍에 쑥 다가왔던 것이다. 갑자기 가까워진 지호 때문에 그의 상체가 등 위에서 고스란히 느껴졌다.

"좀, 떨어지죠? 설거지하는 데 방해되잖아요."

지호가 인상을 팍 썼다. 아니 이 둔한 여자 좀 보게. 나 '대한민국에서 가장 섹시한 남자 1위' 유지호라고. 대부분의 여자는 자신이 이렇게 다가가기만 해도 자지러지곤 하는데, 윤은 무슨 파리 쫓듯이 자기를 쫓아버리려 하고 있었다.

"윤아."

윤의 팔 위로 으스스, 닭살이 돋아났다. 희욱에게 하도 '야!'라는 호칭으로 많이 불렸더니, 저렇게 다정하게 자신의 이름을 부르는 게 적응이 안 됐다.

"왜요. 좀 떨어져서……."

"좋은 향기 난다. 샴푸 뭐 써?"

윤이 고개를 휙 돌려 지호를 째려봤다.

"대답해 주면 떨어질 거예요?"

"응."

"오이 비누요."

"뭐?"

"샴푸 안 써요. 샤워할 때 비누 하나로 머리도 감고 몸도 씻어요."

"풉. 푸하하하하!"

지호가 난데없이 웃음을 터뜨렸다. 왜 웃는 거지? 윤은 이해할 수 없었다.

무려, 오이 비누라니. 지호는 참, 그녀답다고 생각했다. 그러고 보니 머리칼에서 나는 시원하고 청량한 향이, 달짝지근한 샴푸 냄새보다는 비누 냄새에 가깝다는 생각도 들었다.

귀여워, 지호는 윤이 들을 수 없게 등 뒤에서 입 모양으로만 말했다. 이대로 껴안고 싶다는 생각이 들었지만, 그랬다간 다신 안 오겠다고 으름장을 놓을 것 같아서, 지호는 조금 참아 보기로 했다.

천천히 다가가도 괜찮겠지. 하지만, 내가 참을 수 있을 때까지만이야.

"아, 한 달 치 월급 미리 받아 가. 식탁 위에 뒀어."

윤이 중간에 그만두는 불상사가 생기지 않도록, 지호는 철두철미하게 돈부터 준비했다.

"미리 줄 필요까진 없는데."

"나중에 까먹을 것 같아서, 생각나는 김에 그냥 준비했어."

뭐, 어차피 받을 돈이니까 미리 받아도 큰 상관은 없겠지. 윤이 별생각 없이 식탁 위에 놓인 하얀 봉투를 열어보았다. 맙소사. 액수를 확인한 윤의 눈이 커졌다. 이게 뭐야? 이건 자신이 몇 달 동안 한 모든 알바를 합쳐서 버는 돈과 비슷했다.

"이거 월급 맞아요? 연봉 아니고?"

"월급 맞는데."

윤이 지호가 앉아 있는 거실로, 거의 달리다시피 걸어 나갔다.

"이렇게 큰돈을 어떻게 받아요? 내가 해 주는 게 겨우 밥뿐인데!"

"음."

지호는 뭔가 생각하는 듯하더니 이내 자리에서 일어섰다. 지호가 일어서자, 키가 작은 윤은 꼼짝없이 지호를 올려다보아야 했다.

"그럼 다른 것도 해 줄래?"

지호가 짓궂게 웃었다.

그러나 지호의 농담 속에 숨겨진 짙은 외설성을, 윤이 읽을 수 있을 리가 없었다. 윤은 도대체 오늘 이 아저씨가 왜 이러나, 하고 멀뚱히 자신을 올려다볼 뿐이었다.

하, 갈 길이 멀구만.

지호가 속으로 깊은 한숨을 쉬는 사이, 윤은 봉투를 척 열어 5만 원권 몇 장을 꺼내 쥐었다.

"제 한 달 월급은 이걸로 충분해요. 제가 더 해드릴 수 있는 게 있을 리도 없고요. 그럼, 내일 아침에 봬요."

윤은 봉투를 소파 위에 던지듯 올려 두고, 미련 없이 떠나 버렸다.

하하, 지호가 허탈한 웃음을 지었다.

다른 여자들이 껌뻑 죽는 타고난 섹시함 같은 건 안 통할 수도 있었다. 그 정도는 이해할 수 있었다. 그러나 다른 건 몰라도, 돈은 통할 거라 생각했다. 돈이란 건 사람을 흔들기 가장 쉬운 무기였으니까. 덜 가진 사람이나 더 가진 사람 모두, 돈 앞에선 무력했다. 그런데 윤은, 정말로 조금의 망설임도 없이, 돈으로부터 뒤돌아섰다.

지호는 이제 조금 초조해지려고 했다. 화려한 외모와 재력. 자신이 쓸 수 있는 가장 강력한 무기들이 없어지고 나자, 유지호라는 대한민국의 우상도 생각보다 별 볼 일 없는 남자가 되어 있었다.

이러다, 정말 놓치는 거 아냐? '대한민국에서 가장 섹시한 남자 1위' 유지호, 꼴이 말이 아니다. 지호는 아까보다도 더 깊은 한숨을 내쉬며, 소파 위로 벌러덩 누워버렸다.

[저 새로 알바 하게 된 곳에서 첫 월급 받았어요.]

미치지
않고서는 135

[아저씨도 지난번에 보조 출연 알바한 데서 돈 들어온 거 확인했죠?]

[저랑 할아버지 선물 사러 갈래요?]

윤에게서 연달아 문자가 세 통이나 왔다. 조깅을 마치고 집에 들어가던 희욱은, 코웃음을 치며 문자를 씹어 줬다.

[원래 첫 월급은 가족한테 선물해 주는 데 쓰는 거예요.]

윤에게서 네 번째 문자가 도착했다. 희욱은 답장은 안 하면서도 꼬박꼬박 문자를 챙겨 보긴 했다. 평소에는 문자 같은 건 확인도 안 하던 그였으나 어쩐지 요즘은 휴대폰을 확인하는 시간이 늘었다.

희욱이 집에 들어서자 거실에서 청소기를 돌리고 있던 윤이 자연스럽게 인사를 했다.

"다녀오셨어요."

'다녀오셨어요'라니. 희욱은 절대 적응할 수 없는 다정한 인사였다. 마치 퇴근한 남편에게나 할 법한 말이 아닌가. 자신의 공간 안에 완벽하게 적응해 버린 윤의 모습 때문에, 희욱은 운동으로 풀어낸 짜증이 다시 쌓이는 것만 같았다.

"제 문자 봤어요?"

"어."

"근데 왜 답장 안 해요? 저랑 할아버지 선물 사러 가자니까요?"

"안 가."

"왜요!"

"네가 아직 감각이 없나 본데, 그 노친네는 네가 상상도 할 수 없는 돈을 가진 사람이야."

"……."

"누군가에게서 뭘 받을 필요가 없는 사람이라고."

하아. 윤이 한숨을 내쉬었다. 이 뭘 몰라도 한참 모르는 사람 같으니라고.

"아저씨. 선물이 꼭 필요한 게 있어서 사 주는 건 줄 알아요? 중요한 건 마음과 정성이라고요."

"놀고 있네."

희욱이 태연하게 윤을 무시하곤, 성큼성큼 제 방으로 들어가 버렸다.

윤이 애꿎은 문에다 대고 눈을 흘겼다. 무릎에 고작 약 좀 발라 줬다고, 조금 달라진 건 아닐까 기대한 내가 미쳤지.

그때, 희욱이 다시 방문을 열고 고개를 내밀었다. 윤은 놀라서 청소기를 떨어뜨릴 뻔했다.

"청소, 하는 김에 내 방도 하지?"

"방엔 절대 들어오지 말라면서요? 사생활 터치 금지라더니."

"내 허락하에서는 가능."

부려먹고 싶을 때만 가능, 이겠지. 희욱이 다시 방문을 닫아 버리자, 윤이 '어우우! 왕재수!' 하고 소리 없이 포효했다.

"이게 무엇인고?"

자신 앞에 잘 포장된 상자 하나를, 강 씨가 의뭉스러운 눈빛으로 쳐다봤다. 상자 위에 달린 화려한 꽃장식 하며 누가 봐도 선물이 확실한데, 강 씨는 이 상자가 희욱의 손에서 왔다는 이유 하나만으로 그런 가능성은 아예 배제하고 있는 듯했다.

"보면 모르세요? 선물입니다."

희욱이 뚱하게 대답했다.

"선물?"

강 씨의 눈이 가늘어졌다. 이게 웬 해괴한 짓이냐는 듯. 어서 꿍꿍이를 밝혀 보라는 듯. 희욱이 치미는 짜증을 꾹 누르고 애써 담담하게 말했다.

"누군가가 처음 번 돈은 가족한테 쓰는 거라고 하더군요."

강 씨는 팔십 평생 가장 충격적인 날이 바로 오늘인 것 같은 표정을 해 보였다.

"내의인데, 날씨 추워지면 입으세요. 발열 기능이 있다나 뭐라나. 나이가 먹으면, 뼛속까지 춥다면서요?"

괜히 무신경한 척, 쓸데없는 말을 붙이며 희욱은 참을 수 없는 닭살을 다스리려 애써 보았다.

"너한테서 이런 걸 다 받아 보다니."

강 씨가 포장을 뜯고 상자 안에 들어 있는 내의를 꺼내 보았다. 강 씨의 주름진 손이, 내의 위를 부드럽게 쓸었다. 촉감이 참 보들보들하고 좋았다. 강 씨가 말도 없이 한참 동안 눈을 떼지 못하는 걸 보고, 희욱은 유난 떤다는 생각을 했다. 비싼 것도 아닌데, 뭘 저렇게 감상까지 하고 계시나.

"그렇게 좋으십니까? 비싼 것도 아닌데."

"가격이 중요하더냐?"

"그럼 안 중요합니까?"

쯧쯧. 강 씨가 혀를 찼다.

"선물을 할 때 중요한 건……."

"마음과 정성이라고요?"

"그래, 마음과 정성……."

저도 모르게 희욱의 말을 따라 하던 강 씨가 화들짝 놀란 얼굴로 희욱을 응시했다.

"뭘 잘못 먹은 게냐? 이제 좀 무서워지려고 그런다."

"……."

가져다가 확, 환불해 버릴까 보다. 희욱이 속으로 구시렁거렸다.

'원래 첫 월급은 가족한테 선물해 주는 데 쓰는 거예요.'

'선물이 꼭 필요한 게 있어서 사 주는 건 줄 알아요? 중요한 건 마음과 정성이라고요.'

무시하는 척했지만, 아니 무시하려고 정말로 노력도 해 봤지만, 윤의 말은 희욱의 신경을 콕콕 건드렸다. 그러고 보니 더 이상 기억도 나지 않는 까마득한 시절엔 강 씨와 제법 대화라는 걸 나눈 적도 있었다. 머리가 크면서 그리고 '그 일'이 있고 난 후엔 더욱, 강 씨에게 마음을 연 적이 없었던 것 같다.

그런데 그 녀석, 정윤과 살게 되면서, 마음에 바람이 부는 것만 같았다. 그게 무슨 바람인지, 잠깐 불고 마는 흙바람인지 아니면 얼린 땅을 녹이고 싹을 틔울 진짜 봄바람인지, 희욱은 알 수가 없었다. 그러나 녀석의 존재가 희욱으로 하여금 자아 성찰을 하게 하는 건 확실했다. 희욱 본인은 그걸 '거슬린다'는 말로 표현하고 있었지만.

강 씨는 자신이 걱정하는 건 '한진의 미래'가 아니라 '손자의 인생'이라고 말했다. 그때 강 씨의 눈빛은 진심이었다. 희욱의 가슴 한 구석에서 오래된 감정들이 번져 나갔다. 그러나 언제나 그랬던 것처럼, 모른 체하고 싶었다. 그리고 지금까지 그렇게 잘만 살아왔다.

문제는 녀석을 만나고 나서는 그게 잘 안 된다는 거였다. 녀석에게 심한 말을 했던 그날 밤, 희욱은 제대로 잠을 잘 수가 없었다. 타인에게 상처를 주고 방어벽을 칠 때마다 불쾌하게 들러붙던, 그러나 자신은 언제나 부정만 하던, 그 감정들이 비로소 보이기 시작했던 것이다.

죄책감, 회한, 후회, 그리고 애증…… 같은 것들.

모질게 쳐내 보려고도 했다. 한 떨기 꽃처럼 하얗게 핀 녀석을, 제 손으로 꺾어 보려고도 했다. 그래서 쓸데없는 꿈은 꾸지도 말라고 잔인하게 확인시켜 주었다. 하지만 녀석은 꽃처럼 연약한 얼굴을 하고도, 잡초처럼 굳건했다. 조금도 흔들리지 않았다. 그 강인한 생명력이, 자꾸만 부정하고 도망치던 자신을 붙잡아 세웠다.

'내가 올라간 게 아니라, 아저씨가 바닥으로 내려온 거예요. 나는 처음부터, 아저씨가 있는 곳으로 올라간 적이 없었는데. 늘, 계속 여기 있었는데. 아저씨가 내가 있는 바닥으로 내려온 거라고요.'

희욱은 윤이 했던 말이 떠올라 자신이 누구 앞에 있는지도 모르고 피식 웃고 말았다. 그 모습을 물끄러미 바라보는 강 씨의 눈빛이 온유해졌다. 희욱의 분위기가 많이 부드러워졌다는 걸 알 수 있었다.

"옜다, 받거라."

강 씨가 서랍에서 꺼낸 무언가를 희욱 앞으로 툭 던졌다. 희욱의 눈에 숨길 수 없는 환희가 들어찼다. 자신의 차 키였다. 윤이 전화로 깽판을 친 탓에 차는 물 건너갔다고 생각하고 있었는데.

"몇 억짜리 차를 내주실 만큼."

"……."

"그 싸구려 내복이 마음에 드셨습니까?"

"그래. 내게는 몇 억짜리 차보다 네가 사 준 싸구려 내복이 더 값지다."

희욱이 다시 피식, 웃었다. 자신이 꽤 자주 웃고 있다는 걸 알기나 하는 건지. 강 씨는 자신의 손자가 저렇게 웃는 걸, 꽤 오랫동안 본 일이 없었다.

"희욱아."

강 씨가 희욱의 이름을 나지막하게 불렀다.

"고맙다."

"……."

"내 나이를 먹어서 그런지, 살아온 인생을 돌아보니……."

"……."

"후회되는 일이 많구나. 너는 후회하지 말거라. 나처럼 휘둘리지도 말거라."

"……."

"세상엔 내가 가졌던 것들보다 값진 것들이 더 많더구나. 그걸, 왜 젊었을 적엔 몰랐을까, 돌아보니 후회가 돼."

"왜 그런 약한 소릴 하세요. 어울리지도 않게."

강 씨가 잠시 생각에 잠긴 듯하더니, 천천히 다시 입술을 뗐다.

"아직도…… 연수를 생각하느냐?"

희욱의 눈빛이 차갑게 얼어붙었다.

가슴속 가장 깊은 곳에 넣어 두고, 꺼내기조차 무서워했던 그 이름을, 그래서 강 씨 스스로도 5년간 꺼내지 않았던 그 이름을, 왜 하필 지금 들춘단 말인가.

"완전히 잊으란 소린 안 한다."

"……."

"나조차도 잊을 수가 없으니까."

"……."

"그래도, 이제 조금쯤, 놓아줄 때도 되지 않았니?"

"……일어나 보겠습니다."

희욱의 서늘한 시선이, 강 씨의 마음을 아프게 두드렸다.

아직도, 못 잊은 게구나.

희욱이 나가자 강 씨의 시선이 다시 희욱이 두고 간 하얀색 내의 위에 머물렀다.

연수야……. 저런 녀석이다. 아무리 강한 척해도, 저렇게 마음이 여린 녀석이야. 녀석이 못 놓는다면, 너라도 이제 그만, 녀석을 좀 놓아주지 않으련?

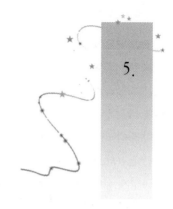

5.

부아아아앙.

스포츠카 특유의 엔진에서 나오는 날카로운 소음이 도로를 쩌렁쩌렁하게 울렸다.

'아직도…… 연수를 생각하느냐?'

'완전히 잊으란 소린 안 한다.'

'나조차도 잊을 수가 없으니까.'

최대 시속이 350km에 달하는 이 무시무시한 차는, 멈출 줄 모르고 속도를 올렸다.

젠장, 젠장, 젠장……!

꽉 다문 잇새로 쉴 새 없이 욕설이 흘러나왔다. 운전대를 잡은 손에 어찌나 힘이 들어갔는지, 손가락 마디마디가 하얘졌다. 동시에 희욱의 머릿속도 새하얘졌다. 잊으라고? 놓으라고? 이제 그만 놓아줄 때도 됐다고?

잔인했다. 너무나 잔인했다. '그 일'이 있고 난 뒤에도, 세상은 조금도 달라지지 않았다. 강연수를 기억하는 이는 이 세상에서 오로지 자신뿐인 듯했다. 잊지 않으려고 아무리 발버둥 쳐도 어쩔 수 없이 희미해져 가는 기억 때문에 괴로운데, 잊는 것이 두려워 죽을 것만 같은데, 사람들은 자꾸만 왜 아직도 잊질 못하냐고 한다.

그렇게 쉬워? 당신들은 그게 그렇게 쉽냔 말이야.

자신이 어디에 왔는지도 몰랐다. 달리다 보니, 창밖으로 언뜻 바다가 보였다. 희욱이 이윽고 가까운 공터에 차를 세웠다. 바다가 내려다보이는 곳이었다. 차에서 내린 그가 낡은 난간 위에 아슬아슬하게 몸을 기댔다.

강연수…….

희욱이 그 이름 석 자를 다시 떠올려보았다. 희욱의 눈에 느릿하게 어둠이 내려앉았다. 그의 시선이 닿은 곳에, 잿빛 바닷물이 기묘한 빛을 띠고 일렁이고 있었다. 희욱은 오래도록 그것을 바라보고 서 있었다.

[너, 오늘 배달 몇 시에 시작해?]

희욱에게서 온 문자였다. 아침에 희욱이 자신의 문자를 네 번이나 씹었던 것이 생각났지만, 그래도 착한 윤은 바로 답장을 보내주었다.

[오늘 쉬는 날인데요.]

[그럼 9시까지 오피스텔 앞으로 나와. 데리러 갈게.]

[왜요?]

재차 왜냐고 물었지만, 희욱은 답장이 없었다. 진짜, 답장 좀 하면 손가락이 닳나. 또 제 할 말만 하고. 윤은 입술을 삐죽이면서도, 어느새 나갈 채비를 하고 있었다.

시간 맞춰 오피스텔 앞에 서 있던 윤은 멀리서 다가오는 번쩍이는 차 한 대를 바라보고 탄성을 질렀다. 언젠가 영화에서 봤던 것도 같다. 지호가 가지고 다니던 차만큼 좋은 것이 분명했다. 윤이이 건물 사는 사람은 다 저런 차만 끌고 다니는 건가.

"타."

그때, 생각지도 못한 사람이 차창을 내리고 얼굴을 내밀었다.

"아저씨?"

"타라니까."

했던 말을 또 하는 걸 몹시 싫어하는 희욱은, 언제나 한 박자 더딘 윤의 반응이 짜증스러웠다. 희욱의 짜증을 감지한 윤이 후다닥 옆자리에 올라탔다.

"갑자기 웬 차예요?"

"갑자기 아니야. 원래 내 차였던 걸, 노친네가 잠시 가지고 있었을 뿐이야."

"우와아. 짱 좋아요. 쿠션도 푹신푹신하고. 엄청 좋은 차 맞죠?"

어떻게 된 게, 남자애가 차종도 잘 몰라? 남자들의 로망인 이 슈퍼카를, 쯧.

그러나 희욱이 뭐라고 생각하든 간에 윤에게 지금 중요한 건 슈퍼카가 아니라 이 슈퍼카를 타고 자기가 어디로 가느냐 하는 것이었다.

"어디 가는지 말 좀 해 주고 가면 안 돼요?"

"나랑 좀 놀아줘, 오늘."

윤이 화들짝 놀라, 홱 고개를 돌렸다. 희욱은 태연하게 앞만 보고 운전을 계속 했다.

"그, 그게 무슨 뜻이에요?"

윤이 말까지 더듬으며 물었다. '나랑 좀 놀아줘'라는 말이 특별한 것도 아닌데, 희욱의 입에서 나온 게 찝찝했다. 이 아저씨가 또 무슨 기괴한 장난으로 자신을 골탕 먹이려는 걸까. 윤이 열심히 그 작은 머릴 굴려대는 게 빤히 보여, 희욱은 속으로 실소를 터뜨렸다.

"오늘 일진이 별로야."

"이 좋은 차도 돌려받았는데 왜요?"

"그러니까, 이 좋은 차도 돌려받은 김, 오랜만에 놀아 보려고."

"그러니까, 도대체 어떻게 놀 건데요! 나를 왜 데려가는 건데요!"

"너에게 새로운 세계를 보여 주고 싶어서."

아니, 이 아저씨가 내가 취중에 한 말이라고 온통 흘려들은 건가. 그러니까 나는 그쪽 세계엔 아예 관심이 없대도?

"너, 여자랑 자 본 적 없잖아."

느닷없이 튀어나온 희욱의 외설적인 지적에, 윤의 얼굴이 화르르 달아올랐다. 희욱의 태연한 목소리는 마치 '너 곱창 먹어 본 적 없잖아'라고 얘기하는 것 같았다. 그렇게 당해 놓고 또 따라 나온 내가 바보지. 할아버지 손자라고 자꾸 약해지는 내가 바보였어!

"나 내릴래요."

"문 안 열려."

"열어 줘요, 그럼."

"싫어."

윤이 아랫입술 꾹 깨문 채로, 대놓고 희욱을 노려보았다. 희욱은

146

쿡, 웃음을 터뜨리더니 손가락으로 경쾌하게 운전대 위를 두드렸다. 아, 놀리는 보람이 있어.

"그쪽 세계든, 이쪽 세계든, 그 나이 먹고 여자도 모른다는 건 그냥 찌질한 거야. 이번 기회에 내가 아주, 숟가락까지 얹어 주지."

남이사! 찌질하든! 지지리 궁상이든! 그쪽이 뭔 상관이야! 윤이 속으로만 열심히 외쳐댔다.

"너 괴롭히려고 이러는 거 아니야."

희욱은 여전히 앞만 보고 말을 이었다.

"그냥 놀자고, 나랑."

"……."

"그냥, 하루만."

어쩐지 희욱의 목소리가 슬프게 들린다면, 착각일까. 윤은 그새 또 마음이 약해졌다. 에라, 모르겠다. 어차피 내일이면 허리 휘게 다시 일해야 하는데, 하루만 놀아주든지 하지, 뭐. 윤이 앞만 보는 희욱을 마음껏 흘겨보며 혼자서 단단히 마음을 먹었다.

희욱을 따라 들어간 곳은, W클럽의 VIP룸. 지난번에 희욱과 저녁을 먹었던 W호텔 지하에 있는 곳이었다. 이른 시각인데도 자리를 잡은 지 꽤 됐는지 테이블 위에는 빈 양주병 몇 개와 여러 개의 안주 접시들이 놓여 있었다.

윤은 자신이 들어섰을 때부터 계속 쏟아지고 있는 노골적인 시선들에 저절로 얼굴이 달아올랐다. 룸 안의 고급 가죽 소파에는 남자 둘과 여자 둘이 앉아 있었는데, 딱 봐도 화려한 스타일들이었다. 출근길 버스 안에서는 지독히도 안 어울렸던 강희욱이, 그들과

섞이자 너무나 자연스러워 보였다.

"내 룸메이트. 이름은 정윤."

희욱이 예의 그 태연자약한 목소리로 윤을 소개했다. 찬물을 끼얹기라도 한 듯, 누구도 먼저 입을 여는 이가 없었다. 침묵을 먼저 깬 건, 그래도 희욱과 가장 가까운 사이인 상훈이었다.

"돌았냐?"

정신과 전문의인 상훈은, 희욱이 외상 후 스트레스를 너무 심하게 겪다 못해, 이제 머리가 살짝 어떻게 된 건가 싶었다. 룸메이트? 희욱에게 친구라곤 자기처럼 아주 어렸을 때부터 집안 사이의 네트워크 때문에 억지로 친해진 몇 명뿐이었다.

안 그래도 까칠한 성격이 대학을 자퇴하고 나선 절정을 찍어서, 그 누구에게도 일말의 감정조차 허락하지 않던 녀석이었다. 그런데 그 철벽남 강희욱이 제집에 다른 누군가를 들였다고?

"새로운 멤버가 왔는데, 각자 인사 좀 하지?"

희욱은 상훈의 말을 깨끗이 무시하고 인사를 강요했다. 귀찮으니 더 이상 묻지 말라는 일종의 경고였다. 희욱의 성질을 잘 아는 친구들은, 그리고 희욱이 어떤 상처를 가졌는지도 잘 아는 그들은, 웬만하면 녀석의 심기를 건드리지 않으려고 노력했다. 그래서 눈빛으로 서로를 바라보며, 이들의 속사정 따윈 깨끗하게 관심 끄자고 재빨리 합의를 보았다.

"반갑다. 이상훈이야."

상훈이 먼저 윤에게로 손을 내밀었다. 윤이 어색하게 상훈의 커다란 손을 붙잡고 흔들었다.

"정윤입니다."

그 뒤로 민재도 자기소개를 했고, 진주와 은미도 차례로 인사를 했다.

"원래 여자 멤버가 한 명 더 있는데, 지금은 미국에서 유학하고 있어. 남자는 셋인데, 여자가 둘이라 짝수가 안 맞았거든, 그동안. 윤이 씨가 들어오니 좋네."

은미가 윤을 향해 다정하게 웃으며 말했다. 그녀는 그래도 다른 사람들에 비해 차분한 옷차림을 하고 있었다. 인형처럼 호화롭게 치장하고 그 옆에 앉아 있는 진주는 말 붙이기도 어려워 보였기에, 윤은 자연스럽게 비어 있는 은미의 옆자리를 노렸다. 그러나 갑자기 나타난 진주의 손이 윤의 팔을 확 끌어당겨 제 옆자리에 앉혀 버렸다. 윤은 당황해 버벅거렸다.

"진짜 귀엽게 생긴 거 같아. 샤이니 태민 닮았어. 내가 딱 좋아하는 스타일."

진주는 생글생글 웃고는 불쑥 공간을 좁혀왔다. 하얗게 드러난 그녀의 허벅지가 철썩 제 옆에 달라붙자, 윤의 얼굴이 시뻘겋게 달아올랐다. 같은 여자인데도 윤은 진주의 차림새가 좀처럼 적응되지 않았다. 풍만한 가슴은 푹 파인 V넥 티셔츠 위로 넘쳐흐를 것만 같았고, 가죽 소재의 미니스커트는 딱 윤의 손바닥만 한 길이였다. 예쁘게 세팅되어 허리까지 구불구불 흘러내리는 머리 위에선, 진한 향수 냄새가 났다.

윤은 어디다 시선을 두어야 할지 몰라, 달아오른 얼굴로 두 눈만 열심히 굴려댔다.

"와아, 피부 좋은 거 봐. 장난 아니네. 찹쌀떡처럼 쫀득쫀득."

진주의 새하얀 손가락이 어느새 윤의 뺨 위를 지분거렸다.

"저, 저기……."

"그만 좀 해. 처음 본 사람한테 무슨 추태야."

은미가 핀잔을 주자 진주가 아쉬운 듯 입맛을 다시며 손가락을 내렸다.

"자, 한잔 받아요. 희욱이 녀석이 요즘 얼굴을 안 보여서 걱정했는데, 새로운 친구가 생겨서 그랬군요."

이번에는 민재가 온더록스 잔에 술을 따라 윤의 앞으로 내밀었다.

정신이 하나도 없었다. 낯선 사람들 속에 덩그러니 버려진 기분이 들었다. 그것도 자신과는 너무나도 다른 사람들 속에 말이다. 지난번에 희욱과 레스토랑에 갔을 때 물 위의 기름처럼 튀던 제 모습이 절로 떠올랐다. 저를 경멸에 찬 시선으로 훑던 사람들의 노골적인 시선까지도.

태연하게 앞에 놓인 술잔에 자작을 하고 있는 희욱을 힐끔 바라보며, 윤이 속으로 이를 갈았다.

도대체가 예고도 없이 사람을 이런 곳에 데려오면 어쩌잔 말인가.

술을 좋아하는 편은 아니었지만 윤은 지금 눈앞에 놓인 술의 도움이 간절히 필요했다. 제정신으로 앉아 있기가 힘들었으니까. 윤이 술잔을 건네받아 단숨에 비워 버리자 민재가 놀란 눈으로 윤을 바라봤다. 왠지 술을 못 마실 것 같아서 일부러 샷이 아니라 온더록스로 주었는데, 저렇게 간단히 비워 버리다니.

으, 써.

윤이 얼굴을 잔뜩 찌푸리면서도 민재가 주는 술을 꿀떡꿀떡 잘도 받아마셨다. 그 사이에 은미, 진주와 조금씩 말도 트기 시작했다. 은미는 예상대로 무척 다정한 성격으로 보이지 않게 모든 사람을 조금씩 챙기는 편이었고, 진주는 조금 철이 없는 부잣집 아가씨티가 나긴 했지만 그마저도 사랑스럽게 느껴질 정도로 소탈한 편이었다. 취기가 조금 올라서 그런 건지 아니면 예상했던 것과 달리 위화감 없이 자신을 받아 주는 희욱의 친구들 때문에 그런 건지, 조금씩 윤도 이곳의 분위기에 적응해 가고 있었다.

"강희욱이랑 같이 사는 건 어떤 느낌이에요?"

희욱이 남자들과의 얘기에 정신이 팔려 있는 사이 은미가 슬쩍 물어 왔다. 희욱을 삼 년이나 짝사랑한 경험이 있던 은미는, 그리고 그래서 그 짝사랑의 바닥을 본 적이 있는 그녀는, 저 찔러도 피 한 방울 안 나올 것 같은 인간이랑 한 집을 쓰고 있는 윤이 불쌍하기만 했다.

"어떤 느낌이냐면요……."

취기가 오르자 숨겨져 있던 용기가 윤의 가슴속에서 불끈 솟아났다.

"그, 고등학교 때 기숙사를 쓴 적이 있었는데……."

어느새 진주도 호기심에 눈을 반짝이며 윤의 얘기에 귀를 기울였다. 그동안 저 개차반 강희욱을 욕해 주고 싶었던 게 어디 한두 번이었던가. 자신들이 하고 싶어도 못하는 그것을, 어쩌면 윤이 대신 해 줄 것도 같아서, 여자 둘은 살짝 들떠 있었다.

"기숙사에 살다 보면 주기적으로 룸메이트가 바뀌잖아요. 대개는 룸메이트 운이 좋은 편이었는데, 딱 한 번, 진짜 왕재수를 만난 적이 있어요. 얼마나 왕재수였냐면, 저보고 방에서 절대 음식을 먹지 말라는 거예요. 근데, 가난한 학생이 무슨 돈이 있어서 밖에서 밥을 사 먹어요. 보통 빵이나 삼각김밥 같은 걸로 때우지. 저만 그런 게 아니라 그때 기숙사에 있는 애들이 다 그랬다고요. 어찌나 예민하게 굴던지. 자기는 음식 냄새만 맡으면 기절한다고, 난리도 아니었어요. 덕분에 하루 한 끼 외식하고 돈 아끼려고 통금 시간 이후엔 기숙사 안에서 쫄쫄 굶은 게 한두 번이 아니었다니까요. 아, 그리고 또 있는데, 꼭 지 할 말만 했어요. 사람 말을 귓등으로 흘려듣고. 문자를 보내도 내가 보낸 건 다 씹고, 그래놓고 지 문자에 답장 안 하면 또 난리를 피우고. 지 물건엔 손도 못 대게 하면서 필요할 땐 내 물건 빌려 달라고 떼쓰고. 몸만 어른이지, 정신 연령은 딱 미운 네 살쯤 됐던 거죠."

쉴 새 없이 조잘대던 윤이, 술 한 잔을 더 비우더니, 귀엽게 손가락 하나를 세우곤 말을 이었다.

"그런데 그 왕재수 룸메이트가 딱, 강희욱 저 사람 같아요. 왕까칠, 왕재수, 왕밥맛!"

쿡. 은미가 웃음을 터뜨렸다. 큭큭큭. 옆에 있던 진주도 참지 못하고 웃어 버렸다. 윤은 어리둥절한 얼굴로 두 사람을 번갈아 쳐다봤다. 난 심각해 죽겠는데, 왜들 웃는 거야. 윤은 혼자서만 상황 파악이 안 됐다.

"하하하. 희욱 오빠는 어디서 윤이 씨 같은 사람을 만났대요? 진짜 잘 어울려. 한 쌍의 콤비 같아요. 희욱 오빨 이렇게 열과 성을 다해서 씹어대는 사람 처음 봤어요, 난."

진주와 은미 모두, 윤을 귀여워 죽겠다는 듯이 쳐다봤다.

상훈과 별 영양가 없는 얘길 하고 있던 희욱이, 무심코 윤 쪽으로 고개를 돌렸다. 처음에는 쭈뼛거리기만 하던 윤이, 어느새 두 여자의 관심을 한 몸에 받으며, 모두를 웃게 하고 있었다.

저건, 정말이지 타고난 기술 같은 건가. 아무에게나 벽을 만들어 세우는 자신과 달리, 윤은 언제나 아무렇게나 다른 사람의 벽을 무너뜨리곤 했다. 희욱이 저도 모르게 피식거렸다.

"아주 좋아 죽네, 다들. 뭐가 저렇게 웃긴 거야?"

희욱을 따라서 윤을 바라보던 민재가 한 말이었다.

"저 녀석."

"……."

"마음에 들지?"

그리고 마지막 질문은, 상훈이 한 것이었다. 그래도 정신과 의사라고, 상훈은 가끔씩 허를 찌르는 말을 아무렇지 않게 해댔다.

"조심해라, 저런 유형의 사람이 진짜 무서운 거야."

"……."

"특히 너 같은 철벽남이."

"……."

"저런 스타일에 속수무책이기 딱 쉽다고."

"놀고 있네. 내가 저 쥐방울만 한 녀석한테 사기라도 당할까 봐?"

"사기로 끝나면 다행이지."

"……."

"그것보다 더한 짓이라도 당할까 봐 걱정이다, 인마."

상훈은 제법 진지했다. 희욱은 허튼소리 말라고 대꾸하며, 다시 술잔을 채웠다.

윤이 찬물에 얼굴을 씻고는, 핸드타월로 대충 물기를 닦아냈다.

거울에 비친 얼굴에 취기가 어린 게 보였다. 이제 그만 마셔야지. 이러다 또 사고 치겠다.

"엄마야!"

그때, 거울을 보던 윤이 깜짝 놀라 소릴 질렀다. 거울에 비친 제 얼굴 뒤로, 누군가의 인영이 쑥 나타났기 때문이었다.

"아, 안녕하세요."

상훈이었다. 윤이 얼떨결에 꾸벅 고개를 숙여 인사를 했다. 거울을 통해서 상훈이 또렷이 자신을 바라보고 있는 게 느껴졌다. 적나라한 눈빛이었다. 그 눈빛이 어쩐지 아까 룸에서와는 달리 싸늘하게 느껴지는 바람에 윤은 저절로 어깨가 움츠러들었다.

"너……."

상훈의 얇은 입술이, 거울 속에서 느릿하게 움직였다.

"여자지?"

윤의 심장이 쿵, 하고 울렸다.

윤의 눈 속에 찰나에 스친 당혹감을 읽은 상훈이, 비릿하게 웃었다. 윤의 얼어붙은 입술은 꼼짝도 하지 않았다. 대신 한 번 뛰기 시작한 심장은, 멈출 줄 모르고 폭주하듯 뛰어댔다.

"내가 정말 다양하고도 획기적인 방법으로 강희욱한테 접근하는 미친년들을 많이 보아 왔는데, 너 같은 건 처음 본다."

"그, 그런 거, 아니에요."

윤이 겨우겨우 대답을 했다. 목소리가 조금, 떨려 나왔다.

"아니야?"

"아니에요."

"그래? 확인해 볼까, 어디?"

상훈이 윤의 어깨를 거세게 붙잡아 벽으로 밀어붙였다. 윤의 어깨가 부들부들 떨리고 있었지만, 조금도 개의치 않는 모습이었다. 이렇게 무서운 사람이었다니, 윤의 커다란 눈망울에 순식간에 눈물이 차올랐다.

"놔, 놔줘요. 왜 이래요, 흑······."

"아니라며. 확인해 보면 되지. 별것도 아니잖아?"

상훈이 한쪽 손으로 윤의 두 손을 포박한 채, 위로 들어 올렸다. 윤의 두 팔목은 무척 가느다래서 상훈이 한 손으로도 움켜쥘 수 있을 정도였다. 윤이 거세게 저항하자, 상훈의 허벅지가 윤의 다리를 내리눌렀다. 이제 둘 사이엔 조금의 공간도 남아 있질 않았다.

정말로 확인만 해 보려고 벌인 짓인데, 눈물을 매단 채 바르작거리는 윤의 얼굴을 내려다보자, 상훈은 묘한 기분에 휩싸였다. 윤의 몸에서 풍기는 달큰한 체취가 상훈의 예민한 코를 자극했다. 이렇게나 적나라한데, 이런 앨 남자라고 믿고 있다고? 강희욱은 이상한 데서, 위험할 정도로 둔했다.

"제발, 놔주세요, 흑······."

윤은 온 힘을 다해 몸부림쳤지만 남자의 완력을 당해낼 수는 없었다. 이대로 정말, 무슨 일을 당할 것만 같았다. 너무 무섭고, 아무 생각도 안 났다. 정체를 들킨다는 두려움조차 없었다.

상훈이 손이, 느릿하게 윤의 티셔츠 안을 파고들었다.

"읏."

예민한 살갗에 닿는 징그러운 느낌에 윤이 살짝 신음을 흘렸다.

그때였다.

퍼억!

뭔가가 부서지는 것 같은 엄청난 소리가 나더니, 자신의 몸을 누르고 있던 상훈의 몸이 깨끗하게 떨어져 나갔다. 힘이 풀린 윤의 몸이 바닥을 타고 주르륵 흘러내렸다. 눈앞이 흐려져서 무슨 일이 벌어지고 있는지 잘 보이지도 않았다.

"미친 새끼!"

익숙한 목소리였다. 그러나 그 어느 때보다도 서늘해서, 마치 낯선 이의 것 같은 목소리가, 윤의 귀에 또렷이 들려왔다.

"아저씨……."

희욱이었다. 윤이 그를 불렀지만 흥분한 희욱의 귀엔 들리지 않았다. 주먹을 맞고 나가떨어진 상훈을, 희욱이 멱살을 붙잡고 다시 일으켜 세웠다. 상훈이 입에 고인 피를 퉤, 뱉어냈다.

"네가 남자에 관심이 있든 없든 내 알 바 아닌데, 그래도 이건 아니지."

희욱이 우두둑 이를 갈며 말했다. 상훈의 멱살을 잡은 두 손이 부들부들 떨렸다. 폭력의 욕구가 깊은 곳에서 들끓었다. 눈앞에 놓인 이가 자신의 이십 년 지기 친구가 아니었다면 벌써 반죽음을 만들어 놨을 것이다.

"이거 놔. 장난이었다고."

"하. 장난? 얘, 겁먹어서 떠는 거 안 보여?"

화장실에 들어섰을 때, 그리고 상훈에게 붙잡혀 미친 듯이 떨고 있는 윤을 발견했을 때, 희욱은 저 어딘가에서 퓨즈가 끊기는 소리를 들었다. 어떤 생각도 들지 않았다. 정신을 차리고 보니 어느새, 자신에게 맞고 나가떨어져 있는 상훈이 보였다.

"넌 머리가 잘 돌아가는 것 같다가도 어떨 때 보면 진짜 둔하단 말이야."

상훈이 씹어뱉듯 말하더니, 멱살을 붙잡은 희욱의 손을 거칠게 떼어 냈다.

"뭐?"

싹싹 빌어도 모자랄 판에, 이 미친놈이 지금 뭐라는 건가.

"등신."

상훈이 조소하더니, 희욱의 어깨를 밀치고 나가 버렸다.

희욱은 상훈을 쫓는 대신, 급히 윤을 일으켜 세웠다. 윤의 가느 다란 몸이 아직도 사시나무처럼 떨리고 있었다. 희욱의 얼굴이 일 그러졌다.

"뭐 하잔 거야! 사내새끼가 왜 저항도 제대로 못 해!"

희욱이 화를 내고 있었다. 윤은 더 서러워졌다. 이런 곳에 끌고 와 서 이런 꼴을 당하게 한 게 누군데 자기한테 화를 내는지 이해가 안 됐다. 그러나 윤은 그 말을 하는 대신, 서럽게 울음을 터트렸다.

자신의 맨 살갗에 닿은 그 차가운 손바닥의 느낌이 아직도 생생했 다. 그 손이 닿자마자 발끝에서부터 소름이 돋아나고 식은땀이 났다. 울음소리마저 신음처럼 타들어 갔다. 그리고 희욱을 보자마자 안도 감이 밀려들면서 비로소 봇물 터지듯 서럽게 울음도 터졌던 것이다.

"아저씨, 흑, 흑……. 나 정말 너무 무서워서, 흑, 흐윽…… 끅……."

희욱이 질끈 입술을 깨물었다. 울리려던 게 아니었는데…….

여렸다. 한 마리 작은 새처럼 울고 있는 윤은, 너무나 여렸다. 왜 이렇게 약하지? 넌 왜 이렇게 약해. 저 하얀 목덜미를 잡아서, 더 엉망으로 울려 버리고 싶을 정도로. 거기까지 생각이 미친 희욱이 차갑게 얼어붙었다. 지금, 무슨 생각을…….

"아저씨, 화내지 말아요. 나 무섭단 말이에요. 흑. 화내지 말……
흑…… 어요."

제기랄. 그만 울어.

희욱이 윤을 자신의 품으로 거세게 끌어당겼다. 윤이 거짓말처
럼 울음을 멈추었다. 지금, 무슨 일이 일어나고 있는 거야? 너무 놀
라서 아무 말도 안 나왔다. 희욱도 아무 말도 못 했다. 말로는 설명
할 수 없는 폭풍이, 저 밑에서부터 올라오고 있었다.

될 대로 되라지.

희욱은 자신의 품 안에 갇힌 윤을 빈틈없이 더욱 꽉 껴안았다.

주말 오전, 윤은 어김없이 민의 병실을 찾았다.

"너, 무슨 고민 있지?"

평소답지 않게 얼이 빠진 윤의 모습에 민이 물어 왔다. 배 속에
서부터 함께 자랐기에, 민은 윤의 얼굴만 봐도 무엇이든 알아챌 수
있었다.

"고민은 무슨."

"거짓말 마. 얼굴에 다 티 나, 바보야."

다른 사람은 속여도 자신의 반쪽 민이를 속일 순 없었다.

어제 희욱은 한참이나 자신을 품에 넣고 놔주지 않았다. 빠져나
오려고 버둥거려도 더욱 힘주어 끌어안을 뿐이었다. 윤이 몸에서
힘을 풀자 그제야 희욱도 조금씩 몸에서 힘을 풀었다. 그래서 윤은
더 반항도 못 하고 가만히 있기만 했다.

결국 윤이 슬며시, 머릿속에만 맴맴 돌던 질문을 꺼냈다.

"민아. 남자들끼리도…… 안고 그럴까?"

"그게 무슨 소리야?"

"그니까, 여자들끼리 그러는 것처럼, 남자들도 뭐, 기쁘거나 슬플 때 서로 껴안고 그럴까?"

민이 고개를 갸웃하더니 대답했다.

"음. 뭐, 포옹 정도야 할 수 있지 않을까?"

"그, 그렇지?"

그래, 역시 그런 거였어. 희욱이 자신을 껴안은 건, 자신이 너무 울고 있으니까, 그냥 위로하려고, 그래서 그랬던 것이다.

윤의 얼굴에 안도감이 떠올랐다. 그러나 동시에, 짧은 서운함도 스쳤다. 희욱이 그저 위로만 한 것으로 생각하는 게 가장 속 편한 길이었지만, 그렇게만 생각하는 게 또 싫었다. 스스로도 파악하기 힘든 복잡한 감정을 의식한 윤의 얼굴이 다시 어두워졌다.

두근.

희욱이 자신을 껴안고 있을 때, 윤은 그 소리를 들었다.

두근두근.

다시 그 소리가 들렸을 때, 그리고 그 소리가 다른 어디도 아닌 자신의 심장 속에서 나는 소리라는 걸 깨달았을 때.

'말도 안 돼.'

윤은 절망스러워졌다.

왜 심장이 떨렸을까. 희욱이 자신을 좋아할 리 없다는 걸 알면서도, 저도 모르게 심장이 떨리고 말았다. 자신을 괴롭히는 걸 낙으로 삼는 인간이다. 게다가 자신을 남자라고 철석같이 믿고 있는 사람이다. 그런 남자에게 가슴이 두근거리다니, 정말이지 대책이 없었다.

무슨 설명이라도 해 주었으면 좋으련만, 돌아오는 길에 희욱은 한마디도 하지 않았다. 당장 누구라도 집어삼킬 것처럼 무시무시한 얼굴로 운전만 할 뿐이었다.

차라리 평소처럼 무시하거나 구박을 했으면 이렇게 찜찜하지는 않았을 텐데…….

드르르. 그때, 사이드테이블 위에 놓아둔 윤의 휴대폰이 울렸다.

[배달 끝나고 식당 앞으로 데리러 간다.]

발신자 이름에 희욱의 이름이 찍혀 있었다. 배달 끝나고 데리러 온다고? 빨라도 새벽 3시가 넘어서 끝난다는 걸 알고나 하는 소리인가? 윤이 재빨리 답장을 보냈다.

[저 3시 넘어서 끝나요.]

[알아.]

이 아저씨가 왜 이러는 거야. 차 생겼다고 유세라도 하고 싶은 건가. 어제 이후로 속이 타는 건 자신뿐인 듯했다.

"누구한테 온 문자인데 울상이야?"

민이 걱정이 묻어나는 어투로 물었다. 자신의 심란함을 언제나 귀신같이 알아채는 민이를 걱정시키기 싫어서, 윤이 애써 미소를 지어 보였다.

"그냥, 아는 사람. 별거 아냐."

[오지 마세요. 혼자 갈 수 있어요.]

윤이 고민하다 답장을 보냈다. 희욱이 불편했다. 이런 이상한 마음으로 그를 보고 싶지 않았다.

[두 번 말하게 좀 안 할 수 없어?]

희욱답지 않게 답장이 바로 왔다. 그러나 말투는 여전했다.

[언제 끝나는지도 몰라요. 오지 마세요.]

윤은 꿋꿋하게 다시 오지 말라는 답장을 보냈다. 조마조마하게 기다렸는데, 희욱에게선 더 이상 답장이 없었다. 다행이다. 윤은 희욱이 포기했다고 생각하고 휴대폰을 주머니에 집어넣었다.

"윤아, 밖에 주문 좀 받아줘!"

주방 보조를 하고 있던 윤은 홀이 갑자기 바빠진 탓에 서빙을 해야 했다. 조그만 식당이라 테이블도 몇 개 없었지만 갑자기 손님이 몰리면 은근히 손이 필요했다. 게다가 또 새 손님이 들어오고 있었다.

"어서 오세……."

활기차게 인사를 하던 윤이 하던 인사도 멈추고, 버벅거렸다.

"이 시간에 왜 오셨어요?"

가게 안으로 들어선 사람은 희욱이었다. 큰 키 때문에 그의 정수리가 미닫이로 된 문틀을 아슬아슬하게 스쳤다.

"이 시간에 식당에 왜 오겠어? 저녁 먹을 거야."

"여기서요?"

"그래. 여기서."

윤이 큰 두 눈을 껌뻑거렸다.

최고급 레스토랑에서 스테이크만 썰 것 같은 희욱이, 이 작은 식당에서 분식 메뉴를 먹겠다고 오다니 믿기지가 않았다. 게다가 입고 온 옷도 빳빳한 셔츠와 각 잡힌 정장 바지였다. 누가 저런 차림으로 분식집엘 온단 말인가. 희욱의 화려한 외모와 튀는 차림새에, 밥을 먹다 말고 사람들이 모두 희욱만 쳐다봤다.

희욱은 그런 시선들을 가뿐하게 무시한 채 하나 남은 테이블로 척척 걸어갔다. 윤이 떨떠름한 표정으로 희욱의 뒤를 따랐다.

"메뉴판, 없어?"

"그런 거 없고, 저기 벽에 보시면 차림표 있어요."

"데리러 오겠다고 했잖아."

차림표는 보지도 않고, 희욱은 엉뚱한 말을 꺼냈다.

"그 새벽에 왜 자꾸 데리러 온다고 하세요? 안 주무세요?"

"밤낮이 바뀌어서 새벽에 잠이 안 와. 차도 받았는데 새벽에 운동도 할 겸. 너한테도 좋은 거 아냐? 왜 자꾸 오지 말래?"

희욱은 뻔뻔하게 대꾸하더니, '아무거나 줘'라고 말해 버렸다. 정말 알다가도 모를 사람이다. 윤이 속으로 한숨을 길게 쉬고는, 주방을 향해 '조개 칼국수 한 그릇이요!'를 외쳤다.

그와 동시에 건너편 테이블에 앉은 사람 하나가 윤을 향해 손을 들어 보였다.

"갑니다!"

윤은 그쪽으로 뒤도 안 돌아보고 가 버렸다. 그 뒷모습을 바라보는 희욱의 표정이 어두워졌다.

심란한 건 자기 혼자인 것 같았다. 윤은 아무렇지도 않게 일만 잘했다. 데리러 와 주겠다는데 한사코 거부하기까지 했다. 괜히 열이 받아서 바보같이 여기까지 찾아와 버렸다. 그래서 뭐, 이제 어쩌자고. 희욱이 두 손으로 얼굴을 쓸어내렸다.

강희욱, 이 미친놈아.

제 품에서 바르작거리던 윤의 여린 어깨가 자꾸만 눈에 아른거렸다.

"지금 이걸 사람이 먹으라는 거야? 소금을 들이부은 건지, 어쩐지. 웩!"

윤을 부른 남자가 다짜고짜 소리부터 치더니, 급기야 입을 가리고 토하는 시늉까지 해 보였다. 아무래도 나온 음식이 입에 안 맞는 모양이었다. 규모가 작긴 했어도 근방에선 맛집으로 불리는 곳이었다. 음식 맛 하나는 자부할 수 있었던 윤은, 뭔가 주방에서 실수가 있었던 모양이라고 생각하고 정중히 사과부터 했다.

"정말 죄송합니다. 실수가 있었나 봐요. 금방 바꿔드릴게요."

윤이 아직 훈기가 남아있는 그릇으로 손을 뻗으려던 그때.

탕!

남자가 그릇을 엎어 버렸다.

"바꿔 줘? 버린 내 입맛은 어쩔 거야? 응? 그것도 바꿔 줄 건가?"

윤이 당황한 얼굴로 바닥에 떨어져 엉망이 된 음식을 쳐다봤다. 아마도, 음식이 잘못된 게 아니라 돈이 내기 싫은 모양이었다. 그러니 맛을 확인해 볼 수도 없게끔 저렇게 엎어버린 거겠지.

"그렇다고 엎으실 필요까진 없잖아요."

윤이 기죽지 않고 또박또박 힘주어 말하자, 남자의 언성이 더높아졌다.

"어디서 말대꾸야? 이 그지 같은 식당에서 음식이나 나르는 새끼가!"

뭐 이런 사람이 다 있어! 종종 말도 안 되는 이유로 시비를 거는 진상이 있긴 했어도, 이렇게 다짜고짜 막말을 하는 사람은 거의 없었다.

"말이 심하시네요. 음식값 안 받을 테니, 그만 가세요."

윤은 더 이상 상종할 필요도 없다고 생각하고 휙 돌아섰다.

"악!"

그러다 누군가의 단단한 가슴팍에 얼굴을 박고는 울상을 지었다. 한 손으로 코를 감싸 안고 올려다보니, 희욱이였다. 어느새 다가온 그가 윤의 뒤에 서 있었던 것이다.

"아, 왜 여기에 서 있……."

윤은 말을 다 맺지 못했다. 희욱의 싸늘하게 가라앉은 얼굴이 자신이 아니라, 자신 뒤에 앉은 남자에게 향해 있는 걸 발견해 버렸기 때문이었다.

"죽고 싶어?"

희욱이 잇새로 내뱉었다. 그 서슬 퍼런 기세에 남자의 목소리가 얼른 수그러들었다.

"누, 누구신데……."

만만해 보이는 윤에게는 반말을 하더니, 자신에겐 쩔쩔매는 모습이 보기 역겨웠다. 딱 보니 약자에겐 큰소리치고, 강자에겐 벌벌 기는 타입. 희욱의 이마에 툭, 퍼런 핏줄이 불거졌다.

"어디서 갑질이야? 밥 먹으러 왔으면 조용히 처먹고 나가. 얘, 너 같은 인간이 함부로 볼 애 아니야."

희욱이 어정쩡하게 자신 앞에 서 있던 윤을 돌려세웠다. 희욱의 범상치 않은 아우라에 기가 팍 죽은 남자가 고개를 숙인 채 자리에서 일어나더니 재빨리 문 쪽으로 몸을 돌렸다.

"어딜."

움직이던 남자의 어깨를 희욱의 커다란 손이 붙잡았다. 그냥 붙잡기만 했을 뿐인데도 압도적인 완력이 느껴져 남자의 어깨가 부들부들 떨렸다.

"돈 내고 가. 당신이 먹은 거."

남자가 지갑에서 허겁지겁 만 원짜릴 꺼내 테이블 위에 두고, 줄행랑을 치듯 식당을 튀어나갔다.

"어, 아저씨 거스름돈……!"

윤이 뒤늦게 붙잡았지만, 남자는 이미 사라지고 난 뒤였다.

나 참, 진짜 이상한 사람이네.

윤이 설레설레 고개를 흔들더니, 이내 희욱을 향해 돌아섰다.

"그렇게까지 무섭게 할 필요는 없는……."

"왜 이렇게 물러 터졌어."

"예?"

"저런 병신 새끼를 그냥 보내려고 했어? 한마디 해 줬어야지."

윤이 잠시 얼이 빠진 듯 희욱을 바라봤다. 이런 일쯤이야, 그렇게 큰일도 아니었다. 살다 보면 이보다 더한 봉변도 많이 당한다. 특히 윤은 이것저것 알바를 하면서 안 좋은 꼴을 많이 보았기에 이런 사건들에는 거의 무덤덤해진 편이었다.

"고마워요, 아저씨. 편들어 줘서."

그러나 강희욱의 이런 모습은, 정말 새로운 것이었다. 다른 사람 일에는 개미 눈곱만큼도 신경 쓰지 않던 그 고고한 강희욱이, 자신을 위해 나서 준 것이 고마웠다. 자신보다도 자신의 일에 더 화를 내는 모습이, 낯설면서도 싫지가 않았다. 윤이 배시시 웃었다.

"이 상황에 웃음이 나와?"

"네. 나와요."

윤이 살짝 혓바닥을 내밀어 보이곤, 엉망이 된 바닥을 치우기 위해 대걸레를 가지러 들어갔다.

하여튼 속이 좋은 건지, 아예 없는 건지.

윤의 뒷모습을 시선으로 쫓으며, 희욱이 상념에 잠겼다.

'어디서 말대꾸야? 이 그지 같은 식당에서 음식이나 나르는 새끼가!'

남자가 그 말을 했을 때 희욱은 하마터면 달려가서 멱살을 잡을 뻔했다. 그런 같잖은 놈 따위가 하는 말에 그렇게까지 이성을 잃고 튀어나갈 필요는 없었는데, 그 대상이 다른 사람이 아니라 윤인 게 문제였다.

희욱은 바닥에서부터 기어 올라오는 이 진득하고 형체 없는 감정들을 무시하려고 무던히 애써 왔다. 녀석을 신경 쓰기 시작했을 때도, 녀석을 생각하면 실없는 미소가 터져 나올 때도, 그리고 녀석을 품에 안아 버렸을 때도, 애써 무시하려고 했다.

그런데 가늘게 이어지던 이성의 끈이, 참 쉽게도 무너졌다. 녀석을 향해 함부로 욕을 내뱉는 남자의 얼굴에 주먹을 꽂아 주고 싶었다. 윤이 앞을 막고 있지 않았더라면, 정말로 그랬을지도 모르는 일이었다.

희욱의 눈이 차게 가라앉았다.

희욱은 저녁을 먹고는 별 인사도 없이 가 버렸다. 오전 내내 데리러 오겠다 고집을 부려서 윤은 혹시 그가 저를 기다리겠다고 할까 봐 걱정까지 했었는데 말이다. 참 제멋대로인 아저씨였다. 배달을 마치고 가게를 나서던 윤이 혹시나 하는 마음에 주위를 휙휙 둘러봤다. 희욱의 차는 코빼기도 보이지 않았다.

치.

데리러 오지 말라고 두 번이나 거절한 건 자신이었는데, 막상 차가 없으니 또 조금 섭섭했다. 아까 식당에서 저녁까지 먹고 갔으니, 어쩐지 정말로 끝나고도 나타날 것만 같았다.

데리러 온다고 하질 말든가!

윤은 집에 도착하자마자 늘 그랬던 것처럼 바닥으로 쓰러졌다. 피곤함이 온몸을 훑고 다녔다. 희욱이 자고 있을 거란 생각에 오랜만에 바닥을 기어 보려던 윤은, 거실에서 사람의 기척을 느끼고 후다닥 일어섰다.

"아저씨, 진짜 이 시간에 안 자요?"

거실 소파에 희욱이 미동도 없이 누워 있었다. 테이블 위로 와인병 두 개와 반 정도 채워진 와인잔이 보였다. 와인병은 모두 비어 있는 상태였다.

저걸 혼자서 다 마셨나? 윤이 메고 있던 크로스백을 살며시 바닥에 내려두고, 천천히 희욱에게로 다가갔다.

"아저씨, 자요?"

대답이 없었다. 희욱의 두 눈이 얌전하게 감겨 있었다. 윤은 저도 모르게 소파 앞에 무릎을 꿇고 앉아 희욱의 얼굴을 감상했다.

인간이 이렇게 잘생긴 건 반칙이다. 게다가 키도 크고 돈도 많잖아? 성격이 개차반인 건, 한 사람에게 몰빵하는 게 그래도 양심에 찔렸는지 신이 한 스푼 넣은 단점이었다. 아니, 그렇다고 생각했었다.

'애, 너 같은 인간이 함부로 볼 애 아니야.'

그런데, 은근히 따뜻한 구석까지 있었다. 식당에서 희욱이 했던 말이 떠올라 윤은 저도 모르게 작게 미소 지었다.

이건 너무 불공평하잖아. 아저씨, 그러지 마요. 내가 자꾸 심장이 떨린다고요.

"잘 자요."

윤이 속삭이듯 그 말을 남기곤 자리에서 일어섰다.

"더워."

으아악! 그 순간, 갑자기 희욱이 벌떡 상체를 일으켰다. 윤은 속으로 비명을 지르며 뒷걸음질 쳤다. 그러나 희욱은 윤 쪽은 쳐다보지도 않았다. 대신 난데없이 입고 있던 티셔츠를 두 손으로 걷어 올리기 시작했다. 윤은 즉시 그 자리에서 얼어붙었다.

희욱은 망설임 없이 티셔츠를 머리끝까지 젖히곤 소파 뒤로 던져 버렸다. 이게 도대체 뭐 하는 짓인가 싶어 윤이 얼음 자세로 가만히 희욱을 주시했다. 한데, 앞만 보는 희욱의 눈이 약간 풀려 있었다. 옆에 자신이 있다는 것조차 알아채지 못하는 것 같았다.

취, 취했나?

윤이 꿀꺽, 침을 삼켰다. 희욱이 눈치챌까 봐 움직이지도 못했다. 대신 눈동자만 이리저리 열심히 굴렸다. 윤은 실물로 남자의 벗은 상체를 처음 보는 것이었다. 심장이 제멋대로 쿵쾅거렸다. 마음 같아선 두 손으로 눈을 가리고 방으로 튀어가고 싶었지만, 그랬다간 당장이라도 희욱이 돌아볼 것만 같았다.

"더워."

희욱이 자꾸만 덥다고 했다. 덥긴 왜 자꾸 덥대! 아직 초여름이었다. 벌써 더울 리가 없었다. 아마도 희욱은 덥다고 옷을 벗는 게 주사인 모양이었다. 주사도 참 원색적인 게, 꼭 자기 같은 주사지 싶었다.

"더워."

"으아아악!"

희욱의 손이 바지 버클에 닿으려고 하자, 결국 참지 못하고 윤이 소릴 질렀다.

"아저씨! 주정 그만 부리고 들어가서 자요!"

윤이 재빨리 방으로 튀어 들어갔다. 정말, 못 말리는 아저씨다. 다시 잊고 있었던 피곤함이 엄습했다. 윤은 침대에 쏟아지듯 누워서 베개에 얼굴을 묻어 버렸다.

"어……?"

그런데, 뭔가 이상했다. 베개에서 나는 향이 낯설고도 익숙했다. 늘 나던 익숙한 향이 아닌데, 어디선가 맡아본 듯한…….

"으아아악!"

그 향이 평소 희욱에게 미미하게 배어 있던 섬유유연제 향이란 걸 깨달은 윤이, 아까보다도 더 소스라치게 놀라면서 벌떡 일어났다. 비슷한 구조에다가 침대 색까지 똑같아서 몰랐다. 자신이 들어온 곳이 희욱의 방이라는 걸.

"미쳤어, 정윤!"

취한 건 희욱인데 어째 자기가 더 취한 것처럼 행동하고 있었다. 다시 희욱이 있는 거실을 가로질러 자신의 방으로 들어갈 생각을 하니 머리가 아팠다.

윤이 재빨리 희욱의 침대에서 내려와 방문 앞에서 심호흡을 한번 했다. 그러곤 뛸 준비를 단단히 하고 방문을 열어젖혔다.

"……!"

윤은 숨이 멎을 듯했다.

눈앞에 희욱이 서 있었다. 갑자기 문이 열려서 놀랄 만도 한데, 희욱은 미동도 없이 굳은 눈으로 자신을 내려다보고 있었다.

"제가 방을 잘못 들어와서요. 금방 나갈게요."

윤이 서둘러 그 말을 하며 금방이라도 튀어 나갈 것처럼 한 걸음 다가섰다. 그런데 문을 완전히 가로막고 있는 희욱은 비킬 생각이 조금도 없는 것처럼 가만히 서 있기만 했다.

"좀 비켜 주……."

희욱이 성큼 앞으로 다가왔다. 비키려면 옆으로 가야지, 앞으로 오는 게 아니라! 닿을 듯 가까워진 희욱을 피해서 윤이 비켜서자, 희욱도 따라서 움직였다.

"왜 이래요!"

희욱이 그대로 한 걸음 더 다가오자, 윤이 반사적으로 뒤로 물러섰다. 희욱이 살짝 미간을 좁히더니, 다시 윤과의 거리도 좁혔다. 윤이 또 뒷걸음치고, 희욱은 또 한 걸음 다가섰다.

그렇게 포위를 좁혀오는 희욱 때문에 결국 침대에 걸린 윤의 몸이 기우뚱하자, 희욱이 재빨리 윤의 팔을 잡아챘다. 그러나 기울어지는 윤의 무게를 이기지 못하고, 희욱 역시 침대 위로 쓰러지고 말았다.

풀썩, 침대가 튀어 올랐다.

"아저씨……."

마주 본 자세로 희욱에게 깔려버린 윤의 얼굴이 하얘졌다.

최대한 아래로 시선을 안 두려고 했지만 희욱의 나신이 사라지는 것은 아니었다. 게다가 자신을 내려다보는 이 나른하고 위험한 시선…….

윤의 호흡이 점점 흐트러졌다. 그러나 정작 이런 일을 벌이는 장본인은 아무렇지도 않은 듯, 희욱의 눈빛은 평소보다도 더 노골적이고, 더 집요했다.

"취했어요?"

윤이 조금 떨리는 목소리로 물었다.

"정윤……."

희욱의 입에서, 대답 대신 처음으로 자신의 이름이 나왔다. 윤은 심장이 튀어나올 것만 같았다. 당장 저 가슴팍을 밀치고 뛰어나가야 하는데, 그게 안 됐다. 희욱의 매끈한 몸에서 흘러나오는 은은한 체취가, 윤의 사고 회로를 마비시키는 것만 같았다.

희욱의 손가락이 천천히 윤의 얼굴에 닿았다. 그리고 보드랍게 뺨을 쓸었다.

"사내 녀석 뺨이 뭐 이렇게……."

"……."

"부드럽냐고."

불에 덴 듯, 뺨이 화끈거렸다. 집요하게 달라붙는 손가락은, 너무 빠르지도 느리지도 않게, 느긋이 윤의 목을 타고 내려갔다.

윤이 순진하긴 했어도 지금 희욱이 무슨 짓을 하고 있는지 모르는 바는 아니었다. 그런데 아무리 이성이 도망치라고 경고해도, 누가 얽어매기라도 한 듯 몸은 꼼짝도 할 수가 없었다.

희욱이 짙어진 눈빛으로 얼굴을 내리자, 윤은 질끈 눈을 감아 버렸다. 이제 자신의 뺨에 닿는 게 희욱의 손가락이 아니라 입술이 될 것만 같았다.

"헉!"

그러나 아니었다. 희욱의 얼굴은 윤의 뺨이 아니라 목으로 내려가 버렸다.

"아저씨……!"

그대로 윤의 목에 고개를 묻어 버린 희욱이, 맛보듯 여린 살을 깨물었다.

"읏……."

생경한 감각이 윤의 척추를 타고 흘렀다. 윤은 놀라서 꿈틀거렸을 뿐인데, 그게 자극이 됐던지 희욱이 몸을 더 강하게 밀착해 왔다.

"아저씨! 왜 이래요! 떨어져요!"

퍼뜩 정신을 차린 윤이, 거세게 고개를 흔들었다. 희욱의 손에 붙잡혀 버린 팔이나 희욱의 무릎 안에 갇혀 버린 다리 때문에, 반항할 수 있는 길이라곤 고작 도리질을 치는 것뿐이었다.

"하아……."

목에 닿아 있는 희욱의 입술에서 길고 뜨거운 한숨이 뿜어져 나왔다.

"아저씨……."

윤의 반항이 소용이 있었는지 희욱이 겨우 고개를 들어 윤을 바라봤다. 좀 전까지 나른하게 가라앉아 있던 희욱의 눈빛이 아슬아슬하게 붙잡아 두고 있는 정염으로, 그리고 혼란스러움으로, 아프게 흔들리고 있었다.

"……미안."

희욱이 읊조리듯 내뱉었다.

"사실은, 이 이상 어떻게 하는지도 모르겠어."

많은 여자를 안아 왔지만 남자를 안는 건 상상조차 해 본 적 없는 희욱이었다. 당장 해소하고 싶은 갈증에 목이 탔지만, 그것보다도 더 그를 압도하는 건, 혼란스러움이었다.

"엄두도 안 난다."

"아저씨⋯⋯."

"그래서 더 미치겠어. 모르겠어, 난⋯⋯."

희욱이 그답지 않게 횡설수설했다. 윤의 가슴이 저릿하게 아파졌다. 이러려고 한 게 아닌데, 당신을 이렇게 혼란스럽게 하려고 한 게 아닌데. 윤이 아랫입술을 꽉 깨물었다.

"입술, 깨물지 말라고 했잖아."

희욱이 눈빛이 다시 위험하게 번들거렸다.

"신경 쓰이게."

네 입술, 네 뺨, 네 어깨. 그렇게 조심성 없이 마음대로 두지 마. 그러면 내가 자꾸 눈이 가. 자꾸, 만지고 싶어진단 말이다.

"⋯⋯나가."

희욱이 윤에게서 떨어져 나와 옆으로 훌러덩 누웠다. 윤은 잠시 망설였다. 이대로 진실을 말해 버릴까 싶었다.

"나가. 정말 어떻게 해 버리기 전에."

그러나 얼음처럼 차가운 희욱의 말에, 용기 또한 얼어붙고 말았다. 윤이 방을 나가자, 희욱이 한쪽 팔을 이마에 얹고 다시 긴 한숨을 내쉬었다.

강희욱, 이 미친놈아.

두 번, 세 번 말해도 모자란 말이었다.

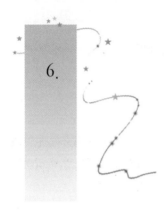

6.

"국 좀 보온병에 담아 가도 되죠?"

"왜? 뒀다 먹게?"

"아뇨. 같이 사는 친구가 어제 술을 많이 마셨거든요. 속이 안 좋을 것 같아서 가져다주려고요."

흐응. 식탁에 앉아 윤의 뒷모습을 바라보던 지호의 눈이 가늘어졌다.

"각별한 사인가 보네?"

지호의 말투가 약간 날카로워졌지만, 윤은 알아차리지 못했다.

"전혀요. 절 별로 안 좋아하는 것 같아요."

지호는 그 말을 듣고도 토라진 기분이 풀리지 않았다. 윤과 같이 산다는 그 남자, 이상하게 거슬리는 느낌이 들었다. 지호는 이런 쪽으로 꽤 촉이 좋은 편이었다.

윤이 국이 가득 담긴 그릇을 지호 앞에 하나 놓아주고, 하나 더 담아 맞은편 식탁 위에도 두었다. 어느새 식탁 위에는 간소하지만 먹음직스러운 가정식이 차려졌다.

윤은 흐뭇한 얼굴로 자신이 만든 반찬들을 바라보며 의자에 앉았다. 그 모습이 귀여워서 지호는 남모르게 깨물어 주고 싶다는 생각을 했다.

"밥 먹고 나랑 대본 연습 좀 해 줘. 설거진 그대로 두고."

지호의 생뚱맞은 요구에, 이번에는 윤의 눈이 가늘어졌다.

"자꾸 노동 착취하지 마요. 분명 밥만 해 주는 거였는데."

"은근히 야박하시네. 고용인으로서 말고, 친구로서 그런 것도 못 해 주나?"

지호가 정말로 섭섭하다는 듯이 아이처럼 입술을 내밀자, 윤이 작게 웃음을 터뜨렸다.

"알았어요. 해 주면 되잖아요."

심술이 나서 충동적으로 한 말이지만, 어쨌거나 윤을 조금 더 잡아둘 건수가 생겨서 지호는 다시 기분이 좋아졌다.

윤은 지호의 기분이 제 한마디에 따라 급락과 급증을 거듭하는 것도 모르고, 열심히 숟가락을 움직이며 식사를 했다.

저 조그만 입 안으로 어찌나 빠르게 음식들이 사라져 가는지. 귀여워 죽겠다니까. 윤을 관찰하듯 바라보는 지호의 눈이 예쁘게 휘어졌다.

둘은 식사를 마치고 대본 연습을 위해 거실로 자리를 옮겼다.

"민호 씨. 지금 이 자리에서 저를 당신의 여자로 만들어 주세요. 내게 키스해줘요. 내 온몸에 입 맞춰, 입, 입 맞춰……."

기계처럼 대사를 읽어 내리던 윤의 얼굴이 점점 시뻘게졌다.

"아씨! 무슨 대사가 이래요? 나 안 할래요! 다른 장면 해요!"

품. 속으로만 몰래 웃음을 터트린 지호가, 진지한 표정으로 말했다.

"이 부분이 제일 중요한 부분이야. 감정 연기가 필요하다고."

이, 이런 걸 나보고 어떻게 하라고. 그 뒤 장면은 더 가관이었다. 눈으로 다음 대사를 훑어 내리던 윤은 결국 대본을 덮고 식탁 위에 탁, 내려놓았다.

"도대체 형은 어떻게 그렇게 잘해요, 이런 연기를?"

윤이 일부러 말을 돌리는 게 빤히 보여 지호는 다시 웃어 버리고 말았다.

"나 아직 한 줄도 안 읽었는데, 잘하는지 안 잘하는지 어떻게 알아?"

"에이. 지난번에 촬영장에서 신예리 씨랑 키스신 찍는 것도 봤다고요."

지호가 잠시 고민하는 척, 뜸을 들이다 대답했다.

"음. 많이 해 보면 잘하게 되지."

아, 그렇구나. 많이 해 보면 잘하게 되는…… 잠깐만. 아무 생각 없이 고개를 주억거리던 윤이 무언가 꺼림칙한 듯 표정을 굳혔다.

"어…… 그러니까 많이 해 본다는 게 연기를? 아니면 실전을?"

쿡.

"당연히 실전을."

어우! 얼굴값 하고 다닐 줄 알았다!

못마땅한 얼굴로 윤이 자신을 쏘아보자, 지호는 그게 또 재밌어서 쿡쿡거렸다.

포털 사이트에 '유지호' 세 글자만 쳐도 열애설이 줄줄 뜰 텐데, 윤은 자신의 연애 편력에 대해 전혀 모르고 있었다. 유지호가 나온 영화는 볼 줄 알아도, 정작 유지호라는 사람 자체엔 사적인 관심이 전혀 없는 게 티 나도 너무 티 나지 않는가. 그래도 명색이 대한민국 최고 스타인데, 어떻게 검색 한 번을 안 해 봐? 진짜 둔해 빠졌다니깐.

그러나 윤의 그런 무신경함은 지호에게 불쾌하기보다는 자극적으로 다가왔다. 묘하게 말초신경을 건드리며 자꾸만 더, 건드려 보고 싶게 한달까.

"솔직히, 연애 몇 번 해 봤어요?"

윤이 중요한 거라도 묻는 것처럼 목소리를 낮추고 사적인 질문을 해 오자 지호의 입꼬리가 숨길 수 없이 올라갔다. 마치 관심받고 싶어 안달 난 어린애처럼.

"음."

지호가 짓궂은 표정으로 쫙 펼친 열 손가락을 하나씩 빠르게 접어 갔다. 그런데 열 손가락을 다 접은 것도 모자랐는지, 이번에는 거꾸로 펼치면서 숫자를 세고 있었다.

"아, 진짜!"

윤에게 어깨를 퍽퍽 맞고서야 지호는 낮게 웃음을 터뜨리며 숫자 세는 걸 멈췄다.

"도대체 그 많은 드라마랑 영화는 어떻게 출연했어요? 숨도 안 쉬고 연애만 한 것 같은데?"

"그 많은 드라마랑 영화를 찍다 보니까 자꾸 연애를 하게 된다고."

"그럼 새로운 거 찍을 때마다 여자도 바뀌었다는 소리예요?"

지호가 긍정의 의미로 대답을 하지 않자, 윤이 다시 퍽, 하고 지호의 어깨를 때렸다.

"바람둥이."

맞고서도 지호는 뭐가 좋은지 실실거리기만 했다.

"그러는 넌 몇 번이나 해 봤는데요?"

"한 번. 그것도 고등학교 때, 아주 짧게요."

　윤이 고민할 것도 없이 바로 대답했다. 너무나 짧았던 연애, 한 번의 입맞춤이 끝이었던 연애, 그때 민이가 아프기 시작해서, 신경도 쓰지 못나고 끝나 버렸던 시시한 연애였다.

　지호가 가만히 고개를 갸웃했다.

"넌 왜 그것밖에 안 해 봤는데."

"우씨. 안 한 게 아니라 못 한 거예요. 형이 숨도 안 쉬고 연애할 때, 전 숨도 안 쉬고 일만 했다고요."

"왜?"

　예상치 못한 질문에, 윤의 말문이 막혀 버렸다. 지호가 맑은 눈으로 윤을 내려다보며, 다시 물었다.

"한창 좋을 나이에, 왜 일만 했어?"

"설명하자면 긴데, 별로 재미있는 얘긴 아니라서요."

　윤이 조금 곤란한 듯 웃으며 얼버무렸다.

　바쁜 부모님 때문에 시골의 할머니 댁에 맡겨져 자랐는데 알고 보니 맡겨진 게 아니라 버려진 거였다. 그때 이미 부모님은 별거 중이었고 이혼 절차가 마무리되자마자 아버지와 어머니, 차례로 연락이 끊겼다. 자신이 아주 어렸을 때부터 각자의 일로 바쁜 사람들이기야 했지만 그래도 부모 자식 간의 인연이 그렇게 쉽게 끊길 줄은 몰랐다.

민이가 아픈 걸 알릴 방도도 없었다. 아마 알린다 해도 신경 쓰지 않았겠지만. 아무튼 그래서 할머니가 돌아가시고 나서는 온전히 혼자서 민이 뒷바라지를 해야 했다. 고등학생 때부터 쉬지 않고 닥치는 대로 일을 해서 병원비를 벌었다. 숨 돌릴 틈 없이 빡빡한 삶이었다.

아무리 사람 좋아 보이는 지호라도, 이런 이야기들을 털어놓긴 좀 그랬다. 동정하면서도 동시에 부담스러워할 게 분명했으니까. 윤이 아무렇지도 않은 얼굴로 눈앞에 놓인 대본을 펼쳐들었다. 다시 제대로 된 연습을 해 보자고 화제를 돌리려던 참이었다.

"윤아."

불현듯 낮아진 지호의 음성에 윤이 고개를 쳐들었다. 선명한 얼굴이 불쑥 다가와 있었다.

"왜요. 갑자기 목소리는 왜 까는데요."

아무렇지 않은 척했지만, 찰나에 스친 윤의 아픈 얼굴을, 지호가 놓칠 리 없었다. 무슨 사연이 있을 거란 생각은 했다. 그러니 저 예쁜 나이에 저 성실한 녀석이 대학도 안 가고 아르바이트를 전전하고 있는 거겠지. 지호는 속으로 긴 한숨을 내쉬었다. 윤이 자기한테 다 말해 주었으면 싶었다. 그리고 자기한테 의지했으면 좋겠다고 생각했다.

"언제든지, 말하고 싶을 때 얘기해. 난 너에 관한 거라면 다 듣고 싶어."

곧바로 윤의 머리칼을 마구 헝클어뜨리며 장난을 걸었지만, 방금 지호의 목소리는 따뜻하고 진중했다. 윤도 충분히 느낄 수 있을 만큼.

바람둥이니 뭐니 잔뜩 눈을 흘겨주긴 했지만, 마치 강 씨 할아버지처럼 자신에게 마음을 열어 주는 지호가, 윤은 점점 좋아졌다. 이 사람에게라면 언젠가 제 무거운 이야기들도 툭툭 털어놓을 수 있을 것 같았다.

"어? 너 이거 뭐야?"

그때, 지호가 무언가 발견한 듯 윤에게로 바짝 상체를 숙여 왔다. 윤이 급히 손바닥으로 목을 가렸다. 하지만 그런다고 목에 붙어 있던 밴드가 사라지는 것은 아니었다. 지호의 눈동자가 순식간에 차가워졌다.

"어, 저기, 모기가 있더라고요……."

윤이 멋쩍게 웃으며 말도 안 되는 소릴 해댔다. 모기? 지호는 이 오피스텔에서 오 년을 살았지만, 한 번도 모기를 본 적이 없었다. 25층이 그렇다면, 26층도 그럴 게 분명했다.

"누가 모기 물린 데 밴드를 붙이고 다녀?"

"아, 그게, 너무 긁었더니 피가 나서, 보기가 흉해서……."

희욱이 깨물어서 생긴 자국이라고는 얼어 죽어도 말할 수가 없었다. 윤은 홍시처럼 빨갛게 익어버린 얼굴을 들킬까 얼른 고개를 숙였다. 그래서 지호의 얼굴이 그 어느 때보다도 굳어 있다는 걸 읽지 못했다.

"거짓말하지 마."

윤이 다시 번쩍 고개를 들었다. 처음 들어보는 지호의 싸늘한 목소리에 화들짝 놀란 탓이었다.

"너도 이제 성인인데, 굳이 숨길 필요 없잖아."

윤의 낯빛이 파리해졌다. 지호는 윤이 당황해하고 있는 걸 알았지만, 평소처럼 배려해 줄 여유가 없었다. 목 언저리에 붙여진 밴드를 보는 순간, 그리고 빨개진 윤의 얼굴을 확인한 순간, 깊은 곳에서 불길이 일어나는 것 같았다. 당장 윤의 티셔츠를 벗겨 내고 온몸 구석구석을 확인해 보고 싶은 충동이 일었다. 이토록 자신을 흐트러뜨리는 질투심이 스스로도 놀라울 뿐이었다.

"저, 정말로 그런 거 아닌데……."

"상대가 꽤 적극적인 편인가 봐?"

지호의 빈정거림이 처음이라, 윤은 어쩐지 무서워졌다.

"진짜 아녜요. 형이 생각하는 그런 거."

진실. 윤 같은 성격은 진실과 거짓을 말할 때 티가 많이 났다. 거짓을 말할 땐 양심에 짓눌려 말을 더듬거나 눈을 굴렸고, 진실을 말할 땐 저렇게 또렷하게 눈을 맞추고 단호하게 말했다. 저 밴드 밑에 있는 게 키스마크인 건 확실한데, 아마도 거기까지인 모양.

"다음 대본 연습은, 실전처럼 하자."

"네?"

"내가 아니라 네가 연습이 필요할 거 같거든."

"무슨……."

"키스신이든, 정사신이든."

지호가 언제 표정을 굳혔냐는 듯, 거짓말처럼 미소를 그렸다.

"악! 필요 없어요! 자꾸 장난치지 마요!"

윤이 질색하며 소리쳤지만, 지호는 여전히 웃고 있었다. 어쩐지 지호의 미소가 위험하게 느껴져서, 윤은 아까보다도 더 무서운 느낌이 들었다.

[아저씨. 부엌에 북엇국 있어요. 속풀이 좀 해요.]

[집에서 음식 한 거 절대 아님. 다른 데서 한 거 가져온 거!]

눈을 뜨자, 윤에게서 문자가 와 있었다. 북엇국이나 먹으라는 한가한 소릴 해대고. 어제 그런 일이 있었는데도, 또 심란한 건 자신 뿐인 듯했다.

희욱이 잠들기 직전에 그랬던 것처럼 다시 깊게 한숨을 쉬고, 좀비처럼 비척비척 몸을 일으켜 세웠다. 숙취 때문에 머리가 아프긴 했지만, 일어나야 했다. 반드시 들러야 할 데가 있었다.

"강희욱. 동명이인이겠거니 했는데, 정말로 너라니."

희욱의 얼굴을 보자마자, 상훈의 얼굴이 보란 듯이 일그러졌다. 희욱도 상훈의 얼굴을 보는 게 썩 달갑지는 않았다.

"환자한테 이따위로 해도 돼? 이 병원은 CS 교육도 없나 보지?"

희욱이 빈정거리자, 상훈의 얼굴이 더욱 일그러졌다.

"왜 왔어?"

'그 일'이 일어나고 나서 꽤 오랫동안 상담을 받은 적이 있긴 했지만, 그 외에 희욱이 이렇게 병원으로 직접 찾아오는 일은 처음이었다.

설마 지난번 일 때문에 왔나?

저 아주 이기적이고 성질 더러운 이십 년 지기 친구를 보고 있노라면 재수에 옴이 붙는 것만 같아서, 상훈은 어서 쫓아 버려야지 다짐하며 빨리 앉기나 하라는 손짓을 보냈다.

"언제부터 남자에 관심이 있었어?"

희욱은 제 성질대로 앉자마자 본론부터 꺼냈다. 상훈은 어이가 없어서 진정 웃음이 터질 뻔했다. 이런 걸 두고 친구라고. 자신한테 그동안 얼마나 사적인 관심이 없었으면 저런 질문을 할 수 있단 말인가. 상훈은 앞으로 보나 뒤로 보나, 전적으로 이성애자였다. 그것도 내승이 좀 있는 민재와 비교하자면, 대놓고 여자를 좋아하는 편이기까지 했다.

"남자에 관심 없어."

"그럼, 그날. 정윤한테 왜 그렇게 덤벼들었어?"

희욱은 아직도 윤을 남자라고 알고 있는 모양이었다. 상훈의 입꼬리가 참지 못하고 슬쩍 올라갔다. 한 방에 깨우쳐줄 수도 있었지만 조금 더 곯려주고 싶은 생각이 마음속 깊은 곳에서 솟아났다.

그 이상한 계집애가 꽃뱀이라도 되는 줄 알고 제 딴엔 신경을 써 줬던 것인데, 강희욱 이 둔치 같은 놈은 앞뒤 가리지 않고 주먹부터 내리꽂았으니, 고생 좀 해도 싸다.

"내가 널 좀 아는데…… 넌 내가 남자를 좋아하든 외계인을 좋아하든 조금도 신경 쓸 위인이 아니야."

상훈이 오랜만에 한 건 잡았다는 얼굴로 씨익 웃더니, 그 정신과 전문의다운 통찰력을 쓸데없는 곳에서 발휘해 버렸다.

"내가 아니라, 네가 관심이 있겠지."

쿵. 희욱의 심장이 울렸다. 아무렇지도 않게 무슨 개소리냐고 질러대야 하는데, 희욱은 굳어 버린 입술을 달싹이지도 못했다.

이것 봐라?

생각보다 더 동요하는 희욱의 반응을 살피며, 상훈이 조소했다.

"정답이지?"

"무슨 미친 소릴……."

"하나 말해 주자면."

상훈이 알도 박히지 않은 안경을 검지로 들어 올리며, 제법 진중하게 말을 이었다.

"동성애가 정신의학적 진단 분류에서 사라진 지 벌써 30년이 지났어. 그건 치료해야 할 병이 아니라 개인의 성적 취향일 뿐이라고. 그러니까 다시 여기 찾아오지 마."

희욱의 눈동자가 크게 흔들렸다.

"그리고 이건 친구로서의 조언인데…… 자신의 성 정체성을 받아들이고, 궁극적으로는 커밍아웃을 하는 게 바람직하다고 봐, 난."

쾅!

상훈이 팔을 걸치고 있는 탁자를 희욱이 호되게 걷어차 버렸지만, 상훈은 조금도 흔들림 없이 빙글거리며 웃기만 했다.

재수 없는 놈!

희욱이 이를 갈며 나가 버린 뒤에도 상훈은 한참이나 입에 걸린 미소를 지울 수가 없었다. 뒤에 터질 일이 조금 걱정되긴 했지만 지금은 이 상황이 무척이나 재밌으니, 마구 즐겨줘야겠다. 상훈이 아까 희욱이 걷어찬 탁자 위로 두 다리를 꼬아 올리며 킥킥댔다.

냄비에 부어둔 북엇국이 그대로인 걸 보고, 윤이 땅이 꺼져라 한숨을 쉬었다. 용기 내 문자까지 보냈건만, 희욱은 기어이 먹지 않고 나갔다.

도대체 그 인간은 뭘 먹기는 하는 거야? 지난번에 식당에서 한 끼 먹은 것 빼곤 뭘 먹는 걸 본 기억이 없었다.

안 돼. 내가 왜 걱정 따윌 하고 있는 거야.

윤은 냄비를 번쩍 들어서, 그대로 싱크대 안에 부어 버렸다. 국물과 함께 희욱에 대한 생각도 개수대 안으로 흘러가 버리길 바랐다.

'사실은, 이 이상 어떻게 하는지도 모르겠어.'

'엄두도 안 난다.'

'그래서 더 미치겠어. 모르겠어, 난.'

어젯밤 자신의 귓가를 파고들던 희욱의 목소리가 다시금 윤의 머릿속을 어지럽혔다. 어울리지도 않게, 그렇게나 흔들리는 눈빛이라니. 도대체 언제부터…….

윤이 남자로서의 삶이 편하다는 걸 깨달은 건, 오랜 경험을 통해서였다.

그녀라고 남자처럼 하고 다니는 게 처음부터 좋았던 건 아니었다. 다만 또래의 여자아이들처럼 머리를 기르거나 옷에 신경을 쓸 형편이 안 됐을 뿐이었다. 그래서 고등학교 때부터 자연스럽게 짧게 친 머리를 하고 헐렁한 옷을 입고 다녔는데 타고나길 그렇게 생겨서인지 남자라는 오해를 종종 받곤 했다.

처음엔 일일이 아니라고 고쳐 주기도 했다. 그런데 여자인 걸 밝힌 뒤 몇 번이나 알바에서 잘리게 되자, 자연스럽게 불편한 오해들을 내버려 두게 되었다. 여자라고 불리는 순간 갖게 되는 수많은 약점을, 처음부터 떼어 놓는 게 여러모로 편했으니까.

여자로서 누군가에게 사랑받는 대신, 윤이 택한 건 생존이었다. 여자로 살아내기엔 윤에게 세상은 너무나 가혹했다. 한 번도 후회한 적은 없었다. 자신이 어떤 후회를 하게 되고 무엇을 놓치더라도, 아픈 민이보다 중요한 건 없다고 여겼으니까.

하지만, 무언가가 뒤흔들리고 있었다. 이 집에 발을 들인 순간부터, 강희욱이란 사람과 엮이기 시작한 이후부터, 정말로 무언가가 뒤틀리기 시작했다.

윤은 처음으로, 자신이 지금 누군가에게 여자가 아닌 게 서글펐다. 종일 머릿속을 맴도는데도 절대 할 수 없는 질문이 생겨 버린게, 너무나 서글펐다.

아저씨, 언제부터, 도대체 언제부터 그런 눈빛으로 날 본 거예요?

"희욱 총각은, 맘에 둔 처자라도 있는감?"

희욱과 나란히 앉아 파를 다듬던 봉평댁이 사근사근하게 물어왔다.

"없습니다."

희욱이 무뚝뚝하게 대답했다.

"이 얼굴에. 여자들이 줄을 설 것 같은데 왜 아직 없어?"

신경 쓰지 마시죠. 희욱은 목구멍까지 올라오는 그 말을 꾸역꾸역 참아냈다. 눈치 없는 봉평댁은 팔꿈치로 희욱의 옆구리를 콕 찌르며 은근한 웃음을 흘렸다.

"어디 가서 이 여자, 저 여자 울리고 다니는 거 아녀?"

"……그런 거 아닙니다."

이런 관심은 딱 질색이었다. 희욱은 자신 앞에 놓인 대파를 모조리 쓰레기통 안에 처박아 버리고 싶은 강한 충동에 사로잡혔다. 그러다가 번뜩 그 녀석, 정윤의 얼굴이 다시 떠올랐다. 이제 하다못해 대파를 다듬다가도 녀석의 얼굴이 떠오른다.

그 녀석은 일을 해도 왜 이렇게 구질구질한 일만 하는 건지. 안 그래도 윤 때문에 내적 갈등의 끝을 달리고 있던 희욱은, 이 커다란 대파로 윤의 이마를 딱 한 번만 내려쳤으면, 하고 실없는 생각 따위를 하며 썩소를 지었다.

"윤이 왔어?"

그때, 밖에서 걸걸한 박 사장의 목소리가 들려왔다. 윤이 나타난 모양이었다. 희욱이 손목시계를 확인했다. 윤의 출근 시간은 8시 반, 그리고 지금은 8시였다. 쓸데없이 부지런하긴. 희욱이 미간을 좁히며 구시렁거렸다.

"이모, 저 왔어요."

주방으로 들어서는 윤에게서 맑은 목소리가 흘러나왔다.

"아저씨…… 도 계셨네요."

봉평댁을 향해 환하게 미소 짓던 윤은 옆에 앉은 희욱을 보자마자 움찔하며 표정을 굳혔다. 희욱의 눈썹이 치켜 올라갔다.

윤이 들어오자마자 홀에서 봉평댁을 찾는 소리가 들렸다. 왜 하필, 지금! 희욱과 단둘이 남아 있는 게 싫어서 윤은 속으로 절규했다.

"야."

봉평댁이 나가자 희욱이 윤을 향해 고개를 까딱였다.

"와서 앉아 봐."

"저는 홀 보러 가야 해서……."

"잠깐 앉아."

윤이 미적대며 다가오지 않자 희욱이 차갑게 입매를 비틀었다. 머릿속이 어떻게 굴러가는지가 훤했다. 내 옆에는 오기도 싫다는 건가? 윤이 자신을 피하려고 한다는 걸 느끼고 나니, 희욱의 기분이 엉망이 됐다.

"앉으랬……."

"네, 사장님! 나가요!"

윤이 희욱의 말을 자르며, 후다닥 홀로 뛰어나가 버렸다. 누가 부르지도 않았는데 그런 척하고 말이다.

"저게, 진짜!"

희욱이 들고 있던 파를 퍽, 바닥에 패대기쳐 버렸다.

평소보다 몇 배는 더 긴 하루였다. 안 그래도 배달이 있는 날에는 일이 끝나면 녹초가 되곤 했는데, 오늘은 훨씬 더 힘들었다. 희욱 때문에 내내 신경이 곤두서 있는 탓이었다. 그래도 희욱이 퇴근하고 나서는 좀 괜찮아졌던 것 같다.

가게 문 위에 자물쇠를 채우고 돌아서는 윤의 어깨가 축 늘어져있었다.

빵!

그때, 요란한 클랙슨 소리가 윤의 귓가를 때렸다. 이 새벽에 누가 이런 짓을 한단 말인가. 윤이 고개를 돌린 곳에 번쩍이는 차 한대가 서 있었다. 익숙한 차체의 모습에 윤의 얼굴이 경악으로 일그러졌다.

차 문을 열고 바닥에 닿은 긴 다리가 성큼성큼 윤에게로 걸어왔다. 윤이 거의 반사적으로 뒤로 물러났다.

"오, 오지 마요!"

희욱이 잠시 걸음을 멈추고 실소를 터뜨렸다. 윤이 오지 말란다고 해서 안 갈 그가 아니었다.

"오지 말라니깐요."

"그럼 네가 오든가."

희욱의 목소리가 거칠었다. 윤은 자꾸만 뒷걸음질 쳤다. 희욱의 얼굴이 무섭게 구겨졌다.

"왜 이래, 대체."

"나도 몰라요. 그냥, 시간이 좀 필요해요. 그러니까 좀……."

"시간? 제기랄, 도대체 무슨 시간?"

"그냥, 시간요!"

"왜 네가 시간이 필요해? 미칠 것 같은 건 난데!"

희욱은 멈출 생각이 전혀 없어 보였다. 거침없이 다가오는 희욱을 보며 주춤대던 윤은 어느덧 뒤돌아서서 걷고 있었다. 보폭의 차이 때문에 간격이 좁아지자 윤의 다리가 점점 빨라졌다. 아니, 이제 거의 뛰고 있었다. 그에 맞춰 희욱의 걸음도 빨라졌다. 어쩐지 기시감이 드는 상황이었다.

"왜 도망가는 건데!"

"그러는 아저씬 왜 쫓아오는 건데요!"

윤이 전속력으로 달리자, 대충 뛰는 희욱과 거리가 유지됐다. 안 취했을 때 더 잘 뛰는 타입인 것 같았다. 희욱의 이가 부드득 갈렸다.

"서! 안 서?"

"안 서요!"

희욱은 윤이 곧 멈출 거라고 생각했다. 제정신으로 이 새벽에 뜀박질을 하고 싶지는 않을 거라고, 그렇게 혼자서 생각해 버렸다. 그러나 그의 그런 기대를 가뿐히 무시하고, 윤은 정말로 열심히 달렸다.

"나 좀 내버려 둘 수 없어요?"

"잠깐 얘기만 하자는데, 넌 뭐가 그렇게 어려워!"

사람을 말려 죽이려고 작정했다. 그렇지 않고서야 이럴 순 없었다. 안 그래도 주방에서 자신을 대놓고 피한 것 때문에 터지기 일보 직전이었는데, 이젠 하다못해 도망까지 간다.

여자가 좋아서 섹스를 하는 게 아니라, 섹스를 하려고 여자를 만나는 희욱이었다. 못 떼 내서 안달일망정 못 잡아서 안달한 적은 한 번도 없던 희욱이었다. 그런데 왜 저 망아지 같은 녀석은 매번 이렇게 붙잡으려고 쫓아다녀야 하는지, 굴욕도 이런 굴욕이 없었다.

전속력으로 달리지 않을 거라던 희욱의 결심은 쉽게 무너졌다. 이대로는 도저히 윤을 잡을 수가 없을 것 같았다. 희욱이 속도를 내자, 추격전은 더 빨라졌다. 윤은 마지막 힘까지 짜내서 최대 속력을 냈고, 희욱도 거의 최대 속력으로 달렸다.

"얘기 좀 해!"

희욱이 소리쳤다.

"시간 좀 달라니까!"

윤이 뒤도 돌아보지 않고 되받아쳤다.

이런 미친 짓을, 도대체 왜!

희욱의 관자놀이에 분노의 핏발이 섰다. 그러거나 말거나 윤은 숨도 안 쉬고 다리를 움직였다. 그렇게 한참을 달렸더니 윤은 옆구리가 아파 죽을 지경이었다. 희욱도 멀쩡한 상태는 아니었다. 입고 있던 셔츠 안에 땀이 들어차서 재킷을 벗고 싶었지만 그 시간마저 아까워 그냥 계속 달렸다.

"제발, 헉헉, 그만 좀, 따라와요, 헉헉."

윤은 숨이 차서 말도 제대로 못 이었다.

"네가, 멈춰, 젠장. 헉헉."

희욱도 숨이 턱까지 찼다.

달리면 달릴수록 머리에서 복잡한 생각이 날아갔다. 이성은 날아가고, 사냥감을 쫓는 맹수의 원초적 독점욕만 남아서 부글거렸다. 그냥 눈앞의 저 녀석을 잡아서 주저앉히고 싶은 생각뿐이었다.

결국, 윤이 먼저 눈앞에 보이는 벤치를 부여잡고 주저앉았다. 그걸 보고 희욱도 멈춰 섰다. 헉헉. 인적 드문 새벽의 빈 도로에 두 사람의 헉헉대는 숨소리만이 울렸다.

"너……."

희욱이 잠시 숨을 고르다 다가왔다. 윤은 더는 꼼짝도 할 수 없어서, 한 손으로는 바닥을 짚고 다른 한 손으로는 옆구리를 붙잡고 바닥에 엎드려 있었다.

희욱의 다리가 눈앞에 보이자, 윤이 힘겹게 고개를 들었다.

"내가 무서워? 징그러워?"

잔뜩 흐트러진 모습을 하고도, 희욱의 입에선 무시무시하게 절제되고 가라앉은 목소리가 흘러나왔다.

무서워서, 징그러워서 그런 게 아니었다. 다만 희욱을 볼 엄두가 안 났을 뿐이었다. 희욱을 남자로 의식해 버린 자신이 싫었을 뿐이었다. 아니라고 얘기해야 하는데, 그럴 수가 없었다. 이런 감정을 감당할 자신이 없었다. 윤은 자꾸 마음이 저릿했다

희욱이 흘러내린 앞머리를 쓸어 올렸다. 하얀 셔츠는 땀에 젖어 가슴에 붙어 있었고, 깔끔하게 넘겼던 앞머리도 살짝 내려와, 묘하게 색정적이었다. 윤의 손가락 끝에 긴장감이 맺혔다. 이렇게나 그를 의식하는 자신이 싫었다.

희욱이 주저앉아 윤에게 시선을 맞췄다.

"그래도 나, 밀어내지 마."

윤의 시선이 불안하게 흔들렸다. 그러나 희욱의 시선은 오롯했다.

"네가 싫다고 하면, 다신 먼저 손 안 대. 약속할게."

"……"

"응? 윤아."

평소처럼 무시하거나 윽박지르면 차라리 편할 텐데. 마치 떠나려는 엄마를 붙잡는 아이처럼 절박한 얼굴로, 희욱이 자신의 이름을 애타게 불렀다.

네가 피하니까, 미칠 것 같아. 정말 머리가 어떻게 되어 버릴 것 같아.

"나도 지금 이 상황이 수습이 잘 안 돼. 뭐가 뭔지 하나도 모르겠다고. 내가 이쪽 취향이라고, 살면서 한 번도 생각해 본 적 없어."

희욱의 눈동자에 다시 불투명한 혼란스러움이 떠올랐다.

"그리고 난 지금도 여자가 좋다고 생각해. 정확히는, 여자랑 섹스하는 게 좋아. 나랑 똑같은 거 달린 사내놈을 물고 빠는 건, 나도 무섭고, 나도 징그러워."

참, 솔직하기도 했다. 그 솔직함에 희욱의 진심이 고스란히 묻어났다.

"그러니까 정확히는 내가 이쪽 취향인 게 아니라."

희욱이 천천히 윤의 뺨 위에 손가락을 갖다 댔다.

"나는 그냥 너한테 끌리는 거야, 정윤."

쿵. 윤은 심장이 바닥으로 떨어지는 것만 같았다.

"나, 피하지 마. 그냥 어디 가지 말고, 내 옆에 있어."

희욱의 손가락이 윤의 뺨을 부드럽게 쓰다듬었다.

"그 뒤는 나도 모르겠어. 잠깐 이렇게 끓어오르다가 식어 버릴 수도 있고. 계속 이렇게 네가 신경 쓰이면 그땐……"

"……."

"유혹해 보지, 뭐."

"……."

"거절할지 말지는 그때 결정해."

쿵쿵쿵. 윤의 심장이 귓가를 잠식해 버렸다. 심장 뛰는 소리밖에 안 들렸다.

어떻게 이렇게 솔직해질 수 있어요? 아저씨, 무섭지도 않아요? 난 무서워 죽겠는데. 이렇게 아저씨를 의식해 버리는 것도 무섭고, 내가 여자인 걸 알면 아저씨가 어떻게 생각할지도 무섭고, 정말 이러다가 아저씨 앞에서 여자가 되고 싶을까 봐, 그럴까 봐 난 정말 너무 무서운데.

"그전까진 손 안 대. 약속해. 옆에 있어. 응? 윤아."

희욱이 뺨에서 손가락을 떼어 냈다. 윤이 의식하지 못한 채 이로 아랫입술을 깨물며 희욱을 지그시 올려다봤다.

희욱이 나른히 한숨을 쉬었다. 입술, 그렇게나 조심하라고 했는데. 손 안 댄다는 약속을 취소해 버리고 싶은 충동이 일었다.

사실은 지금 당장이라도 저 작은 코, 부푼 입술, 동그란 눈에 마구 입술을 대고 싶었다.

왜 너지.

왜 하필 너야.

왜, 하필 남자인 너를,

이토록 원하게 되어 버린 걸까.

느릿한 노랫소리가 잠긴 욕실 문틈 사이로 흘러나왔다. 레이첼

야마가타의 'Reason why'. 소파에 앉아 있던 희욱이 손으로 천천히 제 턱을 매만졌다.

평소엔 변성기가 안 끝난 소년의 목소리인데, 노래를 부를 땐 영락없이 여자의 미성이다. 녀석의 목소리는 정말로 아슬아슬하게 남자와 여자의 경계를 넘나들고 있었다. 그것도 사람을 확 끌어들이는 무언가가 깃든 목소리였다. 윤의 순진한 얼굴과 어울리지 않는, 은근히 이성을 유혹하는 목소리.

희욱은 이렇게까지 윤에게서 여성성을 느끼는 자신이 이상한 건지, 아니면 정말로 윤이 그렇게 미묘한 존재인지, 이제는 헷갈릴 정도였다.

"아저씨……."

수건으로 머리를 털면서 욕실에서 나오던 윤이, 희욱을 발견하고 두 눈을 크게 치켜떴다. 이 시간에 희욱이 일어나 있을 거라 생각을 하지 못한 터라, 윤은 조금 당황한 듯했다.

"정윤."

"예?"

"이리 와 봐."

윤이 움직일 생각은 안 하고 손에 든 수건만 만지작거리자, 희욱의 얼굴에 조금 짜증이 어렸다.

"윤아. 잠깐만 와 봐."

그러나 희욱은 애써 짜증을 밀어내고, 윤의 이름을 다정하게 불렀다. 그제야 윤이 어물쩍어물쩍 희욱에게로 조금씩 다가왔다. 마음 같아선, 당장이라도 달려가서 녀석을 제게로 거칠게 끌어당기고 싶었지만, 그러다가 녀석이 다시 도망가 버릴까 봐 두려웠다.

하아. 두렵다고? 희욱은 난생처음 느낀 낯선 감정에 자조했다.

"안녕히 주무셨어요."

눈도 마주치지 못하고 인사만 꾸벅 하는 윤의 볼이 약간 붉게 물들어 있었다. 만지고 싶어. 아아, 그래. 만지고 싶었다. 희욱은 어쩐지 허리에 피가 몰리는 느낌이 들었다.

윤의 머리카락은 물에 젖어 있었고, 몸에선 향긋한 비누 냄새가 풍겼다. 그 모습이 막 샤워를 마친 여자의 나체보다도 더 자극적으로 느껴져, 희욱이 눈살을 찌푸렸다.

"아저씨."

어느새 희욱 앞에 똑바로 선 윤이, 뭔가 결심이라도 한 듯 수건을 잡은 두 손을 꽉 움켜쥐었다.

"생각을 해 봤는데요."

희욱이 귀를 기울였다. 생각을 해 봤는데, 뭐? 자신을 거부하는 말이라도 할까 봐, 희욱이 마른침을 삼켰다.

"제가 괜히 과민 반응한 것 같아요."

"……"

"아저씨 말대로, 그냥 끓어오르다가 식어 버릴 수도 있는 거고."

"……"

"아니, 그런 걸 거예요. 제가 좀, 헷갈리게 하는 편이잖아요. 아마 그냥, 호기심이겠죠. 시간이 좀 지나고 나면, 아저씨도……."

괜찮아지겠죠. 윤은 차마 그 말은 하지 못했다.

"그러니까, 우리 평소처럼 지내요."

윤이 설핏 웃었다.

처음엔 희욱의 솔직한 표현에 마음이 부풀고 가슴이 설레었다.

하지만 밤새 생각해서 내린 결론은, 희욱의 마음이 결코 지속되지 않으리라는 것이었다. 그건, 자신이 남자가 아니라 여자였어도 마찬가지였을 거다.

그렇게 열정적으로 키스를 할 땐 언제고, 희욱은 조금의 감정도 섞여 있지 않은 메마른 눈으로 예리를 내려다보았다. 희욱의 눈빛이 아직도 생생했다. 여자인 예리에게 그 정도인데, 남자로 알고 있는 자신에게 품은 감정이란 과연 어떤 것일지, 그걸 깨닫고 나니 상상하는 것만으로도 윤은 가슴이 아렸다.

"너······."

희욱의 눈이 차갑게 가라앉았다.

그게 네가 내린 결론이야? 평소처럼 지내자는 거? 그게 끝?

하, 희욱이 기가 막힌 듯 싸늘한 웃음을 터뜨렸다.

"그럼 들어가 볼게요. 일하러 가야 해서······."

뒤돌아선 윤의 팔을, 어느덧 다가온 희욱이 낚아채듯 붙잡았다.

"평소처럼 지내자고? 난 그렇게 못하겠는데."

"아저······."

쪽. 희욱이 윤의 팔을 당겨 뺨에 입을 맞췄다.

"뭐, 뭐 하는 거예요!"

윤이 펄쩍 튀며 두 손으로 제 얼굴을 감쌌다. 이러지 않기로 약속한 게 어제였다고! 희욱이 한쪽 입술 끝을 매끈하게 당겨 올렸다. 웃고 있는 것 같기도 하고, 아닌 거 같기도 했다. 그러나 눈빛만은 묵직해서, 윤은 다시 가슴이 아릿했다.

"생각이 바뀌었어."

"아저씨······."

"난 진지해. 내가 쉬웠을 것 같아? 여자도 아닌 너한테, 그런 말을 하는 게 쉬웠을 거 같냐고. 네가 뭔데 내 마음을 멋대로 판정 지어. 내가 끓어오르다 식어 버릴지, 아니면 넘쳐흐를지, 네가 어떻게 안다고."

윤은 아무 말도 할 수가 없었다. 희욱의 목소리가 억눌린 듯 뻑뻑했다. 윤이 고개를 떨어뜨리자, 희욱이 윤의 턱을 붙잡아 끌어올렸다. 억지로 맞춰진 시선이 허공에서 뒤얽혔다.

"네가 날 그렇게 마음대로 판단해 버리면, 나도 내 마음대로 해 버릴 거야."

"……"

"그러니까, 네가 좀 맞춰 줘."

"아저씨, 이러지 말……."

쪽. 희욱이 입술이 이번에는 입술에 빠르게 붙었다 떨어져 나갔다.

"내가 적당히 할 때, 네가 맞출래? 아니면……."

"……"

"내가 끝까지 가 버릴까, 그냥?"

턱을 붙잡은 손끝에 힘이 들어갔다. 희욱의 눈에 파르르, 뭔가 번져 나갔다. 열정과 뒤섞인, 정염.

"알았어요."

윤이 황급히 희욱의 손을 떼어 냈다. 희욱의 손가락이 머물렀던 곳이 뜨거웠다.

"알았다니, 뭘?"

"나도 생각해 볼게요."

"……."

"진지하게."

윤이 뒤돌아서서 방으로 들어갔다. 희욱은 더 붙잡지 않았다. 대신 윤이 사라진 방문을 바라보며 우두커니 서 있을 뿐이었다.

'네가 뭔데 내 마음을 멋대로 판정 지어.'

'내가 끓어오르다 식어 버릴지, 아니면 넘쳐흐를지, 네가 어떻게 안다고.'

방문에 기대 있던 윤이 스르르 바닥으로 무너져 내렸다. 달아오른 얼굴이 터질 것만 같았다. 빠르고 가벼운 입맞춤. 사랑하는 연인에게 하는 것이라기보단 귀여운 아이에게 해 주는 것 같은 입맞춤이었다. 그런데도, 윤의 심장은 금방이라도 튀어나올 듯이 펄떡였다.

윤이 무릎에 고개를 파묻었다. 오늘 하루도 심란할 것만 같았다.

"공연이요?"

간이침대 위에 걸터앉아 있던 윤이 두 눈을 동그랗게 뜨고 되물었다. 민의 담당 의사인 수경이, 그런 윤의 표정이 귀여워서 빙긋 웃었다.

"윤이 씨 우리 병동에서 유명 인산데, 몰랐어요?"

"네? 제가 왜요?"

"윤이 씨가 돌아다니면서 깜짝 공연해 주는 거, 이제 모두가 다 안다고요."

윤이 두 눈을 깜빡였다. 병동을 돌아다니며 몇 번 노래를 부르긴 했어도, 그걸 공연이라는 이름으로 부르기엔 너무 거창했다. 민

198

이가 있는 암 환자 병동에는, 장기 입원 환자들이 많았다. 대개 입원과 퇴원을 반복하긴 했지만, 몇 년 동안 투병 생활을 해 온 민이 덕분에 윤이 모르고 지내는 환자는 거의 없었다.

윤은 민이가 병원에서 얼마나 지루해하는지 알았기에 그들 역시 마찬가지라 생각했다. 그래서 시간이 날 때마다 다른 환자들과 같이 게임도 하고, 좋아하는 노래들을 불러 주곤 했다. 그게 다였다.

"공연이랄 것도 없어요. 그냥 노래 몇 곡 불렀을 뿐인 걸요."

윤이 머쓱해서 머리를 긁적였다.

"내일 저녁에 암 환자들 후원 공연이 있는데, 공연하기로 했던 인디밴드가 펑크를 냈거든요. 그냥 순서를 없애 버릴까 하다가, CS팀이랑 운영팀 회의에서 윤이 씨 얘기가 나왔어요."

"저보고 그 밴드 대신 노래를 부르라고요?"

"네. 솔직히 웬만한 밴드들보다는, 병원에선 윤이 씨 인기가 더 많을걸요? 다들 좋아할 거예요."

"제가 그럴 만한 실력이 되는지 모르겠어요. 전문적으로 노래를 부르는 사람도 아니고……."

"에이, 윤이 씨 실력이야 누가 몰라요? 제가 보증해요. 게다가 가수들 콘서트도 아니고 환자들 후원 공연인데, 윤이 씨가 부르는 것만큼 의미 있는 일도 없을 거예요."

노래 부르는 걸 좋아하긴 했지만, 한 번도 많은 사람 앞에 서 본 적이 없어서 윤은 조금 망설였다.

"할게요!"

대답을 한 건, 윤이 아니라 민이였다.

"정민!"

"선생님 말씀이 맞지, 뭐. 네가 공연하는 것만큼 의미 있는 일이 어딨어? 다들 좋아할 거고."

"오케이. 그럼 성사된 걸로 알게요. 이따 윤 팀장이 들를 거니까, 그때 구체적인 내용은 같이 얘기해 봐요."

수경은 윤이 무르기라도 할까 봐, 한쪽 눈을 찡긋해 보이곤 얼른 병실을 빠져나갔다.

"정민, 너 그렇게 덥석……."

"이참에 너도 아예 이쪽으로 가 볼래?"

민은 윤의 말을 싹 자르곤, 제 할 말만 하며 눈을 빛냈다. 마치, 좋은 기회라도 잡았다는 듯이.

"이쪽이라니?"

"요즘 유행하는 오디션 프로그램 있잖아. 슈퍼스타인지 케이팝 스타인지, 너도 그런데 나가 봐. 언제까지 아르바이트만 할 거야?"

"내가 그런 델 왜……."

"너 노래 부르는 거 좋아하잖아. 아얏!"

갑자기 웬 흰소리인가 싶어서 윤이 민의 볼을 꼬집었다. 민이 한쪽 손으로 꼬집힌 볼을 감싼 채, 윤을 쏘아봤다.

"넌 이상한 소리 말고, 치료나 잘 받아."

"보증금 뺀 거, 그대로 있지?"

"뭐?"

"병원비는 당분간 그걸로 하고, 아르바이트 좀 그만해."

"정민, 너 그렇게 함부로 말하지 마. 그 돈, 할머니 집 팔고 남은 돈 전부야. 강 씨 할아버지네 오피스텔에서 영영 살 것도 아니고, 너 낫고 나면 우리 둘이 새로 시작할 돈이라고."

"내가 도대체 언제 나을 수 있는데!"

민이 소리를 질렀다. 한 번도 민이 소리치는 모습을 본 적이 없었던 윤이, 놀란 눈으로 민을 쳐다봤다.

"나을 수 있는 병이면, 진작 나았지. 이렇게 질질 끌고 있었겠어? 너도 그렇게 맨날 퍼 주지만 말고, 나 때문에 밤낮 일만 하지 말고, 한 번쯤은 너 하나만 생각 좀 하고 살아 봐. 할아버지 집에서 사는 게 싫어? 그냥 좀 받으면 어때? 우리한테 집 한 채쯤 주는 게 뭐가 그리 어려워서? 그 할아버지 재벌이잖아. 좀 받으면 어때서!"

꽉 다문 민의 입술이 파르르 떨렸다.

"너 하고 싶은 것 좀 하고 살아, 제발……. 한 번쯤은 그래도 되잖아, 한 번쯤은……."

민의 맑은 두 눈에 눈물이 차올랐다. 윤은 누군가 가슴을 후벼 파기라도 하는 것처럼 아팠다.

"민아."

"왜!"

"당연히 나을 수 있지."

"……."

"너, 반드시 나을 거야."

"흑……."

"공연, 할게. 나도 내가 하고 싶은 거 할게."

"흐윽……."

"그러니까, 너도 반드시 나아."

"흑흑……."

흐느끼는 민의 어깨를, 윤이 감싸 안고 토닥였다.

"할아버지 도움은, 아무리 그래도 받을 수 없어. 이미, 너무 많은 폐를 끼쳤는걸."

"정윤, 바보, 이 바보……!"

"지금까지 잘해왔잖아. 그러니까, 계속 잘할 수 있어. 너만 있으면, 난 언제든 시작할 수 있어. 그러니까 넌, 지금처럼 나을 생각만 해. 그거면 돼."

"흐윽……."

윤이 화학 치료로 바싹 말라 버린 여린 민의 어깨를 꼭 껴안았다.

너무 정신없이 살아왔나 보다. 자신의 반쪽인 민이의 속이 이렇게 문드러지는 것도 모르고. 한 번도 민이 때문에 하고 싶은 일을 못 했다고 생각해 본 적 없었다. 하고 싶은 일을 못 하는 건, 자신이 아니라 아픈 민이라고 생각했다. 그렇게 앞만 보고 달려오다 보니, 민이가 스스로를 이렇게까지 몰아붙이고 있는지는 생각할 겨를이 없었다.

옳다고 생각하는 일을 했을 뿐인데, 저도 모르게 주위 사람들에게 상처를 줘 왔는지도 모르겠다. 어쩌면 강 씨 할아버지와 희욱에게도…….

마음이 물먹은 솜처럼 수면(水面) 아래로 점점 가라앉고 있었다. 윤은 민이를 안은 팔에 힘을 꽉 준 채, 두 눈을 질끈 감았다.

[바쁘냐.]

[바쁘냐고.]

희욱에게서 문자가 두 통이나 와 있었다. 아까 주방에서 일할 때 봐 놓고선, 왜 또 문자를 보낸 건지. 윤이 픽 웃었다. 퇴근하고 나서 할 일이 없으니 심심하신 모양이었다.

희욱은 일하는 내내 평소처럼 열심히 윤을 갈궈댔다. 그래서 어색할 뻔했던 분위기는 제법 괜찮았다. 윤은 희욱이 일부러 그러는 걸 알았기에 참아 내긴 했지만, 그래도 대파로 머리를 때린 건 좀 너무했지 싶었다.

어제에 이어 대파 담당이 된 희욱은, 옆에서 육수를 끓이던 윤의 이마를 대파를 가지고 퍽퍽 쳐댔다. '어제부터 이러고 싶었어'라는 말 따위를 하면서.

'왜 먹을 걸 가지고 사람을 때려요! 서럽게!'

윤이 빽 소릴 치자 희욱이 매끄럽게 입매를 말아 올리며 웃었다. 그 모습이 굉장히 섹시해서, 윤은 하마터면 넋을 놓을 뻔했다.

'웃겨요, 이게 지금?'

'응, 웃겨. 본인이 괴롭히고 싶게 생긴 건 아나?'

도대체 괴롭히고 싶게 생긴 건 또 뭔가.

'아얏!'

윤이 눈을 흘기니 희욱이 다시 파를 내려쳤다.

'우씨, 아저씨는 파오리 같아요!'

'파오리가 뭔데.'

'있어요, 심술 맞게 생긴 오리. 사람들 괴롭히고 다니는 게 취미인.'

무슨 해괴한 소릴 하냐는 듯, 희욱이 또 파를 휘둘렀다.

'아야얏! 우씨, 맞네, 파오리!'

윤이 이마를 감싸 안고 울상을 짓자, 희욱은 낮게 웃음을 터뜨렸었다.

그 웃음에 또 홀릴 뻔했지. 윤은 상념을 깨뜨리려고 머리를 좌우로 흔들며, 가게 문을 마저 닫았다.

"여보!"

그때 어디선가, 익숙한 외침이 들려왔다. 윤이 소리 나는 쪽으로 고개를 돌리던 때였다.

"정혜주!"

저만치서 자기 몸만 한 캐리어를 질질 끌고 달려오는 인영이 보였다.

"내 사랑! 잘 있었어?"

가족이나 다름없는 윤의 절친, 정혜주였다. 윤 앞에 서자마자 혜주는 미련 없이 캐리어를 집어 던지고 윤을 꼭 껴안았다.

"켁. 숨 막혀, 좀 떨어져 봐."

핀잔을 주면서도 윤은 혜주를 떼어 내진 않았다. 혜주가 살짝 몸을 떼고 감격에 찬 눈으로 윤의 얼굴을 한번 확인하더니, 양쪽 뺨에 쪽쪽 소리 나게 뽀뽀를 해 주었다.

"보고 싶어 죽는 줄 알았어, 여보."

"못 살아. 너 지금 공항에서 여기로 바로 온 거야?"

"당연하지. 내가 달리 어딜 가니."

"나 퇴근했으면 어쩌려고. 왜 전화도 안 했어?"

"휴대폰 배터리가 없었어. 이렇게 봤으니 됐지, 뭐."

혜주는 윤의 잔소리는 듣는 둥 마는 둥 하면서, 자연스럽게 윤에게 팔짱을 꼈다.

"아, 너 보니까 살 것 같아."

"얼씨구. 그런 사람이 매번 그렇게 세계 구석구석을 싸돌아다녀?"

"그래서, 이렇게 돌아왔잖아. 넌 내 집이야. 내가 돌아올 집."

헤헷. 혜주가 귀엽게 웃으며 윤의 어깨 위에 자신의 머리를 기댔다.

혜주는 윤하고는 성격이 정반대였다. 어딜 가나 튀지 않고 다른 사람들을 잘 받아 주는 윤과는 달리, 혜주는 어딜 가도 튀는 데다 활달한 성격 탓에 사람들을 이끄는 편이었다. 게다가 얼굴도 예쁘고 몸매도 좋아서 인기도 많았다. 싫고 좋은 게 확실한 성격 탓에 도도하고 까칠하다는 오해를 받기도 하지만, 혜주는 도도한 공주님이란 타이틀이 무색할 정도로, 윤 앞에서는 살살 녹곤 했다. 윤은 그런 혜주의 속이 누구보다 깊고 따뜻하다는 걸 잘 알고 있었다.

"나 너희 집에서 자도 되지?"

혜주가 긴 비행으로 피곤했는지, 윤의 어깨에 기댄 머리를 떼지 않고 물었다.

그러나 윤은 곧바로 대답할 수가 없었다. 혜주에게 희욱과 살고 있단 얘기를 아직 못했기 때문이었다. 모든 일이 너무 갑자기 일어나 버렸고, 혜주는 윤이 이사하기 한 달 전부터 인도에 있었으니 얘기할 겨를이 없었다. 혜주는 하필 인도에서도 오지만 골라 여행했기에, 윤에게 연락을 취할 수단도 없었다.

"그게, 너한테 들려줄 얘기가 있어."

윤이 약간 긴장한 얼굴로, 조심스럽게 입술을 떼기 시작했다.

"강희욱? 한진그룹의?"

혜주의 예쁜 눈이 커다래졌다. 윤이 고개를 끄덕였다.

"응. 그 한진그룹의."

"못 살겠다, 너 때문에. 어떻게 그렇게 대책도 없이 남자 집에 들어가 살 생각을 해?"

"그게, 할아버지가 너무 간절히 부탁하셔서 거절할 수가 없었어. 당장 살던 집에서 쫓겨날 판이기도 했고."

혜주의 눈빛이 어두워졌다. 제 앞에서 저런 표정을 짓는 법이 거의 없는데, 혜주의 반응이 생각보다도 더 안 좋았다. 윤의 마음이 무거워졌다.

혜주는 윤의 일이라면 언제나 발 벗고 나섰다. 부탁을 거절하지 못하고 언제나 손해를 보면서 남을 도와주는 윤의 성격 탓에, 나서서 남들에게 안 좋은 소릴 하는 것은 번번이 혜주의 몫이었다. 혜주가 자신을 얼마나 아끼는지 알기에, 그리고 본인 역시 혜주를 끔찍하게 생각했기에, 윤은 자신이 벌인 일 때문에 혜주가 걱정하는 것이 싫었다.

"한 달뿐이잖아. 별일 없을 거야. 너무 걱정하지 마. 응?"

그러나 혜주의 표정이 좀처럼 풀리질 않았다. 벌써 별일이 일어난 걸 들키기라도 한 것 같아서 윤은 뜨끔했다.

"너, 우리 집 폭삭 망하기 전 기억나?"

여전히 걱정이 가득한 얼굴로, 혜주가 뜬금없이 옛날이야기를 꺼냈다.

"당연히 기억하지."

혜주네 아버지 회사가 부도나기 전에, 혜주네는 거의 준재벌급으로 잘살았다. 놀러 갈 때마다 자신의 입을 쩍 벌어지게 했던 커다란 집이 아직도 눈에 선했다.

"근데 갑자기 왜?"

"아빠 회사가 한창 잘나갔을 땐, 한진이랑도 인연이 좀 있었어."

"그럼 너, 강희욱도 알아?"

"알긴 했는데, 직접 만난 적은 없어. 근데 고등학교 일학년 땐가, 부모님이 얘기하고 있는 걸 몰래 엿들은 적이 있어. 그때 들었던 얘기가 하도 충격적이라 아직도 기억이 나."

혜주의 표정이 제법 심각해 윤은 저도 모르게 침을 꼴깍 삼켰다. 혜주가 잠시 뜸을 들이다, 사뭇 조심스럽게 입술을 뗐다.

"한진그룹 장남, 자살했어."

뭐? 윤은 무슨 소릴 하냐는 듯 눈을 치켜떴다.

"장남이라니? 무슨 소리야. 너, 한진그룹 얘기하는 거 맞아?"

윤은 당연히 한진그룹의 아들은 강희욱 하나뿐일 거라 생각했다.

"한진엔 강희욱이 유일한……."

"아니, 강희욱은 한진그룹 둘째야."

말도 안 돼.

"이름까지 또렷이 기억이 나는걸. 강연수. 그게 한진그룹 첫째 이름이야. 그날 두 분 다 온통 검은 옷을 입고 있길래 내가 왜 그렇게 칙칙하게 입고 있냐고 물어봤어. 그랬더니 장례식에 다녀오는 길이라고 하더라고."

이건 정말 말도 안 된다. 윤의 얼굴에서 핏기가 싹 가셨다.

"원래는 죽은 장남보다도, 둘째가 더 주목을 받았어. 전국에서 알아주는 수재였거든. 넌 그때 너무 어려서 몰랐을 거야. 나도 그때 언론이 얼마나 떠들썩했는지, 부모님이 직접 말해 주지 않았으면 관심도 없었을 테니까. 거의 만점에 가까운 수능 점수로 그해 S대에 입학한 수재가 대한민국에서 가장 잘나가는 재벌그룹 3세였으니 그럴 만도 했지. 하도 똑똑하니까 이러다 둘째가 한진그룹 후계자가 되는 거 아니냐는 식으로 언론이 몰아갔던 게 기억나."

기억을 더듬으며, 혜주가 살짝 미간을 찡그렸다.

"언론에선 그걸 재벌가의 지저분한 승계 다툼 스캔들로 확대하려고 했지. 그런데 본인은 마치 보란 듯이, 경영학과가 아니라 순수 학문인 물리학을 선택했어. 자신은 한진그룹엔 조금의 관심도 없다는 걸 언론에 보여 준 셈이었지."

어떻게 이럴 수 있지. 어떻게 이럴 수 있어. 혜주는 충격에 빠진 윤의 얼굴이 신경 쓰였지만, 그래도 애써 또박또박 말을 이었다.

"졸업하고 나면, 미국으로 가서 물리학으로 석박사까지 하려고 했다더라? 근데 자기 형 그렇게 죽고, 자퇴해 버렸어. 그리고 그다음 소식은 아무도 몰라. 그 형은 왜 자살을 한 건지, 그리고 그 동생은 왜 자퇴를 한 건지, 아는 이가 아무도 없어. 그 탄탄한 미래를 내동댕이칠 만큼 형의 죽음이 충격적이었던 건 아닐지, 다들 그렇게 추측만 하는 정도야."

혜주가 잠시 말을 멈추고, 깊이 한숨을 쉬었다.

"그런데 윤이 네가, 그 한진 둘째아들하고 얽혔을 줄이야."

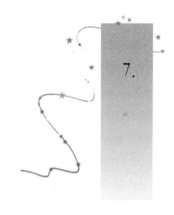

7

윤은 현관에 발을 디디자마자 바닥으로 쓰러졌다. 혜주네 집까지 들렀다가 들어왔더니 벌써 거의 아침이었다. 두 시간 후면 또 일어나서 나가야 하는데 몸 안에 정말로 조금의 에너지도 남아있질 않았다.

'한진그룹 장남, 자살했어.'

'그 탄탄한 미래를 내동댕이칠 만큼 형의 죽음이 충격적이었던 건 아닐지, 다들 그렇게 추측만 하는 정도야.'

심란하기 그지없었다. 판도라의 상자를 연 이의 기분이 이랬을까.

윤이 엎어진 그대로 흐물거리고 있었다.

"언제 진화 끝낼래?"

머리 위에서 익숙한 목소리가 들려왔다. 조깅을 나가려던 희욱이 또다시 바닥에 들러붙어 있는 윤을 발견한 것이었다. 윤이 몸은 바닥에 그대로 둔 채, 머리만 휙 들어 올려 희욱을 쳐다봤다. 이제는 이런 꼴이 별로 부끄러울 것도 없었다.

희욱이 하등생물을 내려다보는 영장류의 표정을 지어 보였다.

"밟고 지나가 줘?"

"아저씨."

윤이 나직이 희욱을 불렀으나 희욱은 대답하지 않았다. 대신 지그시 윤을 내려다보기만 했다. 윤이 입술을 달싹이다, 결국 입을 다물었다.

아저씨, 정말로 전국에서 소문이 자자한 수재였어요? 정말 물리학을 전공했어요?

정말…….

형을 잃었어요?

묻고 싶은 말들이, 튀어나오지 못하고 입에서만 맴돌았다.

모든 걸 다 포기할 만큼, 그래서 아무렇게나 살아버려도 좋을 만큼, 그렇게…… 아팠어요?

자신을 불러놓고도 침묵으로 일관하는 윤을, 희욱은 정말로 지르밟고 가 버릴까 고민했다. 가까스로 그 충동을 억누른 그가 긴 다리로 성큼 윤을 뛰어넘었다.

"……뭐 하자는 거야."

윤이 쭈욱 팔을 뻗어 희욱의 다리를 붙잡았다.

"아저씨……."

희욱이 기가 막힌 표정을 했다. 얼굴도 기억나지 않는 여자들이 몇 번 자신의 옷깃을 붙잡은 적은 있어도, 누구도 이런 우스운 꼴로 자신의 다리를 부여잡은 적은 없었다.

"냐."

"아저씨이……."

"너……."

그런데, 윤의 목소리가 점차 흐려지고 있어서 희욱의 눈썹이 치켜 올라갔다.

"……울어?"

"아저씨이, 흑……."

윤은, 정말로 울고 있었다. 자신의 면바지를 한 손에 꼭 틀어쥐고, 여전히 바닥에 엎어진 채로, 닭똥 같은 눈물을 뚝뚝 흘리고 있었다. 고개라도 좀 돌리고 울든가. 기어이 자기를 바라보고 입술까지 파르르 떠는 모습이 참으로 꼴사나웠다.

"대체 사내 녀석이 왜 그리 쉽게 울어?"

"너무 슬퍼요. 너무 슬프잖아요. 나도 안 울고 싶은데, 이렇게 슬프니까, 너무 슬퍼서…… 흑. 끅."

주어와 목적어, 어느 것 하나 제대로 맞는 게 없었다. 희욱이 결국 한쪽 무릎을 꿇은 채로 윤 앞에 주저앉았다. 윤도 부스스 상체를 일으켜 세웠다. 둘은 이제 마주 보고 있었다.

눈물이 그렁한 윤의 눈에서, 희욱은 짙은 연민을 보았다. 그는 어째서인지 윤이 자신 때문에 울고 있는 건 같단 생각이 들었다. 이유도 없었고 확신도 없었지만 그런 생각이 들었다. 손을 들어 젖어 있는 윤의 뺨을 톡톡 건드렸다. 울지 마, 하고 싶은 그 말 대신이었다.

윤은 다른 사람의 상처를 보는 것을 못 견뎌 했다. 특히 그 상처가 깊을 땐 더욱 그랬다. 마치 자기 자신의 상처를 들여다보는 것 같아서였다. 어머니가 다시 자신을 찾아오지 않으리라는 걸 깨달

앉을 때, 윤이 느낀 절망감은 그 어떤 것에도 비길 데 없이 깊었다. 그래서 더욱, 윤은 희욱이 아팠다.

사랑하는 형이 스스로 목숨을 끊을 때까지 아무것도 하지 못했다는 자책감에, 어린 그가 얼마나 괴로워했을지, 생각만 해도 가슴이 아파서 숨이 막혔다. 이제 괜찮다고 말해 주고 싶었다. 꼭 안아 주고 위로해 주고 싶었다.

그런데, 그럴 수가 없었다. 이 남자 앞에선, 한마디도 꺼낼 수가 없었다. 너무나 아파서 자신처럼 묻어두고 있는 상처를, 함부로 건드릴 엄두가 안 났다. 윤은 그래서 눈물이 났다. 바보 같다는 걸 알면서도 아픈 희욱을 위해 울어 주는 것 말고는 달리 뭘 해야 할지 몰랐다.

"네가 그렇게 무방비한 상태로 울면."

"……."

"내가 무슨 생각이 드는지 알아?"

희욱이 어느새 심술궂은 표정으로 야릇하게 웃었다. 정말, 슬퍼 죽겠는데 꼭 이런 상황에서도 저렇게 웃어야 하나! 윤은 어쩐지 억울해졌다.

"키스, 해도 돼?"

"……."

윤이 대답하지 않자, 희욱의 얼굴이 점점 가까워졌다. 윤은 대답 대신 입술을 앙다물었다. 닿을 듯 가까워진 희욱의 입술이 움직였다.

"진짜, 한다?"

그가 얼굴을 조금 떨어뜨리곤, 나른한 시선으로 윤을 바라봤다.

"아저씨."

그때, 불쑥 윤이 두 팔을 벌려 희욱의 목을 감싸 안았다.

이게 무슨…….

희욱의 온몸이 그대로 얼어붙어 버렸다. 겁먹고 도망이라도 갈 줄 알았지 이렇게 갑자기 자신을 껴안으리라고는 조금도 예상하지 못했다. 나른하게 풀려 있던 희욱의 눈이 어둡게 짙어졌다.

"무슨 짓이야."

"안아 주고 싶어서요."

"너, 지금 네가 무슨 짓을 하고 있는지 알고나……."

"제발."

"……."

"그냥, 가만히 있어 주면 안 돼요? 이상한 소리, 이상한 생각 그런 거 말고."

"……."

"이번만 가만히 있어 줘요."

안아 주고 싶단 말이에요. 이렇게라도, 해야겠단 말이에요.

윤이 손으로 희욱의 너른 등을 쓰다듬었다. 그 보드라운 감촉에 희욱은 아무것도 못 하고 굳어만 있었다. 완전히 포개진 윤의 몸에서, 따뜻하고 부드러운 냄새가 났다.

도대체가, 너란 녀석은…….

희욱이 자조하듯 피식 웃어 버렸다.

왜 따뜻해지는 걸까. 별것도 아닌 이 어설픈 포옹에, 왜 따뜻해지는 거냐고. 아무것도 없이 적막하던 세상이, 너 때문에 시끄러워졌다는 걸 알기나 해? 안아 주기라도 하고 싶은 모양인데, 작은 몸집 때문에 본인이 안긴 꼴이 되어 버린 걸, 알기는 하냔 말이야.

"얼마나 이러고 있어야 하는데?"

"내가 다 됐다고 할 때까지."

"그다음엔 해도 돼, 키스?"

윽. 윤이 등을 쓰다듬던 손으로 작은 주먹을 만들어서 희욱을 퍽, 내려쳤다. 아픔에 미간을 찡긋거리면서도 희욱의 얼굴엔 결국 미소가 어렸다. 어느새 윤의 어깨에 고개를 파묻은 그가, 음미하듯 깊게 숨을 들이마셨다.

희욱은 자라면서 한 번도 제 친부의 얼굴을 본 적이 없었다. 그가 처음이자 마지막으로 친부를 본 것은 그의 장례식이 있던 날, 영정사진 속에서였다. 강연수를 만난 것도 그날이었다.

교통사고가 있었다고 했다. 그의 친부는 강연수의 모친과 함께 그 자리에서 즉사했다. 아마 그들이 그렇게 허망하게 생을 마감하지 않았더라면 자신은 영영 한진가로 들어올 일이 없었을지도 몰랐다.

자신을 한진으로 불러들이자는 강 씨를 극구 만류한 게 자신의 친부라고 했다. 아버지는 하룻밤 실수로 만들어진 자신의 존재를 인정하고 싶지 않아했다. 자신이 태어나고 나서 어머니가 얼마나 아버지에게 매달려 왔는지 희욱은 잘 알고 있었다.

"네가 희욱이구나. 늘 만나 보고 싶었다, 내 동생."

강연수가 꺼낸 첫마디였다. 동생? 희욱은 웃기지도 않는다고 생각했다. 어머니가 원하지 않았다면 이곳에 오는 일 따위도 없었을 것이다. 희욱은 이제 와서 가족 놀음 따위를 시작할 마음은 추호도 없었다.

희욱은 처음에 강연수를 거의 없는 사람 취급했다. 강연수는 강물 같은 사람이었다. 그치지 않고 흐르면서도, 절대 큰 소리를 내지 않는. 희욱이 무시를 하거나 아니면 아예 반항을 해대도, 강연수는 그를 묵묵히 챙겼다. 강연수는 천성이 그랬다. 주위 사람을 아끼고 챙기는 사람이었다.

초등학교 졸업식이 있던 날이었다. 희욱은 오래전 입학식 날, 꽉 들어찬 학부모 석에 자신의 아버지 자리만 덩그러니 비어 있었던 걸 기억해 냈다. 당시에는 아무렇지도 않다고 생각했는데 그게 꽤 상처가 되었던 모양인지, 졸업식이 시작되자 자꾸만 학부모 석으로 눈길이 갔다. 그러다가 헐레벌떡 뛰어 들어온 강연수와 눈이 마주쳤다. 그는 강 씨까지 이끌고 나타나서, 제 어머니 옆에 자연스럽게 자리를 잡고 앉았다. 그 이후로 학교에서 무슨 행사가 있을 때마다 나타나서, 강연수는 아버지 자리를 대신했다.

서서히 얼었던 희욱의 마음도 녹아내렸다. 가족 놀음이라고만 여겼는데, 그게 아니었다. 그러기에 강연수의 진심은 너무 짙었다. 말이 아니라, 오래도록 옆에 있으면서, 그렇게 행동으로 제 진심을 증명했다. 형, 강연수를 처음 그리 불렀을 때, 그는 그 자리에서 한참이나 눈물을 쏟았다. 그 말이, 그렇게나 듣고 싶었다고. 그날 이후 희욱은 틈날 때마다 그를 형이라고 불러줬다.

그래서였을까. 강연수가 제 친형이나 다름없다고 생각해서였을까. 희욱은 수능을 치르고 그의 점수가 전국에 대서특필됐을 때, 인터뷰에서 일부러 강조해 말했다. 자신은 회사 따위에는 조금의 관심도 없다고. 언론이 자신을 불필요하게 포장하는 게 불쾌했다. 그들은 마치, 배다른 형제끼리 회사의 경영권을 놓고 지저분하게 다투기를 바라기라도 하는 것 같았다. 그러나 자신은 강연수의 자리를 위협하는 사람이 되고 싶지 않았다.

인터뷰를 읽고 강연수가 물었다.

"정말, 회사에는 조금의 관심도 없는 거야?"

희욱은 완강하게 고개를 끄덕였다. 그런 얘긴 꺼내지도 말라고 덧붙였다. 강연수는 웃었다. 그런데 어째서인지 그 웃음이 슬퍼 보였다.

[한진 강희욱]

윤이 휴대폰을 이용해서 강희욱과 한진그룹에 대해 찾아보았다. 엄청나게 많은 기사가 순식간에 화면을 가득 채웠다.

[한진그룹 강희욱, 수능 고득점의 비결은?]

[대한민국의 별을 만나다, 한진그룹 강희욱 독점 인터뷰]

[한진그룹 강희욱, S대 진학]

온통 강희욱과 그의 진학에 관련된 기사들이었다.

이번엔 '한진 강연수'로 검색어를 수정해 보았다.

[한진그룹 창업주 강덕만 전 회장의 손자 강연수 투신자살]

[한진의 후계자는 왜 죽음을 선택했을까?]

[한진그룹 강연수 부사장 투신자살]

강연수 투신자살…….

윤은 착잡해졌다. 한 번만 검색해 보면 알 수 있는 한진의 공공연한 비밀을, 저만 모르고 있었던 것이었다. 도대체 왜? 스크린을 가득 채운 짤막한 헤드라인만으로는, 진실이 무엇인지 확인할 길이 없었다.

"윤이 씨, 리허설 준비됐어요?"

윤 팀장이 무대 저편에서 고개를 쏙 내밀곤 소리쳤다.

"네. 준비됐어요."

윤 팀장은 손가락으로 오케이 사인을 만들어 보이곤 금세 사라져 버렸다. 윤은 다시 들고 있던 휴대폰으로 시선을 돌렸다. 뭔가를 망설이듯 살짝 입술을 깨물던 윤이, 천천히 화면 위에 글자를 찍어냈다.

[아저씨. 오늘 병원에서 저 노래 불러요. 7시. 하늘병원 지하 공연실. 보러 오실래요?]

한참이나 발신 버튼 위에서 머뭇대던 손가락이, 결국 길게 버튼을 눌렀다.

"굳이 직접 안 가도 되는데, 꼭 가야겠어? 오랜만에 스케줄도 없는데 좀 쉬지?"

운전대를 잡고 있던 매니저 희수가 걱정스러운 목소리로 물었다.

"응. 꼭 가야 해."

뒷좌석에 늘어져 있던 지호가 망설이지도 않고 대답했다.

"너도 참 대단하다. 그렇게 큰 행사도 아니고, 기자들도 없는데. 매년 빠지지도 않고 꼭 가는 게 신기해."

지호는 대답하지 않고, 가만히 눈을 감았다.

지호가 하늘병원의 암 환자들을 후원하기 시작한 지 벌써 오 년째였다. 오 년 전, 사랑하던 여자를 암으로 잃고 나서부터 시작한 일이었다. 지호의 후원으로 병원에서는 매년 후원금을 모금하는 공연이 열렸고, 지호 본인도 매년 몇 억씩 기부했다.

게다가 지호는 오 년 동안 단 한 번도 빠지지 않고 직접 공연 현장을 방문했다. 기자들의 관심을 받는 게 싫어서 일부러 인기 있는 가수들보다는 인지도가 별로 없는 인디 밴드를 불러 달라 부탁했다. 지호는 자신이 공연 현장을 찾는 게, 대중을 위한 쇼가 되지 않길 바랐다.

'우리 여친 바보 유지호 씨, 내 생각 하느라 일도 못 하고 그러면 어쩌지.'

'나 죽고 나면, 이 병원에서 매년 공연을 열어 줘.'

'그리고 오빠가 꼭 왔으면 좋겠어.'

'내 생각은, 일 년에 딱 하루, 그날만 해. 알았지? 약속.'

하얗게 웃으며 자신 앞에 내밀던 새끼손가락에, 지호는 울면서 자신의 손가락을 걸었다. 그리고, 그게 마지막. 지호는 더 이상 그녀의 웃는 얼굴을 볼 수 없었다.

감긴 지호의 눈꺼풀이 얇게 떨렸다.

'아씨! 무슨 대사가 이래요? 나 안 할래요! 다른 장면 해요!'

'악! 필요 없어요! 자꾸 장난치지 마요!'

픽, 떠오른 기억에 지호가 웃었다. 자신의 전 매니저였던 그녀와도, 자주 대본 연습을 하곤 했다. 그녀도 야한 장면이 나올 때마다 얼굴이 벌게진 채 소릴 지르곤 했지. 그래서였나. 녀석을 보자마자 끌렸던 것은. 순진하게 웃던 그 하얀 얼굴에서, 어쩌면 그녀를 봤을지도 모른다.

지연아. 이제 조금씩 널 놓아주려고 해. 나 오 년 간 너무 막살았잖아. 어떻게 가슴이 설레는지도 잊고 있었는데, 이제 조금 살아 있다는 느낌이 들어. 이제…… 그래도 되니?

자신의 옛 연인과의 약속을 지키러 가는 길, 지호는 흔들리는 차창 밖을 바라보며 그녀를 향해 고백하듯 읊조렸다.

"으아아아!"

윤이 기겁을 하며 뒤로 물러서자, 메이크업 담당 미경이 예쁘게 입술을 말아 올리며 웃었다.

"윤이 씨, 겁먹지 마요. 누가 보면 내가 독이라도 칠하는 줄 알겠네."

"저, 저는 그냥 노래만 부르려고!"

리허설이 끝나자 윤 팀장은 윤을 무대 뒤에 임시로 설치된 파우더룸으로 데려왔다. 간단히 헤어 정도만 손볼 거라고 했던 윤 팀장의 얘기와 달리 파우더룸에는 메이크업 도구들로 완벽하게 무장한 미경이 기다리고 있었다.

윤 팀장과 미경이 윤을 억지로 거울 앞에 앉혔고, 미경은 노련하게 브러시를 굴리며 메이크업을 시작했다. 윤이 여러 번 일어나려고 시도했으나 그때마다 윤 팀장은 웃는 얼굴로 지그시 윤의 어깨를 내리눌렀다.

"윤 팀장님!"

이럴 줄 알았으면, 희욱에게 오라는 문자를 보내지 않았을 거였다. 윤은 이러다가 나 여자예요, 포장이라도 한 채로 무대 위에 오르게 될 것 같아 등 뒤로 식은땀이 흘렀다.

"저 여자처럼 보이면 안 된단 말이에요!"

풉. 미경이 빗질을 멈추고 웃음을 터뜨렸다.

"윤이 씨."

"저, 정말이에요. 사정이 있어서 그래요."

"내가 바보인 줄 알아요? 나 이 바닥에서 십 년 넘게 일했어요. 윤이 씨한테 여성스러운 메이크업은 어울리지도 않아. 요즘 남자배우들도 다 메이크업 받잖아요. 그 정도로만 할게요. 그러니까 부담스러워하지 않아도 돼요."

미경은 긴 손가락 끝으로, 윤의 볼을 꾹 눌렀다. 귀엽다는 듯이.

"윤이 씨, 근데 피부 너무 좋다. 베이스를 채울 필요가 없네. 그냥 파운데이션으로 피부 톤만 정리해 주고, 눈썹 정리하고 눈두덩에 음영만 넣을게요. 입술에 립글로스 살짝 바르고. 그것만으로도 분위기가 확 살아날 거야."

"미경 씨, 의상은 어떻게 할까?"

어느새 윤 팀장은 거치대 앞에 서서 걸려 있는 옷들을 뜯어보고 있었다.

"팀장님, 치마는 안 돼요!"

윤의 절규를 깔끔하게 무시하고, 윤 팀장은 치마를 포함한 여벌의 옷들을 가져와 미경 앞에서 흔들어 보였다.

"이건 어때?"

"음, 그건 너무 여성스러워요."

"그럼, 이건?"

윤 팀장이 두 번째로 내민 옷은, 목이 길게 파인 하얀 셔츠와 통이 좁은 블랙 슬랙스 바지였다.

"아주 좋아요. 윤이 씨가 가지고 있는 오묘하고, 신비하고, 야릇한 분위기에 딱 맞는걸요."

오묘, 신비, 야, 야릇? 도대체 어디가! 이십이 년을 살면서 야릇 비슷한 단어조차 한 번 들어 본 적이 없던 윤은 미경이 자신을 놀린다고 생각했다. 그러나 미경은 메이크업 아티스트로서, 보는 눈이 정확했다.

윤은 트렌드에 딱 맞는 얼굴이었다. 여성스럽고 화려한 얼굴만

선호하던 예전과 달리, 요즘은 이렇게 중성적이고 묘한 매력이 있는 얼굴이 시선을 끌었다. 풍성한 속눈썹이 얹어진 커다란 두 눈은 미소년 특유의 분위기를 자아냈고, 작은 코와 도톰한 핑크빛 입술은 소녀의 그것과 같았다. 윤에게는 묘하게 사람을 자극하는, 야릇하고 아슬아슬한 분위기가 있었다.

미경은, 윤이 순진한 표정으로 감추고 있는 그 오묘한 매력을 오늘 최대치로 끌어내리라 하는 프로페셔널한 열정으로 잔뜩 흥분한 상태였다. 잘만 하면 오늘 그녀 인생의 최고 작품이 탄생할 것만 같았다.

꼭 쥔 윤의 두 손이 부들부들 떨렸다. 주방 이모들, 병동의 환자들이 지금까지 윤의 관객의 전부였다. 한 번도 많은 사람 앞에 서 본 적이 없었다.

무대 위에서 윤의 이름이 불리자 윤이 두 눈을 질끈 감고 마지막으로 스스로에게 주문을 외웠다. 늘 그랬던 것처럼 모두를 행복하게 하기 위한 노래를 불러야겠다고, 자신감을 불어넣었다. 이윽고 윤 팀장이 골라 준 하얀색 컨버스를 신은 윤이, 조심스럽게 무대 위로 올라섰다.

윤이 등장하자마자 제일 앞줄에서 환호가 터져 나왔다. 암 환자 병동의 환자들이었다. 사이에서 민이가 손을 흔드는 것도 보였다. 윤은 저도 모르게 관객석을 훑어 내리며, 왔을지도 모르는 희욱을 찾았다. 그러나 희욱의 모습은 보이지 않았다.

답장도 없었던 걸 보면, 안 왔을지도 모른다. 왜 반드시 올 거라고 생각했을까? 윤은 안도감과 서운함이 섞인 복잡한 감정을 느끼며, 가슴께에 두었던 마이크를 입술 쪽으로 끌어올렸다.

그때, 이 층에 있는 유리창을 통해 무대 감독이 손바닥을 까닥거리는 게 보였다. 그에 맞춰 윤이 관객석 쪽으로 한 발짝 다가섰다. 조명에서 비켜나 있는 탓에 윤의 얼굴이 잘 보이지 않자 위치 조정이 이뤄진 것이었다.

비로소 윤의 얼굴이 관객석을 향해 확 드러나자 환호하던 환자들이 약속이라도 한 것처럼 동시에 조용해졌다.

'저게 정말, 정윤 맞아?'

관객석에서 윤을 주시하던 민은, 자신의 입이 놀라움으로 벌어진 것도 모른 채 두 눈만 깜빡여댔다.

조명 아래 서 있는 정윤은, 마치 정윤이 아닌 것만 같았다. 미경이 부린 마법이 효과가 있었는지, 평소의 그 순진하고 아이 같던 모습은 온데간데없고, 무대 위엔 성숙하고 어딘가 섹시하기까지 한, 이상한 페로몬을 폴폴 풍기는 낯선 이가 서 있었다.

그 페로몬에 감염된 사람들은 홀린 듯 무대를 주시했고, 전주가 시작될 때까지 누구 하나 목소리를 내는 이가 없었다. 저런 얼굴과 저런 분위기에서 도대체 어떤 목소리가 흘러나올까 하는 호기심에, 관객석에는 마른침 넘기는 소리만이 들렸다.

"형! 괜찮아요?"

희수가 가져온 커피를 뿜은 지호가, 흐르는 커피를 닦지도 못한 채 멍하니 무대를 응시했다.

"아는 사람이라도 나왔어요?"

무대 위를 힐끗 바라본 희수가 고개를 갸우뚱했다. 사회자가 마지막 무대는 가수가 아니라 환자의 가족이라고 소개했었다. 그렇다면 분명 이쪽에서 활동하는 신인도 아닐 텐데, 지호는 아는 사람이라도 만난 것 같은 반응이었다. 아니, 꼭 만나길 고대하던 사람이라도 마주친 것 같이 무대에서 눈을 떼질 못했다.

"희수야."

"예?"

"꽃다발."

"예? 웬 꽃다발이요?"

재차 묻는 희수의 반응이, 지호는 답답했다.

"꽃다발 좀 사 와. 병원 앞에 꽃집 있어. 지금 당장."

"갑자기 웬……."

"노래 끝나기 전에."

지호의 말끝이 딱딱했다. 지호가 가끔 얼마나 사나워지는지 아는지라, 희수는 더 묻지 못하고 후다닥 달려나갔다.

무대 위로 올라온 인영을 확인한 순간, 지호는 숨이 멎는 것만 같았다. 사회자를 통해 정윤이라는 이름을 들었을 때, 설마 하는 생각에 스치듯 웃었다. 그러나 무대 위에 올라온 사람이 정말로 자신이 아는 정윤이라는 것을 확인하고 나서는 미소조차 지을 수가 없었다.

마치 영화의 한 장면처럼, 윤이 눈앞에 나타났다. 그것도 모두의 시선을 사로잡는 모습으로. 원래 예쁘장한 얼굴이었지만 누가 실력 발휘를 한 건지 오늘의 윤은 더없이 반짝반짝했다. 동그란 얼굴 위에 살짝 띄운 앞머리가 귀여웠지만, 아이 같던 눈매는 어쩐지 평소보다 그윽하고 성숙해 보여서 전체적으로 풍기는 분위기가 오묘했다. 게다가 깊게 파인 셔츠 위로 드러난 깊은 쇄골 하며, 쭉 빠

223

진 슬랙스 아래 드러난 하얀 발목까지, 도대체 누가 입혀 놨는지는 몰라도 한껏 야했다. 평소엔 감춰 둬서 지호만 오롯이 알고 있던 그녀 특유의 섹시함을 윤은 오늘 작정한 듯 뿜어내고 있었다.

"사랑하면 안 돼."

이윽고, 윤의 노래가 시작됐다. 동시에 관객들의 눈동자에 놀라움이 퍼져 나갔다. 지호의 눈동자에도 찌르르 놀라움과 짜릿한 흥분이 퍼져 나갔다. 윤이 무대에 서 있는 것도, 그리고 저토록 호소력 있는 목소리를 가지고 있는 것도, 지호에겐 참을 수 없는 즐거움이었다.

하, 지호가 저도 모르게 툭 웃음을 터뜨렸다.

어쩌면, 자신이 아는 정윤은, 본래 정윤의 한 삼십 퍼센트 정도밖에 안 될지도 몰랐다. 윤은 끊임없이 자신을 자극하고, 또 즐겁게 하는 존재였다. 지호는 당장 저 무대 위로 올라가서 아무도 보지 못하게 제 품 안에 윤을 넣어 버리고 싶은 기분이 들었다.

같은 시각, 무대 가장 뒤편에서 윤을 주시하고 있던 희욱이, 눈썹을 찡룩였다.

무슨, 저따위 옷을!

[아저씨. 오늘 병원에서 저 노래 불러요. 7시. 하늘병원 지하 공연실. 보러 오실래요?]

문자를 받자마자 나갈 준비를 시작했다. 겨우 문자 하나였지만 자신이 껄떡대기 시작한 이후 자꾸 뒷걸음만 치던 녀석이, 먼저 뭔가를 하자고 한 건 처음이었기에 희욱은 샤워를 하면서 콧노래까지 불렀다. 그런데 웬걸, 무대 위에 튀어나온 녀석의 모습을 보자마자 희욱은 기분이 아주 더러워졌다.

노래를 부르랬지, 밤무대를 하랬나? 저 말도 안 되게 야한 모습은 뭐란 말인가? 게다가 이렇게 멀리서 보는데도, 유독 입술이 도드라져 보이는 것 같았다. 무대에서 내려오자마자 저 입술부터 박박 지워 버려야겠다 생각하며 희욱은 무대를 거의 노려보듯 주시했다.

그러나 전주가 시작되자, 희욱은 자신이 무슨 생각을 하는지도 곧 잊고 말았다. 자주 허밍으로 따라 부르곤 했던 재즈풍의 외국곡이 아니었다. 희욱은 곡 이름은 알지 못했지만, 전주를 듣고 이 곡이 국내 여자 가수의 곡이라는 것 그리고 같은 여자들도 따라 부르기 어려워하는 난이도 높은 곡이라는 것을 알아차렸다.

이런 자신감에 찬 선곡이라니. 제 앞에선 수줍기 그지없던 녀석이, 이모들 앞에서 트로트를 부를 땐 마치 물 만난 고기처럼 주방을 휘어잡았던 게 생각났다. 실전에 강한 타입이랄까.

게다가 가끔 귀동냥을 했던 윤의 목소리에는 자신감에 더해 다른 그 어떤 것이 있었다. 그 듣는 이를 멈칫하게 하는 소름 끼치는 미성(美聲)이 떠올라서, 희욱이 저도 모르게 혀로 윗입술을 축였다.

"사랑하면 안 돼."

쿵.

"마음 주면 안 돼."

쿵쿵.

뭐지? 이상했다. 이상하게 심장이 뛰었다. 생각했던 것보다 윤의 목소리가 더 짙게 가슴을 울렸다. 그냥 노래를 불렀을 뿐인데, 마치 자신에게 말을 거는 것 같은 기분이었다.

희욱이 무대 아래에서 윤을 보고 있었다면 윤은 무대 위에서 희욱을 떠올리고 있었다. 윤이 이 곡을 선택한 건, 그에게 말로 하지 못한 진심을 전하고 싶어서였다.

윤은 더 이상 뒷걸음치지 않기로 했다. 드러난 희욱의 상처를 보는 순간, 그걸 껴안지 않고서는 견딜 수 없는 자신의 마음을 발견한 순간, 자신이 그에게 이미 얼마나 빠져 있는지를 깨달았다. 뒷걸음치는 걸로는 막을 길이 없는 마음이었다. 앞으로 어떤 일이 펼쳐질지 모른다. 어디서부터 얽힌 매듭을 풀어야 하는지도 모른다. 그래도 윤은, 느리지만 조금씩, 앞으로 나아가리라 마음먹었다.

"설마 하다."

"……."

"내가 그대를 원하잖아."

쿵쿵쿵. 희욱의 심장이 귓속에서 거침없이 뛰어댔다.

노래 가사들이 머릿속에 어지럽게 흩어지며, 희욱의 심장은 이제 폭주하듯 뛰었다.

'설마 하다 내가 그대를 원하잖아.'

모든 게 더 명확해지는 느낌이었다.

자신은 녀석을 원한다. 단순히 끓어오르고 식어 버릴 게 아니었다. 그랬으면 지금까지 단 한 번도 끓어오른 일 없던 이런 마음이, 처음부터 시작되었을 리가 없었다. 사랑하면 안 된다, 마음 주면 안 된다, 밀어내도 보았지만, 이젠 어쩔 수가 없을 것 같았다.

자신은, 녀석을 원했다. 너무도.

윤이 노래를 끝내자, 우레 같은 박수와 환호가 터져 나왔다. 윤을 알던 사람들뿐만 아니라, 윤을 모르던 사람들도 객석에서 일어나 오래도록 박수를 쳤다. 그 앞의 어떤 밴드 공연보다도 더 큰 반응이었다.

윤이 마지막 무대라서, 사회자가 클로징 멘트를 치기도 전에 몇몇 사람들이 벌써 무대 위로 올라오기도 했다. 윤이 사람들 속에서 밝게 웃음을 짓다가, 누군가를 찾는 것처럼 주위를 두리번거렸다.

그 모습을 두 눈에 담던 희욱이 입매를 매끈하게 당기며 웃었다. 녀석이 찾고 있는 건, 당연히 자신일 터. 사람들 속에 둘러싸여 있으면서도, 녀석이 찾는 건 다른 이가 아니라 자신이라는 생각에 희욱의 마음이 조금 뿌듯해졌다.

희욱이 느릿느릿하게 그러나 똑바로, 무대를 향해 걸어 나갔다.

윤은 무대가 끝나고 후들후들 다리를 떨면서도, 희욱을 찾느라 구석구석을 두리번거렸다. 그러나 좀처럼 희욱의 모습은 보이지 않았다. 역시, 안도감보다는 서운함이 더 컸다. 노래가 끝나고 나니, 더욱 서운함이 밀려왔다.

그때였다.

"공연, 축하해."

누군가가 불쑥 눈앞으로 커다란 꽃다발을 내밀었다. 희욱 말고는 달리 공연 소식을 전한 사람이 없었기에 그 찰나, 윤의 눈빛에 기대감이 스쳤다.

"어?"

그러나 전혀 뜻밖의 사람이 자신을 보며 싱긋 웃고 있었다. 윤의 눈이 화등잔만 하게 커졌다.

"어어?"

풉. 지호가 웃음을 터뜨렸다.

"내 이름, 어어 아니래도."

"어떻게 여길……."

지호가 쓰고 있던 선글라스를 벗어서, 셔츠 주머니 위에 걸었다.

"지호…… 읍."

자신의 이름을 부르려는 윤의 입술을 지호의 긴 손가락이 재빨리 막았다.

"내 이름, 크게 부르지 마. 네가 자꾸 까먹는 모양인데, 내가 이래 봬도 공인이거든."

윤이 알았다는 의미로 고개를 주억거리자, 지호가 손가락을 떼냈다. 윤이 목소리를 조금 낮추고 다시 물었다.

"어떻게 여기 있어요?"

"나도 묻고 싶다. 네가 왜 여기 있어?"

"그걸 묻는 사람이 꽃다발을 준비했어요?"

"즉석에서 준비한 거야. 보답으로."

"보답이요?"

"응. 노래 너무 잘 들었거든."

화르륵. 윤의 얼굴이 토마토처럼 익어 버렸다. 쿡쿡. 그게 귀여워서 지호가 작게 웃었다. 아까 누구라도 유혹할 것처럼 노랠 부를 땐 언제고.

"저녁 안 먹었지? 나랑 갈까? 맛있는 거 사 줄게."

"죄송한데, 저 동생이 여기 있어서 보고 가야 할 것 같아요."

"동생? 아, 이 병원에 있댔지. 그럼 나도 같이 인사하지, 뭐. 가자."

지호가 자연스럽게 윤의 어깨에 팔을 둘렀다.

"잠, 잠깐만요. 민이가 형 보면 기절할 거예요!"

윤이 빠져나오려고 버둥거렸지만, 지호는 더욱 힘주어 윤을 제 쪽으로 끌어당길 뿐이었다.

"팔 치워."

그때 불쑥, 삼자의 목소리가 끼어들었다. 너무나 차갑고 대놓고 위협적인 목소리. 지호가 반사적으로 뒤돌아섰다. 윤도 천천히 목소리의 주인공 쪽으로 몸을 틀었다.

"아저씨……."

희욱은 성큼성큼 다가와서 윤은 쳐다보지도 않고, 지호를 향해 고개만 까딱였다.

"팔 치우라고. 애가 싫다잖아."

지호는 희욱을 한눈에 알아봤다. 지난번 촬영장에서, 윤과 함께 있던 남자였다. 연예인보다도 더 사람들의 관심을 한 몸에 받던 남자. 지호가 반응 없이 가만히 있자, 희욱이 차갑게 실소하다 즉각 윤에게로 시선을 돌렸다.

"이 사람, 그때 봤던 배우 아냐? 네가 이 남자를 어떻게 알아?"

희욱은 지호를 바로 앞에 두고도, 마치 다른 곳에 있는 사람인 것처럼 대하고 있었다.

"아저씨, 사람을 그렇게……."

"엎혀산다는 친구가 이 사람이야?"

지호가 똑같이 맞받아쳤다. 그러곤 빙글 웃으며 윤에게로 고개를 틀었다. 맙소사. 희욱이야 그렇다 치고 지호까지 이런 식으로 반응할 줄은 몰랐기에 윤은 정말로 당황하고 말았다.

"당신, 뭔데?"

희욱이 적대심을 드러내며 곧바로 반말을 꺼냈다. 지호의 얼굴에서 거짓말처럼 웃음이 사라졌다.

"나? 얘 애인."

지호의 폭탄 발언에 윤과 희욱의 얼굴이 동시에 굳었다.

"……이고 싶은 사람."

지호가 다시 빙긋 웃음을 피우더니, 아무렇지도 않게 뒷말을 덧붙였다. 일부러 희욱의 속을 긁으려는 듯했다. 그게 잘 먹혔는지, 희욱의 얼굴이 보기 좋게 구겨졌다.

윤은 심장이 벌렁거렸다. 언젠가, 능글맞은 지호의 성격이 대놓고 사나운 희욱의 성격과 물과 기름처럼 어울리지 않을 거란 생각을 했다. 그러나 이렇게까지 부딪칠 줄은 몰랐다. 도대체 왜? 윤은 본인이 도화선이 되고 있다는 사실은 전혀 인지하지 못하고 있었다.

희욱이 이글거리는 눈빛으로 아직도 윤의 어깨에 놓여 있는 지호의 팔을 훑어 내렸다. 눈치 빠른 지호는 그것만으로도, 희욱이 자신에게 '연적'이라는 사실을 파악해 버렸다.

흐응, 그렇단 말이지. 지호가 뭔가를 파악하는 듯 눈을 빛내자, 희욱이 더욱 살기등등해져 말했다.

"당신, 인기로 벌어먹고 살지 않아? 이런 거, 소문나도 되겠어? 인기 영화배우가 성적 취향이 꽤 독특하다는 소문이라도 나면 그 바닥에서는 퇴출일 텐데."

지호의 눈이 가늘어졌다. 제 앞의 이 남자는, 윤이 여자인 걸 모르는 모양이었다. 그러고도 이렇게 눈에 불꽃을 튀긴단 말이지? 지호가 어깨에 두른 팔에 부러 힘을 주며, 나른하게 대답했다.

"난 보시다시피 자유로운 영혼이라, 별로 상관 안 해. 녀석이 남자든, 여자든, 내가 좋으면 그만."

"형!"

장난이 도가 지나쳤다. 윤이 보기에도, 지호는 지나칠 정도로 희욱을 건드리고 있었다.

"그러는 그쪽은?"

지호가 여유로운 미소를 만면에 가득 띠며 물었다.

"그쪽은 뭔데?"

희욱이 꽉 쥔 주먹을 바들거렸다. 희욱은 대답할 수 없는 덫 같은 질문이었다. 자신은 지호처럼 자유로운 영혼이 아니었다. 남자든 여자든 상관없다는 생각은 해 본 적도 없었다. 자신조차도 헷갈리는 성 정체성에 대해서 뭐라고 말한단 말인가.

게다가 지금으로서는 윤의 마음조차 확신할 수 없었다. 희욱은 이미 자신의 마음을 온전히 깨달아 버렸는데, 윤에게서 얻어 낸 거라곤 담길 듯 담기지 않는, 손바닥 위 모래 같은 혼란함뿐이었다. 지호의 질문이 묵직하게 희욱을 억눌렀다.

난 뭐지? 난, 녀석에게, 도대체 뭐야.

저 뱀 같은 녀석이 하는 말에 완전히 휘둘리고 있다는 걸 깨닫고 나자, 희욱의 두 눈이 분노로 희번덕였다. 상훈의 멱살을 부여잡았을 때 희욱의 눈빛이 꼭 저랬다. 정말로 무슨 일이 일어날 것만 같아서 윤은 있는 힘껏 지호의 팔을 밀어냈다. 그리고 대신 희욱의 팔을 붙잡았다.

"아저씨, 나랑 얘기 좀 해요."

화장실 앞 벤치로 자리를 옮기고 나자, 윤은 숨이 좀 트이는 것 같았다. 지호를 그대로 두고 와 버린 게 걱정이 됐지만, 지금은 급한 불부터 끄고 봐야 했다.

"처음 보는 사람을 그렇게 막 대하면 어떡해요?"

윤이 희욱을 잔뜩 쏘아보며 말했다. 희욱의 성질머리야 익히 아는 바였지만, 아무리 그래도 이렇게 충동적일 줄이야.

희욱은 도리어 기가 막혔다. 막 대했다고? 많이 참아 준 거였다. 어깨에 손을 두르는 걸 보자마자 주먹을 날리고 싶은 걸, 그 손가락을 하나하나 부러뜨려주고 싶은 걸, 그래도 참아 준 거였다. 희욱이 하고 싶은 말을 목구멍으로 꾸역꾸역 삼켜내며, 대신 무섭게 표정만 굳혔다.

"처음 본 사람 아니야."

"지금 그게 중요해요?"

"아니, 그게 중요한 게 아니지. 지금 중요한 건, 도대체 저 녀석이 뭐냐는 거야."

"무슨 말이에요, 그게?"

"저 녀석 게이야? 뭔데 너한테 그렇게 들이대? 그리고 넌 왜 저 녀석하고 아는 사인데? 너도 남자 좋아해?"

폭포처럼 퍼부어대는 희욱의 말에, 윤의 낯빛이 하얗게 질려버렸다.

제기랄. 이렇게 몰아붙이려고 했던 게 아닌데. 희욱이 반듯한 얼굴을 일그러뜨렸다. 자신이 점점 미쳐 가고 있는 것만 같았다. 눈앞의 이 녀석을 온전히 가지고 싶어서, 미쳐 가고 있는 자신이 보였다.

"정윤."

자신의 이름을 부르는 희욱의 목소리가 평소보다 더 짙었다. 갈라진 목소리 틈으로, 희욱의 묵직한 마음이 느껴지는 것 같아서, 윤은 쉽사리 입을 열지 못했다. 자신은 겨우 한걸음 내디뎠는데, 이 사람의 속도는 자신보다 배는 빨랐다. 혹시 이렇게 불꽃처럼 타올랐다 다음 날이면 한 줌 재로 사그라져 버리는 건 아닐까, 불현듯 걱정이 됐다.

게다가 희욱은 자신을 남자라고 알고 있었다. 생존을 위해 필요한 거짓말이었다고 해도, 그것이 희욱을 지금껏 속여 온 것에 대한 충분한 변명이 될 수는 없었다. 자신이 여자라는 걸 알게 된다면, 희욱이 어떻게 변할지 상상만으로도 두려웠다. 지금이라도 밝혀야 할까, 그래야 진심을 전할 수 있는 기회라도 한번 얻을 수 있지 않을까, 그렇게 생각하다가도 다시 망설여졌다. 희욱이 자신에게서 돌아선다면 그것을 감당할 자신이 없었다.

윤이 심란해하는 동안 희욱이 윤의 어깨를 붙잡아서 벤치에 주저앉혔다. 그러곤 성급히 상체를 숙여왔다.

"키스 한 번만 하자."

뭐? 윤이 재빨리 고개를 뒤로 뺐다. 키스 못 해서 죽은 귀신이 붙었나! 안 그래도 심란해 죽겠는데, 정작 본인은 그런 말을 하고도 무덤덤한 얼굴이라, 윤은 심통이 날 지경이었다.

"지금 이 상황에서 그런 말이 나와요?"

"왜 비싸게 굴어. 나는 네 취향이 아냐? 그 허여멀겋게 생긴 놈이 좋냐? 대스타랑 열애설이라도 나겠어?"

"무슨 소리예요! 지호 형이랑은 그런 사이 아녜요!"

"그래? 잘됐네."

희욱이 윤을 제 쪽으로 바싹 당기며, 단호하게 말했다.

"그럼 나랑 그런 사이 해."

"정윤이라는 보호자 아세요? 오늘 후원 행사에서 노래 불렀던."

여자는 눈앞에 나타난 지호를 홀린 듯 바라봤다. 유지호가 환자들을 오랫동안 후원하고 있다는 소리는 들었지만, 이렇게 직접 보는 것은 처음이었다. 여자가 대답을 잃은 채 눈만 깜빡거리고 있자, 지호가 빙그레 웃어 보였다. 그제야 여자는 벌게진 얼굴을 숨기려고 황급히 고개를 숙였다.

"아, 네. 윤이 씨요."

"네. 저도 아는 친구거든요. 정윤 씨 동생이 이 병원 환자라는 건 몰랐지만."

여자가 윤을 잘 아는 것 같아 보이자, 지호가 불쑥 얼굴을 들이밀었다. 그러곤 속삭이듯 목소리를 낮췄다.

"제가 정윤 씨 동생분을 개인적으로 후원하고 싶은데, 그래도 될까요?"

"어머, 정말요?"

여자는 마치 제 일처럼 반색을 했다.

"네. 앞으로 수납은 제 매니저가 하러 왔으면 좋겠는데, 혜수 씨가 좀 도와주실 수 있어요?"

여자의 명찰을 흘끗 확인한 뒤, 지호가 친근하게 이름을 불렀다. 여자의 얼굴이 한 번 더 화르륵, 달아올랐다.

"윤이한텐 제가 후원하는 거 비밀로 해 주세요. 그냥 공연에 감동한 웬 아저씨가, 익명으로 후원하고 싶어 한다고, 그렇게 전해 주면 좋겠는데."

지호가 한쪽 눈을 찡긋해 보이자, 여자가 자동으로 고개를 주억거렸다. 아이고, 몇 초 보는 것만으로도 사람을 녹이네, 이 마성의 남자. 여자가 속으로 하는 말이 들리기라도 한 것처럼, 지호는 눈웃음으로 화답해 주었다.

　'팔 치워. 애가 싫다잖아.'

　조금, 불안해졌다. 아니 점점 더, 불안해졌다. 사실 같이 산다는 남자가 있다는 걸 들었을 때부터, 지호는 촬영장에서 만난 그 남자를 떠올렸었다. 한 번 보면 쉽게 잊을 수 없는 남자였으니까. 그 남자가 조금도 숨기지 않고 드러낸 질투, 그리고 어쩔 줄 몰라 하던 윤의 모습. 지호는 자신이 쉽게 끼어들 수 없는 무언가가, 둘 사이에 있다는 걸 동물적인 감각으로 느낄 수 있었다.

　안 그래도 자신을 전혀 남자로 의식하지 않는데, 하필이면 그런 까다로운 상대가 연적이 되어 버리다니. 웬만해서는 서두르는 법이 없던 지호마저도, 조금씩 조여드는 불안함을 쉽게 컨트롤하기가 힘들었다. 이제 조금, 서두를 필요가 생긴 것 같았다.

　"야, 이 정신 나간 계집애야!"

　혜주가 소리를 빽 질렀다.

　"나도 미치겠어."

　윤이 들고 있던 소주잔을 단숨에 비워 버렸다.

　"도대체 어쩌려고!"

　혜주는 자신이 닭발을 씹고 있는지, 모래알을 씹고 있는지 구분이 안 됐다. 안 그래도 강희욱과 얽힌 게 찜찜했는데, 이런 사달이 날 줄이야.

"한 달이면, 괜찮을 거라 생각했단 말이야."

"강희욱이 바보도 아니고, 여자랑 한 달을 살면서 아무렇지 않을 거라 생각했다고? 넌 너무 널 몰라. 내가 누누이 말해 왔지만, 왜 듣지를 않아, 왜! 너, 요상한 페로몬 같은 거 풍긴다니까? 고등학교 때부터 뒤에서 너 좋아하던 남자애들이 한둘이 아니었어. 너 혼자 몰랐던 거라고!"

윤은 낮에는 수업을 듣고 밤에는 일을 하느라 당시 대한민국에서 가장 바쁜 고등학생이었다. 주말엔 민이와 대부분 시간을 보내서 더욱이 그랬다. 덕분에 윤에게 마음을 뒀던 남학생들은 아예 고백할 기회조차 갖지 못했다. 바보 둔치 정윤은 남학생들이 속을 끓이거나 말거나 내내 해맑기만 했지.

어휴.

혜주가 혼자 빈 술잔을 다시 채웠다. 윤이 손가락으로 지분거리던 제 술잔을 쭉 내밀었다. 혜주가 윤을 살짝 흘겨보다 술잔 가득 술을 채워 주었다.

"너도 좋지?"

"……."

윤은 대답하지 않았지만, 혜주는 저 눈빛만 보고도 알았다. 윤이 희욱에게 빠져 있다는 것을. 어쩌면 본인이 의식하는 것보다도 훨씬 더 많이.

"사실대로 말해야지."

"응."

"강희욱한테 먼저 말고."

혜주가 언제나 그랬던 것처럼 정답을 말해 주었다. 알고는 있었

236

지만, 그동안 애써 모른 척했던 정답.

"응, 할아버지한테 먼저 말씀드려야지."

"강 씨 할아버지라면, 이해해 주실 거야. 네가 왜 여자인 걸 굳이 밝히지 않고 살아왔는지. 왜 불편한 오해들을 내버려 두었는지."

술잔을 막 비우려던 윤의 손이 멈칫했다.

"너…… 강 씨 할아버질 알아?"

할아버지와 어떤 인연이 있었는지 대충 설명하긴 했지만, 윤은 혜주에게 할아버지의 성격에 대해선 자세히 언급하지 않았었다. 그런데 혜주는 마치 잘 아는 사람처럼 '강 씨 할아버지라면'이라고 말하고 있었다. 혜주의 얼굴에 찰나의 당황한 기색이 스쳤다.

"알지. 네가 말했잖아. 좋은 분이라고."

"내가 말한 것 말고. 할아버질 알아?"

"내가 그 할아버질 어떻게 알겠어. 그냥 아버지한테 몇 번 들은 건 있어. 정말 좋으신 분이라고."

"그렇구나……."

"그리고 강희욱에 대해서도, 들은 게 좀 있지."

술기운이 조금 오른 혜주가, 탁 소리를 내며 술잔을 내려놓았다. 그러곤 윤을 똑바로 쳐다보았다.

"강희욱한텐 말하지 마."

윤이 동그랗게 눈을 치켜떴다.

"계속 숨기라고, 이대로?"

"응. 계속 숨겨."

"하지만……."

"강희욱, 네가 보는 게 다가 아니야."

"그게 무슨 소리야?"

혜주의 착 가라앉은 목소리가, 윤을 불안하게 했다. 강 씨에 대해서도, 희욱에 대해서도, 혜주는 마치 오래전부터 알고 있는 사람을 대하듯 했다.

"강희욱의 과거에 대해서 하나도 모르잖아, 넌. 내가 얼마나 걱정이 되는지 알기나 해?"

"그 사람 형이 자살한 거 말고, 내가 더 알아야 하는 과거가 있어?"

혜주는 대답하지 않았다. 대신 말없이 술잔만 다시 기울였다. 윤이 비어 버린 혜주의 술잔을 채워 주곤, 잔잔히 그녀를 건너보았다.

"혜주야, 나…… 그 사람, 좋아해."

혜주를 담은 윤의 눈동자가 마치 잔 속의 술처럼 일렁였다.

'그러니까 정확히는 내가 이쪽 취향인 게 아니라 나는 그냥 너한테 끌리는 거야, 정윤.'

'난 진지해. 내가 쉬웠을 것 같아? 여자도 아닌 너한테, 그런 말을 하는 게 쉬웠을 거 같냐고. 네가 뭔데 내 마음을 멋대로 판정 지어. 내가 끓어오르다 식어 버릴지, 아니면 넘쳐흐를지, 네가 어떻게 안다고.'

'그럼 나랑 그런 사이 해.'

희욱이 했던 말들이 좀처럼 흘러가지 않고 마음 바닥에 박혀 있었다.

"그 사람이 나 때문에 흔들릴 때마다, 마음이 아파. 너무 아파. 사실대로 다 말하고 싶은데, 그러다가 그 사람이 냉정하게 돌아설까 봐, 나 같은 건 다시 보고 싶지도 않다고 말할까 봐 무서워."

흐려진 윤의 눈이 점점 물기를 머금었다.

"그 사람의 과거보다, 나는 그 사람의 미래가 더 불안해. 나는 그 사람이 좋은데, 나는 아저씨가 좋은데, 그 사람의 미래에 나는 없을 거 같아서 그게 무서워, 혜주야……."

윤이 울었다. 윤은 별명이 울보일 정도로 잘 울었지만, 윤이 눈물을 보일 때마다 혜주는 늘 똑같이 마음이 아팠다. 어느덧 윤의 옆자리로 건너온 혜주가, 윤을 꼭 껴안아 주었다.

"울보, 정윤. 너 때문에 못 살겠다, 정말."

"흐윽……."

"그럼 할아버지한테 먼저 말씀드려."

혜주의 목소리가 확고했다.

"약속해. 꼭 할아버지한테 먼저 말씀드리겠다고."

"응. 그럴게."

혜주가 부드럽게 윤의 등을 토닥이면서도, 심란한 마음을 숨기지 못하고 길게 한숨을 내쉬었다.

넌 강희욱의 과거를 모르잖아. 할아버지가 널 지킬 수 있을까? 부디, 그랬으면 좋겠는데.

"오늘 하루만, 임시 휴업하면 안 될까요?"

박 사장이 황당한 얼굴로, 지호를 위아래로 훑었다. 드라마에서 나 봤던 얼굴이 갑자기 이 작은 식당에 나타난 것도 모자라 뜬금없이 임시 휴업을 권하니 황당할 수밖에.

"당신, 배우 아니요?"

"맞습니다. 제가 그 유지호입니다. 마침 저기에도 제 얼굴이 나오네요."

식당 벽면에 걸린 TV 속에선, 지호가 최신 스마트폰을 선전하고 있었다. 박 사장이 TV 속 얼굴과 실제 얼굴을 번갈아 바라보더니, 기가 막힌 듯 실소를 흘렸다.

"나 참. 살다 보니 별일을 다 겪겠네."

그렇게 말하면서 박 사장은 지호가 건넨 하얀 봉투를 슬쩍 열어보았다. 대충 금액을 확인한 박 사장의 눈이 휘둥그레졌다.

"아니, 이건 우리 가게 한 달 매출보다도 많은 금액인데……."

"성의 표시입니다. 하루 휴업하면, 후유증이 좀 있을 것 같아서요."

"도대체 이러는 이유가 뭐요?"

"오늘 저 녀석이, 간절히 필요하거든요."

지호의 손가락이 가리킨 곳을 박 사장의 시선이 좇았다. 지호가 가리킨 곳은 주방이었다. 주방 입구에선 부산하게 움직이는 윤의 모습이 이따금씩 나타났다 사라졌다.

"저 녀석이라면…… 정윤이를?"

"예."

"윤이를 아는 게요?"

"네. 제가 녀석을 많이 아낍니다. 녀석이 얼마나 열심히 살아왔는지, 누구보다 잘 아시잖아요. 하루쯤 휴가를 만들어 주고 싶습니다. 부탁드립니다. 사장님."

윤을 아끼는 건, 박 사장도 마찬가지였다. 지호가 봉투를 쥐여 주지 않았더라도, 박 사장은 지호의 부탁을 순순히 들어줬을 터였다. 오히려 사람을 부려먹는 악덕 고용주 취급을 받은 것 같아 손에 들린 돈 봉투가 불쾌하고 찝찝할 따름이었다.

"이 돈은 가져가요. 윤이 녀석이라면 나도 각별하게 생각하고 있으니까."

"……."

"가서 하루 신나게 놀다 와요. 휴업할 필요도 없소. 남아 있는 사람들이 조금씩 더 고생하지, 뭐. 그런다고 해서 불평할 사람 아무도 없을 거요."

박 사장은 들고 있던 봉투를 지호에게로 던지듯 다시 내밀었다. 지호는 자신의 행동이 경솔했나 싶어 약간 미안한 마음이 들었다. 하늘병원의 여직원도 그렇고, 박 사장도 그렇고, 다들 윤의 일이라면 자기 일처럼 신경을 써 줬다. 참, 어딜 가나 사랑받는 타입이라니까. 지호가 싱긋 미소 짓더니, 깊이 허리를 숙여 인사를 했다.

"감사합니다. 사장님."

지호의 정중한 태도에 박 사장의 마음이 조금 풀어졌다. 그러나 여전히 이 상황이 의뭉스럽긴 했다. 이렇게 유명한 사람이 도대체 어떻게 윤을 아는 걸까. 느닷없이 등장한 그 귀티가 잘잘 흐르던 남자도 그렇고. 어쩐지 요즘 윤의 주위엔 이상한 일들만 벌어지고 있는 것 같았다.

윤은 박 사장으로부터 '휴가'를 받았다. 말이 좋아서 휴가지, 박 사장에게 거의 떠밀리듯 식당을 나와야 했다. 어느 분식집이 직원에게 휴가를 준단 말인가? 그것도 일하고 있는 중간에? 도대체 알 수 없는 박 사장의 행동이 어디서 비롯되었는지는, 가게 앞에서

241

자신을 기다리고 있는 지호의 모습을 보자 대충 파악이 되었다.

어쩐지 아침부터 내내 일하는 곳이 어디냐고 추궁하더라니. 병원에서 그렇게 가 버린 게 미안해서 평소보다 더 정성껏 맛있는 아침을 차려줬다. 그런데 그는 뜬금없이 오늘 저녁에 뭘 하냐고 물었다. 식당에서 일을 한다고 했더니 기어이 식당 위치를 캐묻는 게 수상쩍긴 했었다.

"무슨 짓이에요? 나 없으면 이모들이 얼마나 고생해야 하는지 알고나⋯⋯."

"너도 가끔은 쉬어야지. 하루니까, 딱 하루만. 응?"

윤이 보자마자 쏘아붙였지만, 지호는 웃으며 제 말만 했다.

"정말 이럴 거예요? 사장님한텐 뭐라고 얘기한 거예요? 저한테 그랬던 것처럼 돈 봉투라도 내밀었어요?"

지호가 뜨끔했다.

"그럴 리가."

내버려 두면 돈 봉투에 대해 더 추궁을 당할 것 같아서, 지호가 얼른 윤의 손목을 끌고 척척 걸음을 옮겼다.

"아이, 진짜! 어디 가는 거예요?"

"강원도."

아니, 이 무슨 개가 똥구멍에 힘주는 소리야! 있는 힘껏 저항해 보았지만, 지호는 별로 힘도 쓰지 않고 윤을 차까지 끌고 갔다. 그러곤 버둥대는 윤을 한 손으로 가볍게 제압해 안으로 밀어 넣었다.

"형, 진짜 뭘 잘못 먹었죠? 머리가 어떻게 된 거 아니에요?"

지호가 운전석에 타자마자, 윤이 그를 황망한 얼굴로 쳐다보며 말했다. 손가락까지 머리에 대고 빙빙 돌리는 모습을 보고 지호가 쿡쿡거렸다.

"웃겨요, 지금? 난 심각하다고요! 나 놀리는 게 재밌어요?"

"놀리는 거 아닌데. 나도 심각해."

"어제 병원에서부터 계속, 나 놀리고 있잖아요."

"놀리는 거 아니라니까."

"형, 진짜 나 좋아해요?"

"응."

윤의 얼굴이 경악으로 일그러졌다. 하도 기가 막혀서 홧김에 해 버린 말인데, 지호는 참 담백하고 깔끔하게도 '응'이라 대답해 버렸다. 처음에는 자신을 놀린다고만 생각했던 윤이, 천천히 구겨진 얼굴을 펴며 생각에 빠졌다. 그 녀석 게이 아니야? 어제 희욱이 했던 말이 머릿속에 둥실 떠올랐다.

"형, 진짜…… 남자 좋아해요?"

"아니."

윤이 조심스럽게 물었으나, 지호는 다시 거침없이 대답했다. 윤의 눈빛이 살짝 흔들렸다.

"그럼……."

"난 네가 좋아, 정윤."

지호가 비뚜름하게 웃음을 피우며, 부드럽지만 확고한 어조로 말을 이었다.

"여자, 정윤이 좋다고."

맙소사. 이어진 지호의 말에, 믿기지 않는다는 듯, 윤이 굳어진 얼굴로 지호를 향해 삐거덕 고개를 틀었다. 무릎 위에 둔 두 손이

미치지 243
않고서는

덜덜 떨리기 시작했다.

"어떻게……."

"처음 봤을 때부터 알았어."

윤의 얼굴에서 핏기가 사라졌다. 누군가는 이렇게 쉽게 알아볼 수도 있었다. 그 사실을 처음으로 의식한 윤의 머릿속이 새하얘졌다.

"아니, 솔직히 처음 봤을 땐 몰랐고. 보다 보니까 알겠던데."

"……미안해요. 정말 미안해요."

연신 미안하다고 하는 윤의 목소리에 두려움이 묻어 있었다. 지호가 운전을 하면서도 곁눈질로 계속 윤의 안색을 살피다, 덤덤하게 물었다.

"뭐가?"

"일부러 속이려던 건 아니었는데, 그냥 남자로 두는 편이 편해서, 그래서 그냥……."

윤이 횡설수설했다. 지호가 착 가라앉은 목소리로 잘라 말했다.

"미안해하지 마. 네가 나 남자예요, 말하고 다닌 것도 아니고, 내가 멋대로 오해했다가, 알아서 깨닫게 된 거니까."

지호가 아무렇지도 않은 얼굴로 자신이 오해했을 뿐이라며 덮어 버리고 있었다, 이 엄청난 거짓말을. 윤이 떨리는 아랫입술을 지그시 깨물었다.

"형……."

"내가 왜 묻어 뒀을 것 같아?"

"……모르겠어요."

"내가 널 여자로 생각했더라면, 네가 순순히 내 옆에 있었을까, 편하게 내 집에서 아침을 차려 줬을까, 그런 생각을 했어."

"……."

"나도 이용한 거야, 네가 살아온 방식을. 그게 나한테 유리해서."

"……."

"그러니까, 마음 쓰지 마."

"……."

"중요한 건, 내가 널 많이 좋아한다는 사실이니까. 네가 좋아, 정윤. 네가 너무 좋다."

윤은 혼란스러웠다.

자신의 성별이 탄로 난 것도, 그리고 저렇게 흔들림 없는 목소리로, 저렇게 확고한 표정으로, 자신이 좋다고 서슴없이 내뱉는 지호의 마음도, 모든 것이 그녀를 혼란스럽게 만들고 있었다.

"도착하면 깨울게. 잠도 제대로 못 잤지? 눈 좀 붙여."

지호가 부드럽게 웃으며 말했다. 그런 말을 하고도, 아무렇지도 않다는 듯이.

두 시간 정도 달린 뒤 지호의 페라리가 멈춘 곳은, '시크릿가든'이라는 커다란 팻말이 붙어 있는 홍천의 한 펜션이었다. 기다리고 있던 주인 부부, 그리고 커다란 개 한 마리가 반갑게 둘을 맞아 주었다. 오는 내내 별다른 말이 없었던 지호는, 주인 부부를 보자마자 사람 좋게 웃으며 인사를 건넸다. 따라 내린 윤도 얼떨결에 인사부터 했다.

"아, 안녕하세요."

"아이고, 오느라 힘들었지요? 어서 들어가요."

주인 부부는 지호를 잘 아는 모양이었다. 게다가 윤에게도 마치 아는 사람인 것처럼 친근하게 대해 주었다. 윤이 뒤에서 어물쩍거리고 있는 사이에, 어느새 주인아저씨와 지호는 펜션 안으로 들어가 버렸다. 뒤에 남은 아주머니가 어서 오라는 손짓을 하자, 윤도 하는 수 없이 쭈뼛대며 걸음을 옮겼다.

"지호 총각, 왜 이렇게 오랜만이야."

"자주 못 찾아봬서 죄송해요."

"말만 하지 말고, 자주 좀 와."

지호와 주인 부부가 부엌에서 담소를 나누는 사이, 윤은 천천히 펜션 안을 둘러보았다. 밖에서 볼 땐 아담해 보였는데 안으로 들어오니 제법 규모가 있었다. 오밀조밀 잘 갖춰진 살림 도구들과 귀여운 인테리어 소품들 때문에 구경하는 재미가 톡톡했다.

"자고 갈 거지?"

"아니요! 금방 서울로 올라가야 해요!"

부엌에서 흘러나온 아주머니의 질문에, 대답을 한 건 거실에 있던 윤이었다. 윤이 얼른 부엌으로 달려 들어가 지호를 붙잡고 확인받듯 물었다.

"바로 갈 거죠? 내일 출근해야 해요."

지호의 입꼬리가 비스듬히 올라갔다.

"아씨! 왜 때려요!"

지호에게 대차게 딱밤을 맞은 윤이 손끝으로 이마를 문질렀다. 그 모습이 귀여워서, 지호가 후후 웃었다.

"걱정 마. 안 자고 가."

윤을 안심시킨 지호가 다시 주인 부부를 향해 몸을 틀었다.

"저녁만 먹고 갈 건데, 괜찮죠?"

"당연히 괜찮긴 한데, 그냥 간다니 아쉽긴 하네. 벌써 옥상에 불 피워 놨어. 얼른 올라가서 놀아, 그럼. 이따가 운전해야 하면 술은 마시지 말고."

"예, 그럴게요."

주인아저씨의 따뜻한 걱정에, 지호가 상냥하게 고개를 끄덕였다.

옥상은 그야말로 신세계였다. 아래로는 탁 트인 난간 밑으로 나무들이 짙게 우거진 숲이 내려다보였고, 위로는 별들이 쏟아질 듯 실려 있는 뻥 뚫린 밤하늘이 드리워져 있었다. 윤은 넋을 놓고 경치 구경을 했다.

"진짜, 굉장하네요."

윤이 연신 탄성을 내지르는 사이, 지호는 부산스럽게 바비큐 준비를 했다. 이미 주인 부부가 차려놓은 것들이 대부분이긴 했지만, 숙성된 고기를 달궈진 불판에 올려놓는 일은 지호가 직접 해야 했다. 치익 소리와 함께 불판에 연기가 피어오르자, 윤이 화들짝 놀라서 뛰어왔다.

"저도 도울게요."

"됐어. 넌 여기 앉아. 그리고 먹어."

지호가 한 손으로는 집게를 잡고 다른 한 손으로는 윤을 잡아당겨 의자에 앉혔다. 얼떨결에 앉혀지면서, 윤은 제 팔을 잡고 있는 지호의 손을 의식했다. 평소에는 느끼지도 못했던 지호의 미세한 체온이, 오늘따라 적나라하게 느껴졌다. 여자라는 사실을 알고 있다는 것만으로도 이렇게 느낌이 달라지다니. 윤이 꿀꺽, 침을 삼켰다.

지이이잉. 그때, 윤의 뒷주머니에서 휴대폰이 울렸다. 발신자를 확인한 윤의 가슴이 철렁했다. 희욱이었다.

"같이 사는 남자?"

지호가 능숙하게 고기를 뒤집으면서, 약간 날카로워진 목소리로 물었다. 윤이 고개를 끄덕였다. 그러는 사이, 전화는 금방 끊겨버렸다. 대신 메시지 알림이 뜨며 휴대폰 화면이 다시 밝아졌다.

[전화 받아.]

분명 문자를 읽었을 뿐인데도, 희욱의 위협적인 목소리가 생생하게 귓가에서 재생됐다. 윤이 곤란한 듯 휴대폰을 만지작거리고 있자, 지호의 눈매가 조금 더 예리해졌다.

"앉아서 먹으라는 말 취소. 좀 도와. 저기 테이블 끝에 양파랑 마늘도 좀 가져오고."

윤이 결국 휴대폰을 주머니에 집어넣고 지호가 시키는 대로 움직이기 시작했다. 나쁜 짓을 하는 것도 아닌데 병원에서 있던 일이 떠오르면서, 지금 지호와 있다는 사실을 들키지 말아야 할 것 같은 기분이 들었다. 그렇다고 거짓말을 하기도 싫었다. 그냥, 서울에 돌아갈 때까지 전화를 안 받는 게 상책이지 싶었다.

지호가 어느덧 노릇노릇하게 구워진 고기를 윤 앞에 먹기 좋게 잘라 주었다. 하루 종일 심란해하던 윤은, 고기를 보자 언제 그랬냐는 듯 눈을 빛냈다. 자신과 아침밥을 먹을 때도 저런 행복한 얼굴이었지. 그 단순함이 지호의 눈엔 그저 예뻤다.

윤은 어느새 상추 위에 잘 익은 고기를 몇 점 올리고, 그 위에 양파와 마늘, 쌈장과 쌈무, 김치까지 얹으며, 쌈 싸기에 열을 올리고 있었다.

"그런 게 입에 들어가기나 해?"

지호가 입술을 씰룩이며 묻자, 윤이 당차게 고개를 끄덕였다. 그리고 손으로 아슬아슬하게 오므린 상추쌈을 지호 앞으로 쑥 내밀었다.

"직접 확인해 보시면 되겠네요."

지호가 황급히 고개를 뒤로 물렸다. 미각이 예민한 지호에게는, 윤이 닥치는 대로 뭔가를 집어넣어 만든 저 정체불명의 상추쌈이, 자신의 혀에 버섯구름을 일으킬 핵폭탄처럼 보였다.

"안 먹어. 이런 걸 어떻…… 읍."

지호가 말하는 틈을 타, 윤이 재빨리 지호의 입속에 쌈을 욱여넣었다. 입에 넣은 걸 뱉을 수도 없고, 결국 지호는 울며 겨자 먹기로 우적우적 쌈을 씹기 시작했다. 입에 든 쌈 때문에 힘껏 양 볼을 부풀린 지호를 보고, 윤이 킥킥댔다. 지호의 눈썹이 사납게 올라갔지만, 윤은 한참을 더 킥킥거리고 나서야 웃음을 멈추었다.

"맛있죠?"

지호는 아직도 씹느라고 대답을 할 수가 없는 상태였다.

"그게 아무거나 집어넣은 거 같아도, 다 오랜 경험을 통해 쌓은 내공이 들어간 거예요. 이름하여 궁극의 상추쌈!"

꿀꺽, 지호가 겨우 목구멍으로 쌈을 넘겼다.

"맛있죠? 맛있어 죽겠죠?"

윤이 재차 물었다. 지호는 결국 고개를 끄덕였다. 예상했던 핵폭탄이 아니긴 했다. 실은 꽤 맛이 있다는 생각이 들 정도. 그러고 보니 윤이 한 음식은 어떤 거든 간에 제 입에 잘 맞았다. 상추쌈이라고 다를까. 아니, 어쩌면 지금 그녀가 준 거라면 지호에겐 독약이라도 맛이 있을지 몰랐다.

"도대체 지금까지 상추쌈도 안 먹어 보고 어떻게 살았대."

윤이 제 입에도 한 입 가득 쌈을 넣고, 우물우물하며 말했다. 상추 꼬리가 조금 입 밖으로 튀어나와 있었다. 그 모습이 꼭 오물대며 상추 이파리를 씹고 있는 토끼처럼 보였다. 지호가 윤의 코를 살짝 꼬집으며, 가지런하게 웃었다.

"귀여워 죽겠네, 정말."

친한 동생에게 하는 것 같은 행동일 뿐이었는데, 윤은 어쩐지 얼굴이 조금 달아오르는 것 같았다. 정말이지, 저렇게 잘생긴 얼굴을 막 쓴다! 윤이 속으로만 불평을 해댔다.

고기로 든든하게 배를 채운 윤은 옥상의 선베드에 누워서 별을 바라다봤다. 점점이 박힌 별들은 하얗기보다는 푸르렀다. 선선하지만 후더분한 바람이 윤의 이마 위를 살랑이며 지나갔다. 밤공기에 여름이 섞여 있었다. 벌써 시간이 그렇게 됐나, 정신없이 일만 하느라 윤은 계절이 뒤바뀌는 걸 알아차려 본 적이 별로 없었다.

이런 시간, 이런 여유, 이런 경치를 느껴보는 것은 어린 시절 이후 처음이었다. 별이 쏟아지는 숲 속의 옥상에서 벌이는 한밤의 바비큐 파티는, 사람의 마음을 풀어지게 하는 마법 같은 힘이 있었다. 한결 가벼워진 마음으로, 선베드 끝에서 윤이 아이처럼 두 발을 흔들어댔다.

어느덧 지호도 다가와 옆자리에 누웠다. 자신은 운전 때문에 마시지도 못하면서, 지호는 와인을 가져와 윤의 옆에 따라 주었다. 윤이 얼른 도리질을 쳤다.

"와인이라면, 질색이에요."

"왜?"

"마시고 사고 친 적이 있거든요."

강 씨에게 전화를 해 목 놓아 울던 제 모습이 떠올라서, 윤이 저도 모르게 진저리를 쳤다.

"픕. 알 만하다."

지호가 상체를 반쯤 일으키고, 사이드테이블 위에 몸을 기대며 턱을 괬다. 어느새 입술이 길게 번지고, 눈매가 부드러워졌다. 윤을 바라볼 때면, 자신은 늘 이런 표정이었다. 연인이었던 지연을 바라볼 때도 이랬다. 의식할 새도 없이, 자꾸만 미소가 지어졌지. 그걸 처음엔 모르다가 주위 사람들이 하도 팔불출이라며 일깨워 줘서 알아챘었다.

자신을 바라보는 지호의 시선을 의식한 윤도, 천천히 지호를 향해 고개를 돌렸다. 둘은 가만히 서로를 눈에 담았다. 둘 사이에 있는 공기만 유독 느리게 흐르는 것 같았다.

윤은 지호가 좋았다. 다만 짓궂게 장난을 치며 자신의 머리를 흐트러뜨리는, 그때의 지호가 좋았다. 동생처럼 친근하게 대해 주고 스스럼없이 마음을 열어 주는 그때의 지호가, 애정의 대상이 아니라 친우로서 좋았다. 그가 이렇게 무언가를 담은 눈빛으로 간절하게 자신을 바라다보면, 윤은 마음이 내려앉는 것처럼 아프기만 했다. 자신은 대답할 수 없는 눈빛이었다.

지호가 느리게 눈꺼풀을 내렸다 올렸다. 그러곤 나지막이 입을 열었다.

"나는, 안 돼?"

말끝이 그답지 않게 살짝 떨리고 있었다. 이미 대답을 알고 있는 것 같은 질문이었다. 윤이 천천히 고개를 가로저었다.

"미안해요."

지호는 여전히 턱을 괸 채로, 윤에게 둔 시선을 거두지 않았다.

"그 남자가 좋아?"

"……네."

윤의 입에서 별로 망설이지도 않고 대답이 나오자, 지호의 굳어 있던 어깨에서 맥없이 긴장이 빠져나갔다.

"와, 나 지금 차인 거지?"

"……."

"되게 깔끔하게도 차였네."

"형……."

"형은 무슨. 이제 오빠라고 불러 봐, 귀엽게."

"……."

윤이 곤란한 얼굴로 입술을 깨물자, 지호가 손으로 윤의 머리를 헝클어뜨렸다.

"농담이야."

지호의 눈이 활짝 웃었다. 그러나 눈빛은 전혀 웃고 있지 않았다. 윤은 속이 타들어 가는 것만 같았다.

"뒷감당은 어떻게 하려고 그래? 그 남자, 네가 여자인 거 하나도 모르고 들이대던데?"

"……."

"그 성질머리에, 못살게 굴까 봐 걱정된다."

"못되게 굴어도, 그럴 만하죠, 뭐. 제가 정말, 잘못했잖아요."

"……."

"상관없다고 생각했어요. 내 생각만 했어요. 여자로 알려지면 불편한 게 너무 많았거든요. 한번 돌아볼 기회조차 없었어요. 그냥 이렇게 내내 살았어요. 이대로도, 영원히 괜찮을 것만 같았어요. 내 이기적인 거짓말 때문에 다른 사람이 상처받을 수 있다는 걸, 생각조차 못 해 봤어요. 나, 진짜 나빴죠?"

지호는 대답하지 않았다. 윤이 자조하듯 쓰게 웃었다. 어느새 눈끝에 눈물이 어렸다.

"너무 나빴어, 뼛속까지 못됐어요, 나. 흐윽. 이 순간에도 내가 걱정되는 건, 그 사람의 상처받은 마음이 아니라, 그 사람이 나한테서 돌아서 버리는 거예요. 처음 만났을 때 그랬거든요. 너무 차갑고, 무관심했어요. 마음이 떠나가면 뒤도 돌아보지 않을 사람처럼. 흑흑. 어떡해요, 나……."

"지금, 내 앞에서 다른 남자 얘기하면서 우는 거야?"

지호가 느릿하게 손을 뻗어 윤의 뺨에 흐른 눈물을 닦아 냈다.

"이렇게 순진한 얼굴로, 잔인하기도 하지."

"미, 미안해요."

윤이 황급히 눈물을 훔치며 뒤로 물러나는 걸, 지호의 손이 붙잡았다. 단단히 붙들린 윤의 어깨가 파르르 떨렸다.

"그렇게 쉽게 돌아서 버릴 놈이면, 나한테 와."

"……."

"네가 날 남자로 보고 있지 않다는 건 알았어."

"……."

"그래도 멈출 수가 없더라고. 솔직해지고 싶었다."

"……."

"내가 원하는 답이 없는 걸 알았는데도, 그래도 최소한 네 앞에서 솔직해지자 했어. 너도 솔직해져. 그게 가장 우선인 거, 알고 있잖아. 다음 일은, 그 다음에 생각해."

지호가 윤을 잔잔히 들여다봤다. 윤은 역시, 지호가 좋았다. 장난기 가득한 눈빛 속엔, 언제나 아련함이 스며 있었다. 지호에게도, 상처가 있었을지 모른다. 그걸 숨기려고 부러 더 유들거렸던 걸지도 모른다. 그의 솔직한 고백이 고마웠다. 지호 덕분에, 이제 조금 용기가 났다.

윤이 다시 밤하늘로 시선을 돌렸다. 지호도 같은 곳에 시선을 두었다. 공기가 부풀어 오르며, 별 끝에 닿을 것 같았다.

"고마워요."

윤이 눈 끝에 남은 물기를 마저 닦아 내곤, 깊이 숨을 들이마셨다. 모든 게, 조금씩 선명해지고 있었다. 윤은 내일 아침 날이 밝자마자, 강 씨를 찾아가야겠다고 생각했다.

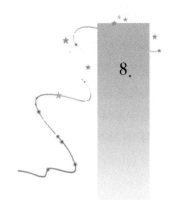

8.

"정윤 친구라고 했으니까, 반말할게. 딱 봐도 나보다 다섯 살은 어려 보이네."

반말을 해도 되냐 묻는 것이 아니었다. 제멋대로 통보한 다음, 이쪽의 반응은 기다리지도 않고 서슴없이 반말을 시작했다. 혜주가 싱긋 웃는 얼굴과는 달리, 싸늘한 음성으로 맞받아쳤다.

"그럼 나도 반말할게. 그쪽이 나보다 다섯 살밖에 안 많아 보이니까."

희욱의 눈썹이 씰룩 올라갔다. 말로는 정윤의 절친한 친구라는데, 성격은 완전히 반대였다. 윤의 친구가 아니었으면 처음부터 상대도 안 했을 것이었다. 희욱은 천천히 숨을 고르며 성질을 죽였다. 어째 정윤 그 녀석을 만난 뒤론 성질 죽일 일만 느는 것 같았다.

"내 번호, 어떻게 알았어? 나한테 연락한 거, 정윤은 알아?"

희욱이 딱딱하게 물었다. 윤에게 확인해 보려고 했으나 녀석은 계속 전화를 받지 않았다. 결국 아무런 단서도 없이 윤의 친구라는 말에만 혹해 나와 버린 자리였다. 그러나 희욱은 뭔가가 계속 찝찝했다. 특히 당차게 자신을 올려다보는 혜주의 눈빛이, 영 마음에 들지 않았다. 꼭, 어디선가 봤던 눈빛 같단 말이지.

"정현철, 누군지 알지?"

혜주의 입에서 불쑥, 전혀 예상치 못했던 이름이 튀어나왔다. 희욱이 얼굴을 굳히며, 눈에 퍼렇게 날을 세웠다.

"네가…… 정현철을 어떻게 알아?"

혜주가 싸하게 웃음을 흘리고는, 도발하듯 답했다.

"내가 정현철 동생이거든."

희욱의 입매가 일자로 굳었다. 눈빛에는 얼음이 얼었다. 어쩐지, 묘하게 누군갈 떠올리게 하는 얼굴이라고 생각했다. 정현철은, 강 씨가 희욱에게 붙여준 개인 변호사 이름이었다. 그리고 희욱은 정현철을 별로 좋아하지 않았다.

정현철과 그의 가족은, 자신의 집안과 인연이 깊었다. 강 씨는 현철과 혜주의 친부인 정준호를 매우 신뢰했고 그의 회사에도 아낌없이 투자를 했다. 강 씨의 투자로 정준호의 회사는 크게 성장했고 불과 몇 년 만에 대한민국에서 손가락 안에 드는 굴지의 기업이 되었다.

그러나 우직한 성격을 가진 정준호는 양심적인 회사 경영을 고집하다가 결국 이리 떼 같은 다른 간부들에게 뒤통수를 맞고 말았다. 그는 굴욕적인 합병을 겪고 경영에서 손을 뗀 뒤, 다시 투자를 하겠다는 강 씨의 제안을 깔끔하게 거부했다. 먹고 먹히는 이곳에서 약자를 짓밟으며 살아남느니 차라리 소박하게 살겠다는 의지를 천명한 것이었다.

정준호는 이후 종종 강 씨를 찾아왔다. 회사 경영에 집착하던 강 씨의 마음을 돌리는 데에 큰 역할을 한 것도 그였고, 강 씨가 강연수를 잃었을 때 가장 가까이에서 그를 위로하고 보필한 것도 그였다. 그 뒤로 둘의 우애는 점점 더 깊어졌고, 정준호의 아들 정현철은 강 씨의 강권으로 희욱의 전담 변호사가 되었다.

희욱은 정현철이 강 씨가 싸고도는 인물인 것, 그리고 제 아버지를 닮아 지나치게 강직한 인물인 것, 두 가지 모두를 마음에 들어 하지 않았다. 그래서 사사건건 그와 부딪치는 일이 많았고, 그건 현재까지도 그랬다. 정현철의 눈매를 쏙 빼닮은 그의 여동생을 건너다보며, 희욱이 돌연 픽 웃었다. 참, 질긴 인연이었다. 정현철의 동생이 윤의 가장 친한 친구일 줄이야.

혜주는 희욱을 똑바로 마주 보며, 또박또박 말을 이었다.

"당신은 나를 모르겠지만, 나는 당신을 알아. 당신이 사고 치고 다닐 때마다, 내 오빠가 뒷정리하느라 얼마나 힘들어했는지도 알고. 당신이 벌인 싸움에 휘말려서 오빠가 병원에 실려 갔을 때, 가장 먼저 달려간 사람이 나였거든. 당신이 어떤 사람들하고 어울렸었는지, 어디까지 망가졌었는지, 누구보다 내가 잘 알지."

하. 희욱이 다시 웃었다. 이번에는 에일 듯 차가운 웃음이었다.

"그래서? 너 같은 쓰레기가 감히 정윤 옆에 알짱거리는 꼴은 못 보겠다, 경고라도 하겠다 이건가?"

그 목소리가 섬뜩할 정도로 가라앉아 있었으나, 혜주는 꿋꿋하게 할 말을 했다.

"맞아. 그러려고 만나자고 했어."

"……."

"윤은 절대 모르겠지, 당신의 바닥을."

"……."

"윤한테서 떨어져. 당신 같은 사람이 넘볼 애가 아니야."

드르륵 의자를 끌며, 희욱이 자리에서 일어섰다. 혜주의 어깨가 작게 움찔거렸다. 큰 키 때문인지 내려다보는 시선이 위협적이었다.

"그런 말을 왜 너한테서 들어야지? 네가 정윤 애인이라도 돼?"

"……."

"까발리고 싶으면 까발려. 그것 때문에 정윤이 도망간다고 해도."

"……."

"붙잡으면 되니까."

희욱이 씹어뱉듯 말하곤 뒤돌아섰다. 꽉 쥔 두 손이 미세하게 떨리고 있었다. 정윤의 친구라는 절대적인 이유가 간신히 희욱이 이성을 붙잡고 있었지만, 그것마저도 아슬아슬한 지경이었다. 희욱은 당장에 눈앞에 있는 테이블을 걷어차 버리고 싶은 걸, 겨우 참아 내며 걸음을 옮겼다.

"아직도 죽은 강연수를 생각해?"

희욱이 우뚝, 멈추어 섰다. 혜주의 입술이 파르르 떨렸다. 이런 말까지 꺼내고 싶진 않았다. 그러나 윤을 위해서라도 여기서 멈출 수는 없었다. 혜주가 애써 담담한 목소리를 가장해, 또렷하게 말을 이었다.

"지금의 당신을 보고, 죽은 강연수가 어떻게 생각할 것 같아?"

희욱이 다시 돌아섰다. 무시무시하게 가라앉은 눈빛과 비릿하게 올라간 입매. 혜주의 팔뚝에 으스스 소름이 돋아났다.

"……이제부터, 생각하고 말하는 게 좋을 거야."

"……"

"안다며. 나 미친놈인 거."

희욱이 느릿하게 다가왔다.

"강연수. 다신 그 입에 함부로 담지 마."

"나도 당신 상처, 후벼 파고 싶은 생각 없어. 그런데 어떻게 보고만 있을 수 있겠어? 정윤은 나한테 가족이나 마찬가지란 말이야. 바닥까지 떨어진 당신 때문에, 아무것도 모르는 윤이 상처받는 걸 나보고 가만히 두고 보란 말이야?"

"닥쳐!"

"꺅!"

희욱이 혜주의 멱살을 거칠게 잡아 올렸다. 카페의 시선이 온통 이쪽으로 쏠렸으나, 희욱의 서슬 퍼런 기세에 누구 하나 말리려 드는 이가 없었다.

"죽고 싶어?"

"이거 놔."

혜주의 눈에 눈물이 그렁하게 차올랐다.

"흐윽……. 이렇게 망가진 당신 모습, 강연수가 좋아할 것 같아? 제발 정신 차려. 똑바로 살라고. 상처는 당신만 가진 줄 알아? 정윤도 마찬가지야. 겉은 씩씩해 보이지만, 상처투성이라고. 그래도 그

애는, 그 애는 열심히 살았어. 한 번도 삶을 포기한 적이 없었다고."

흐느끼느라 들썩이는 혜주의 움직임이, 희욱의 손을 타고 고스란히 전달됐다.

빌어먹을.

희욱이 낮게 욕설을 읊조리며 붙잡은 손을 풀어 주었다. 혜주의 몸이 힘없이 의자로 떨어져 내렸다.

강연수가 자살하던 날 아침, 희욱은 마지막으로 보았던 제 형의 얼굴을 잊을 수가 없었다.

'지금의 당신을 보고 죽은 강연수가 어떻게 생각할 것 같아?'

혜주의 말이 예리한 비수가 되어 희욱의 가슴을 저며 냈다. 피가 뚝뚝, 흘렀다. 끝도 없이 떨어지는 것 같은 절망감, 허무함, 무력함, 해묵은 감정들이 진득한 피가 되어 흘러내렸다. 희욱의 가슴속에서 애써 막아 두었던 검은 늪이 다시금 휘몰아쳤다.

제기랄, 제기랄, 제기랄. 숨이 잘 쉬어지지 않았다. 이 상황에서도, 정윤이 보고 싶어서 미칠 것 같았다.

"제기랄!"

쾅! 희욱의 발에 차인 의자가 구석에 처박히며 두 동강 났다. 그 폭력적인 모습을, 혜주는 비명조차 지르지 못하고 아연하게 바라봐야 했다. 강연수가 자살하던 날 아침, 희욱은 마지막으로 보았던 제 형의 얼굴을 잊을 수가 없었다.

희욱은 그와 함께 아침을 먹기 위해 본사를 찾았다가, 정문 앞에서 피켓을 들고 있는 한 여자를 보았다. 기사에서 종종 본 얼굴이라 보자마자 알아볼 수 있었다. 한진의 반도체 공장에서 일했다는 이십 대 중반의 여자. 여자는 급성 백혈병에 걸려 치료를 받고 있었고 머리카락이 하나도 없는 모습이었다.

여자가 쓴 피켓에는 '한진은 산재를 인정하라, 생명의 대가를 치러라'라고 쓰여 있었다. 희욱은 요즘 저 여자 때문에 회사가 언론의 뭇매를 맞는다는 걸 알고 있었다. 그러나 자신과는 상관없는 일이었다. 알아서 잘 처리하겠지, 정도로만 생각했다.

시선을 돌리자 마침 강연수가 건물 밖으로 나오고 있는 게 보였다. 그러나 더 빨리 그를 알아본 건, 제 옆에 있던 여자였다. 여자는 피켓을 팽개쳐둔 채 강연수를 향해 달려갔다. 강연수가 멈춰 섰다. 그의 뒤에 따라붙던 경호원들이 자연스럽게 여자를 앞에 두고 벽을 쳤다.

"당신들이 인간이야? 그러고도 인간이냐고! 나랑 서명에 참여한 직원들, 다 해고했다며? 어떻게 그 사람들을 건드려? 십 년을 넘게 한진을 위해 몸 바쳐 일한 그 사람들을, 어떻게 그렇게 떠나보내? 내가 돈 보고 이 짓을 한다고? 나 곧 죽어, 곧 죽는데. 6개월도 더 못 사는 내가, 겨우 돈 보고 이런 짓을 할 거 같아?"

여자는 악에 받쳐 소리를 질렀다.

강연수의 얼굴이 하얗게 질려 있었다. 희욱이 근처에 주차했던 차를 끌고 와 연수를 태우고 식당으로 데려갔다.

희욱은 자초지종을 물었다. 그는 회사 일에 관심을 가진 적이 없었기에, 기사를 보고도 무슨 일이 일어났는지 자세히 몰랐다. 연수는 반도체 공장에서 일하던 노동자 중 몇몇이 작업 과정에서 발생한 화학 물질에 의해 백혈병에 걸렸는데, 그걸 산업재해로 인정받고 제대로 보상받기를 원한다고 했다. 그리고 회사 경영진의 사과도 요구하고 있다고.

희욱은 어깨를 으쓱하며 말했다. 그래서? 인정하고 보상해 주면 되는 거 아니야? 연수는 힘없이 웃으며 대답했다. 나도 그러고 싶다. 그러나 그가 원한다고 해서 할 수 있는 일이 아니었다. 내부 임원 회의에서 내린 결론은, 공장의 노동자들이 돈을 노리고 언론을 호도한다는 정정 보도를 내자는 거였다. 이전에 올라간 기사들을 내리는 건 회사 차원에서 일도 아니었다. 노동자 편을 든 직원들은 모두 해고되었다고 했다.

강연수는 회사로 돌아가기 직전, 희욱을 보고는 하얗게 웃었다. 넌, 네가 하고 싶은 일을 하면서 살아. 그렇게 말했었다. 그리고 그게 마지막이었다. 몇 시간 뒤, 강연수는 몇몇 언론사에 진실을 알리는 편지를 쓰고는, 스스로 생을 마감했다.

그의 죽음을 조사하던 경찰은 그와 마지막으로 대면했던 사람이 자신이라고 했다. 그러니까 그날 그의 얼굴에서 절망이라는 이름의 포기를 읽었던 사람도 자신뿐이었을 것이다. 그러니까 그 비극을 막아야 했던 사람도, 자신이어야 했다.

'정말, 회사에는 조금의 관심도 없는 거야?'

강연수가 그렇게 물었을 때, 자신은 알아차렸어야 했다. 그가 얼마나 힘들어하고 있었는지. 약자를 태연하게 짓밟아야 살아남는 그곳에서, 타인을 아끼던 그가 얼마나 고통스러워했을지.

어쩌면 모르는 척했던 것도 같다. 자신과는 상관없는 일이라고, 늘 그렇게, 강연수가 있으니까, 강연수가 있다는 그 이유만으로, 책임에서 비켜나 있었다. 한 발짝 떨어져 있었다.

그러니까 강연수의 죽음은, 자신의 책임이나 다름없다고, 희욱은 그렇게 생각했다.

"그만 마셔라, 이제."

민재가 희욱의 손에 들려 있던 술잔을 낚아챘다. 희욱은 아랑곳하지 않고, 이번엔 병째 붙잡아 술을 들이켰다. 민재가 질렸다는 듯 혀를 찼다. 옆에서 바라보던 상훈도 깊게 한숨을 내쉬었다. 희욱이 이렇게 술을 마셔대는 건 정말 오랜만이었다. 어쩐지 폭풍전야 같은 느낌이었다.

"이상훈."

희욱이 반쯤 잠긴 목소리로 상훈의 이름을 불렀다.

"너 의사잖아."

희욱의 손가락이 풀어 헤쳐진 자신의 셔츠 중앙을 가리켰다.

"여기가 이상해. 나 좀 고쳐 봐."

하? 상훈이 미친놈 보듯 희욱을 훑어 내리곤 절레절레 고개를 흔들었다. 머저리 같은 친구 놈 때문에 두통이 생길 것만 같았다.

"새삼스럽긴. 넌 원래 정상인 적이 없었어."

'그러네'라고 읊조리며 희욱이 픽 웃음을 흘렸다. 상훈이 희욱의 손에서 술병을 빼앗아 제 잔을 채웠다.

"돌 거면 곱게 돌든가. 하여튼, 여러 사람 피곤……."

쿵. 상훈이 말을 하는 중간에, 희욱이 픽 테이블로 고꾸라져 버렸다.

"이런, 씨! 징글징글한 놈!"

상훈이 희욱을 일으켜 놓으면서 이를 악물었다. 옆에서 민재가 걱정스럽게 말했다.

"이 새끼, 좀 위험해 보이지 않냐, 지금?"

"……."

"무섭다. '그때'로 돌아갈까 봐."

상훈은 대답하지 않았다.

강연수가 죽고 난 뒤, 희욱을 가장 가까이에서 지켜본 이가 상훈이었다. 희욱은 별 미친 짓을 다하고 다니다가 마지막엔 자신을 찾아왔다. 희욱이 의사 이상훈이 아니라, 친구 이상훈을 찾아온 것이란 걸, 상훈은 잘 알고 있었다. 겉으로 무심한 척하긴 해도 희욱이 그나마 믿고 의지하는 사람이 자신이란 것까지도.

상훈 역시, 희욱을 아꼈다. 미우나 고우나 희욱은 이십 년을 함께 지낸 친구였다. 희욱은 매사에 무관심하긴 했어도, 일단 마음을 준 사람에게는 끝까지 의리를 지키는 타입이었다. 상훈과 민재, 희욱은 보이지 않는 끈끈함 같은 것을 공유하고 있었고 알게 모르게 서로를 챙기곤 했다.

그러나 희욱의 상처는 아물어진 게 아니었다. 덮어버렸을 뿐이었다. 언제라도 터질 준비가 되어 있는 폭탄처럼, 그 자리에 그대로 있었다. 그리고 한동안은 고요했던 그 심연을, 누군가가 확실하게 건드리고 있었다.

정윤이라고 했나. 상훈의 머릿속에 하얗게 질린 얼굴로 울음을 터트리던 윤의 얼굴이 떠올랐다. 녀석 때문에 망설임도 없이 자신의 얼굴에 주먹을 내리꽂던 희욱의 모습도 함께. 상훈은 윤의 존재가 희욱에게 어떤 영향을 끼칠지 비로소 의식하기 시작했다.

녀석이 희욱이 안고 있는 폭탄의 전선을 끊어 버릴지, 아니면 오히려 터트려 버릴지 종잡을 수 없어서 불안했다.

희욱 스스로 답을 찾길 바랐는데…….

어쩌면 자신이 조금, 나서야 할지도 모른다는 생각이 들었다.

"얘 좀 등에 실어 줘라, 민재야."

"집에 데려다주게? 현관 비밀번호는 아냐?"

"우선 우리 집에 데려다 놓지, 뭐."

민재가 늘어져 있는 희욱의 몸을 부축해 상훈의 등에 업혔다.

희욱이 외박을 했다. 같이 산 이래로 처음 있는 외박이었다. 지호와 함께 밤늦게 서울로 올라온 윤은, 계속 희욱을 기다렸다. 희욱이 건 전화를 계속 받지 않았기에, 얼굴이라도 보고 잠들 생각이었다. 그러나 결국 어젯밤 희욱은 나타나지 않았고, 이제 전화기마저 꺼져 있었다. 윤은 점점 걱정이 되기 시작했다.

소파에 우울한 얼굴로 앉아있던 윤이, 천천히 몸을 일으켜 현관으로 향했다. 희욱에게 연락이 닿지 않는 건 불안했지만 그런다고 강 씨를 찾아가는 일을 미룰 수도 없었다. 어쩌면 희욱은 본가에 가 있을지도 몰랐다. 거기까지 생각이 닿은 윤이, 급히 신발을 신고 문을 열었다.

지이이이잉.

그때, 뒷주머니에서 진동이 울렸다. 희욱인가 싶어서 급히 발신자를 확인했지만, 모르는 번호였다. 윤이 고개를 갸웃하며 통화 버튼을 눌렀다.

"여보세요?"

-윤이 학생.

익숙하긴 했지만 누군지 알 수 없는 중년 여성의 목소리였다. 윤이 누구냐고 물을 새도 없이, 수화기 안에서 다급한 목소리가 먼저 말을 이었다.

-나 희욱이 엄마예요.

"아, 안녕하세요. 아주머니."

전혀 예상치 못한 인물이었다. 윤이 놀란 목소리로 인사부터 했다.

-희욱이랑 같이 있어요? 전화기도 꺼져 있고, 도대체가 연락이 안 돼요.

김 여사의 목소리가 잔뜩 흐트러져 있었다. 늘 생기발랄한 그녀답지 않았다. 윤은 어쩐지 예감이 안 좋았다.

"아뇨. 저 지금 오피스텔인데, 아저씨 어제 안 들어오셨……."

-흐윽……. 윤이 학생.

김 여사가 갑자기 울음을 터트렸다. 윤의 심장 박동이 빨라지기 시작했다. 불길한 예감이 더욱 짙어졌다.

"아주머니. 무슨 일 있으세요?"

-흐윽, 희욱이 녀석까지 없으니까, 정말 어떻게 해야 할지 모르겠어. 나, 너무 놀라서, 흐윽, 흑…….

"무슨 일이신데요? 괜찮으세요?"

-아버님이, 흐윽……. 아버님이 쓰러지셨어.

툭, 윤이 들고 있던 크로스백을 바닥으로 떨어트렸다. 윤의 심장도 바닥으로 떨어져 버렸다. 윤은 자신이 잘못 들었길 바라면서 떨리는 호흡을 섞어 되물었다.

"할아버지가…… 쓰러지셨다고요?"

-흐윽. 방금 수술실 들어가셨는데, 흐윽…… 희욱이, 희욱이가…….

"아주머니. 제가 지금 그리로 갈게요. 어디세요?"

김 여사는 혼비백산한 상태로 횡설수설 병원의 위치를 읊어 주었다. 윤은 백지장처럼 하얘진 얼굴로 현관을 튀어나갔다.

육중한 철문 앞에는 '수술 중'이라고 쓰인 불이 빨갛게 켜져 있었다. 윤이 그 앞 벤치에 앉아, 잘근잘근 제 입술을 씹어댔다. 두 손이 떨리고, 눈앞이 뿌옇게 흐려졌다.

'급성 심근경색입니다.'

김 여사가 거의 정신을 놓고 있었기에, 의사는 윤에게 상황 설명을 해 주었다.

'심장 동맥의 세 군데가 모두 막혀 있는 상태입니다. 한 군데는 진행이 너무 된 상태라 건드릴 수도 없고, 나머지 두 군데에만 스텐트 시술을 해 보려 합니다. 평소에 당뇨와 고혈압이 있어서 지혈이 잘 안 되는 편이라, 수술 후 경과를 지켜보셔야 합니다.'

의사는 담담한 어조로, 최선을 다해 보겠으나, 결과를 장담할 수 없다고 말했다. 김 여사는 결국 그 자리에서 혼절해 버렸다. 그녀는 병원에서 간단한 처치를 받은 뒤 비서실장과 도우미 아주머니의 도움으로 집으로 옮겨졌다. 희욱의 전화기는 여전히 꺼져 있는 상태였다.

투둑. 툭. 고개 숙인 윤의 다리 위로, 눈물이 떨어져 내렸다. 자신을 향해 환하게 웃던 강 씨의 얼굴이 머릿속에 퍼져 나가다가, 빙글빙글 돌면서 녹아내렸다. 윤은 점점 목이 메었다. 숨쉬기가 힘들었다.

윤의 친할머니는 돌아가시기 직전까지도 건강한 편에 속했다. 그러나 어느 날 갑자기 쓰러진 뒤 뇌경색 판단을 받았고, 미처 손을 써보기도 전에 눈을 감으셨다. 자신의 할머니를 그렇게 허무하게 잃어버렸는데, 강 씨마저 잃어버릴 순 없었다. 강 씨는 제게 새로운 가족이나 다름없는 존재였다.

할아버지, 제발 죽지 마세요, 제발요…….

자꾸만 떨어지는 눈물방울에, 윤의 다리 위로 얼룩이 번져 나갔다.

"정윤!"

윤의 머리 위로 익숙한 목소리가 들렸다. 윤이 고개를 번쩍 들었다.

"아저씨!"

희욱이 달려왔다. 윤 앞에 멈춰 선 그가 가슴을 들썩이며 숨을 몰아쉬었다. 얼마나 급하게 온 건지, 옷매무새가 온통 엉망이었다.

"왜! 왜 이렇게 늦었어요!"

윤이 원망 어린 목소리로 희욱을 타박하며 울었다. 희욱이 윤의 무릎 앞에 무너지듯 주저앉았다.

"미안, 미안하다……."

눈에 핏발이 가득하고, 목소리는 거의 쉬어 있었다. 윤이 뭐라 더 하지도 못하고 입을 다물었다. 대신 하염없이 눈물만 흘렸다.

"더 빨리 왔어야 했는데……."

희욱이 윤을 자신의 품 안에 집어넣었다. 윤이 잠시 부르르 어깨를 떨다가, 결국 희욱의 가슴에 얼굴을 묻어 버렸다. 윤이 흐느끼는 소리가 희욱의 가슴에 닿아 메아리쳤다.

"무서워요, 아저씨. 흐윽. 할아버지 잘못되면 어떡해요, 어떡해요, 흑흑……."

희욱이 윤을 가둔 팔에 더욱 힘을 주었다.

"저 노친네가 얼마나 독한데. 안 죽으니까, 걱정 마."

그렇게 말하면서도, 희욱의 목소리 역시 조금 떨리고 있었다. 윤이 결국 엉엉 소리를 냈다. 들썩이는 윤의 작은 어깨를 내려다보며, 희욱이 꽉 이를 사리물었다.

강 씨가 쓰러졌다는 메시지를 보자마자, 머릿속 모든 생각이 일시에 점멸했다. 깊은 곳에서 폭풍이 몰아쳤다. 그때부터 정신없이 병원으로 내달렸다. 운전하는 내내 손이 덜덜 떨리고 제 이빨에 깨물린 입술이 터져 나갔지만, 희욱은 의식조차 못 했다.

희욱은, 자신이 생각보다 더 강 씨에게 의지하고 있었다는 걸 깨달았다. 강연수가 죽고 강 씨도 자신만큼이나 상처받았다는 걸 안다. 아무리 퉁퉁거리며 반항을 일삼았어도, 같은 상처를 공유한 강 씨가 있어서 그나마 지금까지 버틸 수 있었다는 걸, 어쩌면 마음속 깊은 곳에서는 알고 있었던 것도 같다.

"아저씨, 숨 막혀요……."

윤이 품 속에서 꿈틀거렸지만, 희욱은 놓아주고 싶은 마음이 없었다. 대신 팔을 조금 풀어서 공간을 넓혀 주었다. 윤의 따뜻한 날숨이 젖은 셔츠 위로 고스란히 느껴졌다.

"오는 내내, 미쳐 버릴 것 같았어."

"아저씨……."

"그런데, 널 보니까, 널 보자마자, 어찌나 안심이 되던지."

"……."

"네가 여기 있다고 뭔가 달라지는 것도 아닌데, 널 보는 것만으로도 정신이 돌아왔어."

"……."

"날 미치게 했다가."

"……."

"날 제정신으로 되돌려 놨다가."

"……."

"날 들었다 놨다 하는 기분이 어때? 정윤."

"아저씨, 무슨 소릴 하는지 모르겠…… 읍!"

희욱이 윤을 다시 바짝 끌어당기자 윤의 코와 입이 그의 가슴팍에 파묻혔다. 윤은 더 말을 이을 수 없었다.

"먼저 와 줘서 고마워. 여기 있어 줘서…… 고마워."

희욱의 입에서 절대 나올 수 없을 것 같은 말들이 쏟아져서, 윤은 잠시 숨을 골랐다. 심장 뛰는 소리가 커졌다.

"네가 있는 곳이면, 그게 바닥이든 지상이든 이제 상관없을 것 같다."

희욱의 목소리가 자꾸 갈라졌다. 윤의 머리 위로 쏟아져 내리는 호흡이 뜨거웠다. 희욱의 익숙한 향기가 윤의 머릿속을 조금씩 잠식해 갔다.

불안으로 점철되어 있던 마음이, 조금씩 녹아내리는 것 같았다. 희욱이 그녀에게 의지하듯, 윤도 희욱 때문에 조금, 이 시간이 견딜 수 있는 것처럼 느껴졌다.

"희욱아."

꿈을 꾼다고 생각했다. 얕게 잠들었다가 깨어나기를 반복하면서, 몇 번 꿈을 꿨다. 그리고 그때마다 강 씨가 나왔다. 그래서 희욱은 방금 들린 강 씨의 목소리도 꿈일 거라고 생각했다.

"강희욱."

그러나, 현실감이 너무 짙었다. 희욱이 화들짝 놀라서 몸을 일으켰다.

"할아버지!"

희욱이 흐트러진 머리를 쓸어 올리며, 두 눈을 크게 치켜떴다. 꿈이 아니었다. 침대 위에서 반쯤 몸을 일으킨 강 씨가, 자신을 또렷하게 쳐다보고 있었다.

"할아버지……."

강 씨가 깨어난 것이었다.

"도대체……."

희욱이 뭐라 말을 이으려는데, 강 씨가 제 입에 검지 하나를 척 얹어 보였다. 목소리를 낮추라는 뜻이었다. 강 씨가 눈빛으로 가리킨 곳을 쫓아가 보니, 간이침대 위에서 몸을 웅크리고 잠들어 있는 윤의 모습이 보였다. 자신이 벗어 준 재킷이 윤의 상체 위에 그대로 얹혀져 있었다.

"시간이 얼마나 지났누?"

강 씨가 조용한 목소리로 물어 왔다. 희욱은 저 자신도 알 수가 없어서 미간을 좁혔다. 벽에 걸린 시계를 한 번 쳐다보니 대충 가늠이 되긴 했다.

"수술실에서 나오고 하루 정도 지났습니다."

"내내 여기서 이러고 있었던 게야?"

"……네."

"윤이 녀석이라도 집에 보내지 그랬누."

좁은 간이침대 위에서 새우잠을 자고 있는 윤의 모습이 안쓰러워, 강 씨가 혀를 끌끌 찼다.

"절대 안 가겠다고 고집을 피워서요."

"……."

"녀석이 걱정을 많이 했습니다. 어머니가 쓰러져서, 수술 내내 녀석이 대신 자리를 지켰고요.”

“쯧. 늙으면 어서 죽어야지. 괜히 여러 사람 고생하게 만들었구만.”

“그런 말씀 마십시오. 깨어나셔서 다행입니다.”

희욱이 두 손으로 마른세수를 하며 깊이 숨을 내쉬었다. 하루 내내 긴장에 절어 있던 몸이, 깨어난 강 씨를 보자 조금 안정을 되찾는 것 같았다.

“희욱아.”

강 씨가 담담하게 제 손자의 이름을 불렀다. 어딘가 애틋함이 서려 있는 부름이었다. 희욱이 강 씨에게 눈을 맞췄다. 강 씨도 희욱을 눈에 담았다.

“죽는 건 겁이 나지 않는데, 널 혼자 두고 가는 건 무섭더구나.”

“…….”

“내가 가고 나면, 연수도 곁에 없는데, 네가 완전히 혼자가 될 것 아니냐.”

“…….”

“이 세상에 널 뚝 떨어뜨려 놓고 눈감기가 못내 걱정이 됐다. 수술실에 들어가기 직전 잠시 의식이 돌아왔는데, 다른 건 다 제쳐두고 오직 그 생각만 들었어.”

“…….”

“그러다가, 정윤, 저 녀석의 얼굴이 떠올랐지.”

강 씨의 눈이 윤에게로 향했다. 윤을 담은 강 씨의 눈 속에 천천히 따뜻함이 번졌다.

“너에게 동생이 생겼으면 했다. 구김살 없이 너에게 마음을 줄 수 있는, 그런 동생."

강 씨가 다시 희욱에게로 시선을 돌렸다. 강 씨의 눈빛이 확고하게 빛나고 있었다.

"녀석을 만나고 나서, 네가 많이 변한 게 보인단다. 넌 아마 모르겠지만, 더 많이 웃고, 따뜻해졌어."

"……."

"녀석 때문에, 조금 안심이 된다. 네 곁에, 녀석이 있는 게 안심이 돼……."

강 씨의 목소리가 잔잔했다.

"안심하지 마십쇼. 전 아직……."

"……."

"할아버지가 필요합니다."

꽉 쥔 손에 힘을 주며, 희욱이 강 씨를 곧게 마주 봤다. 강 씨의 눈가가 미세하게 떨렸다. 제 손자가 저런 말을 다 할 줄 알았던가. 저도 모르게 입매가 올라가려는 걸 꾹 참아낸 강 씨가, 부러 심술을 피우며 물었다.

"약속한 돈은 착착 모으고 있는 게냐?"

지금, 그런 게 중요한가? 희욱이 시위하듯 표정을 구겼다.

"돈이 문제가 아니었잖습니까, 처음부터."

강 씨의 눈이 가늘어졌다. 희욱의 말이 맞았다. 처음부터, 돈이 문제는 아니었다. 중요한 건 제 손자가 어떻게 달라지느냐였다.

희욱은 지금 강 씨가 무슨 생각을 하는지 알 것 같았다. 자신이 윤에게서 보지 못했던 것을, 강 씨가 먼저 보았다는 사실을, 이제 인정할 수밖에 없었다.

"약속한 기한이 지나면, 일을 시작할 겁니다."

강 씨가 퍼뜩 놀라서 얼굴을 굳혔다.

"진심이냐?"

"한진에서 일하진 않을 겁니다. 이유는, 할아버지가 더 잘 아시겠죠."

"……."

"밑바닥에서부터, 제가 할 수 있는 일을 하겠습니다."

"……."

"지금처럼 한심하게 살지는 않겠습니다."

자신을 올려다보는 희욱의 얼굴이 단단해 보였다. 강 씨가 그제야 빙그레 웃었다. 생각보다 빨리 정답을 찾아 버린 제 손자 녀석 덕분에, 강 씨의 마음이 흐뭇하게 차올랐다.

"아악! 헉, 헉, 헉."

윤이 비명을 지르며 벌떡 일어났다. 악몽을 꿨다. 꿈에 죽은 어머니가 나왔다. 떠나는 어머니를 붙잡으려고 했다. 그런데, 목소리가 나오지 않았다. 목을 더듬어 보니, 피가 흘러내리고 있었다. 손바닥에 묻은 홍건한 피를 보고 소리를 지르는 바람에, 꿈에서 깨어났다.

풀썩. 바닥으로 정장 재킷이 떨어져 내렸다. 들어 올려 보니 희욱이 어제 입고 있었던 것이다. 자신이 잠든 동안, 그가 덮어두고 간 모양이었다.

"아악!"

희욱을 찾기 위해 두리번거리던 윤이, 꿈에서 깰 때보다 더 크게 비명을 지르며 침대에서 몸을 일으켰다.

"할아버지!"

"귀청 떨어지겠다, 이 녀석아."

깨어난 강 씨를 발견한 탓이었다.

"할아버지이이!"

윤이 강 씨에게 달려갔다.

"할아버지……. 흐엉, 흐엉엉."

윤은 곧바로 소리 내어 울었다. 강 씨가 털털하게 웃음을 터뜨렸다. 다리에 긴장이 풀린 윤이 침대 난간을 붙잡고 바닥으로 주저앉았다. 안도감이 밀려들며 온몸에 힘이 쭉 빠져 버렸다.

"깨어나셔서, 정말, 정말 다행이에요."

윤이 코를 훌쩍거리며 겨우겨우 말을 이었다. 강 씨가 그 모습을 부드럽게 바라보다, 천천히 입을 열었다.

"네가, 고생이 많았다."

"고생은요. 아저씨도 여기 계속 있었는데, 잠깐 어디 간 건지……."

"내가 집으로 보냈다. 몰골이 귀신 같아서 보고 있을 수가 있어야지."

"어? 그럼 아저씨도 할아버지 깨어나신 거 알겠네요?"

"너보다 먼저 알았단다."

"다행이에요. 아저씨가 얼마나 걱정을……."

"윤아."

"예?"

강 씨가 차분한 목소리로 윤의 말을 잘랐다. 목소리에 힘이 실려 있어서, 윤이 저도 모르게 조금 긴장하며 강 씨를 쳐다보았다.

어디가 더 아프다는 걸까 봐, 걱정이 됐다.

"오피스텔에 들어가기 전부터……."

"……."

"네가 여자라는 건 알았다."

윤은 잠시 자신이 잘못 들은 건가 싶었다. 강 씨의 말투가 너무나 침착해서였다.

"여자라도 상관없다는 생각이었지."

강 씨가 친히 확인사살을 해 주자, 그제야 윤은 정신이 번쩍 들었다.

"할아버지……."

윤의 얼굴이 하얗게 질렸다. 눈가가 바르르 떨리며 경련을 일으켰다. 그러나 윤을 들여다보는 강 씨의 눈빛엔 흔들림이 없었다.

"그 정도 신상 조사도 안 해 보고, 널 그 집에 들였을 거라 생각했던 게냐?"

윤은 대답하지 않았다. 아니, 대답할 수 없었다. 떨리지도 않았다. 여전히, 믿기지가 않았다.

"네가 동생 뒷바라지에, 여러모로 힘들었다는 것도 알았단다."

"……."

"스스로를 포기하고서라도, 소중한 사람을 지키려는 모습이 예뻐 보였지."

"……."

"그래서 너였단다."

"……."

"여자인 걸 알고서도, 네가 욕심이 났어."

윤은 누군가에게 망치로 머리를 두드려 맞은 기분이었다. 그러나 강 씨는 예의 그 차분한 모습으로 가만히 윤을 응시했다.

"남녀가 한집에 살면, 정분이 드는 법인데, 어떠냐?"

"할아버지!"

강 씨의 고백에 충격이 채 가시지도 않았는데, 계속해서 엄청난 말들이 퍼부어지고 있었다. 윤은 부정하듯 소리를 지르면서도, 흘러나오는 감정을 수습하지 못하고 얼굴을 붉혔다. 귀까지 익어버린 윤을 보고, 강 씨는 듣지 않고도 상황 파악을 해 버렸다.

"희욱이 녀석은, 네가 여자인 걸 알아챈 게냐?"

윤이 재빨리 고개를 가로저었다. 강 씨가 고개를 살짝 갸웃했다. 잠든 윤을 바라보는 희욱의 시선이 애틋하기 그지없어서, 몰래 알고 있는 줄로만 알았다.

"할아버지, 왜 그럼 저를 남자인 채로 그 집에 들여보내셨어요?"

"네가 여자인 걸 알면, 희욱이 녀석이 널 받아들였겠누?"

"하지만……."

"왜, 욕이라도 해 주고 싶은 게냐? 자기 손자 생각만 하는 노인네라고?"

"……."

"내 손자 놈 버르장머리 좀 바꿔 놓겠다고, 내가 너한테 너무 큰 짐을 지웠구나."

"할아버지……."

"희욱이 녀석한텐 아무 말 말거라."

"……."

"퇴원하고 나면, 둘을 함께 집으로 부르마. 그때, 모든 걸 되돌려 놓도록 하자꾸나. 내가 벌인 일이니, 내가 마무리 짓도록 해 주렴."

강 씨의 주름지고 꺼칠한 손바닥이 윤의 손등을 덮었다. 어루만지는 손길이 따뜻해서, 윤은 자꾸만 눈물이 날 것 같았다. 윤이 눈물을 참느라 입술을 지그시 눌러 물었다. 이제 다른 건 무섭지 않았다. 강 씨가 무사히 깨어났으니, 그것으로 되었다.

꿈속에서 몇 번이나 같은 모습으로 멀어지던 자신의 어미는, 결국 한 번도 자신을 돌아봐 주지 않았다. 그게 늘 마음속 한구석을 쓸쓸하고 아프게 했다. 그러나 윤은 이제 정말이지 괜찮을 것 같다는 생각이 들었다. 붙잡은 강 씨의 손은, 제 어미처럼 쉽게 자신을 놓아 버릴 것 같지 않았기 때문이었다. 윤이 결국 점점이 눈물을 떨어트렸다. 강 씨가 찬찬히 윤의 눈물을 닦아 주었다.

윤은 식당 일을 잠시 쉬기로 했다. 대신 대부분의 시간을 병원에서 보내며 강 씨를 보살폈다. 민이를 돌봐 주는 익명의 후원자가 생겼다고 했다. 그래서 몇 년 만에 일을 하지 않고도, 여유를 가질 정도가 됐다. 윤은 처음에 그 후원자가 강 씨라고 생각했지만, 강 씨는 자신이 아니라며 딱 잘라 부정했다. 강 씨가 아니라면 도대체 누굴까? 고민해 보았지만, 딱히 그려지는 인물은 없었다.

강 씨는 며칠간의 회복기를 거친 뒤 퇴원을 했다. 조금 더 입원이 필요했지만, 강 씨가 집에서 요양을 하겠다고 한사코 고집 부리는 걸, 누구도 말리지 못했다.

"아저씨, 우리 놀러 가요."

퇴원한 강 씨를 데려다주고 나오는 길이었다. 윤이 차창 밖에 두었던 시선을 희욱에게로 돌리며 말했다. 희욱의 눈이 커졌다.

"뭐?"

"계속 병원에만 있었더니, 오래간만에 바람이 쐬고 싶어서요."

안전띠를 쥐고 있는 윤의 손가락이 꼼지락거렸다. 제 딴에선 처음으로 조금 마음을 표현한 것인데, 희욱이 어떻게 반응할지 긴장이 됐다.

"……어디 가고 싶은데?"

희욱은 계속 앞만 응시하고 있어서, 윤은 그의 표정을 볼 수가 없었다.

"음. 바다요."

윤이 별로 고민하지 않고 대답했다. 어느새 계절이 바뀌어 여름이었다. 시원한 바다가 보고 싶었다.

"아! 안 되겠다. 할아버지가 서운해하실 것 같아요."

그런데 윤이 돌연 제가 했던 말을 주워 담았다. 강 씨가 걱정이 되었던 탓이었다. 아직 아픈 강 씨를 두고 마음 편히 놀러 나간다는 게 찜찜했다.

"할아버지 다 나으시면, 같이 모시고 가요."

하. 희욱이 기가 막힌 얼굴을 했다. 강 씨가 씻은 듯 나아도, 희욱은 강 씨와 함께 바다를 보러 갈 생각은 손톱만큼도 없었다.

"가끔 보면, 일부러 그러는 것 같아."

"네?"

무슨 소리냐는 듯 윤이 돌아봤다. 그 순진한 눈망울에, 희욱은 짧은 한숨을 지었다. 조금쯤 진전이 있는 건 아닐지 기대한 자신이 우스웠다. 놀러 가자는 한마디에 주책없이 심장이나 뛰고 말이다.

미치지 279
않고서는

"너한테 마구 휘둘리는 것 같다고, 내가 지금."

윤은 희욱이 정말 이상한 소릴 한다고 생각했다. 휘두르다니, 도대체 누가 저 강희욱을 휘두를 수 있단 말인가.

윤은 흘러내린 앞머리를 쓸어 올리는 희욱의 옆모습을 가만히 눈에 담았다. 앞머리가 길면서 요즘 자꾸 이마로 흘러내린다. 그걸 무심하게 쓸어 올리는 모습이 멋있었다. 사실은, 아무거나 해도 멋있어서 문제였다. 휘둘린다고? 휘둘리는 사람이 누군데.

혼자서 무슨 생각을 하는지, 윤이 제 옆모습만 보면서 입을 다물고 있자, 희욱의 입가가 길게 올라갔다. 처음 만난 날에도, 저렇게 얼빠진 얼굴로 자신을 쳐다봤었지. 무슨 생각을 하면, 행동은 저절로 멈춰지는 듯했다. 인간은 본래 생각과 행동을 동시에 하는 법인데, 쯧.

신호에 걸린 차가 잠시 멈추자 희욱이 기다렸다는 듯이 윤의 이마를 손가락으로 꾹 눌렀다. 자신을 어린아이 다루듯 하는 손길에 윤은 신경질을 부렸다.

"뭐예요!"

"지금 갈 거야. 바다로."

"나중에 할아버지랑 같이 가자니까요?"

"왜 자꾸 얘기가 거기로 튀어? 그때 가는 건 그때 가는 거고. 지금은 둘이 가는 거잖아."

"……."

"눈치 없긴."

"……."

"하루쯤은 놀아도 돼. 그럴 자격 있어."

윤이 뭐라 더 말하려다 입을 닫았다. 희욱이 입원 내내 강 씨의 곁을 지킨 건, 제가 생각해도 놀랄 만한 일이긴 했다. 희욱이 그럴 자격이 있다고 한 건 일까지 쉬면서 극진히 강 씨를 보살펴 온 윤을 말하는 것이었지만, 윤은 안 하던 기특한 일을 한 것에 대해 희욱이 스스로에게 자격이 있다고 말하는 거라 생각했다.

그리고 윤은 희욱이 옳다고 생각했다. 희욱은, 정말로 그럴 자격이 있었다. 윤이 더 이상 토 달지 않자, 희욱은 거침없이 고속도로 쪽으로 운전대를 틀었다.

서울에서 가까운 곳으로 온 모양이었다. 얼마 달리지 않아 희욱의 차가 멈춘 곳에서, 바다가 보였다. 윤이 조수석에서 내리자마자 깡충깡충 뛰어서 모래사장과 이어진 계단으로 내려갔다. 그 모습을 뒤에서 바라보던 희욱이 한마디 해 주려다 입을 닫았다. 저러다 넘어질까 걱정이 되긴 했지만, 들뜬 윤의 기분을 망치고 싶진 않았다.

"와아! 신난다! 아저씨, 얼른 내려와요! 여기 우리밖에 없어요!"

모래사장으로 내려오자, 중간쯤에 벗어 둔 윤의 운동화가 보였다. 아직 날씨가 선선해서 그런지 아니면 시간대를 잘 맞춰서 온 건지 넓은 해변에는 인적이 없었다. 오로지 윤 혼자서 바지를 걷어 붙이고 폴짝거린다. 깊숙이 안으로 내달렸다가 파도가 밀려올 때마다 신나서 도망가는 모습이, 꼭 눈밭에 둔 강아지 같은 꼴이라 희욱은 피식 웃어 버렸다. 안 데려왔으면 어쩔 뻔했나.

"아저씨!"

윤이 자신을 보고 한쪽 팔을 힘차게 흔들었다.

"아저씨도 들어오실래요?"

"싫어."

희욱이 가까이 다가서며 단칼에 거절했다. 이제 여름이긴 했지만 물에 발을 담글 만큼 더운 날씨는 아니었다. 게다가 희욱은 젖은 옷이 가져다주는 그 끈적대는 감촉을 싫어했다.

"옷, 젖게 두지 마."

"치, 그럴 거면 바다엔 왜 왔대."

윤이 들으라는 듯 구시렁대더니, 아랑곳하지 않고 혼자서도 열심히 모래 바닥을 뛰어다녔다. 파도가 밀어닥칠 때마다 그녀의 맑은 웃음소리가 들려왔다.

"아, 너무 좋아요. 진짜 안 들어올 거…… 어어!"

희욱을 보고 있던 윤은 파도가 들어오는 타이밍을 놓쳤다. 파도가 바지 위까지 넘실거리려는 걸 피하려던 윤이, 급히 몸을 빼다 기우뚱했다.

"야! 조심……."

희욱이 뭐라 할 틈도 없었다. 윤은 그대로 젖은 모래 바닥에 엎어져 버렸다. 엎어진 윤에게로 파도가 한번 철썩, 내려쳤다. 윤은 그걸 온몸으로 맞고선, 희욱 쪽으로 밀려 나왔다.

"넌, 진짜……."

버스 안에서도 그랬고, 놀이터에서도 그랬다. 딱히 발에 걸리는 게 없는데도 윤은 저렇게 아무 데서나 넘어지곤 했다. 도대체가, 저 덜렁댐은 타고난 건가. 희욱이 인상을 팍 쓰면서도, 윤에게로 손을 내밀었다.

"흐엉……."

윤이 울상을 지으며 희욱을 올려다봤다. 희욱이 내민 손을 까딱거렸다.

"뭐 해? 잡아."

"아저씨, 발목이 삐었나 봐요."

"뭐?"

희욱이 황급히 윤에게로 몸을 숙였다. 다친 곳이 있나 살피려는 듯했다. 그때, 윤이 희욱의 손을 덥석 잡고 제 쪽으로 강하게 당겼다.

희욱의 얼굴이 굳어지며 긴장감이 서렸다.

"너……!"

평소라면 끄떡없을 희욱이었지만 이미 몸을 바짝 숙였던 상태라 급격하게 몸이 기울었다. 윤이 입술을 말아 올리며 더욱 손에 힘을 주자 희욱은 별로 저항도 못 해 보고 앞으로 고꾸라졌다. 그와 동시에 깊어진 파도가 밀려오며 와락, 둘의 전신을 덮쳤다.

"와하하!"

윤이 커다랗게 웃음을 터트렸다.

완전히 파도를 뒤집어써 버렸다. 저 순해 빠진 얼굴로 이런 깜찍한 일을 벌일 줄이야. 희욱이 이를 빠드득 갈았다.

"너……."

그러나 윤은 아무것도 모르고 옆구리를 붙잡은 채 끅끅거리느라 바빴다. 늘 말끔하던 모습이 완전히 무너진 게, 그렇게 속 시원할 수가 없었다.

"하하하하!"

"……."

"아이고, 배야. 끄윽. 끅. 하하하하."

"너어, 지금 이게……."

"하하하하하. 웃겨 죽겠어요, 아저씨."

"생각은 하고 일을 벌이는 거야? 갈아입을 옷도 없는데, 이딴 장난을……."

"에이, 좀 걷다 보면 말라……."

태연하게 말을 잇던 윤의 몸이 갑자기 뒤로 훅 밀리며, 그녀의 등이 모래 바닥에 닿았다.

"아저씨! 잠, 잠깐……."

갑작스럽게 밀어닥친 희욱 때문에, 윤은 제대로 말도 잇지 못했다. 그사이 파도가 한 번 더 밀려들어 둘에게로 쏟아졌다. 희욱은 이번엔 조금도 신경 쓰지 않았다.

"잠깐만요……!"

윤이 두 팔을 버둥거리며 빠져나오려고 했지만 속수무책이었다. 희욱의 커다란 손이 윤의 두 팔을 붙잡아 바닥에 붙였다. 단단한 두 다리는 하체를 가두며 바짝 달라붙어 왔다.

"날 끌어들인 건 너야."

아까진 홀딱 젖은 희욱의 꼴이 그렇게 우습더니 이제는 완전히 달리 보였다. 물에 젖어 아슬아슬하게 비치는 하얀 셔츠가 야릇하게 느껴졌다. 잔뜩 흐트러진 호흡에 들썩이는 가슴은 이상하게 색정적으로 보였다. 희욱이 들뜬 숨을 내쉴 때마다, 젖은 머리카락에서 뚝뚝 물이 떨어졌다. 뺨에 닿는 물방울은 차가운데, 쏟아져 내리는 호흡은 뜨거웠다. 윤의 감각들이 예민하게 돋아나기 시작했다.

아아, 이게 아닌데. 윤이 침을 꼴깍 삼켰다.

"자, 잘못했어요."

"……."

"잘못했어요……."

윤이 모기만 한 목소리로 재차 빌었지만, 희욱은 들은 척도 안했다. 그저 검게 물든 눈동자로, 그녀를 응시할 뿐이었다.

희욱의 손가락이 천천히 윤의 얼굴로 올라왔다. 이런 접촉이 처음도 아닌데, 윤의 심장이 쿵쿵 울렸다. 희욱의 눈동자가 위험하게 깊어졌다. 손가락 끝에 걸리는 감촉이 지나치게 부드러웠다. 뭔가를 참아 내듯, 윤의 어깨를 그러쥔 다른 한 손에 힘이 들어갔다.

윤이 자신을 원했으면 좋겠다는 생각이 들었다. 이렇게 아슬아슬해지고 있는데, 얼마나 더 버틸 수 있을까. 만약 녀석이 끝내 자신을 거부한다면? 그렇다면 견뎌 낼 수 있을까. 녀석을 놓아줄 수 있을까. 그런데도 자신이, 제정신일 수 있을까.

"감당도 못 할 거, 시작도 말았어야지."

"……."

"도대체가 순진한 건지, 영악한 건지."

윤이 눈동자를 굴리며 시선을 피하자, 희욱의 시선이 더욱 집요해졌다.

"아직도 내가 무서워?"

"……."

"너한테 뭘 어떻게 할까 봐?"

"……무섭지 않아요."

무섭지 않다면서 대답하는 목소리가 살짝 떨렸다. 희욱의 얼굴에 미세하게 짜증이 어렸다. 손가락이 일부러 그러는 듯 아주 느릿하게 윤의 얼굴을 어루만지더니 이내 힘주어 윤의 턱을 붙잡았다. 이대로 녀석의 입술에 자신의 입술을 부딪치고 싶은 충동이 일었다.

"어쩌지."

"……."

"진짜, 돌겠네."

진짜, 위험했다.

"어쩌긴 어째요! 당장 이거 놔요!"

결국, 윤이 벌게진 얼굴로 소리를 질렀다.

철썩. 파도가 다시 덮치면서 둘을 조금 더 뭍으로 밀어냈다. 자세가 흐트러지면서, 윤을 붙잡아 두던 희욱의 힘도 조금 풀렸다. 이때다 싶어서, 윤이 희욱을 밀어내고 바깥쪽을 향해 있는 힘껏 내달렸다.

"하여튼, 도망치는 거 하난 잘하지."

희욱이 그 뒷모습을 바라보며 구시렁거렸다. 불을 붙여 놓고선, 저 혼자서 저렇게 도망가 버린다. 불장난은 함부로 시작하면 안 되는 건데 말이다. 희욱이 옷에서 모래를 털어내며, 가뿐하게 일어섰다.

모래사장 바깥에서 운동화를 챙기면서 윤은 심장이 벌렁벌렁해 희욱 쪽은 쳐다보지도 못했다. 두꺼운 후드를 입고 와서 망정이지 티셔츠 따위를 입고 저런 일이 벌어졌으면 자신이 여자라는 걸 들켰을지도 모른다.

남자로 함께 있던 시간이 꽤 길었음에도 불구하고 윤은 어쩐지 지금까지의 모든 기간을 다 통틀어서 오늘이 가장 불안했다. 흐트러진 호흡이 느껴질 정도로 가까운 거리에서 자신을 내려다보던 희욱의 눈동자에는 열기가 가득 차 있었다. 그래서일까. 오늘이 가장, 희욱을 남자로서 의식하는 날이기도 했다.

강 씨의 당부가 없었으면 자신은 진즉 먼저 진실을 밝혔을 것이다. 윤은 애써 차오르는 불안감을 억누르며 모래사장을 빠져나갔다.

"어떻게 그렇게 많은 음식이 한꺼번에 들어가는 거지?"

신기한 것 보듯 윤을 보며, 희욱이 떨떠름하게 물었다.

"제가 많이 먹는 게 아니고, 쩝쩝. 아저씨가, 쩝쩝, 뭘 안 먹는 거라고요."

윤이 양 볼에 먹을 걸 가득 담고 우물거리면서 말했다.

"알았으니까, 먹든지 말하든지 하나만 해."

희욱이 무심하게 말하며 윤의 입술 옆에 묻은 소스를 손가락으로 스치듯 닦아 냈다. 윤이 저도 모르게 어깨를 움찔거렸다. 그걸 느낀 희욱이 눈썹을 추켜세웠다. 괜히 무안해진 윤, 찹쌀떡 하나를 들어 희욱에게 쭉 내밀었다.

"먹어 봐요, 꿀맛이에요."

희욱이 코웃음을 치며 고개를 돌렸다. 내가 이딴 걸 먹을 것 같냐는 무언의 메시지였다. 윤은 꿋꿋하게 찹쌀떡을 전진 배치했다.

"이게요, 여기 명물이래요. 아까 사람들 줄 서 있는 거 봤죠? 여기까지 와 놓고 이것도 안 먹으면 헛걸음한 거나 다름없댔어요."

그래도 희욱은 끄떡도 안 했다. 치잇, 그 비싼 입은 길거리 음식은 상대도 안 하나 보지? 윤이 혼잣말로 희욱을 욕하면서 결국 들고 있던 찹쌀떡을 제 입에 넣어 버렸다.

그때였다.

"아아아악! 뭐 하는 거예요!"

희욱이 돌연 윤의 손목을 잡고선, 하얀 가루가 남은 그녀의 손가락을 제 입에 쏙 넣어 버렸다. 윤이 절규하듯 비명을 내질렀지만, 희욱은 아무렇지도 않게 쪽 소리까지 내며 입 안에 들어 있던 손가락을 빼냈다.

"먹어 보라며."

"아, 정말! 누가 내 손을 먹으랬어요? 더럽게!"

윤이 희욱에게 붙잡힌 손을 부르르 떨며 진저리를 쳐댔다. 분명 축축하고 말캉한 무언가가 대놓고 손가락을 짓이겼었다. 부러 그런 것이다, 분명했다!

"맛있네."

희욱은 입가를 길게 찢으며 사악하게 웃었다. 윤의 하얀 팔뚝에 소름이 으스스 돋아났다. 희욱의 레벨이 업그레이드됐다. 예전엔 그저 못되기만 했는데, 이제는 대놓고 음란해진 데다가, 어딘가 교묘해지기까지 했다. 윤이 희욱을 흘겨보며 붙잡힌 손목을 비틀어 빼냈다. 어찌나 꽉 잡았던지, 붙잡힌 부분이 얼얼할 정도였다.

"아저씨, 이제 우리 슬슬 서울로 올라가야 하는 거 아녜요? 옷도 거의 말랐고."

새로운 레벨의 희욱과 조금이라도 더 있다간 무슨 사달이라도 날 것만 같아서, 윤이 희욱을 보챘다. 희욱이 어깨를 으쓱하더니, 태연하게 말했다.

"오늘, 서울 안 가."

"네?"

"자고 갈 거야."

그, 그게 무슨. 윤의 얼굴이 사색이 됐다. 저런 말을 저리 쉽게 하니까, 더 무서웠다.

"시간이 너무 늦었어. 운전하기 피곤해."

레벨만 업그레이드된 게 아니었다. 아예 그냥, 버전이 바뀐 듯했다. 차라리 무시하고 구박할 때가 상대하기 쉬웠다. 저렇게 능구렁이처럼 옭아드는 강희욱은, 맹한 정윤으로서는 상대할 방법이 없었다.

윤이 절망스럽게 자신을 올려다보자, 희욱이 다시 샐쭉 입가를 찢었다.

"와아. 대박이다. 존잘이야, 존잘!"

"가서 말이나 걸어 봐."

"연예인 같은데, 아니면 모델? 갔다가 까이면 어떡해."

"옆에 앉아 있는 남자도 너무 귀엽잖아!"

건너편 테이블에서 여자들의 수군거리는 소리가 적나라하게 들려왔다. 거의 들으라고 하는 소리인 듯했다. 윤이 괜히 신경 쓰여 슬쩍 옆을 살피다가, 여자 중 하나와 눈이 마주쳤다. 지난번 집에 찾아왔던 신예리만큼은 아니지만, 일반인치곤 예쁘장한 편이었다.

"아저씨."

윤이 맞은편의 희욱에게로 얼굴을 돌리곤 나지막이 그를 불렀다. 메뉴판을 보고 있던 희욱이 고개를 들어 윤을 바라봤다.

"신예리랑은 무슨 사이예요?"

희욱이 그 이름을 듣자마자 자동으로 미간을 좁혔다. 별로 듣고 싶은 이름이 아니었다.

"……"

미치지 289
않고서는

희욱이 아무 대답도 하지 않자, 윤의 눈빛이 흔들렸다. 무슨 사이냐니, 의미 없는 물음이었다. 둘이 어떤 사이인지는 두 눈으로 확인했었는데 말이다. 설령 희욱이 예리에게 아무 마음이 없다고 해도, 키스를 나눌 수 있는 사이인 건 분명했다. 거기까지 생각이 미치자, 윤의 마음이 돌을 매단 듯 무거워졌다.

"왕재수, 왕까칠, 왕밥맛…… 이라고 했나."

희욱이 메뉴판을 덮으면서 고저 없는 목소리로 말했다.

"풉!"

윤이 화들짝 놀라서 마시던 물컵에 도로 물을 내뿜었다. 언젠가 자신이 술에 취해 희욱을 욕하면서 그의 친구들에게 했던 말들이었다. 그걸 들었을 줄은 몰랐다.

"내가 너한테 어떤 이미지인 줄 알겠는데."

"……"

"내가 양다리는 안 걸쳐."

"……"

"쓸데없이 걱정 같은 거 하지 마. 내 눈엔 지금, 너밖에 안 보이니까."

희욱이 단호한 어조로 예리와 선을 긋자, 윤의 마음에 출렁이며 파문이 일었다.

"이건 믿어도 돼."

"……"

"너 하나로도 머리가 터진다고, 내가 지금."

희욱의 긴 손가락이 자신도 모르게 관자놀이를 꾹꾹 짚었다.

"왜 하필 남자여서는."

중얼거리듯 덧붙인 그의 말에, 윤의 가슴이 한 번 더 요동쳤다.

"주문하시겠습니까?"

때마침 종업원이 다가온 덕에 윤은 흔들리는 자신의 표정을 희욱에게 들키지 않을 수 있었다. 희욱이 메뉴를 말하자 종업원이 금방 멀어졌다. 희욱의 시선이 다시 윤에게로 이어졌다. 그런 말을 해 놓고도, 눈빛이 덤덤하다.

까칠하고 재수 없는 구석이 넘치긴 했지만, 그래도 이 남자는 참 솔직하고 당당하다. 적어도 자신처럼 뭔가를 감추고 있을 사람은 아니라는 생각이 들었다. 그게 더 죄책감을 느끼게 하기도 하고 한편으론 그의 진심을 믿도록 부추기기도 했다.

"안녕하세요."

그때, 누군가가 다가와 인사를 건넸다.

"두 분이서 오셨어요?"

건너편에서 수군대던 그 여자였다. 옆에는 여자의 친구도 서 있었다.

"저희도 둘이서 왔는데, 놀러 오신 거면 합석이라도……."

자기가 한 말에 스스로 부끄러웠는지 여자의 뺨이 붉게 물들었다. 어느새 한 손으로 턱을 괸 희욱이 여자들을 삐딱하게 올려다봤다.

"저, 저도 이런 건 처음인데요. 그쪽이 너무 마음에 들어서요."

희욱이 대답도 하지 않고 바라보고만 있자 여자의 얼굴이 점점 더 시뻘게졌다. 그걸 보고 있는 윤도 민망하긴 마찬가지였다. 희욱이 뭐라고 대답이라도 해 줬으면 좋겠는데 왜 저렇게 바라보고만 있는지 이해가 안 됐다.

"그쪽, 이라는 게 누구야?"

드디어 희욱이 입술을 뗐다.

"네?"

느닷없는 희욱의 질문에 여자가 긴 속눈썹을 깜빡였다.

"그쪽이 마음에 든다며. 그쪽이 누구냐니깐?"

여자가 그제야 상황 파악을 하고 맞은편의 윤을 한 번 쳐다보더니, 수줍게 웃으며 정확히 희욱을 가리켰다.

"그, 그쪽이요. 전 오빠가 좋은데요."

뭐어? 오빠? 여자의 입술에서 튀어나온 낯선 호칭에 윤이 살짝 동요했다. 자신은 지구가 멸망한대도 희욱을 그렇게 부르지 못할 것이었다. 마음 한구석에 가시가 돋아나 콕콕 찌르는 것처럼, 뭔가 불편하다는 생각이 들었다.

"그럼 네 뒤에 있는 친구는?"

희욱이 여자 뒤편에 서 있던 여자의 친구 쪽으로 손가락을 까딱거렸다.

"저 친구는 그럼, 이 녀석이 마음에 든다는 건가?"

희욱이 윤을 '이 녀석'이라고 칭하며 이번에는 손가락을 윤 쪽으로 까딱였다. 어쩐지 위압적인 희욱의 태도에 눌려, 뒤에 서 있던 여자가 재빨리 대답했다.

"아, 네. 맞아요. 너무 귀여우세요. 괜찮으시면 바로 합석……."

"합석 같은 소리 하고 있네."

얼음처럼 차가워진 희욱의 음성이 여자의 말을 잘랐다. 여자 둘의 얼굴이 동시에 굳었다. 돌연 희욱이 테이블 위로 손을 뻗어 윤의 손목을 붙잡아 당겼다.

"어어……! 아저씨!"

츱.

야릇한 소리를 내며 희욱의 입술이 윤의 손목 안쪽, 예민한 살 갗 위에 맞닿았다.

"뭐, 뭐 하는……."

윤이 당황해서 말도 잇지 못하고 붙잡힌 제 손목과 희욱의 얼굴을 번갈아 쳐다보았다. 희욱이 태연하게 윤을 마주 보면서 한쪽 입꼬리를 매끈하게 당겨 웃었다. 마치 신예리에게 키스하면서 자신에게로 시선을 고정했던 그때처럼, 강렬하고 집요하게 눈을 맞추면서.

"아……!"

희욱이 지그시 입술을 눌러오자, 윤이 저도 모르게 신음 같은 탄성을 흘렸다. 단지 손목을 붙잡아 입을 맞췄을 뿐인데, 희욱의 느릿한 동작, 뭔가를 갈구하는 듯한 시선, 그리고 일부러 흘리는 듯 조금씩 새어 나오는 할짝대는 소리가, 그렇게 야할 수가 없었다. 지켜보고 있던 여자들의 얼굴이 처참하게 일그러질 정도로.

"지금 뭐 하자는 거죠?"

여자 중 하나가 떨리는 목소리로 물었다.

"이래도 모르겠어? 우리가 어떤 사인지?"

"하아."

여자들이 서로를 쳐다보더니, 누가 먼저랄 것도 없이 기가 막힌 듯 헛웃음을 터뜨린다.

"상황 파악 끝났으면 꺼져."

희욱이 여전히 윤에게서 눈을 떼지 않은 채로, 그러나 목소리만큼은 무시무시하게 깔아서 경고를 날렸다. 여자들이 벌게진 얼굴로 잠시 그를 쏘아보더니, 부들부들 떨면서도 결국 뒤돌아서서 멀어졌다. 윤이 그 모습을 멀겋게 바라보다가 붙잡힌 손목을 빼내며 희욱을 향해 빽 소리를 질렀다.

"아저씨!"

"뭐."

"사람이 왜 그렇게 삐딱해요? 곱게 돌려보내면 될 것이지, 꼭 이렇게……."

"저게 네가 마음에 든다잖아."

"예?"

"귀여워? 귀엽다고? 누구보고 귀엽다는 거야, 대체."

희욱의 언성이 조금 높아졌다. 윤이 두 눈을 동그랗게 치켜떴다.

"지, 지금……."

그러니까, 아까 그 여자가 '오빠 너무 귀여워요' 한마디 한 게 그렇게 거슬렸다는 거야?

"왜? 너, 설마 좋았냐?"

희욱의 얼굴이 점점 살벌해지고 있었다. 윤은 정말이지 머리가 아파지려고 했다. 이 남자는 어떻게 된 게 질투마저도 제멋대로였다.

"애매하게 생겨가지고, 게이가 아닐까 했는데."

"……."

게다가 자기 마음대로 성적 취향까지 생각했단다. 윤은 자신이 왜 다른 이도 아니고 이토록 감당하기 힘든 남자한테 빠져 버린 걸까. 혹여 전생에 큰 죄를 지은 건 아닐까 심각하게 고민이 됐다.

"이게 은근히 남 홀리는 데 선수야."

"……."

"남자고 여자고 아무나 들이대잖아. 그 기생오라비같이 생긴 배우 놈도…… 악!"

윤이 테이블 밑에서 희욱의 발을 찾아 콱 밟아 버렸다.

"이게 진짜 미쳤나!"

희욱이 무시무시하게 자신을 쏘아보는데도, 윤은 이제 별로 무섭지가 않았다.

"자꾸 혼자서 앞서가지 마요. 내 앞에서 보란 듯이 여자한테 키스하고, 더듬기까지 하고."

"……."

"그것도 모자라 그 여자를 집까지 불러들인 게 누군데."

"……."

윤의 예상치 못한 반격에, 희욱의 얼굴이 굳었다. 윤을 눈엣가시처럼 생각할 때 벌인 일들이었다. 그게 자신을 공격할 무기가 될 수 있을 줄은 몰랐다. 자신을 마주 보는 윤의 눈빛이 당당했다. 희욱은 갑자기 할 말이 떨어져 버렸다. 솔직히 그땐 어떻게든 녀석을 곤란하게 만들고 싶었던 게 사실이었으니까.

"……계집애같이, 뒤끝은."

희욱이 중얼거리며 고개를 돌려 버렸다. 윤의 입가가 비스듬히 올라갔다. 그 집에 들어간 이후 처음으로, 희욱을 상대로 승점을 따낸 것 같아 기분이 좋아졌다.

반대로 희욱은 기분이 안 좋아졌다. 어딘가 답답하고 불안해서, 목을 죄고 있던 셔츠 단추 두어 개를 풀어냈다. 오래 전에, 자신을 짝사랑했던 은미가 했던 말이 떠올랐다.

'좋아하는 사람이, 무조건 약자야, 오빠.'

'그래서 나는, 언제나 오빠한테 약자였어.'

은미가 눈물을 글썽이며 했던 그 말을, 당시의 희욱은 하나도 이해할 수가 없었다. 자신에게 강자나 약자는 경제력같이 보이는 '힘'의 상관관계에서나 성립될 수 있는 말이었다. 한낱 '감정' 따위에 약자를 운운하는 게 우스울 뿐이었다.

그런데 이제 좀, 그녀의 말을 알 것 같기도 했다. 제 발을 밟은 것도 모자라 따박따박 대들기까지 하는데, 자신은 윤을 한 대 쥐어박지도 못한다. 그저 왜 그랬을까 과거를 후회하고, 자꾸만 자책하고, 녀석에게 잘 보이고 싶어 전전긍긍했다.

완벽하게, 자신은 녀석에게 약자였다. 자신이 남자를 좋아할 수도 있다는 걸 인정했을 때보다, 자신이 누군가를 좋아해서 약자로 전락할 수도 있다는 사실을 깨닫게 된 게, 희욱으로선 더 큰 충격이었다.

하지만 약자가 되는 게 이상하게 싫지만은 않았다. 불안하고 애끓었지만, 그럴수록 피가 뜨거워지고 살아 있다는 느낌이 강해졌다. 심장이 달뜬다. 호흡이 빨라진다. 생각만 해도 아드레날린이 치솟는다.

희욱을 이겨먹은 게 그렇게 신이 나는지, 어느새 윤이 테이블 밑에서 장난스럽게 발끝을 흔들어 댔다. 발끝이 앞으로 움직일 때마다 아슬아슬하게 희욱의 바지 깃을 스쳤다. 그 작은 접촉에 희욱의 얼굴이 다시 미묘하게 흐트러졌다.

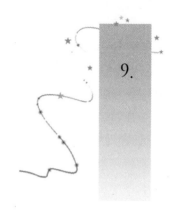

9.

어느새 날이 어둑어둑해지고 있었다. 윤이 외박은 절대 안 된다며 고집을 피우는 바람에, 결국 둘은 늦더라도 서울에 올라가는 걸로 합의를 봤다. 대신 희욱은 조금 더 같이 시간을 보내고 싶어 했다.

바다에서 물놀이하기, 길거리 음식 먹기, 맛있는 저녁 먹기.

희욱은 낮에 내내 윤이 뭘 좋아하는지를 물어보고 그대로 맞춰주고 있었다. 여전히 툴툴거리는 말투였지만, 희욱이 자신에게 많이 신경 써주고 있다는 걸, 윤도 느낄 수 있었다.

그래서 시간이 늦어지고 있는 걸 알면서도, 조금 더 있다 출발하자는 희욱의 말을 따랐다. 상점들이 하나둘 문을 닫고 거리가 어두워지자 둘은 다시 한 번 해변을 찾아 내려왔다. 이번에는 둘 다 신을 신은 채로, 물가에서 조금 떨어진 채 모래사장을 거닐었다.

철썩이는 파도 소리가 듣기 좋게 울려 퍼졌다. 차지도 덥지도 않은 바람이 불었다. 하늘에는 반쪽짜리 달이 걸렸다. 얇은 모래 위로 두 사람이 찍어내는 발자국이 길을 만들었다. 둘 다 아무 말도 하지 않았지만, 침묵이 편안하게 느껴졌다.

"오 년 전에."

침묵을 깨뜨린 건 침묵만큼이나 가라앉은, 희욱의 낮은 목소리였다.

"형이 스스로 목숨을 끊었어."

윤이 걸음을 멈췄다. 희욱도 따라 멈췄다.

"알고 있었지?"

"……."

"그날, 현관 앞에서 엎어져 울었던 날."

"……."

"그날 알게 된 거 아니야?"

윤이 살짝 고개를 끄덕였다. 희욱이 옅게 웃으며 바다를 향해 시선을 돌렸다. 검은 물이 출렁이며 달려오고 있었다.

"강연수는…… 내 아버지나 다름없었어."

희욱은 시선을 돌리지 않은 채 담담하게 계속 입술만 움직였다.

"기억에도 없는 아버지 대신, 강연수가 어려서부터 내 아버지 역할을 해 줬지. 내 중학교 졸업식, 고등학교 졸업식, 그리고 대학교 입학식까지. 아버지가 있어야 할 그 자리엔 언제나 형이 있었어."

희미하게 추억들이 떠오르는지 희욱이 쏠쏠한 웃음을 지었다. 그 미소가 너무나 쏠쏠하고 애달프게 느껴져서 어느새 윤의 눈동자에 물기가 어려웠다. 희욱은 여전히 바다를 보고 있어서, 그런 윤의 얼굴을 볼 수 없었다. 희욱이 잠시 숨을 고르다 다시 입을 열었다.

"강연수는 어려서부터 한진의 후계자라는 부담을 떠안고 자랐어. 그리고 언제나 한진이 휘두를 수 있는 권력을 끔찍해했지. 그게 많은 사람에게 상처를 줄 수 있다는 사실 때문에 말이야."

아, 윤이 짧은 신음을 흘렸다. 늘 돈이 없어서, 민이에게 더 좋은 환경을 제공해 주지 못해서, 그게 힘들었던 윤이었다. 그래서 희욱을 처음 만났을 때 원하는 거라면 뭐든 가질 수 있는 그의 재력이 조금 부러웠던 것도 사실이었다. 윤으로서는 가진 게 너무 많아서, 차고 넘쳐서, 그게 불행의 씨앗이 될 수도 있다는 사실이 충격적이었다.

"한진은 그런 강연수의 생명을 조금씩 갉아먹는 거대한 괴물이었어. 경영이란 게 그렇거든. 회사의 이익을 위해서 약자를 짓밟으면서 몸집을 부풀리지. 강연수는 그런 것들을 견딜 수 없어 했어."

희욱이 잠시 말을 멈췄다. 고통스러운 듯 표정이 일그러졌다.

"나는……."

얼굴에 깊은 자책이 배어 나왔다.

"나는 알아야 했어. 그와 가장 가까이 있던 건 나였으니까. 내가 막아야 했어. 내가, 강연수 편이 되어 줘야 했어."

"아저씨. 아저씨 탓이 아니에요. 그러니까……."

"아니, 내 탓이야. 나는 강연수를 대신해 줄 수 있었어. 그런데 그러지 않았어. 회사 따위 관심 없다고 해 버렸어. 강연수가 그토록 괴로워하는 동안, 나는 내가 하고 싶은 걸 하면서 살아 버렸어."

"아니에요. 아저씨 탓이 아니에요. 형의 죽음은 너무나 슬프지만, 그건 아저씨 탓이 아니에요. 아저씨가 형을 대신했다면요? 그러면 모두가 행복했을까요? 강연수의 생명을 좀먹은 건, 그 거대한 회사잖아요. 아저씨 탓이 아니라고요."

희욱의 질끈 감은 두 눈에서, 길게 눈물이 흘러내렸다.

상처를 들추는 건, 익숙하지 않았다. 상훈과 상담을 할 때조차도 하지 않은 이야기들이었다. 바라볼 때마다 너무나 아파서 감추고 덮어 왔던 것들, 그래서 치유할 기회조차 없었던 것들이었다.

아저씨 탓이 아니에요.

윤의 그 말이 희욱의 가슴 깊은 곳을 울렸다. 그게 진실이 아니라도 좋았다. 그래도 희욱은 위로가 필요했다. 지금까지 누구에게도 선뜻 받지 못했던 것이었다. 위로받을 자격조차 없다고 생각해서 손을 내밀지도 못했다.

저를 꼭 안고서 하염없이 눈물을 흘리던 그때부터였을까. 희욱은 윤이라면 괜찮을 것 같다는 생각이 들었다. 제 안의 죄를 모두 털어놓고 안심하고 기대도 좋을 것 같다는 생각이 들었다. 강연수를 닮은 그녀의 그 순수함이, 희욱이 세운 견고한 벽을 무너트렸다.

"더 끔찍했던 건, 누구 하나 형의 죽음을 진심으로 슬퍼하는 이가 없었다는 거야. 사람들은 나를 이용해 형의 자릴 채우려고 혈안이 되어 있었으니까."

한진의 경영에는 수많은 친인척이 얽혀 있었고 그들은 희욱의 출신을 경멸하면서도 동시에 그가 언론이 좋아할 만한 소재를 많이 가지고 있다는 것을 이용하고 싶어 했다. 몇 번이나 대서특필된 희욱의 영특함, 명문대 출신의 학력, 화려한 외모까지. 그래서 그들은 어떻게든 희욱을 회사에 끌어들이려 했다.

그들은 심성이 여린 탓에 늘 눈엣가시였던 강연수의 죽음을 기꺼워하기라도 하는 것처럼 보였다. 강연수의 생전엔 벌레처럼 달라붙으려던 그들 중에, 강연수의 죽음을 진심으로 슬퍼하는 이는 아무도 없었다. 그래서 희욱은 망가지기를 선택했다. 제 형의 빈자리를 채우길 기대하는 사람들을 비웃기라도 하듯 스스로를 바닥까지 몰아갔다.

"보란 듯이 멋대로 살아 버렸어. 한진의 사람은 절대로 되지 않을 거라고, 한진이 원하는 게 뭐든지 간에 절대로 쥐여 주지 않을 거라고. 그런데……."

희욱이 잠시 간의 간격을 두고 말을 이었다.

"……아무것도 달라지는 건 없었어. 그래 봤자 강연수의 빈자리는 다른 누군가에 의해 채워졌으니까. 이젠 아무도 기억해 주지 않아. 강연수라는 사람을."

그랬다. 강연수의 죽음 뒤에 남은 건, 끔찍하게 무력한 자기 자신뿐.

윤이 가만히 두 팔을 벌려 희욱을 제 가슴 안으로 끌어당겼다.

사랑하는 사람을 잃은 기분은 윤도 잘 알고 있었다. 자신도 몇 번이나 겪어야 했던 일이니까. 그건 어두운 낭떠러지 끝으로 발을 헛디디는 것 같은 끔찍한 순간을, 시간에 무뎌질 때까지 수천 번 반복해서 겪어내는 것과 같았다. 그나마 자신은 옆에 남은 민이 있어 그 시간을 버틸 수 있었다.

그러나 당시의 희욱은 제 가족들조차 미워하고 있었으니, 오롯이 혼자가 되었을 것이다. 그러니 자신을 망가트리겠다는 극단적인 선택을 한 것일 테고. 소중한 사람이 남아 있었다면 절대 하지 못했을 그런 선택을 말이다. 그렇게까지 스스로를 몰아가면서 그는 얼마나 괴로웠을까. 윤은 가슴이 먹먹해져 내려앉는 것만 같았다.

"아저씨, 난, 난…… 뭐라고 해야 할지 모르겠어요……. 흐윽, 흑. 그냥 너무 아프고, 아파서……."

아무 말도 하지 마. 그냥, 내 옆에 있어. 이렇게 있어만 줘, 윤아.

"그렇게 텅 비어 버린 나를 채운 게 바로 너야."

"아저씨……."

"네가 들어와 줘서 비로소 내 세상이 움직여. 이제 더 이상은, 혼자가 아니라는 느낌이 들어."

희욱이 자신을 안은 윤의 어깨에 깊숙이 얼굴을 묻었다. 윤의 어깨가 바들바들 떨리고 있었다. 윤에게서 흘러나온 눈물 때문에 희욱의 셔츠가 젖어 들었다.

'안아 주고 싶어서요.'

'제발 그냥 가만히 있어 주면 안 돼요?'

'안아 주고 싶단 말이에요. 이렇게라도, 해야겠단 말이에요.'

아아, 그래. 이 느낌이었다. 아무런 설명도 없이 느닷없이 저를 안고 눈물만 뚝뚝 흘리던 그때에도, 이런 느낌이 들었다. 이유도 모르고, 따뜻해지는 느낌. 부드럽고 따뜻한 냄새에 마음이 편안해지는 느낌.

제 가슴 위로 번지는 윤의 숨결을 느끼면서, 희욱이 가만히 두 눈을 감았다.

오피스텔에 도착하자마자, 희욱은 윤을 욕실로 밀어 넣었다.

"으아악!"

거울 앞에서 제 모습을 확인한 윤이 소리를 질렀다. 오는 내내 울었더니, 두 눈이 퉁퉁 부어 버렸다. 게다가 눈만 부은 게 아니라 어째서인지 온 얼굴이 부어서 마치 스타워즈의 요다처럼 보였다. 따라 들어온 희욱을 흘겨보며 윤이 쏘아붙였다.

"왜 차 안에서 말 안 해 줬어요?"

"말하면 달라지나?"

"……."

물론 달라질 것은 없었지만 어쩐지 희욱이 얄미웠다. 그럴 거면 끝까지 모르는 척을 하든지, 말도 없이 거울 앞에 척 던져놓을 건 뭐란 말인가. 하여튼 심술 맞은 구석은 변한 게 없었다.

윤이 입술을 삐쭉거리고 있는데, 희욱이 성큼 다가서며 던지듯 말했다.

"귀엽기만 한데."

"……."

놀리는 건가, 지금. 윤이 주먹을 꽉 쥐었다. 희욱은 태연하게 덧붙였다.

"아까 네가 나한테 먹이려고 했던, 그거. 그거 같아. 이름이 뭐였지? 찹쌀떡?"

"……."

"하얗고, 둥그렇고, 어딘가 넙데데한 게…… 윽!"

윤이 희욱의 어깨를 퍽 때렸다. 한 대 더 때리려다가, 희욱이 중간에서 손목을 붙잡는 바람에 저지당하고 말았다.

"손버릇."

그러거나 말거나 윤은 멀쩡한 나머지 손으로 다시 희욱을 퍽퍽 때렸다. 이번에는 그대로 맞아 주면서 희욱이 키들거렸다.

정말이지 내가 누구 때문에 울었는데! 윤은 억울해졌다.

분이 풀릴 때까지 희욱의 어깨를 두들긴 윤이 먼저 욕실을 빠져나간 뒤 쾅 소리가 나게 문을 닫아 버렸다. 그걸 끝까지 지켜보고 있던 희욱도 뒤따라 욕실을 나갔다.

"너 나한테 백만 원 빚진 거 있지?"

윤이 막 방 문을 돌리려던 참이었다. 휘적휘적 걸어 금방 윤을 따라잡은 희욱이 그녀를 붙잡아 돌려세웠다.

"……안 까먹었으니까 걱정 마요. 조금씩 갚는다고 했잖아요."

사실은, 까먹었었다. 그러고 보니 이 집에 들어오기 전에 오토바이를 타고 지나가다 희욱의 휴대폰을 박살 낸 적이 있는데, 너무 정신없이 일들이 터지는 바람에 완전히 잊고 있었다. 윤이 입술을 씰룩대며 구시렁댔다. 진짜, 치사하게!

"누구 맘대로 할부를 하겠다는 거야?"

"……"

"갚아, 당장."

이 아저씨가 정말, 꼭 오늘 이래야 하나! 윤이 뭐라고 터트리려던 참에, 희욱이 선수를 쳤다.

"돈 없으면, 다른 걸로 갚든가."

"뭐라고요?"

"키스 한 번 할 때마다."

"……"

"십만 원씩 감해 줄게. 어때?"

하하. 윤은 기가 막혀 웃음이 나왔다. 하지만, 금방 입을 다물고 표정을 단단히 했다. 어쩐지 희욱이 도발할수록 물러서기가 싫었다.

"알았어요, 그럼."

"……."

"후회하지 마요. 나중에 또 돈 달라고 하기만 해봐."

예상치 못한 대답에 희욱이 눈을 가늘게 떴다.

쪽.

희욱이 뭐라고 반응하려는 찰나, 윤의 입술이 희욱의 뺨에 빠르게 붙었다 떨어졌다. 솜털처럼 가벼운 입맞춤이었다. 연인보다는 아이에게나 할 만한.

"장난해?"

"왜요? 뭐, 불만 있어요? 키스하라고 해서 했는데."

윤이 능청스럽게 대꾸했다. 희욱이 눈썹을 찌푸리며 반박하려던 참이었다.

쪽.

"이걸로 이십만 원 갚았네."

윤의 입술이 다시금 빠르게 그의 볼에 붙었다 떨어져 나갔다.

쪽. 그리고 다시 한 번.

"삼십만 원."

쪽쪽.

이번엔 연달아 양 볼에 입을 맞췄다.

"사십만 원, 오십만 원! 반이나 갚았다!"

헤에, 윤이 장난스럽게 웃고는, 다시 발꿈치를 들어 고개를 올렸다.

쪽.

"육십만…… 읍!"

그러나 그 이상은 성공할 수가 없었다. 제 뺨을 스친 윤의 입술이 떨어지자마자, 희욱이 기다렸다는 듯이 고개를 내려 그것을 맞물었다. 당황한 윤이 휘청대며 희욱의 셔츠 자락을 붙잡았다. 그타이밍을 놓치지 않고 희욱이 한 손으로 윤의 뒤통수를 감싸더니, 다른 한 손으로는 허리를 휘감아 제 쪽으로 깊숙이 당겨 안았다.

"웃……."

윤이 빠져나오기 위해 몸을 비틀었지만 희욱은 안은 두 팔에 더욱 힘을 줄 뿐이었다. 품 안에서 버둥거리는 윤의 작은 몸짓이, 희욱을 점점 더 자극했다. 목에 열기가 들어차며, 들숨 날숨이 엉켜버렸다. 맞물린 입술 안에서 혀가 뒤엉키며 야릇한 소리가 새어 나왔다.

한 번 터져 나온 욕망은, 멈출 줄을 몰랐다. 머금을수록 더 빨아당기고 싶고, 빨아 당길수록 아예 집어삼켜 버리고 싶었다. 처음엔아주 살짝만 맛보려고 했는데 희욱은 어느새 그녀의 입술을 완전히 잠식하고 무자비하게 굴었다.

이런 광폭한 입맞춤에 익숙하지 않은 윤은 받아들이는 것만으로도 버거워했다.

"잠, 잠깐만…… 하아, 하아."

희욱이 잠시 입술을 떼어 냈다. 동시에 윤이 거칠게 참았던 숨을 토해 냈다. 눈 끝이 살짝 젖어 있었다.

하아, 미치겠어. 조절이 안 돼. 희욱의 눈이 금방이라도 다시 입술을 삼킬 듯 욕망을 숨기지 않고 번들거렸다. 그걸 마주한 윤의 눈에서 후두두 눈물방울이 떨어졌다.

"아, 아저씨…… 숨, 숨도 못 쉬겠단 말이에요…… 흐윽."

울어? 왜 또 울어.

아니 차라리 울어 버려. 그편이 좋겠어.

희욱의 혀가 윤의 뺨 위를 흐르는 눈물을 할짝거렸다. 맙소사. 윤의 눈에 두려움이 차올랐다. 희욱의 눈이 나른하게 풀려 있었다. 마치 본능밖에 안 남은 동물처럼.

"내가 싫어?"

"……."

"싫다고 말해."

"……."

"멈춰 달라고 애원해 봐."

"……."

"……그럴 수 있어?"

윤은 대답할 수가 없었다. 심장이 천둥처럼 귓가를 울려댔다. 손 끝의 실핏줄들이 터질 것처럼 부풀었다. 싫지 않았다. 그런 말은 할 수가 없었다. 저 눈을 똑바로 쳐다보고, 더 이상의 거짓말은 할 수가 없었다.

"아저씨, 흐윽, 흑……."

윤의 눈물방울이 턱 끝을 타고 흐르다가 그녀의 허리에 둘러진 희욱의 손등에도 톡, 떨어졌다.

"하아……."

희욱이 길게 한숨을 내쉬었다. 천천히 이성이 되돌아왔다. 울려 버리고 싶은 마음과 울리고 싶지 않은 마음이 힘겨루기를 하다가 후자 쪽으로 조금씩 전세가 기울었다. 희욱이 윤에게서 제 몸을 떼내며 거칠게 두 손으로 제 얼굴을 쓸어내렸다. 그러나 억지로 꺼뜨린 정염은 쓸려 내려가지 않고 그대로 남아 있었다.

"좋아해요, 아저씨."

뭐어? 희욱이 떨어뜨렸던 고개를 번쩍 쳐들었다.

"다시 말해 봐."

희욱은 방금 자신이 들은 말을 믿을 수가 없어서 윤의 팔을 꽉 붙들고 매달리듯 다그쳤다.

"좋아해요, 아저씨."

윤이 다시 한 번 말했다. 떨리는 목소리였지만 분명히, 처음 들은 내용과 똑같았다. 희욱의 눈에 숨길 수 없는 설렘이 차올랐다. 윤이 후두두, 다시 눈물을 떨어뜨렸다. 희욱이 급히 손가락으로 눈물을 닦아 주었다.

"왜 울어."

"……."

"네가 우니까 불안해. 왜 좋아한대 놓고 울어."

"……."

"그래 봤자 못 주워 담아."

"흐윽, 아저씨……."

"네 입으로 말한 거니까, 책임져."

"안 주워 담아요. 흐윽. 나도 아저씨 되게 좋아한단 말이에요, 흐윽. 좋아해서 우는 거니까, 그러니까 왜 우냐고 묻지 말아요, 흐윽. 불안해하지도 말아요. 흑흑."

윤은 이상하게, 계속 울면서 고백을 해댔다. 하아, 귀여워 미치겠네. 희욱이 윤을 끌어당겨 안았다. 작고 여린 몸이 품에 쏙 들어오는 게, 아주 만족스러웠다.

더 이상 고백을 미룰 수가 없었다. 자신에게 모든 것을 꺼내 보인 희욱에게 보답하고 싶었다. 자꾸만 불안해하는 그의 마음을 조금이라도 편안하게 만들어 주고 싶었다. 아니 그 무엇보다도, 희욱을 향해 넘쳐흐르는 제 마음을 가만히 담아두기가 힘들었다.

"나, 조금만 기다려 줄래요?"

윤이 떨리는 호흡을 섞어서 물었다.

안고 있는 것만으로도 이미 정신이 아득해지는 것 같은데 기다려 달라니, 잔인하기도 하지. 희욱이 짧게 신음을 흘리더니 결국 고개를 끄덕였다. 아쉽긴 했지만 지금은 윤의 마음이 자신과 같다는 걸 확인하는 것만으로도 세상을 다 얻은 기분이라, 희욱은 조금 더 기다릴 수 있을 것도 같았다.

희욱은 아침부터 찬물에 샤워를 했다. 어젯밤 내내 들어차 있던 열기가 찬물에 조금 씻겨 내려간 기분이 들었다. 욕실을 나오면서 윤이 있는 방문을 힐끗 한번 쳐다봤다. 녀석은 아직 자고 있는 모양이었다. 자신은 들뜬 마음에 밤새 잠을 설치고 아침잠까지 놓쳐 버렸는데 말이다. 역시 이 관계에서 자신은 약자가 분명했다.

방으로 들어간 희욱이 입을 옷을 찾기 위해 옷장 문을 열었다. 점심은 강 씨와 함께 본가에서 먹기로 되어 있었으니, 오랜만에 차려입어야 할 것 같았다.

그때, 침대 위에 올려 두었던 휴대폰이 드르르 울렸다. 희욱이 귀찮은 듯 무심하게 침대로 걸어갔다. 휴대폰을 들어 발신자를 확인하곤 미간을 모았다.

[이상훈]

짜증 나는 놈. 아침부터 전화질은.

희욱이 구시렁거리며 통화 버튼을 눌렀다.

-너, 도대체 왜 이렇게 연락이 안 돼?

수화기 너머로 상훈의 목소리가 쩌렁하게 울리자, 희욱이 인상을 쓰며 휴대폰에서 얼굴을 떨어뜨렸다. 그러고 보니, 강 씨가 쓰러진 날 아침까지도 자신은 상훈과 함께 있었다. 강 씨와 병원에 있는 동안 몇 번 상훈으로부터 부재중 전화가 찍힌 적이 있었지만, 당시의 희욱으로선 연락을 해 줄 만한 여유가 없었다.

자신에 대해서 지나치리만큼 걱정이 많은 녀석들인 걸 알기에, 희욱은 일부러 상훈을 비롯해 아무에게도 강 씨가 아픈 걸 알리지 않았었다. 그런데도 아침부터 전화를 해서 호들갑을 떠는 게, 뭔가 찝찝한 예감이 들었다.

"무슨 일인데 그래."

-오늘 좀 만나. 할 얘기가 있어.

"오늘 바빠."

-이 씨, 진짜. 며칠 동안 연락도 안 되더니, 또 바쁘다고?

"어쩔 수 없어."

현재 희욱의 영순위는 정윤이었다.

-너, 지금 그 계집애같이 생긴 꼬맹이랑 같이 있냐?"

상훈의 입에서 정윤의 얘기가 나오자, 희욱의 목소리가 급격하게 낮아졌다.

"네가 무슨 상관인데. 별 용건 없으면 끊어. 바빠."

-야! 끊지 마! 그 녀석 때문에 만나자고 했던 거라고!

상훈이 다급하게 희욱을 붙잡았다.

"그게 무슨 소리야."

-……너. 아직도 그 꼬맹이, 남자라고 알고 있냐?

이게 무슨 개소리인가 싶었다. 그럼 남자를 남자라고 알고 있지 달리 뭘로 알고 있어야 한단 말인가. 희욱이 이번에는 정말로 전화를 끊으려는데, 상훈의 진지한 목소리가 금방 이어졌다.

-그 녀석, 남자 아니야.

"……뭐?"

-여자라고, 등신아.

"무슨 헛소리를 하는 거야."

-지난번에 보니까 아직도 내적 방황 중인가 본데, 하도 답답해서 말해 주는 거다. 정신 똑바로 차리고 들어라. 그 녀석 남자 아니라고. 여자라고.

처음엔 상훈이 장난이라도 치는 줄 알았다. 그런데 생각해 보니 상훈은 이십 년간 한 번도 이런 진지한 목소리로 장난을 친 적이 없었다. 희욱의 얼굴이 조금 굳었다.

"무슨 근거로 그런 말을 해?"

-넌 그럼 내가 정말로 남자가 좋아서 그 녀석을 덮쳤다고 생각해?

"……."

-확인해 보려고 한 거야. 나도 처음엔 좀 헷갈려서.

정윤은 자신과 한 달 가까이 살았다. 녀석이 여자였으면 지금까지 자신이 까맣게 몰랐을 리가 없었다. 자신이 성 정체성의 혼란으로 시달릴 때도 그걸 가장 가까이서 다 보고 있었던 게 그 녀석이었다. 그런데 이제 와서, 뭐? 여자라고?

"……그럴 리 없어."

-아오, 진짜! 확인해 봤어?

"……."

-한 번이라도 벗겨서 확인해 봤냐고. 너야말로 무슨 근거로 그 녀석이 남자라고 확신하는데!

당연히 한 번도 확인해 본 적 없었다. 그렇게 확인이 필요한 일이라곤, 전혀 생각조차 안 했으니까.

-이게 진짜 이십 년 우정을 생각해서 걱정해 줘도 지랄이네.

"……."

-확인해봐. 내가 정신과 의사만 몇 년을 했어. 그 정도도 눈치 못 채고 이런 일 할 수 있겠냐? 걔가 여자라는 데 내 전 재산을 건다.

"……너, 지금 한 말이 틀리면."

-…….

"각오하는 게 좋을 거야."

희욱이 서릿발 같은 말을 남기곤 전화를 끊어 버렸다. 그리고 손에 들린 휴대폰을 거칠게 침대 위로 던져 버렸다.

'그 녀석 남자 아니야. 여자라고.'

'확인해 봤어? 한번이라도 벗겨서 확인해 봤냐고. 너야말로 무슨 근거로 그 녀석이 남자라고 확신하는데.'

상훈의 전언이 머릿속을 어지럽혔다. 남자치곤 지나치게 작은 체구, 부드럽던 살결, 미성의 목소리, 수염 자국 하나 없이 말끔한 턱 끝. 별생각 없이 지나쳤던 윤의 여성성들이, 처음으로 강렬하게 의식됐다.

설마, 아닐 거야. 아니겠지. 그럴 리 없어. 그 순진한 얼굴로, 자신을 그렇게까지 속였을 리가 없다.

정윤이 도대체 왜 성별을 속인단 말인가. 이 집안에 들어오고 싶어서? 자신이 처음에 의심했던 것처럼, 강 씨의 환심이라도 사려고?

생각이 실핏줄처럼 퍼지기 시작하자 어김없이 두통이 일었다. 그러다 불현듯, 생각을 추리는 건 시간 낭비라는 생각이 들었다.

희욱이 방문을 박차고 나갔다.

"아저씨?"

누군가 방으로 들어오는 기척에 놀라서 윤이 벌떡 몸을 일으켰다. 밤새 뒤척이다 급하게 선잠이 들었던 터라, 작은 기척에도 쉽게 눈이 떠졌던 것이다.

"어, 저, 왜······."

처음엔 헛것이라도 보는 줄 알았다. 두 손으로 눈까지 비비고 다시 보아도, 제 방문 앞에 기대어 서 있는 사람은 희욱이 맞았다. 윤이 멍청하게 두 눈을 껌뻑이다가 저도 모르게 가슴께로 이불을 끌어모았다. 거의 반사적인 그 행동에 희욱의 안면근육이 살짝 수축했다.

윤은 아차 싶어서 붙잡고 있던 이불을 다시 떨어뜨렸다. 같은 남자 앞인데 굳이 이불로 제 몸을 가리는 게 이상하게 보였을지도 모른다. 게다가 자신이 알몸으로 자고 있던 것도 아닌데 말이다.

"아저씨, 왜 아침부터······. 제가 너무 늦게 일어났어요?"

윤의 목소리에서 약간의 긴장이 묻어났다. 희욱은 대답 없이 가만히 그녀를 내려다보기만 했다. 그 시선이 묘하게 서늘해서 윤의 손끝이 살짝 떨렸다. 어제 자신에게 입 맞출 때 보여줬던 뜨거운 열정은 식은 듯 사라지고 없었다.

눈치가 별로 없는 윤마저도 느낄 수 있을 만큼, 희욱을 감싼 분위기는 확실히 달라져 있었다. 도대체 왜?

"아저씨, 내 말 안 들려요?"

조금 서운한 느낌이 들어 다시 말을 붙여 보았지만, 희욱에게선 별다른 반응이 없었다. 오히려 가면 같은 표정이 더 냉랭해지기만 했다. 윤은 갑자기 방 안에 있는 게 답답하단 생각이 들었다. 문 앞에 버티고 선 희욱 때문에 어쩐지 독 안에 든 쥐가 된 느낌이었다.

"아침부터, 사람 민망하게. 저, 씻으러 가요."

일단은 방에서 나가고 보자는 생각에 윤이 침대 아래로 다리를 떨어뜨리며 상체를 기울였다.

"아웃!"

그때 희욱이 짐승처럼 침대 위로 들이닥쳐 윤의 상체를 내리눌렀다. 윤의 커다란 눈망울이 화등잔처럼 커지며 진동했다.

"놀, 놀랐잖아요!"

불쑥 들어와 놓고서도 희욱은 흐트러짐이 없었다. 정면으로 마주한 눈에서 다시 진한 냉기가 흘러내렸다. 날카롭게 뻗은 눈매와 높게 솟은 코, 잘 다듬어 놓은 듯한 입술까지, 가까이에서 본 희욱의 얼굴은 무척이나 아름다웠지만, 놀랄 만큼 시렸다.

뭔가가, 잘못되었다.

불길한 예감이 들었다. 윤의 얼굴에서 핏기가 옅어졌다. 윤이 마른침을 삼키자 희욱의 시선이 자연스럽게 윤의 목으로 내려갔다.

아아, 윤의 입술 안에서 작은 탄성이 터졌다. 희욱이 뭘 살피려고 하는지 알 것 같았다. 등 뒤에서 쫘악 소름이 퍼지며, 아찔해지는 기분이 들었다.

"못 참겠어."

드디어 희욱이 입을 열었다. 목소리가 살짝 쉬어 있었다.

"아저씨, 잠깐만……."

"못 참겠다고."

차가운 표정과 달리, 목소리는 뜨거웠다.

"으읏!"

희욱이 한 팔로 쇄골을 내리누르며 덮치듯이 윤의 목에 자신의 고개를 파묻었다.

"아저씨, 아파요! 잠깐만요!"

희욱이 난폭하게 윤의 목덜미에 키스했다. 키스라기보단, 폭력에 가까웠다. 여린 살결을 거칠게 빨아 당길 때마다 피부가 헐어서 자국이 남았다. 그러나 희욱은 멈추지 않고 더 바짝 몸을 밀착해 왔다.

이렇게 막무가내인 희욱은 처음인지라, 윤은 덜컥 무서워졌다. 기다려 달라는 자신의 말에 온몸을 부들부들 떨면서도 정염을 식혀 내던 희욱이 아니었던가. 갑작스런 변화의 이유를 알 수가 없었다.

이러다간 정말로 끝까지 갈 기세였다. 윤이 있는 힘껏 몸을 비틀었다. 그러나 희욱은 미동도 안 했다. 힘의 차이가 너무 컸다. 완전히 힘으로 내리누르는 지금의 상황이 닥치고 나서야, 윤은 그동안 희욱이 자신이 다치지 않게 얼마나 힘 조절을 해 왔는지를 깨닫게 되었다.

아파…….

"아저씨! 아파요, 아프단 말이에요!"

윤이 갈라지는 목소리로 소리를 질렀다. 목소리 끝에 울음이 맺혀 있었다. 희욱이 멈칫하더니 천천히 고개를 들었다.

"너도 나 좋아한다며."

"아저씨이……."

"다 큰 성인끼리 뭐가 그렇게 문젠데?"

희욱이 입매를 비틀며 차갑게 웃었다.

"남자들끼리는 섹스 안 해?"

윤은 대답할 수 없었다. 가라앉은 눈동자에서 명백한 조소가 보였다. 희욱은 알고 있었다. 자신이 여자라는 걸, 알아 버린 게 분명했다. 희욱의 눈빛이 나른하게 풀어지더니, 다시 한 번 입술 끝이 비스듬히 올라갔다.

"아, 대답하지 마. 별로 상관없으니까."

희욱의 얼굴이 다시 바짝 내려왔다.

"난 꼭 오늘 해야겠거든."

허억. 윤이 가쁘게 숨을 들이마셨다.

희욱의 커다란 손바닥이 거칠게 윤의 바지자락을 움켜쥐었다. 윤이 필사적으로 바지를 붙들었지만, 희욱이 마음만 먹으면 내리는 건 일도 아니었다. 두 손을 부들부들 떨던 윤이, 결국 두 눈을 질끈 감고 고개를 돌려 버렸다.

"……아저씨?"

그러나 희욱은 마음먹은 일을 곧바로 실행하지 못했다. 윤이 다시 고개를 바로 하고 희욱을 쳐다보았다. 희욱의 눈이 흔들리고 있었다.

시발.

희욱이 사납게 속으로 욕을 내뱉었다. 허리로 피가 몰리더니, 아랫부분이 딱딱해지며 일어서 버렸다. 이런 상황에서조차 녀석을 원하는 스스로가 우스워서 견딜 수가 없었다.

희욱에게 섹스는 내킬 때 하면 그만인 의미 없는 행위였다. 가끔씩 원할 때가 있었지만, 희욱은 쾌락에 집착하는 편이 아니었고, 성적으로 충동적인 편은 더더욱 아니었다. 그런데도, 제 몸은 윤에게 미친 듯이 반응했다. 녀석이 남자일 때도 그랬고, 녀석이 여자라는 걸 거의 확신하는 지금은…… 더욱 그랬다.

정말 제대로 미쳐 버렸군, 강희욱.

희욱이 뭔가를 참아 내듯 이를 악물었다가, 이내 결심한 듯 움켜쥔 손에 힘을 주었다. 단번에 바지가 끌어 내려졌다. 윤이 숨이 끊어질 것처럼 비명을 터트렸다. 바지가 사라지자 하얗고 가느다란 허벅지가 드러났다.

반듯하고 납작한, 아랫도리도.

희욱이 잠시 그걸 멍하니 바라보다, 짧은 실소를 터트렸다.

"얼마나 우스웠어?"

희욱이 씹어뱉듯 말했다.

"남자인 줄 알고도, 너한테 쩔쩔매는 내 모습이."

윤이 덜덜 떨리는 입술로, 간신히 입술을 뗐다.

"아, 아니에요. 정말로 그런 거 아니에요. 얘기하려고 했는데, 그런데 할아버지랑……."

"할아버지? 하? 노친네랑 짜고 친 거였나?"

희욱의 얼굴이 더 무섭게 일그러졌다. 윤의 말문이 막혀 버렸다. 어디서부터 설명해야 할지 눈앞이 캄캄했다. 지금은 아니라고 할수록 오해만 깊어질 게 분명했다.

"처음으로 누군가에게 강연수 얘길 털어놓았어."

"……."

"알아? 그게 나한테 무슨 의미였는지, 네가 알긴 하냐고!"

희욱의 눈에 핏발이 서며 고통이 차올랐다. 저도 모르게 윤의 상체를 내리누른 팔에 힘이 실렸다. 숨이 막혀 왔지만 윤은 반항하지 않았다. 자신을 짓누르는 팔보다도, 고통에 젖은 희욱의 눈빛이 더 아팠다.

"너 때문에 난 하루하루가 미쳐 버릴 지경이었어. 아니, 이미 미쳤다고 생각했지. 정신과까지 찾아갈 정도였으니까."

"……."

"그런데도 난, 솔직했어. 솔직해야 한다고 생각했어. 그게 내가 진심이라는 걸 너한테 알릴 유일한 방법이라고 생각했으니. 남자인 네가 좋아서, 정말 미칠 듯이 좋아서, 하아, 병신같이……."

희욱이 자조하며 이를 악물었다.

"강연수가 죽고 나서, 아무도 믿을 사람이 없었어. 아무도 의지할 수가 없었다고."

"……."

"내 가족들조차 믿지 못했는데."

희욱이 토해내는 말들이 피처럼 흩뿌려졌다.

"왜, 어째서, 네가! 왜!"

희욱이 절규하며 무너져 내렸다. 강연수를 벼랑 끝으로 내몰았던 한진은 제 할아버지에 의해 세워졌고 제 가족들에 의해 유지되어 온 회사였다. 그래서 희욱은 제 형이 죽고 나서 한진을 그리고 제 가족들을 믿을 수 없는 지경이 돼 버렸다. 아무에게나 벽을 만들고 누구도 들여놓지 않으려고 했던 것도 그 이유에서였다.

그 벽을 처음으로 깨뜨린 게, 바로 정윤이었다. 그랬던 그녀가 지금…….

자신의 상처를 후벼 파고 있었다. 미친 듯이 긁어내리고 있었다. 너무 아파서, 숨이 쉬어지지 않았다. 희욱은 끝내 완전히 무너지고 말았다.

"네가 원한 게 뭐야."

"아저씨, 그런 거 없어요. 제발……."

"이 집?"

희욱은 듣고 있는 게 없었다. 오해만 눈덩이처럼 불어났다. 처음부터, 뒤틀린 시작이었다. 이래선 안 됐는데, 이래선 정말 안 되는 거였는데. 윤의 전신이 절망감으로 뒤덮였다.

"한진에 하나 남은 상속인이 병신같이 빌빌거리니까 잘하면 한몫 두둑하게 챙길 것 같았어?"

너도 다른 사람들처럼 진심 같은 건 없었던 거야? 한진, 그 빌어먹을 이름이 탐났던 거야?

고통으로 가득 찬 희욱의 눈이 흔들리고 있었다. 윤은 희욱이 내리꽂은 비수 같은 말들보다도, 그 눈이, 그 흔들림이, 더 아팠다.

"원한다면 다 가져가."

미치지
않고서는   319

"……."

"대신."

"……."

"다신 내 눈앞에 나타나지 마."

진심이었다. 희욱은 끔찍하리만큼 진심으로 말하고 있었다. 서늘하지만 담담한 어조에, 그 진심이 고스란히 묻어났다. 희욱이 미련 없이 윤에게서 몸을 일으켰다.

문 앞까지 걸어간 희욱이 우뚝 멈추어 서더니 뒤돌아섰다. 소리 없이 눈물을 흘리는 윤을, 그의 시선이 느릿하게 훑어 내렸다. 아무런 의미도 감정도 담겨 있지 않은 것처럼, 차갑고 건조한 시선. 그가 천천히 입술을 떼어 냈다.

"또 눈앞에 나타나면……."

"……."

"그땐 정말 죽여 버릴 거니까."

쾅. 거세게 문이 닫혔다.

희욱이 없어졌다.

방 안에 옷이나 물건들은 그대로 두고, 몸만 감쪽같이 사라졌다. 휴대폰을 두고 나가서 전화를 거는 것도 불가능했다. 윤은 아직 몸이 완전히 낫지 않은 강 씨에게 부담이 될까 봐 대충 얼버무려 약속을 미뤘다. 최대한 빨리 희욱을 만나야 했다. 어느덧 민의 퇴원 일도 다가오고 있었다.

그러나 어디서? 자신은 희욱이 어디에 가 있을지 짐작 가는 곳조차 한 군데도 없었다. 게다가 희욱이 내뱉은 마지막 말이 며칠 동안 뇌리에서 떠나질 않았다. 희욱을 찾아내도 그가 자신의 이야기를 들어준다는 보장은 없었다.

'또 눈앞에 나타나면.'

'그땐 정말 죽여 버릴 거니까.'

그냥 하는 소리가 아니었다. 희욱의 눈 속에 남은 건 증오도 아니었다. 그 소름 끼치게 차가운 무심함을 뭐라고 표현할 수 있을까, 윤은 아직도 그 생각만 하면 한기가 들었다. 죄책감, 허무함, 그리고 두려움이 한데 엉켜 한없이 윤을 무력하게 만들었다.

저녁 내내 거실 소파에서 현관만 바라보던 윤이 밤늦게 집을 나섰다. 그녀가 다다른 곳은 W호텔 앞이었다. 언젠가 희욱과 저녁을 먹고, 또 희욱의 친구들을 만났던 곳. 희욱과 접점이 닿는 장소란 이곳뿐이었기에 윤은 무작정 찾아왔다. 지난번에 갔던 지하의 클럽에 들어가 볼 생각이었다.

"윤이 씨?"

막 호텔 입구로 들어서려던 참이었다. 누군가 윤의 이름을 부르며 팔을 잡아챘다. 윤이 뒤돌아섰다.

"아, 안녕하세요."

윤이 놀란 얼굴로 인사를 했다. 낯익은 얼굴이었는데, 이름이 기억이 나지 않았다. 그러나 지난번 룸에 있었던 희욱의 친구 중 한 명이 분명했다. 윤의 얼굴이 조금 밝아졌다.

"여긴 어떻게, 혹시 아저씨, 아니 강희욱 씨도 여기 있어요?"

희욱의 이름을 듣고 급격히 얼굴이 어두워진 민재는 천천히 고개를 가로저었다. 민재는 W호텔의 레스토랑을 소유하고 있었고 오늘도 관리차 나왔을 뿐이었다. 하지만 민재는 우연이라도 윤을

미치지
않고서는   321

만난 게 다행이라는 생각이 들었다.

며칠 전부터, 한진의 미친개, 오 년 전 '그때'의 강희욱이 돌아왔다는 소문이 떠돌았다. 이 바닥에선 비슷한 일들이 비일비재해서 그게 정말로 희욱의 얘기일 거라고는 생각지 못했다. 그러나 어젯밤, 은미가 직접 현장을 목격하고 말았다.

민재와 상훈, 그리고 은미와 진주까지 모두 모여 대책 회의를 열었다. 상훈의 얘기를 미루어볼 때 모든 일의 도화선이 된 이는, 깜찍하게도 한 달이나 남자 행색을 하고 다니다, 멋대로 희욱을 뒤흔들어버린 이 정윤이라는 여자가 분명했다.

상훈은 여자 하나 때문에 녀석이 이 정도까지 일을 칠 줄은 몰랐다고 했다. 민재는 다른 일에 있어서 날카로운 편인 상훈이 언제나 여자 문제에서는 조금 둔하다고 생각했다. 그는 대놓고 여자를 밝히는 편이라서 오히려 남녀 문제의 심각성을 제대로 인지하지 못했다.

희욱을 미치게 만든 게 정윤이라면, 그걸 해결할 수 있는 이도 그녀밖에 없다는 게 민재의 의견이었다. 진주와 은미 모두 민재의 의견에 동의했다. 그래서 회의의 결론은 정윤을 찾아야 한다는 것으로 모아졌다. 하지만, 아무도 연락처를 몰라서 헤매고 있던 참이었다.

"우리 모두 윤이 씨를 찾고 있었어요. 그때 전화번호라도 알아둘 걸, 얼마나 후회했는지 몰라요."

윤으로서는 민재의 말이 전혀 예상치 못한 것이었다. 자신을 찾았다는 말이, 희욱에게 무슨 일이라도 생겼다는 말로 들려서 심장이 내려앉는 것만 같았다.

"저를 왜요?"

"희욱이 녀석, 상태가 좀 심각해요."

쿵쿵쿵, 머리보다 심장이 먼저 반응했다. 윤은 뒤에 무슨 말이 나올까 두려워서 물어볼 수조차 없었다. 짧게 한숨을 내쉰 민재가 계속 말을 이었다.

"강희욱 그 녀석, 자기 친형 그렇게 잃고 나서, 정말 무시무시했 거든요. 제정신으로 돌아오는 데 일 년이 넘게 걸렸어요."

"......"

"웬만하면 작은 일탈 정도는 눈감고 넘어가는 세계인데, 우리가 나서서 말렸을 정도로 그때의 강희욱은 정말 갈 데까지 갔었죠. 하 지만 말릴 수가 없었어요. 아무도 브레이크를 걸지 못해서, 제풀에 지쳐서 그만둘 때까지 지켜봐야 했을 정도였어요."

'그들의 세계'에서 사람이 갈 데까지 간다는 게 어떤 의미인지 윤은 제대로 가늠하기 어려웠다. 그러나 지난번엔 그토록 여유 만 만하던 민재의 얼굴에, 저렇게까지 그늘을 드리울 정도의 일탈이 란, 아마도 자신이 생각하는 것보다는 더 엄청난 것이리라.

윤은 조급함에 목이 탔다. 자신은 희욱을 봐야 했다. 정말로 그 가 자신을 아프게 한다고 할지라도, 한 번 더 그를 보고 설명을 해 야 했다. 용서를 구해야 했다. 최소한, 노력이라도 해 보아야 했다.

"무리한 부탁일 수도 있지만, 난 윤이 씨가 희욱일 멈춰 줄 수 있다고 생각해요."

"어디 있어요, 그 사람?"

"일단, 여기로 연락해 봐요. 은미가 윤이 씨를 꼭 만나고 싶어 했 어요. 희욱이 있는 곳으로 데려다 달라고 하면, 그렇게 해줄 거예요."

민재가 품 속에서 명함 하나를 꺼내 건넸다. 은색 코팅 종이 위에 '차은미'라는 세 글자가 또렷이 새겨져 있었다. 이름을 보자마자 금방 지난번에 클럽에서 보았던 차분한 이미지의 여자 얼굴이 떠올랐다. 그녀가 잠시 자리를 비운 사이, 화려한 얼굴의 진주가 윤이에게 속삭이듯 흘려준 이야기도 함께.

'윤이 씨가 희욱 오빠 열심히 욕해준 덕분에, 지금 가장 속이 시원한 건 아마 은미 언니일 거예요. 강희욱 때문에 속앓이를 워낙 했어야지. 나도 희욱 오빠 얼굴 보고 한때 혹한 적이 있긴 했지만, 저런 목석같은 남자를 어떻게 삼 년이나 따라다닐 수 있는지. 정말이지, 언니도 대단했다니까. 이따가 언니 오면, 윤이 씨가 희욱 오빠 좀 더 욕해줘요.'

진주는 그렇게 말하면서 너무나 재밌다는 듯이 키들거렸었다. 그땐 별생각 없이 넘겼었지만, 지금은 삼 년이나 희욱을 짝사랑했다는 말이 가슴에 확 밀려들어 왔다. 화려하게 빛나고 있는 은빛 명함을 쥔 윤의 손끝이, 살짝 떨리고 있었다.

"오랜만에 봬요, 윤이 씨."

은미가 여유롭게 미소를 띠며 인사를 해왔다.

"안녕하세요."

윤도 따라 인사를 했다. 전에 봤을 땐 워낙 화려한 스타일의 진주가 옆에 있어서 몰랐는데, 다시 본 은미는 꽤 미인이었다. 특히 깨끗한 피부와 하얀 얼굴이 도드라지는 청순한 타입으로, 자신에게선 찾아볼 수 없는 여성스러운 기품을 가지고 있었다. 윤이 저도 모르게 윗니로 아랫입술을 씹었다.

"밝은 데서 보니까 더 예쁘네."

은미가 자리에 앉으며 혼잣말인 듯 아닌 듯 꺼낸 말에, 윤이 잠시 할 말을 잃어버렸다. 자신한테 하는 말인지 아닌지 헷갈렸다. 은미가 두 눈을 둥글게 휘더니, 이번에는 지칭 대상을 정확히 밝혀 주었다.

"윤이 씨 말하는 거예요. 처음엔 예쁘장한 남자인 줄 알았는데, 여자라고 생각하고 보니까 너무 예쁘네요. 뭐랄까 다들 비슷비슷하게 생긴, 소위 예쁘다는 여자들이랑은 다른 느낌?"

은미는 진심이었다. 윤은 어린 소년 같기만 한 제 모습 때문에 어른스러운 은미가 부러웠지만, 은미는 오히려 꾸미지 않아도 투명하게 빛나는 윤의 모습이 부러울 따름이었다.

"은, 은미 씨가 저보다 훨씬 더 예쁜데요."

그렇게 말하면서, 윤은 얼굴을 붉혔다. 은미가 다시 미소를 띠었다. 말하는 데 사심이라곤 전혀 없는 게 느껴졌다. 처음 봤을 때도 생각했던 거지만, 정윤은 타인의 마음에 걸린 빗장을 자연스럽게 풀어 버리는 재주가 있었다.

처음 윤과 희욱의 얘기를 들었을 때 은미는 해묵은 감정들 속에서 질투가 돋아나는 걸 느꼈다. 그렇게 오랫동안 희욱의 무심함을 견딜 수 있었던 유일한 이유는, 그가 자신뿐만 아니라 모든 이에게 마음을 주지 않았기 때문이었다.

그런 그가, 남자인 줄 알고도 누군가를 좋아하게 되었다고?

하지만 질투는 금방 사그라졌다. 은미는 사리 분별이 명확한 여자였다. 희욱은 윤을 만나지 않았더라면 끝까지 누군가에게 마음을 여는 법을 몰랐을지도 모른다. 비워 두지 않았어도, 어차피 자신의 자리는 아니었을 것. 은미의 입가에 씁쓸함이 스쳐 지나갔다.

따뜻한 커피로 목을 축인 은미가 이내 천천히 입을 열었다.

"들었는지 모르겠지만, 제가 오랫동안 희욱 오빠 짝사랑했어요."

윤이 대답하지 않고 묵묵히 은미의 다음 말을 기다렸다. 심장이 콕콕 쑤시는 느낌이었지만, 티 내지 않으려고 애썼다. 은미는 어디까지 말해야 하나 잠시 망설이다가, 어차피 여기까지 오게 된 김에 솔직해져 보기로 결심을 굳혔다.

"내가 드러내 놓고 짝사랑한 게 그 정도고, 사실은 고등학교 때부터 계속 좋아했던 것 같아요. 오빠는 여자한테 관심이 있는 타입이 아니었어요."

강희욱의 고등학교 시절 얘기를 듣는 게 처음이라, 윤은 어쩐지 조금 가슴이 뛰었다. 은미가 커피를 한 모금 더 마신 뒤, 다시 말을 이었다.

"대신 오빠는 공부를 무지하게 했죠. 안 그래도 수학적인 머리가 대단했는데 본인이 노력까지 하니까 정말로 동기들 중에서도 탁월했어요. 오빠에게 고백을 한 건, 졸업하기 직전이었나. 오빠가 날 여자로서 좋아하지 않는 건 알았지만, 딱히 밀어내지도 않아서, 할 일 년 정도 사귀었던 것 같아요."

'사귀었다'는 말에, 윤의 얼굴이 약간 굳었다. 은미는 그와 사귀는 일 년 동안 잠자리조차 한 번 해 보지 못했다는 말은, 일부러 꺼내지 않았다. 순간 치졸하다는 생각이 들었지만, 무너진 자존심을 이렇게라도 조금이나마 지키고 싶었다.

"그러다가 '그 일'이 일어났죠. 알고 있죠? 희욱 오빠 형이 자살

한 거……."

윤이 어두워진 얼굴로 가만히 고개를 끄덕였다.

"재벌가에 태어난 아이들에겐 두 부류가 있어요. 하나는 가지고 태어난 것 외에 본인이 스스로 노력까지 해서 위로 올라가는 경우이고, 다른 하나는 가지고 태어난 것에 몰두해서 아무 노력도 하지 않다가 결국 바닥으로 추락하는 경우이죠. 두 번째 경우에는, 대개 약물과 섹스로 귀결돼요. 노력하지 않아도 가진 것이 너무 많으니, 그 자리에 고여서 썩는 거죠."

고여서 썩는다, 그 적나라한 표현이 무겁게 윤의 심장을 짓눌렀다.

"희욱 오빤 한 번도 두 번째 부류들과 어울린 적이 없었어요. 그렇다고 그런 부류들을 경멸했던 저 같은 타입도 아니었죠. 그냥, 아예 관심 자체가 없었다고 하는 게 맞을 것 같네요."

은미가 잠시 말을 멈추고 숨을 골랐다. 괴로운 기억을 떠올릴 차례였다. 굳어 있는 은미의 얼굴을 보면서, 윤은 희욱이 '갈 데까지 갔었다'고 했던 민재의 말을 떠올렸다.

"형이 죽고 나서부터였죠. 오빠가 악질 중에서도 악질들과 어울리기 시작한 건."

윤의 심장박동이 빨라졌다. 은미가 또 한 번 숨을 고르고 힘겹게 말을 이었다.

"그때의 오빠는 정말이지 처절했어요. 스스로를 망가뜨리고 싶어서 안달 난 게 보였죠. 여자와 술, 약물, 패싸움, 쓸 수 있는 모든 수단을 동원해서 철저하게 망가져 갔으니까."

다신 떠올리고 싶지 않았는데. 선연하게 차오르는 기억들에 은미가 절로 질끈 눈을 감았다.

"한때는요, 내가 오빠의 운명이라고 생각했거든요. 그래서 오빠를 이 악의 수렁에서 건져 올릴 사람도 나라고 자신했어요. 그래서 열심히 오빠를 찾아다녔고, 극구 말리기도 해 봤죠."

처참하게 끝나버린 그녀의 첫사랑, 그리고 채 아물지 못한 첫사랑의 상처가, 그녀의 떨리는 목소리에서 그대로 느껴졌다. 윤은 희욱이 제게서 냉정하게 뒤돌아섰을 때를 떠올리며, 은미가 그동안 얼마나 아파했을지를 가늠해 보았다. 생각만으로도 숨이 턱, 막혔다.

"그러다가, 바닥을 봤죠. 오빠의 섬뜩한 바닥."

은미의 흔들리던 눈동자가 멈추었다. 그녀가 또렷하게 윤의 눈을 마주 봤다.

"그 바닥에 뭐가 있었는지 알아요?"

윤도 은미를 마주 봤다. 은미가 쓴웃음을 띠었다.

"아무것도 없었어요."

"……."

"정말로, 아무것도 없더라고요."

은미의 목소리가 이제 조금씩 젖어 들고 있었다.

"오빠를 찾아간 마지막 날, 그 앞에서 절규했어요. 온몸이 으스러질 것처럼 오열했죠. 제발 정신 좀 차리라고, 오빠를 붙잡고 흔들었어요. 그런데, 오빠는, 마치……."

"……."

"길가의 돌멩이를 보는 눈길로 나를 보더라고요. 그 느낌이 어떤 건지 말로는 설명이 안 돼요. 구역질이 났거든요. 나를, 자신을 미칠 듯이 사랑해서 온몸으로 그를 붙들고 있는 나를, 정말로 아무것도 아닌 것처럼 내려다보는 그 눈빛이, 너무나 끔찍해서, 흐으……."

은미가 흐느끼며 어깨를 들썩였다. 차라리 증오하는 게 낫지. 혐오하는 게 낫지. 그렇게 아무것도 담기지 않은 눈빛이라니, 다시는 마주하고 싶지 않았다. 정말로, 다시 떠올리고 싶지 않았다.

흐느끼는 은미 앞에서 윤은 차마 같이 울어 줄 수도 없었다. 한없이 무력한 느낌이 들었다. 위로해 주고 싶었으나, 위로할 자신이 없었다. 윤이 자리에서 일어나 은미의 옆으로 다가갔다. 천천히 팔을 뻗어 그녀를 안아주었다.

"도와줘요. 윤이 씨."

은미가 절박하게 부탁했다. 윤은 곧바로 대답하고 싶었다. 그러나 역시 자신이 없었다. 희욱이 과연 자신을 용서할까? 만약 희욱이 제게도 그 '바닥'을 보인다면, 자신은 견뎌낼 수 있을까? 버텨낼 수 있을까?

"우린 모두, 강희욱을 불쌍하게 여겨요. 그리고, 무서워해요. 그 바닥을, 다시 볼 자신이 없어요. 제발 도와줘요."

은미가 한 번 더 간곡하게 부탁했다. 막연한 두려움이 윤의 가슴 한가운데를 훑고 지나갔다.

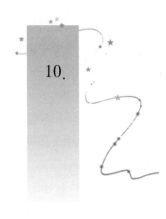

10.

은미를 따라 들어온 곳은, 청담에 있는 모 클럽이었다. 번쩍이는 조명과 화려한 사람들 사이를 비집고 한참이나 깊숙이 들어간 은미는, 덩치가 큰 남자가 지키고 있는 철문 앞에 멈춰 섰다. 은미를 알아본 남자가 가볍게 묵례를 하고는 문의 잠금장치를 풀어 줬다.

문이 열리자 끝이 보이지 않는 어두운 복도가 나타났다. 은미는 하이힐로 날카롭게 대리석 바닥을 찍으며 망설임 없이 앞서 나갔고, 윤도 그녀를 따라 육중한 문을 통과했다. 둘이 들어가자마자 뒤에서 빠르게 문이 닫히는 소리가 들렸다.

한참을 걷고 난 뒤 둘은 복도 끝의 엘리베이터를 타고 내려갔다. 엘리베이터는 여러 개의 룸으로 들어서 있는 컴컴한 지하층으로 둘을 토해 냈다. 둘은 내려서도 얼마간 또 걸어야 했다. 도대체 어디를 가기에 이렇게 끝없이 가나 했다.

윤이 약간 지쳤을 즈음, 은미가 드디어 걸음을 멈추고 윤을 향해 돌아섰다. 은미가 멈춰 선 곳은 다른 곳과 비교해서 유달리 컴컴해 보이는, 어느 룸의 문 앞.

"들어가면, 오빠가 보일 거예요."

"……."

"난, 이만 돌아가 볼게요."

은미의 얼굴에서 긴장감이 엿보였다. 그게 희욱에 대한 걱정이 아니라 자신에 대한 걱정이라는 걸 알아차리곤, 윤이 옅게 웃어 보였다.

"괜찮아요, 전."

"……미안해요. 이런 짐을 맡겨서."

은미의 목소리가 살짝 떨렸다. 윤이 천천히 고개를 가로저었다.

"저 때문에 벌어진 일인 걸요."

"그렇지 않아요. 그런 생각 하지 말아요. 오빠가 벌이는 일의 책임은 누구도 아닌 본인이 져야 하는 거니까."

자신을 조금이나마 위로해 주는 은미의 마음씨가 고마웠다. 윤은 다시 한 번 그녀를 향해 웃어 보이곤, 씩씩하게 룸 안으로 들어갔다. 윤이 완전히 사라지고 문이 닫히는 모습까지 멀거니 바라보고 서 있던 은미가, 짧게 한숨을 내쉬며 뒤돌아섰다.

부디 그녀가 강희욱을 되돌릴 수 있기를. 자신은 하지 못했던 일이었기에 윤이 반드시 해내기를, 은미는 진심으로 바랐다.

문을 열자마자 코를 찌르는 불쾌한 냄새에 윤이 저절로 얼굴을 찌푸렸다. 룸 안에는 자욱하게 연기가 끼어 있었는데, 담배 냄새에 더해 뭔가가 타는 냄새가 섞여 있었다. 그게 마리화나 냄새라는 걸

윤으로서는 알 수가 없었다. 진득하게 목구멍을 죄어 오는 연기에 윤이 기침을 내뱉으며 시야를 확보하려고 손부채질을 했다.

"뭐야, 넌. 새로운 웨이터야?"

허스키한 남자의 목소리가 들려왔다. 조금 연기에 익숙해진 윤이, 고개를 들어 천천히 룸 안을 살펴보았다. 룸의 중앙에는 여느 룸과 비슷하게 커다란 테이블이 놓여 있었고, 그 주위를 벨벳이 씌워진 커다란 소파가 둘러싸고 있었다. 소파 위에는 아무렇게나 널브러진 남자가 대여섯 명 정도 보였는데, 모두 기이한 것을 보듯 자신을 주시하고 있는 모습이었다.

"저, 강희욱 씨를 찾으러 왔는데요."

윤의 눈동자가 남자들 사이에서 희욱을 찾으려고 좌우로 빠르게 움직였다. 동시에 중앙쯤에 있던 남자가 쿡, 웃음을 터트렸다. 짧은 머리를 포마드로 넘긴 남자는, 깔끔하지만 날카로운 인상을 가지고 있었다.

"야, 너 찾으러 왔단다."

남자가 테이블 위에 엎어져 있던 다른 남자 하나를 팔꿈치로 가볍게 건드렸다. 아무래도 엎어진 남자가 희욱인 모양이었다.

"아저씨."

남자가 몇 번이나 찔러대도 미동도 하지 않던 그는, 윤이 부르는 소리를 듣고 나서야 천천히 고개를 들었다. 그러나 그의 얼굴을 확인한 윤의 얼굴은 그대로 굳어졌다.

한 번도 본 적 없었던, 완전히 흐트러진 희욱의 모습. 풀어헤쳐진 셔츠와 흘러내린 머리는 그가 지금 스스로에게 아무런 신경도 쓰고 있지 않다는 걸 보여 주었다. 게다가 반쯤 초점이 나간 눈동자는, 자신을 올려다보고도 아무런 반응이 없었다. 만취해도 인간의 눈빛이 저렇게 탁해지진 않는다. 저건 술이 아니라 다른 향정신성 약물에 의해서만 가능한 상태였다.

"아저씨, 왜……."

윤이 망연한 얼굴로 희욱에게 다가섰다.

"너 아는 애야? 여길 어떻게 들어왔지."

날카로운 인상의 남자가 희욱을 다시 한 번 찌르며 물었다. 희욱은 대답하지 않고 눈앞에 놓인 위스키 병을 들고 술잔만 가득 채웠다.

"뭐야, 이건. 너 웨이터냐?"

그때, 아까와 똑같은 질문이 다시 윤에게로 던져졌다. 이번에는 다른 남자에게서였다. 윤이 그쪽으로 고개를 돌렸다. 룸에는 별도의 작은 곁방이 하나 딸려 있었는데, 남자는 그곳에서 문을 열고 나오던 참이었다.

남자는 흐트러진 바지 앞섶을 주섬주섬 정리하며 윤을 쳐다보았다. 그러나 윤의 눈에는 남자 대신, 열린 문틈 사이로 옷을 챙겨 입고 있는 나신의 여자들이 먼저 들어왔다.

윤의 눈에 경악이 들어찼다. 얼굴에서 핏기가 사그라지며, 근육이 뻣뻣하게 굳어 갔다.

도대체, 이곳은…….

이곳에서 벌어지고 있는 모든 일이, 눈으로 보고 있는데도 믿기지가 않았다. 이런 의미였나, 갈 데까지 갔다는 말이. 생각했던 것보다 더 끔찍하고, 더 추악했다. 윤은 점점 숨이 막혀 왔다.

"가서 강 실장한테 전해. 좀 쓸모 있는 애들로 뽑아오라고. 이러

미치지 않고서는 333

라고 그 많은 돈을 처먹여 주는 줄 알아?"

남자가 일그러진 얼굴로 마저 옷매무새를 가다듬다가, 문득 신경에 거슬리는 듯 고개를 쳐들었다.

"왜 대답을 안 해?"

"……아니에요."

"뭐?"

"저 웨이터 아니라구요."

윤이 떨리는 아랫입술을 꾹 말아 물며, 조금 힘주어 말했다. 하, 남자가 기가 막힌 듯 웃음을 터뜨리더니 윤에게로 성큼 다가섰다.

"그래서? 넌 뭔데?"

윤 쪽으로 바짝 상체를 숙인 남자의 몸에서 채 식지 않은 땀과 무언가 비릿한 냄새가 났다. 윤이 고개를 돌려 버렸다. 머리가 어지럽고, 구역질이 났다.

남자가 한쪽 입가를 비릿하게 말아 올리더니, 윤의 고개를 우악스럽게 붙잡고 제 쪽으로 되돌려 놨다. 윤이 그를 노려보았다. 남자의 탁한 눈동자가 탐욕스럽게 번들거리고 있었다.

"뭐냐고 물었잖아."

"야, 아무리 너라도 좀 참아."

아까 그 날카로운 인상의 남자가 끼어들어 말했다. 그 말을 듣고 윤의 턱을 붙잡고 있는 남자가 눈썹을 팍 구겼다.

"내가 왜? 애가 뭐라도 돼?"

"강희욱하고 아는 놈인가 봐."

강희욱의 이름이 나오자 남자가 뭐라도 밟은 얼굴로 황급히 붙잡은 턱을 놓았다.

"씨발. 진작 말하지."

남자의 시선이 저절로 희욱에게로 향했다. 오만하던 남자는 어느덧 희욱의 눈치를 살피고 있었다. 그러나 정작 희욱은 남자 쪽에는 관심도 없는 듯 보였다. 그는 내키는 대로 술을 따라 잔을 채우는 족족 입에 털어 넣고 있었다.

"강희욱, 너 아는 놈 맞아?"

남자가 확인하듯 물었지만 희욱은 여전히 대답이 없었다.

여기에 있는 그 누구도 강희욱의 신경을 건드리고 싶어 하지 않았다. 그건 그의 대단한 배경이 무서워서가 아니었다. 여기 있는 모두에게 그가 '필요' 했기 때문이었다. 강희욱이 이곳에 있다는 것만으로 그들의 네임밸류는 올라갔다. 그리고 따라붙는 여자들의 급도 달라졌다.

반대로 사람들은 강희욱이 자신들과 어울린다는 것만으로도 온갖 더러운 루머를 붙이며 그를 깎아내리곤 했다. 정작 그가 여기 와서 술이나 대마 외에, 그 이상의 것들─가령 코카인이나 난잡한 섹스─에는 손을 대지 않는다는 사실을, 아무도 몰랐다.

그러나 강희욱의 평판 따위를 신경 쓰는 이들은 이 중에도, 그리고 바깥에도 아무도 없었다. 사람들은 그저 강희욱이 필요하거나 그를 적당히 이용하는 데 이골이 나 있을 뿐이었다. 강희욱 역시 자신을 망가뜨리는 데 필요했으니 눈앞에 있는 이들의 속내를 알면서도 눈감아 주고 있는 것이었다.

"근데, 너. 여자야? 남자야? 졸라 헷갈리게 생겼네."

희욱이 아무래도 대답을 할 것 같지 않자 남자는 금방 기다리기를 포기하고 다시 윤 쪽으로 관심을 돌렸다. 처음엔 웨이터 주제에 자신을 되바라지게 쳐다보는 게 신기했을 뿐인데, 조금 가까이서 보니 성별이 헷갈릴 만큼 예쁘장하게 생긴 녀석의 얼굴은, 묘하게 자극적인 구석이 있었다. 마침, 새로운 장난감을 찾고 있던 참이었는데 말이다.

"강희욱, 대답 좀 해. 너 애 아냐니깐?"

남자가 희욱 쪽으로 다시 고개를 돌렸다.

"이 새끼 이거, 벌써 맛이 갔나."

옆에 있던 남자가 희욱이 들고 있던 술잔을 홱 낚아채 갔다. 남자는 자기들 중에서도 질이 가장 안 좋기로 소문난 저 쓰레기 같은 놈 때문에, 희욱의 비위가 거슬리는 것이 싫었다. 그래서 그가 일을 벌여도 희욱으로부터 제대로 확인을 받고 난 뒤에 벌이길 바랐다.

술잔을 빼앗기자, 드디어 희욱이 고개를 틀었다. 느릿하게 움직이던 시선이, 정확하게 윤을 바라봤다.

'그러다가, 바닥을 봤죠. 오빠의 섬뜩한 바닥.'

'그 바닥에 뭐가 있었는지 알아요?'

'아무것도 없었어요.'

'정말로, 아무것도 없더라고요.'

아아⋯⋯. 윤의 입에서 신음 같은 탄성이 터졌다. 은미가 했던 말이 그대로 쐐기가 되어 윤의 심장 한가운데에 박혔다.

아무것도 없었다. 정말로, 아무것도. 자신을 쳐다보는 희욱의 눈동자가 텅 비어 있었다. 심지어, 미움마저 남아 있지 않았다.

툭. 투둑. 윤의 눈에서 참았던 눈물이 떨어졌다. 그걸 메마르게 올려다보던 희욱이 술병으로 시선을 옮기며 말했다.

"……누군지 모르겠는데."

윤 앞에 서 있던 남자의 입가가 길게 찢어지며 벌어졌다.

"뭐야, 괜히 긴장했네. 그럼 얘 내가 가지고 놀아도 돼?"

희욱이 무심하게 던지듯 대답했다.

"좋을 대로."

좋을 대로, 희욱의 그 말이 떨어지자마자 남자가 윤에게로 완전히 몸을 틀었다. 윤이 반사적으로 주춤 물러났지만, 등 뒤가 바로 닫힌 문이었다. 남자는 즐기는 것처럼 일부러 느릿하게 따라붙었다.

윤의 입술이 바들바들 떨리고 있었다. 눈에선 뜨거운 눈물이 계속 흘러내렸다. 눈앞에 다가오는 남자보다 뒤편에 무심하게 앉아 있는 희욱이 더 신경 쓰였다.

희욱에게, 자신이 완전히 모르는 사람이 되어 버렸다는 사실이 더 무서웠다.

"너, 정확히 성별이 뭐야. 네 입으로 말할래?"

"……."

"아님, 내가 직접 확인할까?"

남자는 즐겁다는 듯이 이를 드러내며 웃었다.

"윽!"

남자가 문에 등이 닿을 때까지 윤을 밀어붙였다. 그리고 그녀의 티셔츠를 단번에 끌어 올려 벗겨 냈다. 희욱 때문에 넋을 놓고 있던 윤이 비로소 비명을 터뜨리며 발버둥을 쳤다. 남자가 제 몸으로 그녀를 짓누르며 제압했다.

"이, 이러지 말아요."

남자의 귀에 윤의 겁먹은 목소리는 들리지도 않았다. 그는 벗겨
낸 옷 아래에 또 하나의 티셔츠가 나타난 것이 짜증스러울 뿐이었
다. 눈살을 찌푸린 채로 윤을 훑어 내리던 그의 눈에, 팔뚝 아래로
흘러내린 브래지어 끈이 들어왔다.

"계집애였네."

윤이 생기가 말라 버린 눈으로 남자를 올려다보았다. 당장이라
도 도망쳐야 했다. 그러나 자신을 붙들고 있는 손에서 압도적인 완
력이 느껴졌다. 자신이 온 힘으로 저항해도 제힘으로 벗어날 수 있
을 것 같지 않았다. 그리고 희욱은 절대 자신을 위해 남자를 멈춰
주지 않을 것이었다.

아저씨…….

눈앞이 점점 더 흐려져 왔다.

"가까이서 보니까, 더 마음에 든다. 묘하게 꼴린단 말이야. 크
큭."

체념한 듯 울고 있는 윤을 보며 남자의 피가 빠르게 달아올랐
다.

"당장 한번 하자. 오빠가 잘해 줄게. 너도 좋아할걸?"

남자가 윤의 팔을 거칠게 붙잡고 이끌었다. 조금 전 빠져나온
곁방으로 들어가려는 모양이었다. 윤의 반항이 무색하게도 남자
는 가뿐하게 그녀를 끌고 갔다. 남자의 발걸음이 점점 빨라졌다.

"넌 방금 하고도 그게 또 꼴리냐? 짐승 같은 놈."

누군가 빈정거리는 소리가 들려왔지만, 남자는 전혀 개의치 않
았다.

그러나 남자가 곁방에 달린 문고리를 돌리려는 순간.

쨍그랑!

둔탁한 파열음이 룸 안을 채웠다.

"씨발……."

날아온 크리스털 양주병 하나가 벽에 부딪혀 산산조각이 되었다. 남자의 머리를 아슬아슬하게 스치고 지나간 뒤였다. 남자의 얼굴이 순식간에 싸늘하게 얼어붙더니 병을 던진 누군가를 향해 삐딱하게 돌아갔다.

"이 미친 새끼가……."

남자의 시선 끝에는 희욱이 앉아 있었다. 양주병은 누가 봐도 일부러 남자의 얼굴을 스치고 지나가도록 조준된 것이었다. 나른하게 가라앉아 있었던 룸 안의 분위기에 찬물이라도 끼얹은 것처럼 긴장감이 어렸다.

"방금 그거, 쟤 정말로 죽을 수도 있었어."

희욱 옆에 앉은 남자가 질린 목소리로 말했다. 듣고 있던 희욱이 픽 웃으며 자리에서 일어섰다.

"아, 미안. 손이 미끄러져 버렸네?"

"죽고 싶어서 환장했어?"

윤을 붙잡은 남자가 악에 받쳐 소리를 질렀다. 희욱이 천천히 걸어서 남자를 향해 다가갔다. 기세 좋게 소리치던 것과 달리, 희욱이 움직이자 남자는 주춤거렸다.

그는 몇 번 제 눈으로 희욱이 싸우는 모습을 본 적이 있었다. 폭력을 휘두를 때 그의 모습은 흡사 귀신 같았다. 사람들은 죽을 것처럼 싸울 때도 대개는 살기 위해 싸운다. 그러나 희욱은 정말로 잃을

게 없는 사람처럼 달려들곤 했었다. 그 압도적인 힘, 그리고 '태도'
의 차이란.

윤은 자신을 붙잡은 남자의 팔이 미세하게 떨리고 있는 것을 느
꼈다. 반대로 이쪽으로 다가오는 희욱의 모습은 무서우리만큼 침
착해 보였다. 그가 뭘 어쩌려는 건지 짐작조차 할 수 없었다.

"떼."

"뭐?"

"걔한테서 손 떼라고."

퍽. 희욱의 주먹이 그대로 남자의 얼굴에 꽂혔다. 남자가 신음을
내뱉으며 바닥으로 나동그라졌다. 이런, 씨발. 남자가 욕설과 함께
입에서 핏물 섞인 침을 뱉어 냈다.

"이 개자식아, 내가 손 대는 게 싫었으면 진작 말했으면 됐잖
아!"

남자가 목에 퍼런 핏대를 세우며 다시 소리를 질렀다.

"닥쳐."

희욱이 남자를 똑바로 내려다보며 말했다. 그 눈빛이 어찌나 서
늘한지 남자의 입이 절로 다물어졌다. 남자는 희욱의 구둣발이 날
아오기라도 할까 봐 본능적으로 머리를 감싸며 몸을 움츠렸다.

"저 녀석 때문이 아니야."

"……."

"룸 안에 다신 여자 들이지 마. 짝짓기가 하고 싶으면 네 집에
불러서 해. 네 헐떡이는 소리, 역겨워 죽겠으니까."

희욱이 뒤돌아서서 입구로 향했다.

"따라 나와. 정윤."

윤이 나오자마자 희욱은 낚아채듯 그녀의 손목을 잡았다.

"아저씨, 아파요. 이것 좀 놓고……!"

붙들린 손목은 꽉 맞는 수갑이라도 채운 것처럼 욱신거려 왔다. 배려하지 않고 빠르게 앞서 나가는 희욱 때문이었다.

"아저씨, 잠깐 멈추고 얘기 좀 해요!"

윤이 하는 말이 들리기는 하는 건지 희욱은 조금도 속도를 늦추지 않고 걸어가더니, 복도 끝에 있는 빈 룸으로 그녀를 거칠게 밀어 넣었다.

"아윽!"

안으로 튕겨 들어간 윤은 하마터면 그대로 바닥에 쓰러질 뻔했다. 휘청거리던 그녀를 붙잡아 세운 것은 따라 들어온 희욱이었다.

"여기가 어디라고 찾아와?"

희욱의 목소리가 무시무시하게 가라앉아 있었다. 윤을 향해 내리꽂힌 시선이 매서웠다. 윤이 입술을 덜덜 떨었다. 심장이 제멋대로 쿵쾅거렸다.

머릿속에서 아까 그가 벌인 일들이 자동으로 리플레이 됐다.

"내가 어떤 놈인지 두 눈으로 똑똑히 봤으니 이제 좀 머릿속에 제대로 박힐 거야."

"……."

"난 원래 이런 놈이야. 제자리로 돌아온 것뿐이라고."

"……."

"두 번 다시 찾아오지 마."

희욱의 한 마디 한 마디가 칼끝처럼 날카롭게 윤의 마음을 긁어내렸다.

"미안해요. 아저씨."

"……."

"잘못했어요. 내가 다 잘못했어요. 속여서 미안해요."

"……."

"용서해 주세요. 제발요. 흐윽. 흑."

윤이 후두둑 떨어지는 눈물을 황급히 닦아 냈다. 희욱 앞에선 울 자격조차 없다고 생각했다. 그러나 자꾸만 흐르는 눈물은 닦아도 지워지지 않고 흔적을 남겼다.

"나 이렇게 아저씨 못 떠나요. 아저씨가 오지 말라고 해도 계속 올 거예요. 용서해 줘요. 제발요, 네?"

윤의 가느다란 어깨가 떨리고 있었다. 다붙은 호흡은 금방이라도 끊어질 것만 같았다. 가면 같던 희욱의 얼굴에 조금씩, 균열이 일었다. 희욱이 질끈 어금니를 물었다.

왜, 도대체 왜.

끊어 내려고 노력했다. 녀석이 신경 쓰인다는 걸 처음 깨달았을 때, 남자인 걸 알고도 녀석을 좋아하게 되었을 때, 마음속엔 언제나 설렘보다 혼란이 먼저 들어찼다. 그러나 그 와중에도 자신은 녀석에게 끝도 없이 빠져들어 버렸다.

저주라도 받은 것처럼 끔찍하고 지겨웠던 하루하루가 녀석 때문에 처음으로 즐거워졌고 행복해졌다. 어느샌가 불현듯 아무래도 좋다는 생각이 들었다. 남자면 어떠한가, 그대로의 정윤이 좋았다. 자신이 미친 건 아닌가 싶었지만, 녀석을 가지려고 차라리 미치기를 선택했다. 미치지 않고서는 넘을 수 없는 선을 넘어 버렸다.

그러나 돌아온 것은 끔찍한 배신. 즐겁고 행복했던 만큼, 믿고 아꼈던 만큼, 자신을 속여 온 것을 용서할 수가 없었다. 치가 떨릴 만큼, 아프고 싫었다.

그런데도, 도대체 왜……. 녀석이 울고 있는 것 때문에 가슴이 미어질까. 왜 저 눈물을 닦아 주고, 달래 주고 싶어지는 거지? 도대체 왜!

끝내 널 미워할 수 없다면, 난 이제 뭘 어떻게 해야 하는 거야.

"정윤."

너라도 날…… 미워하게 만들어야 하는 걸까.

희욱의 눈동자가 점점 짙어지며 검게 물들었다.

"똑바로 봐."

"아저씨……."

"내가 너한테 무슨 짓을 하는지."

"읍!"

희욱의 입술이 파도처럼 밀려들어 윤의 입술을 삼켜 버렸다. 동시에 그녀의 얇은 민소매 티셔츠가 희욱의 커다란 손에 의해 거칠게 밀려 올라갔다. 파고든 손이 아담한 가슴을 거침없이 움켜쥐자 윤의 눈동자가 벼락이라도 맞은 것처럼 흔들렸다.

그러나 희욱은 흔들림 없이 두 다리로 윤의 하체를 가두며 제 몸을 밀착해 왔다. 집요한 입술은 곳곳에 자국을 찍으며 그녀의 목을 타고 내려갔다.

"아저씨, 제발, 그만, 그만해요……."

"그만? 뭘 그만하라는 건데?"

"그만요. 제발, 흐윽……."

"그만할 생각 없어."

"아저씨……."

"내가 무슨 생각에 미쳐 있었는지 처음부터 알고 있었잖아."

"아저씨, 이러지 마요."

가슴까지 타고 내려간 입술이 성급하게 그녀의 정점을 빨아 당겼다. 처음 느껴보는 아찔함에 윤이 허리를 비틀자 이번에는 혀를 내밀고 천천히 핥았다. 혀가 닿는 곳이 타는 듯이 뜨겁다. 묘한 감각이 윤의 척추를 타고 올라왔다.

"그만, 제발……."

그만하라고 애원하는 게 더 자극적이었다. 희욱의 이성이 끊어질 듯 가늘어졌다. 겁만 주려고 시작한 것인데, 이제는 정말로 이대로 녀석을 가져 버리고 싶어졌다. 슬쩍 올려다본 윤은 눈물을 매단 채 자신을 쳐다보고 있었다.

하아, 네가 나를 미치게 해. 그런 얼굴로 내려다보지 마. 더 울리고 싶어진다는 걸 알잖아?

희욱이 능숙하게 윤의 바지를 끌어 내렸다. 반쯤 내려진 바지가 다리에 걸쳐지자 가뿐하게 그녀의 엉덩이를 받쳐 들고 마저 벗겨 냈다. 완전히 드러난 하얀 허벅지를 희욱의 손바닥이 맛보듯 쓸고 올라갔다.

"으읏!"

윤이 무릎을 굽히며 손길을 피하자, 희욱이 다른 한 손으로 그녀의 허리를 단단히 붙잡아 세웠다. 이제 꼼짝도 할 수가 없었다. 윤의 턱 끝에 고인 눈물이 투두둑 아래로 흘렀다.

"아저씨, 안 돼요. 안 돼요, 제발……."

"괜찮아. 그냥 있어."

희욱이 상체를 들어 올려 달래듯 다시 그녀의 입술에 살짝 키스했다. 윤이 희욱의 눈을 마주 봤다. 욕망에 젖은 눈동자는 탁하고 낯설었다.

"아저씨, 이러지 말아요."

윤이 다시 애원하자 희욱이 무심한 얼굴로 다시 입술을 붙였다. 동시에 허벅지를 붙잡고 있던 손가락이 사납게 안쪽으로 타고 올라왔다. 윤이 비명을 터뜨리자 희욱은 그 비명 소리마저 삼키며 정신없이 부드러운 입술을 빨아 당기고 맛보았다.

"윽!"

그때였다. 눈앞이 아찔할 만큼 강렬한 고통이 차오르더니, 붉은 선혈이 그의 입술 안에서 주룩, 흘러내렸다. 비릿한 피 맛에 희욱이 굳어진 얼굴로 맞붙어 있던 입술을 떼어 냈다.

"흐윽, 아저씨, 미안해요, 미안해요."

혀끝에서 조금 잘려 나간 살덩어리가 너덜대는 게 느껴졌다.

"너, 지금……."

윤은 연신 미안하다고 말하면서 그 자리에서 무너지듯 주저앉아 어깨를 들썩였다. 희욱이 기가 막힌 표정으로 윤을 쳐다보았다.

지금, 날 깨문 거야?

"일어나."

"흐윽, 흑. 못 일어나겠어요."

"일어나라고 했……."

"좋아해요."

뭐?

희욱이 손등으로 흐르는 피를 닦다가 우뚝, 동작을 정지했다. 연타로 급소를 맞은 것 같은 기분이었다.

다시는 찾아오지 않을 만큼 아프게 하고 싶었다. 다시는 뒤돌아보지 않을 만큼 겁을 주고 싶었다. 그리고 그렇게 해서라도 자신으로부터 도망가게 만들고 싶었다.

그런데, 이 상황에서, 뭐? 좋아한다고?

하, 헛웃음이 터졌다. 주저앉은 채 자신을 올려다보는 녀석을 내려다봤다. 여전히 울고 있었으나 눈빛만은 흔들림이 없는 모습이었다.

"좋아해요, 아저씨."

"……"

"아저씨가 이러는 게 너무 무섭고 싫은데."

"……"

"그래도 도망 안 갈래요. 나 그동안 계속 피하기만 했잖아요."

"……"

"좋아해요, 아저씨. 너무 많이 좋아해요, 좋아해요, 흐윽. 끅……."

하하. 이번엔 긴 한숨이 이어졌다. 머리끝에서 두통이 일며 자신도 주저앉고 싶어졌다. 더 흐트러지지 않으려고 손바닥으로 벽을 짚었다.

희욱이 드리운 그늘에서, 윤이 계속 말을 이었다.

"난 아저씨 절대 포기 안 해요."

"……"

"그러니까 아저씨도……."

"……"

346

"이렇게 쉽게 포기해 버리지 말아요."

도대체, 넌, 왜…….

희욱이 윤을 붙잡아 일으켜 세웠다.

왜 이렇게 날 흔들어.

붙잡은 윤의 팔이 눈에 띌 정도로 떨리고 있었다.

이렇게 겁먹은 주제에, 왜 도망치지 않겠다는 거야. 왜 포기하지 않겠다는 건데!

포기하면 쉬웠다. 그게 차라리 훨씬 더 편했다. 희욱은 그렇게 생각했다. 그래서 강연수의 죽음 이후 스스로를 포기했고, 그가 그랬듯 모두가 자기를 포기하길 바랐다.

방법은 아주 간단했다. 모두가 포기할 만큼 끔찍하게 무가치한 사람이 되면 됐다. 누구의 손도 닿지 않을 만큼 바닥을 치면 된다. 그러면 모두가 떠나갔다.

그런데 왜, 자신의 바닥을 보고도, 이 녀석은 여기에 있는 거지? 어째서 '절대' 포기하지 않겠다는 말을 하냔 말이야.

"안아 줘요."

희욱은 자신을 똑바로 마주하는 윤을 멍하니 바라보았다.

"……뭐?"

뭐라고? 희욱은 자신이 무슨 소릴 들은 건지 넋을 놓은 채 다시 한 번 생각했다.

"아저씨한테 안기고 싶어요. ……여자로."

희욱의 동공이 진동했다. 그가 붙잡은 팔을 제게로 바짝 끌어당겼다. 그 반동에 윤의 눈에 고여 있던 눈물방울이 한꺼번에 쏟아졌다.

"아까처럼 무섭게 말고요."

"……."

"따뜻하게요."

"……그거, 생각하고 하는 말 맞아?"

"……."

"후회 안 할 자신 있냐고."

윤이 눈가를 바르르 떨더니, 이내 결심한 듯 고개를 주억거렸다. 붙잡은 팔에서 미세한 떨림이 느껴진다. 진원지는 그녀가 아니라 자신이었다.

"시작하면 중간에는 못 멈춰."

희욱이 낮게 짓이겨 뱉었다. 윤이 다시 고개를 끄덕였다.

"……알아요."

그러면서 그녀는 희욱의 가슴 위에 손바닥을 갖다 댔다. 정확히 심장 위에 얹어진 손바닥은 그곳의 떨림을 느끼려는 듯 가만히 있었다.

그러나 희욱은, 그녀의 손이 제 펄떡이는 심장을 그러쥔 것처럼 보였다.

'좋아하는 사람이, 무조건 약자야, 오빠.'

은미가 했던 말이 다시 그의 머릿속을 채웠다.

이렇게나 무력하다. 이 조그만 녀석 앞에서, 정말이지 속절없이 무너진다. 쩌억 소리를 내며 얼어붙었던 심장이 갈라진다. 자신을 원한다는 그녀가, 이토록 사랑스럽다. 당장이라도 그녀를 넘어뜨리고 뜨겁게 안고 싶었다. 완전히 제 것으로 만들어 버리고 싶었다.

사실은, 다신 보지 않겠다 결심했던 것이 무색할 정도로 녀석을 보자마자 흔들렸다. 녀석에게 들러붙는 남자 때문에 두 눈이 뒤집히려는 걸, 녀석에게 달라붙은 손가락을 제 구둣발로 자근자근 짓이겨주고 싶은 걸, 가지고 있는 모든 절제력을 동원해 참아 낸 것이었는데…….

이 정도였나. 채 자각하지 못했던 윤에 대한 마음이, 이제는 넘쳐흘러 주워 담을 수도 없었다.

희욱이 말도 없이 자신을 바라보기만 하자 윤은 발밑으로 끝없이 물이 차오르는 것처럼 답답했다. 이대로는 숨을 쉴 수가 없을 것 같았다. 아아, 틀렸나 봐. 윤이 희욱의 가슴에서 손바닥을 떼 냈다.

"내가 싫으면, 이제 정말 완전히 싫어졌으면, 흐윽……. 그렇다면, 알아요, 나도, 어쩔 수 없는 거, 떠나야 하는 거……그래도 한번만 기회를 주면 안 될까요, 딱 한 번만 기회를 주면……. 흑흑. 아니면 조금만 곁에 있을게요, 아주 조금만…… 나를 이용해도 좋아요. 날 버려도 좋아요. 조금만 곁에 있게 해 주세요……. 곁에 있게…… 으읍!"

희욱의 입술이 거세게 윤의 입술을 삼켰다. 갑작스러운 밀려듦에 윤이 커다래진 눈을 치켜뜨고 버둥거렸다. 희욱이 잠시 입술을 떼고 그녀의 귓가에 으르렁거렸다.

"누구 마음대로 조금만 곁에 있겠다는 거야?"

"하아, 그게 아니라……."

"계속 있어, 내 옆에."

"아저씨……."

"이미 늦었어. 이젠 넌 날 못 떠나."

"……."

"네가 남자든, 여자든, 인간이 아니든, 난 이제 널 계속 옆에 두고"

희욱이 윤의 귓바퀴에 뜨겁게 날숨을 토해 내며 혓바닥을 밀어넣었다.

"내가 하고 싶은 걸 할 거거든."

윤의 등줄기를 타고 야릇한 전율과 막연한 두려움이 함께 흘렀다. 다시 입술 안으로 밀려드는 희욱의 혀를 느끼며, 윤이 질끈 두 눈을 감았다.

쾅!

윤의 몸이 현관 벽에 그대로 밀쳐졌다. 동시에 희욱의 몸이 위로 겹쳐지며 격렬한 키스가 이어졌다. 깊숙이 들어온 혀가 입안의 살결을 훑어 내리고 윤의 혀를 휘감아 빨아 당겼다. 손가락은 정신없이 머리칼을 헤집었고 두 다리는 벽을 사이에 두고 단단하게 그녀의 얇은 다리를 가두었다.

"하아, 아저씨……."

쉴 틈 없이 옭아매는 희욱 때문에 윤은 정신을 차리기가 힘들었다. 간신히 그의 옷자락을 붙들고 있는 두 손이 덜덜 떨려왔다. 희욱의 손이 윤의 팔을 타고 올라와 손등을 덮었다. 손안에 느껴지는 떨림이 사랑스러웠다. 변태인가, 왜 이런 것마저 좋은지 모르겠다.

"무서워?"

희욱이 거칠어진 목소리로 물었다. 윤이 망설이다 고개를 끄덕였다.

"……아플까 봐?"

"……네."

"아프지 않아. 살살 할게."

희욱이 귓가에 대고 나직이 속삭였다. 물론, 전자와 후자 모두 거짓이었다. 처음이라면 아플 게 분명했고, 살살 할 자신도 없었다. 키스만으로도 벌써 피가 뜨거워지는 느낌이었다. 한발 더 나가면 어떻게 될지 스스로를 믿을 수가 없었다.

윤이 순진한 눈망울로 올려다보자 조금 죄책감이 들었다. 그걸 덜어 보려는 듯 그가 젖어 있는 윤의 눈가에 조심스럽게 입을 맞췄다. 부드러운 그 느낌에 윤이 조금 안도한 듯 손끝의 떨림이 잦아들었다.

눈가에서 시작된 키스가 아래로 내려가며 이어졌다. 코와 뺨, 턱 끝을 지나 목덜미에도 자잘한 키스가 퍼부어졌다. 혀끝만 살짝 스치는 가벼운 키스였는데도 윤은 예민하게 반응하며 움찔거렸다. 희욱은 윤이 작은 접촉에도 반응하는 게 만족스러웠다. 하지만 만족의 끝은 언제나 갈증. 어서 더 큰 만족을 얻고 싶었다.

희욱이 윤이 입고 있던 두 겹의 티셔츠를 한꺼번에 벗겨 냈다. 윤의 두 손이 반사적으로 드러난 가슴을 가렸다. 등이 켜진 환한 현관에서 속옷만 입은 채 희욱 앞에 서 있는 게 부끄러웠다. 여성미라곤 전혀 없는 작은 가슴이 난생처음 원망스러워졌다.

"예뻐. 가리지 마."

"으읏!"

희욱이 거침없이 윤의 두 손을 떼어 내고 입술로 한 입에 유실을 베어 물었다. 윤이 새된 비명을 내지르며 도리질을 쳤다. 그러나 희욱은 더욱 단단히 허리를 끌어당겨 안을 뿐이었다.

"아윽!"

혀끝으로 둥글게 핥았다가 이 끝으로 살짝 물었다가 집요하게 유두를 공략하자 윤이 옅은 신음을 터트리며 허리를 비틀었다. 아릿하게 퍼져 오는 통증과 낯선 쾌감에 머리가 아득해져 갔다.

"잠, 잠깐만요!"

그 순간, 희욱의 손이 그대로 바지 안으로 밀고 들어와 팬티를 파고들었다. 윤이 놀라서 그의 상체를 밀어내자 희욱의 미간이 조금 구겨졌다.

"……지 마."

"아저씨……."

"밀어내지 마."

희욱이 다시 상체를 바짝 붙이며, 질 속으로 깊숙이 손가락을 찔러 넣었다. 생각지도 못한 침범에 윤이 온몸으로 버둥거렸다. 성행위가 어떤 것인지 모르는 바 아니었으나, 손가락이 제 음부에 닿을 수 있다는 걸 상상도 안 해 본 윤으로서는 제 안에 불쑥 들어와 휘젓는 그것의 감촉이 경악스러울 뿐이었다.

"아저씨, 읏, 그만……."

희욱이 다리로 짓눌러 가볍게 그녀를 제압했다. 상체를 숙이며 혀로 살짝 입술을 열었다. 아랫입술을 핥고 빨아 당길 때마다 아래쪽에선 손가락이 입구를 벌리며 천천히 진퇴를 반복했다. 이내 조금씩 체액이 묻어나오며 질척이는 소리가 흘렀다. 어, 어쩜 좋아! 윤의 온 얼굴이 시뻘겋게 달아올랐다.

"내가 그만했으면 좋겠어?"

희욱이 불쑥 제 손가락을 빼내더니, 번들거리는 그것을 혀로 핥으며 웃었다. 짐승 같은 그 행동에 윤의 입이 쩍, 벌어졌다. 희욱이 즐겁다는 듯이 또 한 번 입매를 매끈하게 당겨 올렸다.

"아저씨, 이, 이런 건……."

윤은 말을 다 마치지 못하고, 희욱의 손에 의해 번쩍 들어 올려졌다. 어느새 희욱의 품에 안긴 꼴이 되어 그대로 그의 방 안으로 옮겨졌다. 희욱이 윤을 침대 위에 밀어 눕혔다. 타고 올라오는 그에 의해 다리가 벌어졌다.

희욱이 윤을 내려다보면서 자신의 셔츠를 빠르게 벗어 던졌다. 드러난 미끈한 상체 위에는 군살 하나 없이 촘촘한 근육들이 박혀 있었다. 넓고 단단한 가슴 아래로 유려한 곡선을 그리며 들어가 있는 허리, 납작하게 갈라져 있는 복부, 온몸을 염탐하듯 느릿하게 훑어보는 시선까지. 이 남자는 전신에서 야릇함이 흘러넘쳤다.

눈이 마주치자 숨이 턱, 막혀왔다. 윤이 눈을 피하며 고개를 돌려 버렸다. 그러나 희욱이 곧 턱을 붙잡아 시선을 맞추곤 입술을 눌러 붙였다.

"아으읏!"

입 안을 샅샅이 맛보며 내려온 혀끝이 다시 가슴을 물고 유두를 애무했다. 부드럽게 휘감았다가 곧추세워 눌러댄다. 손가락 사이에 끼워 넣은 반대편 유두는 도드라질 때까지 문질러졌다. 도무지 정신을 차릴 수가 없었다.

다시 아래로 향하는 입술이 배의 오목한 부분을 주욱 핥았다. 조금 전 맛보았던 달큼한 여자 냄새가 점점 가까워져 왔다. 희욱의 손길이 조금 빨라졌다. 윤의 바지와 팬티가 한꺼번에 벗겨져 내렸다.

"아, 안 돼요!"

윤이 다급하게 다리를 오므렸지만, 희욱은 아랑곳하지 않고 그대로 다리 사이에 얼굴을 묻었다. 윤의 얼굴이 하얗게 질려 버렸다. 자신이 생각하던 것과는 달라도 너무 달랐다. 이렇게 부끄럽고 적나라한 것인 줄 알았더라면, 그렇게 덜컥 안아 달라는 소리는 감히 하지 못했을 것이었다.

"제발, 흐윽……."

끝내 울음이 터졌다. 희욱이 혀로 부드럽게 음핵을 문질렀다. 아읏, 윤이 다시 신음을 흘리며 세차게 고개를 흔들었다. 그러나 거부는 불가능했다. 척추가 찌릿하게 울리며, 아찔한 감각이 피어올랐다.

어느새 내려온 손가락이 질 입구를 지분거리며 음핵과 이어진 부분을 질척하게 자극했다. 조금씩 안이 젖어 드는 느낌이 들었다. 희욱이 손가락을 늘리며 발갛게 속살이 보일 만큼 입구를 문댔다. 윤이 아랫입술을 깨물며 자꾸만 터지려는 신음을 참아 냈다.

할짝대고 빨아 당기는 소리가 났다. 하아, 윤이 참지 못하고 신음을 흘려보냈다. 희욱이 손등으로 입술에 묻은 액체를 훑으며 상체를 일으켰다. 손을 더듬어 사이드테이블 아래에 두었던 콘돔을 집어 들었다. 급하게 포장지를 뜯고 철컥, 소리를 내며 바지 버클을 풀었다.

"윤아."

징그러운 행동과는 달리 이름을 부르는 목소리는 너무나 다정했다. 윤이 흔들리는 눈빛으로 간신히 희욱을 마주 봤다. 희욱이 시선을 고정한 그대로 허벅지에 걸쳐진 바지를 완전히 벗어 버렸다. 윤은 차마 아래로 시선을 내릴 수 없었다.

"……들어가고 싶어."

완전히 나체가 된 희욱이 다시 윤의 다리를 비집고 들어와 무릎을 꿇고 자리를 잡았다. 들어가게 해 줘, 나른하게 가라앉은 목소리가 느릿하게 속삭였다. 무슨 일이 일어날지 짐작했는지 윤이 뚝뚝 눈물을 흘리며 더 세차게 고개를 휘저었다.

늦었어, 너무.

희욱이 단단해진 자신의 것을, 자신이 적셔 놓은 그녀의 음부에 살짝 갖다 댔다.

이제 도망 못 가.

희욱의 맨가슴이 기울어지며 윤에게 닿았다. 당장 붙어 있는 저 발간 살을 가르고 들어가고 싶었지만, 젖어 있는 윤의 뺨을 보니 망설여졌다. 아프지 않을 거라고 태연하게 거짓말도 해 놓고선, 아프다고 싫어할까 봐, 또다시 도망가지는 않을까, 조바심이 생겼다.

그저 가져버리고 말 것이 아니었으니까. 제 옆에 꼼짝없이 붙잡아 두고, 수백 번 수천 번 안고 싶었으니까. 억지로 안고 싶지 않았다. 미움받고 싶지 않았다. 윤에게 이런 행위가 처음인 것처럼 희욱으로서도 욕망보다 앞선 배려는 처음이었다.

"윤아."

희욱이 다시 부드럽게 윤의 이름을 불렀다. 손바닥이 조심스럽게 그녀의 뺨을 어루만졌다.

"너 때문에 내가 미쳐 가."

"……"

"정말 머리가 어떻게 됐나 봐. 내가, 내가 아닌 것 같아."

맞닿은 곳에서 딱딱한 남성이 고스란히 느껴졌다. 희욱이 꾹, 욕망을 내리누른 채 상체를 맞붙였다. 한껏 낮아진 목소리가 애원조로 말했다.

"네 안에 들어가고 싶어. 네가, 온통 나로 가득 찼으면 좋겠어."

"……."

"대답해 줘. 너도 날 원한다고."

"아저씨……."

숨김없이 드러낸 애욕, 그리고 그보다 더 깊은 간절함. 윤은 그 눈빛을 피할 수가 없었다. 그러기엔 너무나 진중했다. 그 안에 담긴 진심이 애틋했다.

"……해요."

"뭐?"

"원해요, 나도."

희욱의 날것이 그대로 뚫고 안으로 들어왔다. 윤의 허리가 펄쩍 튕겨 올랐다. 극심한 고통이 전신을 꿰뚫었다. 비명을 터뜨리며 입을 벌리자 희욱의 손가락이 벌어진 입술을 파고들었다. 정말이지, 짐승이 따로 없다. 윤이 눈물을 뚝뚝 흘렸다. 파고든 손가락이 말캉한 혀를 쥐듯이 눌렀다.

희욱의 얼굴이 눈에 띄게 흐트러졌다. 남성을 처음 받아들인 윤의 속살이 달라붙듯 조여 왔다. 저릿한 쾌감에 머리카락 끝까지 전율이 일었다.

"아파?"

희욱이 손가락을 빼내며 물었다.

"……아파요. 너무 아파요."

단지 한 번의 삽입만으로 윤은 아파서 거의 정신이 나갈 것 같았다. 아프지 않다면서, 순 거짓말쟁이였다. 윤이 원망을 담아서 희욱을 흘겨보자, 그가 옅게 웃음을 터트렸다. 윤이 기가 막혀서 얼굴을 붉혔다.

"웃는 거예요, 지금? 내가 얼마나 아픈데!"

"······귀여워."

희욱이 별안간 윤의 코를 잘게 깨물었다. 윤이 기겁하며 고개를 물렸다. 희욱이 다시 낮게 웃고는, 윤의 등 뒤로 손을 집어넣어 허리를 들어 올렸다. 상체가 밀착되면서 희욱의 남성이 더욱 깊숙이 밀려들었다. 윤이 고통을 참아 내며 희욱의 어깨를 퍽퍽 때렸다.

"아웃······."

"쉬, 괜찮아. 적응해 봐."

희욱의 손이 윤의 등 뒤를 달래듯 부드럽게 쓰다듬었다. 동시에 다른 한 손은 하얀 가슴을 꽉 쥐었다. 윤이 경련을 일으키며 희욱의 어깨에 매달리듯 얼굴을 묻었다. 달래 주는 듯하면서도 파고 들어왔고, 파고들면서도 몰아붙이진 않았다. 긴장과 통증, 그리고 이어지는 야릇한 감각이 한데 뒤섞여 윤은 혼란스러웠다.

"윤아, 조금만······."

희욱이 시선이 닿는 곳마다 입술을 찍으며, 천천히 허리를 움직이기 시작했다.

"조금만 풀어 줘."

윤이 터질 듯 달아오른 얼굴을 아무렇게나 휘저었다.

"그, 그게 제 마음대로 되는 게, 으읏······."

망할, 희욱이 낮게 욕을 뱉었다. 마음대로 되지 않는 건 그녀보다 그가 더 심했다. 어째 아까보다 더 조이는 것 같았다. 뜨거운 액체가 흐르면서 부푼 남성을 적셨다. 하아, 희욱이 윤의 귓가에 뜨겁게 숨을 불어 넣었다. 이대론 정말 안 될 것 같았다. 결국 희욱이 자꾸만 도망가려는 그녀의 엉덩이를 단단히 붙잡고 그대로 쳐올렸다.

"아악! 그, 그만요, 아파요, 너무 아파요, 흐윽……."

"……미안."

정말 미안하게 맞긴 한 건지, 입으로는 그리 말하면서도 쳐올리는 속도는 오히려 빨라졌다.

"아저씨, 아프다구요, 흐윽."

"괜찮아질 거야. 미안해, 조금만."

그렇게 말하면서 희욱이 윤의 손을 붙잡아 제 등 뒤로 둘러 주었다.

"할퀴고, 짓뜯어. 네가 아픈 만큼."

"하으윽……."

정말 일부러 이러는 거 맞지, 윤이 입술을 짓씹으며 씨근댔다. 숨 돌릴 틈도 없이 다시 쳐대는 통에, 윤은 그의 등을 할퀴고 짓뜯기는커녕 정신을 붙잡고 있기도 힘들었다.

"아, 좋아……. 윤아……."

희욱이 꽉 잠긴 목소리로 윤의 이름을 불렀다. 진퇴 운동이 조금 느려졌다. 그동안에 손가락이 내려와 다시 윤의 클리토리스를 자극하기 시작했다. 고통으로 굳어져 있던 아래가 조금씩 풀리는 느낌이 들었다.

"좀, 괜찮아졌어?"

손가락으로 여전히 집요할 만큼 정점을 문질러대면서, 그의 입술이 열리며 놀리듯 묻는다. 사실은 걱정 어린 목소리였지만, 적어도 윤의 귀엔 그렇게 들렸다.

자신은 까무룩해지는 정신을 붙들고 있는 것만으로도 벅찼는데, 삽입 운동을 하면서 손끝으론 제 아랫도리를 비벼대고, 야릇하고 느긋한 목소리로 제 안위까지 묻는 희욱의 여유로움이 얄미웠다.

"아웃!"

희욱이 다시 깊숙이 찌르듯 치고 들어왔다.

"솔직히 말해 줄까."

갈라지는 살점 사이로 자신의 성기가 빠져나오는 것을 느른하게 내려다보며 희욱이 입술을 움직였다. 뜨끈한 애액이 따라 나오며 그녀와 자신의 것 사이에서 가늘게 이어졌다. 그게 끊어지기 전에, 붙어 버린 살을 다시 뚫고 들어갔다.

"난 지금도 겁나, 윤아."

"으윽, 하아, 아저씨……."

"네가 도망가 버리면 어쩌지. 날 견뎌 내지 못하고, 드러난 내 바닥에 치를 떨면서, 다신 날 보지 않겠다고 하면……."

"으윽."

"불안해 미치겠어."

희욱이 허벅지 안쪽을 붙잡아 다리 사이를 더 넓게 벌렸다.

"그래도 놓아줄 생각은 없는데."

"아저씨, 하아, 제발……."

"그러니까, 미안해, 네가 적응해."

날, 받아들여 줘.

치대는 손가락의 움직임이 빨라졌다. 중지를 볼록한 부분에 깊숙이 박아 넣고 손바닥을 비비듯 문질러댔다.

"하웃……!"

순간 윤의 내벽이 강하게 수축하며 제 것을 조이는 것이 느껴졌다. 클리토리스 자극으로 난생처음 오르가즘을 느낀 윤이, 터져 나오는 비명을 막으려고 손으로 입을 가렸다. 온몸이 흔들리며 둔탁한 쾌감이 전신을 찌르듯 울렸다.

진득하게 달라붙는 여성의 압력을 이기지 못하고 조금 밀려난 남체 때문에 희욱이 웃, 하고 짧은 신음을 뱉었다. 하아, 어떻게 이렇게 좋을 수 있지. 다시 빠듯하게 제 것을 밀어 넣자 점점 한계로 향하는 기분이 들었다.

"윤아, 나 좀 봐."

"흐윽, 아저씨, 나 기분이 이상, 이상해요……."

희욱이 상체를 깊숙이 내려 촉촉해진 윤의 눈가를 핥았다. 이어 온 얼굴에 키스하며, 침대 위에 손을 짚고 팔을 세웠다. 근육이 도드라질 정도로 팔에 힘을 주며, 희욱이 점점 속도를 올려 갔다. 어느 정도 남성의 이물감에 익숙해진 내벽은, 또 한 번의 오르가즘을 기대하며 다시 젖어 갔다.

윤은 벌게진 얼굴로 제 골반 안에서 끊임없이 움직이는 것을 느끼며 어쩔 줄을 몰라 했다. 여전히 고통스러웠지만, 고통의 끝자락엔 찌르는 듯한 쾌감이 따라붙었다.

"그냥, 느끼면 돼. 긴장 좀, 웃, 풀어……."

마지막 남은 배려가 사라졌다. 희욱이 그녀의 발목을 붙잡고 들어 올린 다음, 뿌리 끝까지 밀어 넣어 퍽퍽 쳐댔다. 윤이 자지러지며 온몸을 부들부들 떨었다. 제 밑에서 아슬아슬하게 떨고 있는 모습이 미치게 사랑스러워서, 희욱은 얇게 남은 자제력마저도 잃고 치달아 갔다.

도드라진 미끄러운 등 근육을 타고 땀이 흘러내렸다. 헉헉거리는 숨소리가 점점 거칠어졌다. 깊은 곳에서 광폭한 소유욕이 일렁였다. 그녀를 가지는 지금 이 순간에도 불안하고 들끓어서, 더 거칠게, 더 완전히, 더 끝까지 그녀를 가지고 싶었다.

그 순간, 머릿속의 모든 것이 일시에 점멸했다. 희욱은 윤의 허리를 꽉 부여잡은 채 하얗게 절정을 맞았다.

"윤아."

"으음……."

"정윤."

귓가를 간질이는 목소리에 윤이 부스스 눈을 떴다.

"읏……."

정신이 들자마자 허리가 뻐근하니 통증부터 올라왔다.

"아직도 아파?"

등 뒤가 희욱의 맨가슴에 맞닿아 있었다. 언제부터 이렇게 안고 있었던 거지, 마주 보면서 잠들었던 거 같은데……. 윤이 뒤돌려고 하자 희욱이 윤을 제지하며 바짝 끌어당겨 안았다. 목덜미에 자연스럽게 입술이 닿았고, 얇은 허리는 그의 팔에 감겨들었다.

"열이, 있는 것 같은데."

맞닿은 입술에서 열기를 감지한 희욱이 손바닥을 들어 윤의 이마와 뺨, 그리고 목 언저리에 여기저기 대 보았다. 그러고 보니 목

안이 꺼끌꺼끌하고 머리가 무거운 게 평소 같지가 않았다.

"머리 아파?"

희욱의 목소리에 조금 걱정이 어렸다. 윤이 고개를 가로저었다.

"많이 아프진 않아요. 그냥, 조금."

"열이 꽤 많이 나. 약 가지고 올게."

"정말 괜찮은데……."

하아, 희욱이 길게 한숨을 내쉬었다. 어쩐지 자신 때문에 아픈 것 같았다. 너무 밀어붙였나. 그마저도 저로서는 꽤 노력한 것이었는데. 이 작고 여린 몸이 자신에게 적응하려면, 생각보다도 더 시간이 필요할 것 같았다. 자신은 이미 사춘기 소년처럼 몸이 달아있는데 말이다.

희욱은 윤의 목 뒤에 다시 한 번 키스한 뒤, 천천히 몸을 일으키고 방을 빠져나갔다.

"잠깐 일어나 봐."

깜빡 다시 잠이 들었던 윤이, 누군가 다가오는 기척을 느끼고 눈을 떴다.

"아저씨……?"

그 사이 열이 더 올라서 온 얼굴이 화끈했다. 상체를 일으키면서 눈앞이 아찔해 윤은 저도 모르게 두 손으로 침대 바닥을 짚었다. 누군가 쥐어짜듯 머리가 지끈거렸다. 정말로 몸살이라도 앓으려는 모양이었다.

"뭘 할 줄 아는 게 없어서, 그냥 사와서 끓이기만 했어."

윤이 고개를 들어 올려 희욱을 바라봤다. 그의 손 위에 납작한 쟁반 하나가 들려 있었다. 그리고 그 위에 놓여 있는, 하얀 김이 모락모락 나는 그릇 한 개.

"약 먹으려면, 뭐라도 먹어야 하잖아."

윤은 보고도 믿을 수가 없어서 두 눈을 깜빡댔다.

"……음식 냄새 싫다고 했잖아요."

희욱이 침대 위에 걸터앉으며 무심한 목소리로 대답했다.

"음식 냄새가 싫은 게 아니라, 집 안에서 음식 냄새가 나는 게 싫었던 거야."

사이드테이블 위에 쟁반을 내려놓고, 숟가락으로 죽을 조금 퍼서 입으로 후후 불었다. 윤은 자신이 꿈을 꾸고 있는 건 아닌지 생각하면서 그 모습을 지켜봤다. 희욱이 제 입김으로 식힌 죽을, 아무렇지도 않게 윤의 입술 안으로 떠 넣었다. 윤이 넋을 놓은 채로 그걸 받아 삼켰다.

"집 안에 따뜻한 음식 냄새가 차는 게 싫었어. 형이 없는데도, 모든 게 똑같잖아. 사람들은 똑같이 음식을 하고, 그걸 먹고, 일을 하고, 잘 살아가. 나만 힘든 것 같았어. 내 세상만 멈춘 것 같았어."

담담하게 말하는 그의 목소리가, 어쩐지 슬프게 들렸다. 윤은 가슴에 묵직하게 뭔가가 내려앉는 것 같은 기분이 들었다.

"이젠 괜찮아."

"……."

"네 말이 맞아. 포기하지 않으려고. 부정하지 않으려고."

아저씨…….

"이제, 앞을 볼 거야."

희욱이 다시 후후 불어서 식힌 죽을 내밀었다. 그걸 받아먹으면서, 윤이 뚝뚝 눈물을 흘렸다. 따뜻했다. 한 번도 받아 본 적 없던 이런 따뜻함을, 희욱에게서 받게 될 줄은 몰랐다.

윤이 우는 모습을 가만히 바라보던 희욱이 한 손으로 윤의 볼을 쭉, 잡아 늘렸다.

"그만 좀 울어."

"……."

"넌 정말, 슬퍼도 울고, 아파도 울고, 무서워도 울고."

"흑……."

"도대체 지금은 왜 우는 거야?"

희욱은 정말로 알 수 없다는 얼굴을 해 보였다. 윤이 겨우 죽을 삼켜 내면서 울음기 섞인 목소리로 말을 이었다.

"……기뻐서요."

"……."

"행복해요, 너무."

행복해도 우는 거라면, 그래서는 도저히 구분이 안 되잖아. 희욱이 잠시 그릇을 내려놓고 윤에게로 조금 더 붙어 앉았다. 그의 손이 뺨 위에 부드럽게 내려왔다.

자신 때문에 아픈 게 싫어서 원망이라도 하는 걸까 봐 걱정이 됐다. 그런데 이 조그만 녀석은, 귀여운 입술을 오물거리면서, 자신 때문에 행복하단다. 마음이 한껏 부풀어 올랐다. 이 사랑스러운 걸 정말이지 어쩌지.

두 손으로 뜨거운 윤의 뺨을 살며시 감싸 쥐며, 희욱이 부드럽게 그녀의 입술을 맞물었다.

"아저씨, 감기 옮으면 어떡……."

윤의 말은 밀려드는 희욱의 입술 안으로 삼켜졌다. 뿌리까지 깊게 혓바닥을 빨아 당기며 희욱이 부드럽게 그녀를 끌어안았다.

"와아, 이건 말도 안 돼! 아저씨 뭐 트릭 같은 거 쓰죠? 어떻게 또 이겨요?"

윤이 제 머리카락을 짓뜯으며 소리를 질렀다. 옆에 앉아 있던 강 씨가 그 모습을 측은하게 바라보았다. 희욱은 남은 화투 패를 비비적거리면서 코웃음을 칠 뿐이었다.

"내가 또 이긴 게 신기한 게 아니고, 네가 또 지는 게 신기하다, 난."

"에이 씨, 사기꾼! 몇 번 안 해 봤다더니, 다 뻥이었어!"

윤으로서는 기가 막힐 지경이었다. 분명히 고스톱은 대학교 때 친구들과 한 번 해 본 게 전부라면서, 희욱은 벌써 몇 번이나 어마어마한 점수 차이로 윤과 강 씨를 이기고 있었다.

그도 그럴 것이 희욱은 앞으로 어떤 패가 나올 확률이 높을지를 계산해서 몇 수나 내다보고 게임을 했다. 반면에 윤은 고스톱에서 승부란 전적으로 운에 달렸다고 생각해서 내키는 대로 패를 내는 게 전부였으니, 희욱의 상대가 될 리 만무했던 것이다.

"사람이, 인간미가 없어, 인간미가."

"……"

"한 번쯤은 져야 좀, 사람끼리 같이 하는 맛도 나고 그런 거지."

"쓰리고."

말이 끝나게 무섭게 희욱이 한 번 더 고를 했다.

"……"

피박에, 광박에, 한 번 더 고했으니 점수는 32배.

"아으으으! 악마!"

윤은 이제 거의 너덜너덜해진 제 자존심을 부여안고 절규했다. 그 모습이 귀여워서 희욱의 입매가 빠르게 올라갔다가 되돌아왔다. 희욱은 윤의 반응을 즐기고 있는 게 분명했다. 강 씨는 윤이 더 불쌍해졌다.

"인정머리도 없는 녀석. 윤아, 이 녀석하고는 영 재미가 없다. 우리끼리 하자꾸나."

그렇게 말하면서 강 씨는 희욱이 압도적으로 이기고 있던 판을 아예 뒤집어 버렸다. 희욱이 눈썹을 씰룩이며 어이없어했다. 강 씨와 윤이 눈을 마주치곤 웃음을 터트렸다.

"도대체 누가 사기꾼이라는 건지."

희욱이 들으라는 듯 구시렁거렸지만 강 씨는 말끔히 무시하며 다시 패를 까는 데 여념이 없었다.

강 씨와의 협동 작전에도 불구하고 연달아 세 번이나 내리 진 윤은, 결국 아주머니를 도와 점심 준비나 하겠다며 부엌으로 가 버렸다.

"보기 좋구나."

"……뭐가 말씀이십니까?"

희욱이 무뚝뚝하게 대답하자, 강 씨가 눈을 가늘게 뜨며 말했다.

"몰라서 하는 소리냐?"

"……"

"입이 귓가에 걸려 있더구나. 그렇게 좋으냐? 윤이 저 녀석이?"

희욱은 대답하지 않았다. 강 씨가 올라가려는 입꼬리를 애써 당겨 내리며, 헛기침으로 목을 가다듬곤 말을 이었다.

"너무 괘씸하게 생각하지 말거라. 싫다는 녀석을 여자인 걸 알면서도 억지로 그 집에 밀어 넣은 게 나다."

희욱의 낯빛이 가라앉았다. 참, 뻔뻔하기도 하지. 자신의 할아버지는 몇 수를 내다보고 게임을 하는 자신보다도 더 약아빠진 인간임이 틀림없었다. 게다가 자신은 고작 게임 따위에 능했다면, 강 씨는 인간을 말로 삼아 제 뜻대로 부리는, 훨씬 더 위험한 인물이랄까.

"그럼 녀석이 아니라, 할아버지를 미워해야 했던 거군요."

"⋯⋯네가 날 미워하지 않았던 적이 한 번이라도 있긴 했던 거냐?"

강 씨의 목소리가 차분하게 흘러나왔다. 희욱이 강 씨의 눈을 빤히 마주 봤다. 언제나 기운이 넘치는 것처럼 보이지만, 강 씨의 깊은 곳엔 진한 회한이 자리하고 있다는 걸, 모르는 바 아니었다.

"진심으로 미워해 본 적은 없었습니다."

"⋯⋯."

미움보다도 동정이 컸습니다. 강연수의 죽음에, 나보다도 더 무너져 내린 게, 바로 당신이었으니까요.

희욱이 늘 하고 싶었던 그 말을 또다시 삼켜 내며, 말없이 강 씨를 응시하기만 했다. 강 씨의 입가에 쓸쓸한 미소가 스치고 지나갔다.

강연수가 죽자마자 강 씨는 가지고 있던 한진의 지분 대부분을 처분했다. 그는 한진을 세운 사람이었지만, 한진에 미련이 남은 사람은 아니었다.

"연수를 대신해서, 연수가 그리고 꿈꾸던 미래를 살아 보렴. 하고 싶은 걸 하면서, 진정으로 사랑하는 사람과 함께 말이다."

그립지만 미안해서 차마 그려보지도 못했던 그 얼굴을 강 씨는 오랜만에 떠올렸다. 강연수는 강희욱을 끔찍하게 아꼈었다. 강희욱이 자신과는 달리 행복하고 자유로운 삶을 살길 바랐다. 그리고 희욱은 이제 그 행복과 자유를 누릴 준비가 된 듯 보였다. 강 씨는 비로소 조금이나마, 연수에게 진 빚을 덜어 낸 기분이 들었다.

"할아버지이!"

윤이 눈을 휘둥그렇게 뜨며 기함을 했다. 제 눈앞에 놓인 서류를 직접 보고도 믿을 수가 없었다. 집의 소유를 확인하는 등기필증에 자신의 이름이 떡하니 적혀 있었다.

"약속하지 않았누? 그 집, 너와 민이에게 주겠다고."

"말씀드렸잖아요. 받을 수 없다고요! 민이가 다음 주 퇴원이라서 이미 월세도 다 알아보고, 계약금도 치렀고……."

"이미 네 집이다. 싫으면 알아서 처분하든지."

허, 윤이 기가 막혀 허탈한 웃음을 흘렸다. 그러나 막무가내인 강 씨 앞에선 속수무책이었다. 무슨 말 좀 해 보라는 듯 희욱을 쳐다봤지만, 그는 묵묵히 숟가락만 움직일 뿐이었다.

아니, 몇십 억 짜리 건물이 이 집안에선 굴러다니는 동전 같은 거라도 되는 건가? 아무한테나 던져 주게!

"희욱이 넌, 오피스텔 정리하고 이제 집으로 들어오거라."

강 씨가 이번에는 희욱을 향해 말했다. 희욱이 우뚝, 숟가락질을 멈추었다. 희욱은 강 씨 대신 윤을 쳐다보며 툭 던지듯 내뱉었다.

"방도 많은데, 그냥 같이 살지?"

뭐? 윤은 하마터면 쥐고 있던 숟가락을 떨어뜨릴 뻔했다. '얼빠진 녀석'이라고 중얼거리며 강 씨가 혀를 찼다. 윤이 강 씨를 향해 타박하듯 말했다.

"아저씨! 아, 진짜! 할아버지, 아까도 말씀드렸지만 아저씨가 좀 이상해졌다니까요? 저 그 집에서 안 살아요. 도로 가져가세요. 지난번에 뺀 보증금도 있고, 전 민이랑 알아서……."

"뭐라고 부르지, 네 동생을?"

희욱은 여전히 태연한 목소리로 윤의 말을 잘라먹었다.

"처제라고 하면 되나?"

……뭐, 뭐, 뭐어?

"쯧쯧."

강 씨가 다시 혀를 차며 이번엔 고개까지 절레절레 흔들었다. 윤이 절망스러운 표정으로 희욱을 쳐다봤지만 희욱은 태연자약하게 밥만 잘 먹었다. 하아, 윤이 한숨을 푹 내쉬었다. 이러다 소화불량에 걸릴지도 모른다.

"그래서, 강희욱하고 만난다고?"

"응."

혜주의 얼굴에 순식간에 먹구름이 끼었다. 전부터 든 느낌이지만 혜주는 강희욱을 매우 못마땅해하는 것 같았다. 그래도 윤은 다른 사람도 아닌 혜주에게만큼은 강희욱과의 관계를 숨기고 싶지 않았다.

윤이 금방 풀이 죽는 걸 보고, 혜주가 한층 표정을 누그러뜨렸다.

"네가 선택한 길이면."

"……."

"나도 응원해."

"진짜?"

"응."

깐깐한 시어머니에게 결혼 허락이라도 받은 사람처럼 윤의 눈이 기쁨으로 빛났다. 혜주는 그런 윤을 보고 웃어 버렸다. 걱정이 산더미이긴 했지만 윤이 이토록 확고하다면 혜주도 더 말릴 생각은 없었다. 게다가 최근에 오빠인 정현철에게 강희욱에 대한 새로운 얘길 듣기도 했고.

강희욱을 만나고 온 날, 혜주는 자신의 오빠이자 희욱의 변호사인 현철을 찾아갔다. 그리고 어떻게 하면 희욱을 윤에게서 떼어 놓을 수 있을지를 물었다.

윤은 햇살 같은 아이였다. 비바람이 몰아쳐도 늘 먹구름을 비집고 결국은 얼굴을 드러내는. 혜주는 정현철과 함께 강희욱의 바닥을 누구보다 가까이서 지켜봤기에, 이토록 맑고 씩씩한 윤이 그 때문에 상처받거나 망가질까 봐 두려웠다.

'지금의 강희욱은, 괜찮을 거야.'

그런데, 의외로 오빠인 현철은 크게 걱정하지 않는 투로 말했다. 그는 강희욱이 제 친형을 죽음으로 몰고도 자신을 대타로 삼으려는 한진가(家)에 진절머리가 났기 때문에 일부러 스스로를 망가트린 것이라고 했다. 게다가, 이제 그는 변화하고 있다고. 그 변화의 원인이 정윤인 것 같다고. 조금은, 안심이 되는 말이었다.

혜주는 다만 윤이 행복하길 바랐다. 그녀의 월권행위는 강희욱을 찾아간 것만으로도 차고 넘쳤다. 윤이 이미 선택을 내렸다면, 그녀로선 제 친구를 믿는 것 외에 다른 수는 없었다. 게다가 제가 아는 정윤이라면, 그 강희욱을 뒤흔들고 변화시킬 만도 했으니까.

"뭔 일 나면 무조건 나한테 먼저 말해. 정윤이 네 두 눈에서 눈물 나게 하면, 내가 당장 가서 그 자식 엉덩일 걷어차 버릴 거야."

혜주가 윤의 두 손을 꼭 잡으며 말했다.

"응, 그럴게."

윤은 혜주의 손을 단단하게 맞잡으며 씩씩하게 웃어 보였다.

"아, 안녕하세요, 저, 정민이라고 합니다."

민이 저도 모르게 말을 더듬었다. 인사를 하면서도 고개를 숙이는 것조차 까먹었다. 이렇게 잘생겼다고는 말해 주지 않았잖아! 민은 정윤을 향해 힐끗 눈짓하며 속으로 비명을 내질렀다.

"강희욱이라고 해."

희욱이 여전히 무뚝뚝하지만 평소보단 조금 더 나긋한 어투로 자기소개를 했다. 자신을 처음 만났을 땐 쳐다보지도 않고 무시만 했었기에 그가 민이 앞에서 그래도 꽤 신경을 쓰고 있는 편이라는 걸, 윤은 알 수 있었다.

"얘기한 적 있지? 강 씨 할아버지 손자. 할아버지네 오피스텔에 살고 있는."

윤은 얼마 전에 민에게 그간 희욱과 있었던 모든 일을 털어놓았다. 윤에게 전해 들은 솔직하고 가감 없는 이야기를 통해 민은 희욱이 길이 안 든 늑대처럼 사납고 무섭게 생겼을 거라 예상하고 있었다. 그래서 눈앞에 나타난 남자의 말끔하고 수려한 외모 때문에 적잖이 당황하고 만 것이었다.

"……할아버지랑 하나도 안 닮았네요."

민이 어색하게 웃음을 짓다가 겨우 꺼낸 말이었다. 희욱은 그게 무슨 뜻인지 알 수 없었다.

"할아버지는 푸근한 인상인데, 희욱 씨는 뭐랄까, 차도남 같은……."

푸읍. 윤이 웃음을 터트렸다.

"차도남? 아저씨가?"

싸도남(싸가지 없는 도시 남자)이라거나 괴도남(괴팍한 도시 남자)이라면 모를까. 윤이 보기에 차가운 도시 남자는 강희욱하고 영 어울리는 말이 아니었다.

희욱은 알아듣지 못할 소리에 살짝 미간을 좁혔다. 민의 동생이니 가능하면 좋은 인상을 남기고 싶었는데, 어떻게 된 게 벌써부터 세대 차이부터 느끼고 있었다.

약간 뚱한 표정으로 아무 말도 하지 않고 있는 희욱의 옆구리를 윤이 쿡, 찔렀다.

"좋은 뜻이에요. 차도남."

"쌍둥이라더니. 별로 안 닮았네. 완전히 여자 같잖아."

희욱이 민의 병실을 나오자마자 한 말이었다. 윤이 다시 웃음을 터트렸다.

"당연하죠. 민이는 여자니까, 여자 같은 게 당연한 거라구요."

희욱이 그 말에 눈을 가늘게 뜨더니, 윤을 머리부터 발끝까지 주르륵 훑어 내렸다. 그 적나라한 시선에 윤이 저도 모르게 두 볼을 부풀렸다. 뭐, 이렇게 태어난 게 내 죄인가!

희욱은 생각했다. 어째서 이 녀석은 이토록 헷갈리게 생긴 건지, 그리고 자신은 뭐 이리 이렇게 헷갈리게 하는 녀석이 좋은 건지, 자신이 정말 변태는 아닌지 등등을.

"아무튼 아저씨가 민이와 만나서 기뻐요. 좋아하는 사람이 생기면 민이에게 꼭 보여 주고 싶었거든요."

윤의 천진한 얼굴에 행복한 마음이 그대로 드러났다. 전염이라도 된 것처럼, 희욱도 행복해졌다. 자신이 사랑하는 사람이 행복해하는 모습을 보고, 그로 인해 자신도 행복해지고. 보통의 연인들에게는 너무나 평범하고 소박한 일일 텐데, 희욱에게는 기적 같은 일이었다.

희욱이 조금 앞서가던 윤의 손을 마주 잡았다. 윤이 조금 놀란 얼굴로 동그란 눈을 치켜뜬 채 자신을 올려다보았다. 그게 또 귀여워서 뺨을 깨물어 주고 싶었다. 변태이면 어떤가. 녀석만 옆에 있다면 아무래도 상관없을 거 같았다.

"우와, 손잡은 거예요, 우리 지금?"

"왜? 싫어?"

"아뇨. 좋아요. 너무 좋아요."

윤이 맑게 웃음을 터뜨렸다. 그녀는 맞잡은 손을 살짝 풀어, 희욱의 손가락 사이사이에 제 손가락을 집어넣었다. 이어진 손을 통해 따뜻함이 흘렀다. 이런 사소한 행복이 계속되길, 윤은 마음속으로 작게 기도했다.

에
필
로
그

"뭐? 강희욱 그 미친놈이 또?"

혜주는 휴대폰을 붙잡고 빽 소리를 질렀다. 오빠인 현철에게서 온 전화였다. 그 '미친개' 강희욱의 일탈은 요즘 들어 절정에 달하고 있었다.

별놈의 사고는 다 치고 다니더니, 이번에는 패싸움까지 벌였단다. 그것도 사람들이 꽉 찬 토요일 밤, 모 클럽 앞에서. 말리려고 쫓아나간 현철은 싸움에 휘말려 강희욱과 함께 병원에 실려 간 신세였다.

"내가 지금 병원으로 갈게. 괜히 걱정하니까 아빠한텐 말하지 말고."

혜주는 그렇게 말하고 전화를 끊었다.

"현철 오빠 병원에 있대? 어디 다쳤어?"

옆에 있던 윤이 걱정이 가득한 목소리로 물었다.

"싸움이 났는데 말리려다가 좀 다쳤나 봐. 지금 가 보려고."

"많이 다친 건 아니지? 나도 같이 가."

서둘러 옷장에서 겉옷을 꺼내 드는 혜주를 보고, 윤도 곁에 둔 교복 재킷을 챙겨 입었다.

"가긴 어딜 가. 중간고사도 얼마 안 남았는데. 넌 여기서 공부하고 있어. 금방 다녀올게."

"싫어. 나도 갈래."

혜주의 친오빠 현철은, 윤에게도 가족이나 다름없는 사람이었다. 그런 현철이 다쳤다는 소릴 들었는데 가만히 앉아서 시험 준비나 하기는 싫었다.

"알았어, 그럼. 같이 가."

혜주는 순진한 얼굴 뒤에 숨겨진 윤의 고집을 잘 알았기에, 결국 윤과 함께 집을 나섰다.

윤은 자판기에서 음료를 꺼내 들고 뒤를 돌았다가, 깜짝 놀라서 그 자리에 그대로 굳어 버렸다. 맞은편 벤치에 웬 남자가 앉아 있었는데, 온 얼굴이 상처투성이였던 것이다.

터져서 피딱지가 앉은 입술과 눈과 턱에 가득한 멍 자국들, 길게 찢어져 벌어진 상처까지. 누가 봐도 맞아서 생긴 상처들이었다. 저렇게까지 심하게 맞은 얼굴을 직접 본 적 없었던 윤은, 저도 모르게 걱정스러운 눈빛으로 남자를 살피고 있었다.

조금 더 가까이 다가가자 상처 때문에 보이지 않았던 얼굴의 윤곽이 드러났다. 와아, 속으로 탄성을 터트리며 윤은 이번에는 조금 다른 의미로 놀라고 말았다. 보기 드물게 잘생긴 남자였다.

"꺼져."

날카롭게 흩어지는 차가운 음성에, 윤이 흠칫 어깨를 굳혔다. 어느새 남자가 눈을 뜨고 자신을 쳐다보고 있었다. 미세하게 좁아진 그의 미간을 보고, 윤은 남자가 불쾌해하고 있다는 것을 느꼈다.

처음 보는 사람을 대놓고 쳐다봤으니, 그럴 만도 했다.

"아, 죄송해요. 많이 다치신 것 같아서, 저도 모르게 그만……."

윤이 모기만 한 목소리로 사과하고 급히 돌아서서 멀어졌다. 남자는 구겨진 미간을 펴지 않은 채로 그 뒷모습을 바라보고 있었다.

그때, 저만치 가던 윤이 돌아서서 제자리로 돌아왔다. 뭐야, 짧게 읊조린 남자가 턱을 들고 눈을 마주치려고 했다. 하지만 윤은 계속 고개를 숙인 채였다. 그녀는 손에 든 음료수 캔 중 하나를 남자 옆에 놓아두고 도망치듯 다시 자리를 떴다.

"또라인가?"

희욱이 어이없어했다.

엉망으로 망가진 제 얼굴을 보고는 지나가는 사람들마다 흠칫 놀라기 일쑤였다. 대개는 자기들끼리 수군대며 지나가거나 아예 희욱을 피해 멀리 돌아서 가는 경우도 있었다.

그런데 저 쪼끄만 놈은 다가와서 대놓고 제 얼굴을 구경했다. 게다가 도망가다가도 돌아와서 음료를 놓고 사라졌다.

희욱은 멀어지는 뒷모습을 보고 문득 윤이 교복 치마를 입고 있단 걸 깨달았다. 놈이 아니라, 여자애였어? 그걸 알고 나니, 더 기가 막혔다.

희욱은 제 옆에 놓인 음료수 캔을 집어 들었다. 시원한 느낌이 손바닥 안에서 번져 갔다. 불현듯 갈증이 일었다. 정신없이 치고받느라 갈증조차 잊고 있었다. 치익, 소리와 함께 캔을 땄다. 희욱은 쉬지도 않고 단번에 캔을 비워 버렸다.

혜주는 현철과 함께 병원에서 자겠다고 했다. 간이침대가 하나밖에 없어서 결국 윤은 먼저 집으로 돌아가야 했다.

병원 문을 나서는데 비가 오고 있었다. 아직 시간이 이른데 먹구름이 낀 하늘 때문에 밖은 밤처럼 어두웠다.

우산도 없는데 어쩌지. 고개를 돌리니 근처에 편의점이 보였다. 일회용 우산이 3,500원이었던가. 집에 있는 걸 다시 사려니 아까웠다. 잠깐 오고 말 비처럼 보여서, 윤은 일단 빗속으로 뛰어 들어갔다.

두 블록 정도 걷자, 빗줄기가 거세졌다. 도저히 맞고 갈 비가 아니었다. 윤은 결국 눈앞에 보이는 커피숍 처마 밑으로 들어갔다. 어차피 젖어 버려서 지금에서야 우산을 사는 게 의미 없다는 생각이었다. 게다가 아무리 생각해도 3,500원이 아까웠다. 비가 그칠 때까지 기다리자, 그렇게 결론 내린 윤이 자리에 쪼그리고 앉았다. 커피숍은 닫혀 있었고, 거리에는 사람이 거의 없었다.

"야, 너."

깜짝이야. 머리 위에서 떨어지는 목소리가 서늘하다. 윤은 하마터면 자리에서 벌떡 일어날 뻔했다. 옆을 돌아보니, 길게 드리워진 그림자가 보였다.

"너 뭐야."

어디선가 들어본 목소리라고 생각했는데, 병원에서 봤던 그 남자였다. 남자는 어느새 환자복 차림이었다.

"아저씨, 왜 여기 나와 있어요?"

윤이 남자를 올려다보며 물었다.

"아저씨? 야, 너 몇 살인데 내가 너한테 아저씨야?"

희욱이 살벌하게 말했다. 아저씨라니, 살면서 그런 호칭은 처음이었다.

"그럼 뭐라고 불러드려요?"

윤이 뻔뻔하게 되물었다. 별로 겁먹은 기색이 아니었다. 희욱은 허, 짧게 실소를 내뱉고는 쪼그린 윤 옆에 주저앉아 버렸다. 그제야 윤이 움찔하며 옆으로 한 발짝 멀어졌다. 희욱은 들고 있던 담배를 물고 깊이 들이마셨다. 후욱, 날숨과 함께 하얀 연기가 흩어졌다.

모든 게 귀찮던 참이었다. 바닥까지 떨어지는 일에도 이렇게 공을 들여야 했다. 그래, 아저씨든 뭐든 아무래도 상관없긴 했다. 이런 어린애가 한 말에 순간 울컥한 것마저 우스웠다.

"아저씨, 일부러 맞은 거죠?"

"뭐?"

"어디 가서 일부러 잔뜩 맞고 온 거 아니에요? 얼굴에 상처 말이에요."

"……"

희욱은 대답 없이 담배를 한 모금 더 마셨다.

자신이 싸움을 건 쪽은 아니었다. 그런데 취한 채 걸어오는 싸움을 일부러 키운 건 맞았다. 몸싸움은 안 좋은 소문내기에도 좋았지만, 응어리진 감정을 토해 내기에도 제격이었으니까. 때리면 때리는 대로, 맞으면 마는 대로, 피하지 않고 맞아 가면서 정말 개처럼 싸웠다. 그러니까, 일부러 맞아 줬다는 녀석의 표현은 적절했다. 희욱은 기분이 묘했다.

"······왜 그렇게 생각하는데?"

"이상하게 들릴지도 모르지만, 아저씨 눈이 슬퍼 보이거든요. 치고받고 싸운 사람 눈은 분노로 타올라야 하는데, 아저씨 눈은 뭐랄까, 별로 분노도 미련도 없어 보여요. 싸운 게 아니라 그냥 맞아 준 사람 같아요."

생기가 말라붙은, 어둡고 슬픈 눈동자. 윤은 언젠가 비슷한 걸 본 것도 같았다. 아주 오래전 엄마가 떠나 버린 날, 거울 속에 비친 제 눈빛이 그랬던 것 같다. 윤은 그래서 음료수를 건넨 것이었다. 그냥 지나치기가 힘들었다.

"오래전에 소중한 사람이 떠나 버려서 혼자가 된 적이 있어요."

"······."

"다 포기하고 싶었는데, 정말 그래 볼까도 생각했었는데."

"······."

"돌아보니 그러지 않길 잘한 것 같아요."

윤이 고개를 돌려 희욱과 눈을 맞췄다.

"스스로를 소중히 여겼으면 해요. 그 방법이, 차라리 더 빨라요."

희욱은 대답 없이 가만히 윤을 바라보았다. 잠시 간의 정적이 흘렀다. 윤은 멋쩍어져서 고개를 수그렸다. 내가 너무 주제넘었나, 하는 생각이 스쳐 지나갔다.

희욱은 윤의 동그란 정수리에 시선을 두었다.

역시, 희한한 녀석이었다. 제 몰골을 보고 겁을 먹지도 않고, 정확하게 제 생각을 읽어 낸 것도 모자라, 감히 훈수까지 둔다. 기분이 이상해졌다.

"오지랖은. 고등학생 주제에."

먼저 자리에서 일어선 건 희욱이었다. 그는 담배를 떨어트리곤 발로 지져 껐다.

"야, 너 이 자식! 병실에 얌전히 있으랬지!"

어디선가 누군가의 외침이 들렸다. 윤이 고개를 들었다. 모르는 남자 하나가 우산을 쓰고 이쪽으로 세차게 걸어오고 있었다.

"아우, 징글징글한 놈."

상훈은 희욱 앞에 멈춰 설 때까지 욕하는 걸 멈추지 않았다. 그러다가 자연스럽게 옆에 쪼그리고 앉아 있는 윤에게로 시선이 닿았다. 눈이 마주치자 윤이 반사적으로 인사를 했다. 상훈도 얼떨결에 눈으로 답인사를 했다.

"강희욱하고 아는 사이예요?"

"아, 예, 어쩌다 보니……."

맙소사, 교복이라니! 상훈의 눈이 화등잔만 해졌다. 하다 하다 이제 미성년자까지 건드리는 거냐? 상훈이 이를 악물고 희욱을 노려봤다. 상훈이 무슨 생각을 하는지가 빤해서 희욱은 픽 웃었다. 미친놈, 네 생각이 더 더러워. 고개를 절레절레 흔들면서 속으로 욕을 해 주었다.

"야, 너 재킷 좀 줘 봐."

희욱이 고개를 까닥이며 갑자기 손을 내밀자 상훈이 질겁하면서 뒤로 물러났다. 무슨 짓이냐고 말하려던 상훈이, 문득 다시 윤에게로 시선을 돌렸다. 그러고는 순순히 재킷을 벗어서 희욱의 손에 들려 주었다.

"여자애가, 꼴이 그게 뭔지."

희욱이 들으라는 듯 말했다. 윤은 그제야 화들짝 놀라서 제 상체를 내려다봤다. 하얀 교복 셔츠가 젖어서 노란색 속옷이 비쳐 보였다. 으아아, 윤이 속으로 비명을 내질렀다.

희욱이 상훈에게서 건네받은 재킷을 윤의 어깨에 둘러 주었다. 담담한 표정에 무심한 손길이었으나, 윤은 어쩐지 가슴이 뛰었다. 역시, 쓸데없이 잘생기면 위험하다니까. 그런 생각 따윌 하면서 윤은 어쩔 줄 모르고 두 눈만 이리저리 굴렸다.

희욱은 상훈이 가지고 온 여분의 우산도 윤에게 건넸다. 윤은 됐다며 손사래를 치다가 더 거절하기도 민망해서 결국 우산을 받아들었다. 희욱은 그대로 빗속으로 걸어 들어갔다.

"미친놈아, 나랑 같이 쓰면 될 거 아냐!"

희욱을 쫓아가며 상훈이 다시 소릴 질렀다.

둘이 꽤 사이가 좋은 편이네. 윤은 둘의 뒷모습을 바라보며 그렇게 생각했다.

'스스로를 소중히 여겼으면 해요. 그 방법이, 차라리 더 빨라요.'

희욱에게 전한 말은 진심이었다. 윤은 타인의 슬픔에 유달리 민감했다. 아무렇게나 살아 버려도 좋을 만큼의 상처라니, 상상만 해도 가슴이 쓰라렸다. 다시 그 남자를 볼 일은 없을 것 같았다. 그래도 그 사람이 정말로 괜찮아지길, 윤은 진심으로 바랐다.

"다음 주부터, 상담 시작할 거야."

"뭐?"

느닷없이 튀어나온 희욱의 선언에, 상훈이 놀라서 되물었다. 지난 몇 년간 찾아오라고 화도 내 보고 얼러도 보고 별수를 다 썼는데도 귓등으로 흘리던 희욱이었다. 그런 녀석이 무슨 바람이 불어서 제 발로 찾아온다고 하는 건지, 잘못 맞아서 머리라도 어떻게 된 건 아닌지 상훈은 덜컥 걱정부터 됐다.

희욱은 제 성격대로, 친절한 설명 같은 건 마음대로 생략해 버렸다.

'오래전에 소중한 사람이 떠나 버려서 혼자가 된 적이 있어요. 다 포기하고 싶었는데, 정말 그래 볼까도 생각했었는데, 돌아보니 그러지 않길 잘한 것 같아요.'

그런 어린애가 한 말들이 도대체 뭐라고, 희한하게도 위로를 받았다. 비슷한 상처를 가졌기 때문인 걸까. 담담하게 그걸 꺼내 보여 준 것만으로도 이해받는 기분이 들었다. 희욱은 그래서 처음으로, 노력이라는 게 해 보고 싶어졌다.

"너 근데, 진짜 미성년자 건드리고 다니고 그런 건 아니지? 그건 안 된다. 아무리 내 친구라도 그건 정말······."

"미친놈."

희욱은 욕설로 상훈의 말을 단번에 잘라 냈다.

"네가 어디 남의 옷이 젖든 말든 신경이나 쓸 위인이냐? 너 저 여자애 마음에 들었지? 너처럼 아무한테도 곁을 안 주는 놈은, 한 번 빠지면 아주, 불에 달려드는 나방처럼 정신을 못 차릴 놈이야. 그래도 미성년자는 안 된다! 미성년자는 안 된다고!"

희욱은 휘적휘적 앞서 걸어갔다. 상훈이 뒤에서 뭐라고 주절대는지는 조금도 신경 쓰지 않았다.

-마침-

작가 후기

드디어 『미치지 않고서는』이 세상에 나왔네요. 연재를 시작한 게 2015년 12월이었는데, 연재를 마치기까지 1년, 수정하는 데 반년 정도가 걸렸어요. 제 느려터진 연재 속도에 속도 같이 터지신 독자님들, 끝까지 함께해 주셔서 감사합니다.

원고를 마치기까지 기다려주시고 『미치지 않고서는』이 출간될 수 있도록 도와주신 와이엠북스 관계자분들도 감사합니다. 박지은 담당자님, 세심한 편집에 다시 한 번 감사드려요!

『미치지 않고서는』은 혼자 연구소에 처박혀서 논문을 쓰고 있던 2년 전 겨울 어느 새벽에, 이대로 있다가는 미쳐 버리겠다는 생각에 시작한 글이에요. 그래서 제목도 그 당시 제 심리 상태를 표현한 것이란 썰이 있지요. 아무튼, 귀여운 여주인공이 등장하는 유쾌한 글을 쓰고 싶단 생각뿐이었어요. 그러다 보니 제멋대로 구는 재벌 3세와 순진함이 천성인 캔디형 여주인공이 나오는, 꽤 진부한 소재를 선택하게 됐고, 쓰는 내내 개인적인 양심 때문에 이래도 되나 하는 생각이 들곤 했어요. 현실 세계에서 강희욱 같은 놈은 그냥 나쁜 놈이에요, 여러분. 하하하.

다음 글은 조금 더 괜찮은 작품이 될 수 있도록 노력할 테니, 지켜봐 주세요.

마지막으로, 글을 쓸 때 영감을 주는 제 주위의 모든 사람들에게도 감사 인사를 드리고 싶어요. 맛있는 고추참치파스타를 해 주는 사랑스러운 내 동거녀 인선, 언제나 내편이 돼주는 영혼의 동반자 랑구, 내 뮤즈, 내 스승 그리고 내 연인 완. 사랑하고 고마워요!

2017년 5월,
-우면동 산자락에서 더듀 드림.